MARLENE MÖLLER lebte von 2005 bis 2011 in Paris, jetzt wieder in Stuttgart, wo sie geboren ist. Studium: Germanistik, Soziologie und Politikwissenschaft in Tübingen, Freiburg und Paris. Berufe: Lehrtätigkeit an Hochschule und Gymnasium, wissenschaftliche Redakteurin. Vier erwachsene Töchter.
Bisher erschienen: »Paris. Sechs Jahre – sechste Etage – siebter Himmel?« (München 2013, ISBN 978-3-86520-481-3); »Seelenheimweh. Vom kurzen Leben und langen Sterben eines Terroristen« (Hilden 2009, ISBN 978-3-940891-12-9).

Marlene Möller

# Jakobsland

Roman

Weitere Informationen über den Verlag und sein Programm unter
www.buchmedia.de

September 2013
© 2013 Buch&media GmbH, München
Umschlaggestaltung: Kay Fretwurst, Freienbrink
Covermotiv: Kathedrale zu Santiago de Compostela mit dem Botafumeíro
Printed in Germany · ISBN 978-3-86520-466-0

*Für*

*Mirjam*

*Judith*

*Hannah*

*und*

*Eva*

Nein! wie die Sterblichen doch die Götter
beschuldigen! Von uns her, sagen sie, sei das Schlimme!
Und schaffen doch auch selbst durch eigene
Freveltaten, über ihr Teil hinaus, sich Schmerzen!

Homer, Odyssee

*Ihre Spuren verwischt, die Gräber verweht,
die Herzen zerfallen, die Tränen versiegt.
Sie wird die Schatten nachfahren, den Staub sammeln
und warten, bis sie auftauchen überm Weiher
im Nebelreigen.*

*Und wenn sie vergeh'n in der Tiefe des Parks, wird sie warten,
bis sie wiederkehren, im Wellenschlag des Meeres,
im Glanz des Mondes, im Duft einer Rose,
und ihr zuraunen,
sie seien beisammen im Balsamduft ferner Gärten,
alle beisammen ...*

# Inhalt

Der Entschluss · 11
Suche nach dem Anfang · 15
Der dunkle Gast · 23
Der Mächtige steht auf · 30
Das Böse zeigt sein Gesicht · 36
Die Hexe · 48
Der Mönch verlässt das Kloster · 56
Die Ankunft · 65
Zeit der Liebe · 76
Extramuros · 84
Das Tagebuch · 100
Ein stummer Abend · 110
Die Sehnsucht siegt · 121
Die Trennung · 133
Der Nachtmahr · 143
Semana Santa · 151
Im Elternhaus · 162
Die Taufe · 181
Die Nachgeborenen · 196
Der lange Kampf · 210
Das Urteil · 236
Die unschuldigen Kinder · 249
Verstoßen · 261
Abschied · 283

# Der Entschluss

Mein Sohn!
Einsam wie im Grab und verloren wie ein ausgesetztes Kind verbringe ich meine Tage in der von spanischen Eroberern errichteten Stadt hinter Mauern, inmitten der philippinischen Hauptstadt, die mir bestimmt wurde als Ort der Verbannung auf Lebenszeit und aus der kein Entkommen möglich ist, nicht nur, weil es mir durch meinen obersten Aufseher, den Erzbischof von Manila, untersagt ist, mich außerhalb der Festungsmauern von Intramuros zu begeben, sondern weil dahinter, jenseits der Bucht mit dem abendlichen Trost der verglühenden Sonne, das Meer mich bewacht, von Schiffen durchkreuzt, auf denen Piraten ihre Opfer suchen.

In den Jahren der Heimatlosigkeit und Erniedrigung ist mein vormals fester Glaube siech geworden, die Zuversicht fahl, und zu Zeiten wird das Gemüt so finster wie der Himmel vor einem Taifun, wenn sich das Schwefelgelb der Zerstörung über das Schwarz der Hölle schiebt. Später dann, wenn heftiger Regen beides weggespült hat und ich mich imstande fühle, die Finsternis in mir für geraume Zeit zurückzudrängen, sinniere ich so manche Stunde darüber nach, ob mir nicht doch eine Art von Flucht möglich wäre, und sei es auch nur für kurze Frist am Tage oder in der Nacht, wenn es mir gelänge, die Verließe meines inneren Gefängnisses zu verlassen, in denen ich ebenso unentrinnbar eingeschlossen bin wie am Ort meiner äußeren Gefangenschaft. Womöglich könnte so mein Leben in der Fremde einen tieferen Sinn erlangen als den der Verbüßung meiner Strafe, die ja nur dann zur Sühne würde, wenn ich sie im rechten Geist ertrüge, statt innerlich Klage zu führen über ihre Grausamkeit und Härte.

Über den Rinnsalen solcher Grübeleien taucht gewöhnlich eines der Bilder aus der Vergangenheit auf, das meines Sohnes und seiner Mutter, wie sie einander gegenübersaßen bei jenem Nachtmahl im Hause Gayoso, das der Auflösung der Familie vorausging. Ein stummer Abschied, zu schwer für Tränen oder Worte, einer, der verordnet war und durchgeführt werden musste. Der Schmerz jener Stunden flammt mit jedem Gedanken an Dich erneut wieder auf, doch hat er seit meiner Einquartierung in einer Gesindekammer des Klosters San Augustín, neben dem Palais des Erzbischofs, eine gewisse Wandlung erfahren. Wenn anfänglich meine Tage damit erfüllt waren, den Kummer des Verlustes der Heimat ohnmächtig zu erdulden und dumpf dahinzuleben, indem ich des Morgens aufstand von einem Lager, auf dem ich nachts kaum Schlaf gefunden hatte, um mich am Abend in wehrloser Schwäche wieder darauf niederzulassen und abermals die Ruhelosigkeit der Nacht zu erwarten, so habe ich im Laufe der Zeit eine Verfassung erlangt, die mir Kraft gibt, die zugeteilten Arbeiten mit Gleichmut zu verrichten und in den Ruhestunden zurückzuschauen in die Heimat und auf mein dort verbrachtes Leben.

So bin ich schließlich dahin gelangt zu erwägen, ob es nicht hilfreich sein könnte für Dein Leben, wenn ich meine Erinnerungen aufzeichnete, denn nur so würdest Du eines Tages Kunde davon bekommen, wie all die Taten begangen werden konnten, die, von außen betrachtet, als so frevlerisch erachtet wurden, dass sich mir, im Schatten des allgemeinen Urteils, vermutlich noch immer die Feder sträuben würde, sie aufzuschreiben. Doch da wir alle, Schuldige und Unschuldige, den Folgen dieser Taten nicht mehr entrinnen können, die Tage unseres Lebens, werde ich versuchen, Dir ein Bild zu malen von der Zeit, als sich durch unsere Schritte die Steine lösten, welche zu jener mächtigen Lawine wurden, die uns später donnernd überrollte.

Da ich nicht wissen oder ahnen kann, welchen Gang Dein Schicksal genommen hat, vermag ich auch nicht vorherzusagen, ob Dir diese Schilderungen eines Tages willkommen sein werden. Ich kann nur meiner inneren Stimme folgen und mit der Niederschrift beginnen. Dabei muss ich die Bürde der Ungewissheit tragen, ob Wut oder Unmut in Deiner Seele durch mein Tun noch vergrößert werden, oder ob ich Dich damit stützen kann auf Deinem Weg durch das Leben, an dessen Rand zu stehen mir nicht

vergönnt ist. Nach langem Prüfen und Wägen habe ich nun also beschlossen, Dir gelegentlich einen Brief zu schreiben, vorläufig ohne ihn abzuschicken, und Dir nach und nach alles zu berichten, was ich aus jener Zeit im Gedächtnis behalten und im Herzen bewahrt habe.
    Jetzt kann ich nur noch hoffen, es möge ein Segen auf meinem Vorhaben liegen.
    Es grüßt Dich in respektvoller Zuneigung
Dein Vater

Manila, den 23. Februar 1845

Post Scriptum: Obgleich es eine zu persönliche Anmerkung sein mag, möchte ich Dir mitteilen, dass mir in den letzten Tagen eine merkwürdige Belebung widerfuhr, die von meiner Absicht, Dir zu schreiben, auszugehen scheint. Fast täglich nahm ich in meiner Kammer eine kleine Veränderung vor, um sie in eine Art Schreibkabinett zu verwandeln. An die Schmalseite, wo unter dem Fenster mein Bett aus Bambusrohr stand, habe ich ein Tischchen samt Hocker gerückt, um mehr Licht zu bekommen, und dort Papier, Tinte und frisch gespitzte Federn zurechtgelegt.
    Mein Lager steht nunmehr an der Längsseite des Raumes, davor ein Schemel mit Papier für Nachtgedanken. Als Kommode dienen mir zwei Bretter, die über dem Fußende des Bettes von Wand zu Wand verlaufen, denn das Zimmer ist zu klein für ein weiteres Möbelstück. Auf dieser Ablage gedenke ich die Briefe an Dich zu sammeln, neben meinen Büchern, Wäschestücken und Habseligkeiten.
    Inzwischen bin ich daran gewöhnt, in dieser winzigen Kammer zu leben, sie passt zu meiner Gefangenschaft und hat durchaus Ähnlichkeit mit einer Klosterzelle. Im Übrigen stellen diese äußeren Umstände die weitaus geringere Schmach dar, verglichen mit dem Verlust meiner geistlichen Würde. Jetzt, wo ich mit einem lange nicht gekannten Eifer alles für ein Ziel eingerichtet habe, fühle ich mich wohler in dieser Muschel am Ende der Welt, in der ich mich künftig vielleicht auch lebendiger fühlen werde, weil meiner dort eine heimliche Beschäftigung harrt. Mittlerweile ist auch jene Un-

entschlossenheit gewichen, ob ich die vergangenen Ereignisse aufschreiben soll. An ihre Stelle trat die leidliche Zuversicht, dass Du, obgleich Du die Geschichte Deiner Familie nicht ohne Schmerzen wirst lesen können, vermutlich erkennen wirst, wie sehr ich bestrebt war, Dir mit ihrer Niederschrift etwas Gutes zu tun.

# Suche nach dem Anfang

## Endlich

Die Briefe übersetzt, wieder in Santiago. Ankunft im Winter, es wird kaum Tag, doch es ist die Zeit von Margaretha und Jeronimo, wie im Jahr 1816, vom Erscheinungsfest bis Ostern. »Rosenzeit, schnell vorbei ...« Wetter bleibt.
Sie wird die Orte des Geschehens besuchen, endlich! Jahre sind vergangen, seit sie das letzte Mal, sechzehn, seit sie erstmals hier war, und seit über zwanzig Jahren schleppt sie die Gayosos mit sich herum, im Hirn und im Herzen, die Majoratsfamilie, die vor zweihundert Jahren hier lebte, in Sanct Jago, wie es damals noch hieß.

Raus, trotz Reisemüdigkeit! Die Treppe der Quintana hoch, vorbei an der Kathedrale, Via Sacra, San Payo de Antealtares, Rua da Acibechería. Weiter! Kein Blick für die Altstadt. Vor zum Cervantes-Platz, früher Plaza del Campo, ein paar Schritte noch, hier: Rua Algalia de Abacho. Weiter hoch, links, da: Rua Algalia de Arriba und der kleine Platz. Kein Zweifel, sie steht vor dem Stadthaus der Gayosos. Endlich. Überm Balkon das Familienwappen: vier Felder, unten rechts die *truchas*, die Forellen derer von Gayoso. Nun hat die arme Seele Ruh, würde ihre Großmutter sagen.
Zwei Fahnen schlagen im Wind, die galizische und die spanische. Sicherheitskräfte vor dem Portal, daneben eine Tafel in Galizisch: »Xunta de Galizia, Consellería de Justicia de Interior e Relacions Laborais«. Wachen führen sie durch den ehemaligen Pazo. Überall Trennwände für Büros, Salon und Speisezimmer verstellt mit Käfigen für Schreibkräfte und Computer; in der Bibliothek das Büro des Amtsvorstehers; die Treppe ist, wo sie war, nicht, wie sie war, der alten Pracht beraubt.
Ihr Hotel liegt im Allerheiligsten der Jakobsstadt, ein Steinwurf zum Uhrturm der Kathedrale, bemooste Dächer vor dem Fenster. Sie zieht die Regenluft ein, schließt die Augen: Gewonnen! Ein Glücksmoment! Sie hat der

Glaubensfestung ein Geheimnis entrissen! Dumpfe Schläge markieren die Nacht zur vollen Stunde, Abstände lang und bang. Der helle Ton der Viertelstunde ist leichter zu ertragen. Irgendwo klagt eine Flöte. Streifzüge durch nasskalte Gassen und die Bogengänge der Rua do Villar und der Rua Nueva. Ein halbdunkles Antiquariat. Sie kommt mit dem Besitzer ins Gespräch. Rodolfo ist ein Experte der Stadtgeschichte. Seine Katze buckelt, weil er sie aus dem Sessel scheucht, damit sie sich setzen kann. Rodolfo ist dabei, die Druckfahnen seines Werkes zu korrigieren: *El Marquesito, Don Juan Díaz Porlier,* zwei dicke Bände. Er will nicht glauben, dass sie die Geschichte des jungen Freiheitskämpfers kennt, den die Absolutisten aufgehängt haben. Eine Ausländerin sollte »seine« Geschichte kennen? Und er will auch das Drama der Gayosos nicht glauben, bis sie ihm die Quelle zeigt. Als sie sagt, sie habe das alles aufgeschrieben, verkündet er von seinem Podest herunter: Ja, es seien schon öfters Deutsche gewesen, die Bücher über Spanien geschrieben hätten. Sie seien sehr gelehrt, *muy docta.*

Teurer Sohn!
Mein Leben fließt dahin, still wie ein bald versiegender Bach, und ich werde die verbleibende Zeit nutzen, Dir die Geschichte Deiner Familie, Deiner Kindheit und Jugend zu erzählen, die Du zwar selbst erlebt, von deren dunklen Hintergründen Du aber erst nach Verkündung des Urteils der Sacra Romana Rota, im März des Jahres 1826, Kenntnis erhalten hast. Wenn ich Dir sage, dass der Dir unbekannte Teil dieser Geschichte in der Abgeschiedenheit der Abteikirche eines galizischen Zisterzienserklosters seinen Anfang nahm, in der Monasterio de Osera, vor dem Gnadenbild, der *Virgen de la Leche* so hat dies gewiss seine Berechtigung, was die vormaligen Begebenheiten anbelangt, und mag deswegen auch wahr sein, im schlichteren Sinne des Wortes. Es schiene mir jedoch vermessen, Dir gleichzeitig zu versichern, dies sei bereits die ganze oder einzige Wahrheit über den Ursprung des Unglücksstromes.

Meine Bedenken will ich Dir sogleich erklären. Wenn jemand sich gedrängt fühlt, den Ursprung eines Geschehens aufzuspüren, so wird er vermutlich das Bild der Vergangenheit von allen Seiten betrachten und es so lange drehen und wenden, bis er sich imstande fühlt, die Spuren der Ereignisse von einem vorläufigen oder tatsächlichen Ende her bis zu einem, sagen wir zutreffenden oder einleuchtenden Anfang hin zurückzuverfolgen. Demnach wäre zu vermuten, dass schließlich jede Geschichte ebenso viele Anfänge haben könnte, wie es deren Erzähler geben mag, die dann auch gleichzeitig zu Deutern würden, weil sie die verstreuten Geschehnisse zu einem »Lauf der Dinge« zusammenfügten, indem sie ihnen eine gewisse Folgerichtigkeit verliehen.

Aus meiner Erfahrung und dem Studium der Theologie und Geschichte kann ich sagen, dass dies die übliche Art der Weitergabe von Gewesenem ist, was damit zusammenhängen mag, dass der Chronist immer schon der Klügere ist, weil er den Ausgang kennt, indes diejenigen, die vormals Pläne geschmiedet und Taten begangen haben, aus der Fülle der wirklichen und vorgestellten Möglichkeiten das Ende nicht ahnen konnten. Geleitet vom Bemühen, durch seine Schilderung der Undurchschaubarkeit des Lebens größere Verständlichkeit zu verleihen, das heißt, ein Knäuel verworrener Ereignisse in ein Stück geordneter Geschichte zu verwandeln, wird der Geschichtsschreiber unbemerkt das gelebte Leben seiner eigenen Vorstellung anverwandeln, weil nur so, wie er es selbst begreift, er das Gewesene darzustellen vermag.

Dieser Beschränkung eingedenk werde ich, soweit Vernunft und Skepsis dies gebieten, alle mir angemessen erscheinenden Abweichungen von meiner eigenen Betrachtungsweise vor Dir ausbreiten, was nicht bedeuten soll, dass ich, meiner Erinnerung oder Zuständigkeit misstrauend, alles daran geben wollte, mein eigener Synoptiker zu werden. Vielmehr haben sich in meiner Vorstellung verschiedene Sichtweisen übereinander geschoben, und weil ich bisher kein endgültiges Urteil hinsichtlich der Rätsel des Lebens habe finden können, werde ich mir nicht anmaßen, die einstigen Ereignisse in einen einzigen ursächlichen Zusammenhang zu bringen.

Ein Weiteres ist zu bedenken, ehe wir uns auf den Weg in die Vergangenheit begeben. Wenn jemand sich vorgenommen hat, eine tragische Geschichte aus dem Dunkel der Jahre heraufzuholen, dann wird er, wiederum gemäß seines Temperamentes, entweder einen leichten, von allem Erdenschweren noch unbelasteten Ursprung entdecken, oder einen dunklen, künftiges Unheil im Keim schon in sich bergenden. Im Grunde ist es jedoch die Vieldeutigkeit des Geschehens selbst, die es ermöglicht, dass jeder die seiner eigenen Mischung aus Temperament und Weltsicht gemäße Gestalt der Vergangenheit vorzufinden scheint.

Wenn Deine Geduld und Dein Interesse es erlauben, so werde ich das Gesagte sogleich am Beispiel der Familiengeschichte der Gayosos veranschaulichen: Als Anfang sei zunächst der Ort genannt, an dem es dem verzweifelten Pilger zum ersten Mal in den Sinn kam, das Schicksal seiner Familie selbst zu bestimmen und es nicht länger dem Allmächtigen zu überlassen, der ihm fremd war, oder der Santíssima Señora, die er liebte. Don Gayoso hatte mit seiner Gattin eine Wallfahrt zum erwähnten Kloster von Osera unternommen, das seinen Namen vom nahen Fluss herleitet, dessen lateinische Wurzel darauf hinweist, dass in grauer Vorzeit Bären in der Gegend hausten, in der sich später die Mönche des heiligen Benedikt niederließen. Vor der verblassten Statue der stillenden Madonna aus dem 13. Jahrhundert hat er, statt mit seinem angetrauten Weibe das ersehnte Kind zu erflehen, beschlossen, selbst für einen Nachkommen zu sorgen. Don Joseph hat mir später anvertraut, dass er vor dem Gnadenbild das Gefühl hatte, es sei die stillende Madonna gewesen, die ihm, während seine Ehefrau ein Kind aus Wachs am Altar aufhängte, auf geheimnisvolle Weise diesen Gedanken eingeflößt habe, den er deshalb für eine göttliche Eingebung hielt. An dieser Deutung magst Du erkennen, wie tief man nach dem Ursprung eines Geschehens graben sollte und dass dieser nicht unbedingt in Taten, sondern gelegentlich in geheimen Gedanken und an einsamen Orten zu suchen ist, an Orten, wo finstere Entschlüsse als Erleuchtung und schwere Sünden als gottgewollt empfunden werden.

Um Deine Nachsicht bittend, werde ich sogleich einen allgemeinen Ursprung aufzeigen, fernab vom Geraune über mysteriöse Eingebungen: Man kann durchaus der Meinung sein, dass alles, was damals geschah, bedingt war durch die Gesetze unseres Landes, genauer gesagt, durch die darin enthaltenen Vorstellungen über das Majorat, seine Natur, seinen Ursprung, seine Bedeutung und die Form seiner Weitergabe. Besonders hervorzuheben ist hier das uneingeschränkte Erstgeburtsrecht, wonach der Primogenitus Alleinerbe aller Güter und Rechte ist, während die Geschwister fast leer ausgehen. Beim Erlöschen der Linie des Erstgeborenen geht das Erbe, abermals ungeteilt, an den Zweitgeborenen über und dann, wofern dieser keine Nachkommen haben sollte, an den Nächstgeborenen. In diesem Zusammenhang kann man mit Fug und Recht behaupten, dass die Schadenfreude und Begehrlichkeit seiner beiden Brüder Don Joseph in immer größere Wut und Ausweglosigkeit getrieben haben. Aus familiären Umständen, die ich später schildern werde, konnten beide, Miguel und Fernando, die Hoffnung hegen, ihre Nachkommen könnten eines Tages das Erbe der Gayosos antreten. Diese Haltung war ein Grund für die Ungeduld des erst seit zwanzig Monaten verehelichten Majoratsherrn, der nur zu leicht glaubte, er könne aufgrund seines Alters keine Kinder mehr zeugen. Gegen diese Sichtweise wäre allerdings einzuwenden, dass Gesetze, gleichgültig, wie beklagenswert sie sein mögen, nicht zum Sündenbock für die Umgehung ihrer rechtlichen Folgen gemacht werden dürfen. Obgleich Gesetze den Betroffenen in eine Zwangslage bringen mögen, so hat er es doch selbst zu verantworten, ob und auf welche Weise er sich daraus befreit.

Jetzt ist es an der Zeit, die unmittelbar auslösenden Ereignisse hervorzuheben. So traurig dies heute klingen mag, es war die späte Geburt Deiner Halbgeschwister, zuerst Carlos und ein Jahr später Dolores. Die beiden hätten nie geboren werden sollen und mussten eben deshalb geboren werden. Durch die leiblichen Kinder bekam die bis dahin als dunkles Geheimnis gehütete Wahrheit die Aussicht, eines Tages aus dem Kerker der Lüge befreit zu werden und auf die Welt, will heißen unter die Menschen, zu kommen.

Während der Armenspeisung an der Klosterpforte des Convento Santa Clara, die zu meinen täglichen Pflichten gehört, weil sich die Nonnen nicht zeigen dürfen, ist mir eine weitere Möglichkeit eingefallen, die Wurzeln der Geschichte freizulegen. Sobald die Bettler eine Portion Reis in ihren Kokosschalen und den Segensspruch erhalten hatten, eilte ich in meine Kammer, um meine Überlegungen fortzusetzen. Sie führen allerdings weniger zu einem direkten Anfang als zu einem tieferen Ursprung und werfen ein Licht auf das Gewicht der persönlich empfundenen Schuld, das wohl stets auch davon abhängt, wie die Allgemeinheit die Tat beurteilt. Wie Du inzwischen weißt, ist Don Gayoso der Mann, der alles, was noch geschehen sollte, ersonnen, ins Werk gesetzt und damit Leid und Verstrickung über seine Familie gebracht hat – und über mein Leben. Dennoch möchte ich ihm nicht die alleinige Schuld zuweisen, denn zum einen hat er Mittäter und Mitwisser gefunden, des Weiteren wird ein rechtschaffener Mensch kaum fähig sein, so viel Unrecht zu begehen, wenn er nicht irgendwo, vermischt mit den eigenen Absichten, gleichzeitig der Meinung wäre, dies alles auch in Hinblick auf ein allgemein anerkanntes oder wenigstens verständliches Ziel tun zu dürfen, wäre er auch der einzige Mensch, der diesen Zweck hoch genug einschätzte, um solche Mittel zu rechtfertigen.

Für Don Gayoso bestand im Halbdunkel seiner standesgemäßen Empfindungen und Gedanken durchaus ein solcher Zusammenhang, was ihm zu einer, wenn auch zweifelhaften, Rechtfertigung verhalf. Aus diesen Erwägungen ergibt sich ein weiterer Zugang zu den Geschehnissen der Vergangenheit: Alle Leidenschaft und Schonungslosigkeit, aller Hochmut eines spanischen Granden, verbunden mit der Hybris, die Gesetze seines Tuns eigenmächtig festlegen zu können, alle Bedenkenlosigkeit bei der Durchsetzung seiner Interessen, aber auch hinsichtlich seines Erdenglücks und dem seiner Familie, alle Zügellosigkeit des Herzens und Maßlosigkeit seiner Vorstellungen sind nicht allein im Inneren dieses Majoratsherrn lebendig, sondern haben unterirdische Quellen. In beträchtlichem Umfang entspringen sie dem, was ich die »Seele des spanischen Volkes« nennen möchte. Von Dämonen bevölkert, von Idealen und Wahnvorstellungen gleichermaßen besessen, von Frömmigkeit erfüllt wie von Aberglauben geschüttelt, führt die spanische Volksseele ihr hartnäckiges Eigenleben, fern aller Einschränkung durch Vernunft und aufgeklärte Einsicht. In diesem Dunstkreis hat die Vorstellung von der Reinheit des Blutes, der *limpieza de sangre*, einen gewaltigen Einfluss und kann eine zum Äußersten treibende Kraft werden, besonders in adeligen Kreisen.

Ein weiteres, eher banales Motiv mag auch der gekränkte Mannesstolz gewesen sein ob der Kinderlosigkeit in einer spät arrangierten Standesehe, denn dass Don Joseph zu jener Zeit bereits Vater einiger früh gezeugter Bastarde war, hat er mir selbst gestanden. Es kam jedoch für ihn nicht in Betracht, seine Gemahlin davon in Kenntnis zu setzen oder gar das Kind einer Magd zu adoptieren. Außerdem wurden die Jugendsünden des Mayorazgos durch vorhandene oder rasch geschlossene Eheverhältnisse überdeckt. Ich werde Dir später noch Genaueres über die außerehelichen Nachkommen Deines Ziehvaters berichten. In summa ist festzuhalten: Gayoso konnte seiner hochwohlgeborenen Gattin keineswegs zumuten, in den Niederungen seiner Jugendjahre nach einem Erben zu suchen.

All diese Überlegungen haben mich dazu bewogen, den angefangenen Brief ein paar Tage liegen zu lassen, und so kann ich Dir heute mitteilen, wo ich mit meiner Erzählung zu beginnen gedenke. Die Wahl des Ausgangspunktes mag Dir auf den ersten Blick zu einfach und selbstsüchtig erscheinen, für mich ist er hingegen hilfreich, weil die Bürde des Vermutens und Deutens entfällt, die am Ende Dir selbst überlassen bleiben soll. Da ich weder einen tieferen Ursprung noch einen auslösenden oder bestimmenden Anfang der Geschichte festzulegen vermag, werde ich dort beginnen, wo ich selbst zum ersten Mal darin vorkomme, das heißt, ich werde mir die Briefe von meinen Erinnerungen diktieren lassen.

Mein Sohn, die Jugend ist reich an Gefühlen und voller Tatendrang, sie urteilt rasch und ohne tiefere Einsicht. Das reife Mannesalter dagegen ist arm an stürmischen und beflügelnden Empfindungen, doch wissend dafür und zögerlich im Urteil. So will ich denn aus zweifachem Grund, so gut ich dies vermag, es unterlassen, die Fäden der Vergangenheit mit den Knoten sich aufdrängender Urteile zu befestigen, und vielmehr alle Sorgfalt darauf verwenden, sie ebenso leicht und ineinander verschlungen liegen zu lassen, wie ich sie beim Rückblick auf meine Lebenstage vorfinde.

Ich werde mich also aufmachen, um noch einmal die Fluren meiner Jugend zu durchstreifen, mich an der Glut der einstigen Gefühle zu wärmen und danach in den Verließen des Alters zu verstummen.

Gott und die Heilige Jungfrau mögen Dich segnen

Dein Vater

Manila, an mehreren Tagen des März anno 1845

# Der dunkle Gast

## Erdbeben

Es traf sie mitten im Alltag, in dem sie noch immer keinen Platz gefunden hatte. Es war ein Trompetenstoß, der die bröckelnden Mauern ihrer mühsamen Absicherungsversuche mit einem Schlag zum Einsturz brachte. Im selben Augenblick brachen auch alle Zukunftsvorstellungen zusammen, denn sie begriff blitzartig: Kein Stein wird auf dem andern bleiben.

Zwar waren früher schon Dinge passiert, die eine Unterscheidung zwischen Zufall und Fügung fragwürdig machten, doch was bisher an Rätselhaftem geschah, war eher als seltsam oder unerklärlich zu bezeichnen, vor allem aber als harmlos. Doch das hier war ein Urteil. Ohne sich dessen bewusst zu sein, reagierte sie auch wie eine Verurteilte: Schrecken, Verdrängung, Leugnen, Resignation, alles immer wieder und in konfusem Durcheinander über die nächsten Monate verteilt. Doch im ersten Moment saß sie nur da, schaute auf das Schriftstück, dann zur Vitrine des Biedermeierschranks, wo seltsamerweise die Gläser noch gerade standen.

Vor ein paar Jahren hatte es in der Gegend Erdstöße gegeben, ausgehend vom Zollerngraben. Im Epizentrum wurden Dächer abgedeckt, Spalten in Hauswände gerissen, die Bewohner liefen schreiend und betend auf die Straße, manche verbrachten die Nacht im Freien. Auch in Tübingen war die Erschütterung zu spüren gewesen. Im Lesesaal der Universitätsbibliothek, wo sie saß, wurde die Wahrnehmung des Bebens durch die Spannweite von Decke und Fußboden verstärkt, Wände und Boden hatten spürbar gewackelt. Panische Flucht der Benutzer. »Wehe den Müttern und ihren Kindern«, schoss es ihr durch den Kopf, denn sie war schwanger.

Die Wohnung im vierten Stock des wuchtigen Bürgerhauses war damals nicht betroffen. Allerdings hatten sie später in der Vitrine umgekippte Gläser entdeckt. Doch an diesem Tag war alles unverändert, obgleich es ihr schien, als habe die Erde abermals gebebt.

Teurer Sohn!
So lange ich die Gefangenschaft in dieser Stadt und dieser Welt noch tragen muss, werde ich mich immer wieder an die erste Begegnung erinnern, die ich als junger Mönch mit Don Gayoso hatte. Eher werde ich das kurze Glück vergessen, das wenig später unverhofft auf mich einstürmte und meinen Seelenfrieden zerstörte. Dieser erste Auftritt Gayosos in meinem Leben legte ohne Worte die Regeln fest, nach denen alles Weitere sich gestalten sollte, bestimmt durch die gewaltige Übermacht Don Josephs, man könnte auch sagen, durch eine unwillkürliche Wehrlosigkeit, die seine Gegenwart bei mir auslöste.

Wie oft habe ich darüber nachgedacht, worauf dieser Magnetismus beruhte, dem ich ausgeliefert war, sobald er auftauchte, und der mich ihm zu Willen sein ließ, gleichgültig, was er von mir verlangte. War es die Glut seines Wesens, die aus seinen Augen sprühte, seine fordernde Art zu sprechen, seine riesige Gestalt, neben der ich mich klein und hilflos fühlte, die Aura der Macht oder seine Wortgewalt, die mich erdrückten? Oder waren es all diese Eigenschaften zusammen? Gleichviel, eine Antwort magst Du selbst finden, denn Du hast ja Deine Kindheit im Hause Deines Ziehvaters verbracht und gewiss eine nachhaltige Erinnerung an ihn bewahrt.

Lass uns also zurückschauen in die Klosterkirche von San Francisco am Vorabend des Allerheiligentages des Jahres 1815. Im Frieden mit mir und der Welt sprach ich im Beichtstuhl Pilger und Bürger von Sanct Jago von ihren Sünden los, als die Monotonie der Schuldbekenntnisse plötzlich unterbrochen wurde. Eine mühsam unterdrückte Männerstimme murmelte: Er wolle keineswegs beichten, sondern in dringender Angelegenheit mit mir sprechen, das Gespräch habe gleichwohl unter das Beichtgeheimnis zu fallen, obschon er mich ersuche, es in der Sakristei stattfinden zu lassen, wo er mich sogleich erwarte. Unwillkürlich schaute ich durch das Holzgitter, was dem Beichtvater gemeinhin untersagt ist. Im Halbdunkel blitzten mir zwei feurige Augen entgegen, und ich erschrak gewaltig.

Die Sakristei lag im Dämmerlicht, als ich mit kurzem Segensgruß eintrat. Der Wartende schwieg und starrte zu Boden. Schwer atmend saß er am Tisch in der Mitte des Raumes, die Pelerine über den Knien, vor denen er mit beiden Händen seinen breitkrempigen Hut drehte. Als ich ihm gegenüber Platz genommen hatte, begann er mit leiser Stimme zu sprechen: »Ich habe Euch gelegentlich aus der Ferne beobachtet, Padre, aber keine Gelegenheit gefunden, Euch anzusprechen, weil Ihr entweder auf Versehgängen, bei Leichenzügen oder in Begleitung eines Ordensbruders gewesen seid. Schließlich habe ich einen bestimmten Tag festgesetzt, um mit Euch eine höchst delikate Angelegenheit zu besprechen, und zwar den morgigen 1. November. Dies ist der Familiengedenktag derer von Gayoso y Pardo, an dem vor sechzig Jahren, anno 1755, mein Vater geboren wurde, der Tag des großen Erdbebens, das damals gegen zehn Uhr auch in unserer Stadt zu spüren war. Allerdings waren hier weder Menschen noch Häuser zu beklagen, wie im schwer heimgesuchten Lissabon ...«

»... mit über achtzigtausend Toten«, ergänzte ich, um meine Aufmerksamkeit zu bekunden.

Der Besucher holte tief Luft, legte den Hut auf den Tisch, warf mir einen scheuen Blick zu, als wolle er um Nachsicht bitten, dann fuhr er fort: »In der Kathedrale wurde während der Erschütterung, die ungefähr fünf Minuten währte, vom versammelten Domkapitel gerade das *Gloria in excelsis Deo* gesungen, doch die Mönche haben ihren Gesang nicht unterbrochen, obgleich die Altarleuchter beträchtlich wankten und die Kerzen heftig flackerten. Nach dem *Gloria* hatte die vom Schrecken erschütterte Gemeinde gerade das große *Te Deum* erschallen lassen, als mein Großvater die Kathedrale betrat. Er war herbeigeeilt, um für die Geburt seines ersten Sohnes und Majoratserben zu danken, und stimmte inbrünstig in den Gesang mit ein. Doch das war erst der Anfang vieler Dankgottesdienste in der verschonten Stadt. Drei Tage später wurde in San Augustín eine gesungene Messe zu Ehren der Señora de la Cerca zelebriert, an der alle Stadtverordneten teilnahmen, um danach den Mönchen ein Almosen von hundertfünfzig Realen für ihr wohltätiges Wirken zu spenden, als Dank für die wunderbare Rettung.

Hier unterbrach sich der seltsame Gast, sah zu mir herüber und schob ein: »Padre, ich bitte Euch um Nachsicht, sogleich werde ich zum Grund meines Besuches kommen. Es ist aber durchaus so, dass die Familiengeschichte etwas mit meinem Anliegen zu tun hat. Nun, nach Eintreffen der Nachrichten aus Lissabon und anderen Städten, wurde klar, dass Sanct Jago nicht das geringste Missgeschick hatte erdulden müssen. Deshalb hat mein Großvater eine stattliche Spende hier, im Kloster San Francisco de Valdediós, entrichtet, gleichfalls für die barmherzigen Werke des Ordens. Ein paar Tage später haben die Mitglieder des Rathauses durch öffentliche Bekanntmachung eine Novene zu Ehren der Señora de la Cerca angeordnet, an deren erstem und letztem Tag das Bildnis Unserer Lieben Frau in feierlicher Prozession durch die Straßen getragen werden musste.«

Um endlich auch etwas zu sagen, fragte ich halblaut, ob ich die Lampe anzünden solle, doch der Besucher winkte nur ab und setzte seine Schilderung fort: »Mein Großvater erzählte noch oft von den merkwürdigen Vorschriften der damaligen Stadtväter: Alle Gläubigen mussten an der Prozession teilnehmen, mit reinlichem, dezentem Aussehen, gelöstem Haar, ohne Kappen oder Zipfelmützen, und jeder, der gegen diese Anordnungen verstieß, musste zwanzig Dukaten Strafe bezahlen oder einen Monat ins Gefängnis. Ferner war in den Straßen, durch welche die Prozession ihren Weg nahm, für größte Reinlichkeit und für Vorhänge an allen Fenstern zu sorgen.«

An dieser Stelle musste Gayoso selbst gemerkt haben, dass es Zeit war, mir den Grund seines Besuches mitzuteilen, denn plötzlich richtete er sich auf und sah mit prüfendem Blick zu mir herüber, um zu ergründen, wie ich den Versuch aufnehme, sein Anliegen hinter der Schilderung des Allerheiligentages anno 1755 zu verstecken. Da er jedoch meiner Haltung und Miene kein Anzeichen von Ungeduld entnehmen konnte, schloss er seine Ausführungen ab, indem er in geschäftlichem Ton hinzufügte: »Schon bemerkenswert, Padre, Zehntausende mussten in Lissabon sterben, und in der Stadt des Apostels nichts weiter als ein paar zuckende Kerzen. Findet Ihr nicht? Nicht jede Familie kann auf einen derart bedeutungsvollen Gedenktag verweisen«, ergänzte er halblaut. Dann schwieg er.

In der Sakristei war es vollends finster geworden, die beiden Männer konnten nur noch die Silhouette ihres Gegenübers erkennen, ein Mönch und ein Majoratsherr, und einer spürte des anderen Not, denn der eine fühlte, was er nicht zu vermuten, und der andere plante, was er noch nicht auszusprechen wagte, und jeder hörte den Atem des anderen. Schließlich kam der Ältere, anknüpfend an seine Vorrede, wieder auf seine Familie zu sprechen: »Mein Großvater war schon fast vierzig Jahre alt, als sein erster Sohn geboren wurde, weil seine erste Frau im Kindbett starb und das neugeborene Mädchen ihr wenig später nachfolgte. Anders bei meinem Vater: Bereits im ersten Ehejahr lag ich, der künftige Majoratsherr, in der Wiege.«

Noch schwerer atmend sprach er weiter: »Nun, Padre, was mich betrifft, so bin ich bis zum heutigen Tag ohne rechtmäßigen Nachkommen! Und es ist eben dieser Kummer, der mich zu Euch führt. Ihr sollt wissen, ich liebe und ehre meine Gattin, Margaretha. Doch nach zwanzig Monaten ehelicher Verbindung hat sich noch immer keine Aussicht auf einen Erben gezeigt.«

Jetzt erhob sich die dunkle Gestalt, und ein riesiger Schatten begann in der Sakristei unruhig auf und ab zu wandern: »Dieser zunehmend bedrückender werdende Zustand hat uns bewogen, kundige Ärzte zu Rate zu ziehen, Reisen zu Brunnen und Bädern zu unternehmen, denen man unter solchen Umständen heilende Kräfte zuschreibt. Doch alle Konsultationen und Kuren waren vergebens. Und dann, Padre, als die irdischen Mittel erschöpft waren, haben wir uns auf Drängen meiner Gattin den geistlichen zugewandt, deren Wirksamkeit ich allerdings von Anfang bezweifelt habe. Neuntägige Andachten unter geistlicher Führung wurden abgehalten, und vierzigstündige Gebete! Kinder aus Wachs wurden aufgehängt, zuerst vor dem Gnadenbild der *Virgen de la Leche* im Kloster von Osera, dann am Altar der Jungfrau del Pilar zu Zaragoza, danach bei Unserer Lieben Frau vom Carmel und später noch an sechzig weiteren Altären der Santíssima Señora.

«Plötzlich blieb der Wanderer ruckartig stehen, und ich spürte den Luftzug, als er seine Pelerine über die Schultern warf: »Alles vergebens, Padre, kein Anzeichen von Schwangerschaft!«, stieß er hervor. »Hochwürden, Ihr kennt nun mein Unglück. Möget Ihr unsere Familie in Euer Gebet einschließen. Doch gewährt mir die Bitte, auch darüber nachzudenken, Padre, wie Ihr selbst, in eigener Person, dazu beitragen könntet, die Not des Hauses Gayoso zu wenden. Denn eines ist sicher, es gäbe durchaus Mittel und Wege. Fraglos, Padre! Es liegt vielleicht nicht unbedingt nahe, woran ich hierbei denke. Nein, es liegt gewiss nicht auf der Hand. Ich selbst habe diesen Ausweg auch nicht gleich entdeckt, Padre. Deshalb werde ich nach geraumer Zeit wiederkehren, um zu erfahren, ob Ihr die Möglichkeit einer Beteiligung Eurer Person gefunden und erwogen habt.«

Abrupt unterbrach sich der schwarze Riese und verließ die Sakristei mit einem knappen Gruß, ohne die Tür zu schließen. Erst jetzt merkte ich, dass der dunkle Gast mich fast erdrückt und mir die Luft zum Atmen genommen hatte. Lange saß ich reglos da, im dumpfen Gefühl, ein Dieb habe mich überfallen, einer, der mir in der Dämmrung der Sakristei ein Stück des Friedens raubte, um dessentwillen ich das Kleid des Heiligen aus Assisi gewählt hatte, um in feierlichem Gelübde dem Treiben der Welt abzuschwören. Und obgleich ich es nicht wusste, so fühlte ich doch, wie sehr der Eindringling ein unheimliches Ziel verfolgte, weshalb er wiederkommen würde, um womöglich nach und nach die Mauer der Abgeschiedenheit niederzureißen, mit der ich meine Jugend und die Jahre meines Lebens umfriedet hatte.

In den frischen Lebensstrom, von dem ich getragen wurde, hatte der finstere Gesell einen Stein geschleudert, der mich aufschreckte und mein Herz heftiger schlagen ließ. Gleichzeitig beschloss ich, mir die Absichten des Granden nicht weiter auszumalen, und nahm mir vor, meine Ängste der Heiligen Jungfrau zu empfehlen und ihre Fürbitte zu erflehen. Als ich auf dem Weg durch den Patio zur Klausur einen Mitbruder traf, der zur Kapelle ging, bat ich ihn, er möge ein schweres Anliegen in seine Gebete einschließen. In jener Nacht wälzte ich mich ruhelos auf meinem Lager. An meiner Schläfe hämmerte die Frage: Warum hatte Gayoso ausgerechnet mir sein Leid geklagt, mir und keinem anderen Mönch? In den Klöstern der Stadt gab es wahrlich genug Ordensleute. Schließlich beruhigte ich mich mit dem Gedanken, dies alles könne eine von Gott gewollte Prüfung sein, die ich mit Seiner Hilfe auch bestehen würde.

Wider Erwarten ist es mir nicht schwergefallen, mein Sohn, Dir diesen Brief zu schreiben, eher habe ich dabei eine gewisse Erleichterung verspürt, und so gedenke ich, alsbald damit fortzufahren, Dir die damaligen Geschehnisse und Gefühle zu schildern.

In der Hoffnung, Du mögest Interesse am Fortgang Deiner Familiengeschichte haben, grüßt Dich Dein bedachtsam seine Worte wägender
   Vater

Manila, den 29. April anno 1845

Post Scriptum: Seit geraumer Zeit überlege ich, ob ich um die Erlaubnis bitten soll, Intramuros verlassen zu dürfen, um einen jener farbigen Überwürfe für meine Lagerstatt zu erstehen, wie sie auf den chinesischen Märkten außerhalb der Mauern feilgeboten werden. Meine alte Wolldecke ist durchgescheuert und von trister Farbe. Fast möchte ich Dich fragen, was Du davon hieltest, doch da wird mir schmerzlich bewusst, wie unerreichbar Du für mich bist, trotz einer wachsenden Vertrautheit.

# Der Mächtige steht auf

## Riesen

Unruhe und Verwirrung während der nächsten Tage. Sie lässt das Schriftstück in einer Truhe verschwinden, versucht, das Urteil zu leugnen und es zur Wahnvorstellung zu erklären. Gleichzeitig fängt sie an, Spanisch zu lernen. So kann sie Zeit gewinnen, um der Sache auf den Grund zu gehen. Zudem bietet die Sprache einen Halt im Wirklichen, die irreale Bedrohung verblasst, und sie beruhigt sie sich mit dem Gedanken, dass Hirngespinste leicht entstehen, wenn man mit einem Geheimnis lebt.

Die Zustellung des Urteils liegt lange zurück, ein genaues Datum lässt sich nicht mehr ermitteln. Anhaltspunkte bieten die Sprachkurse Ende der Siebzigerjahre und die erste Reise nach Santiago de Compostela im Sommer 1986. Nach ihrer Rückkehr zerbrach die Familie; die abstrakte Drohung war zur konkreten Katastrophe geworden. Das Urteil war vollstreckt.

Doch damals, als das Schriftstück vor ihr lag, starrte sie nur auf die Seiten, dann zum Erker hinüber. Nach stundenlanger Hausarbeit war sie zum Schreibtisch gegangen, hatte den Kopf auf den Arm gelegt und den Ansturm der Schulkinder erwartet. Schwere Schritte auf knarrenden Dielen kündigen zuerst den Vater an. Gleich darauf steht er neben ihr: »Ich glaub, das ist was für dich«, sagt er in seinem gutmütig klingenden Schwäbisch und legt vier Blätter vor sie hin, bedruckt mit acht kleinen Seiten in gotischer Schrift.

In all den Jahren hat sie nicht aufgehört, sich selbst und anfangs auch noch ihn zu fragen, weshalb er diese Kopien gemacht und ihr mit dieser Bestimmtheit gegeben habe. Die stets gleiche Antwort, das wisse er auch nicht, mag zutreffen. E kann keine Auskunft über sich geben, und er will es auch nicht. Seiner Ansicht nach haben »normale« Menschen mit halbwegs durchschnittlicher Intelligenz und Tatkraft Wichtigeres zu tun, als über sich nachzudenken. Die Aufgaben des Denkens und Redens seien vorgegeben und von anderer Natur: Allein die »Urbi-et-Orbi-Probleme«, wie sie seine Themen im Stillen nennt, verdienten es, analysiert und diskutiert zu werden, nicht aber wehleidige Selbstergründung, die Schwierigkeiten nur vertiefe, statt sie zu übergehen.

Wenn es allerdings darum geht, die Stadt und den Erdkreis zu ordnen, hat der Jurist und Theologe, der Seminarist und Stiftler immer recht, alles längst begriffen und geordnet, mit gewaltigem Zugriff auf die Register seiner Fächer und der abendländischen Philosophie. Ein Goliath mit intellektuellen Siebenmeilenstiefeln, immer schon da, immer schon der schlaue Igel, während sie, der ewige Hase, stets im Voraus verloren hat. Der Stil seines Diskutierens ist der des Auftrumpfens, Abkanzelns und der Verkündung von Ex-cathedra-Wahrheiten bei gleichzeitiger Herabsetzung des Gegenübers. Würgemale der Worte. Eine Freundin war heulend aus dem Haus gelaufen, eine andere hatte den Kontakt abgebrochen. Die Ehefrau bleibt ausgeliefert.

Während er so in nächtelanger Suada damit beschäftigt ist, die niederen und entwickelten Offenbarungen des Weltgeistes in den Entwicklungsstufen der Weltgeschichte, die Langsamkeit und Umwege bei der Verwirklichung des allgemeinen Geistes nachzuzeichnen und dabei den jeweiligen Völkern, Staaten und Individuen ihren Werkzeugcharakter bei diesem Geschäft zuzuweisen, um so den ungeheuren Aufwand des Entstehens und Vergehens deutlich zu machen – so wenig man natürlich etwas Konkretes darüber sagen könne – und während sie gleichzeitig unter dem Druck verbaler Herabsetzung und Entmündigung, hoffnungsloser Überforderung, zunehmender Isolation und Verzweiflung aufhört, ein »normaler« Mensch zu sein, und zum Haushaltsroboter mutiert, zerbrechen nach und nach die Seelen ihrer Kinder. Und die im Dauerstreit um sich selbst kreisenden Eltern bemerken es noch nicht einmal.

In diesen Jahren wuchtet E an einer monumentalen Arbeit: *Der Rechtsstaat im neunzehnten Jahrhundert*. An diesem Herkulesprojekt schuftet er in seinem riesigen Arbeitszimmer vor der Glastür, füllt Türme von Karteikästen, Reihen von Ordnern, und verwandelt die wilhelminische Eremitage mit den geschnitzten Möbeln ihres Großvaters allmählich in eine intellektuelle Vorratshöhle, die immer mehr zuwuchert. Mit der Zeit werden auch auf dem Fußboden Beete aus Kirchenrecht und Staatsrecht angelegt, kleine Rabatten, zwischen denen die Trampelpfade immer enger werden. Gleichzeitig benutzt der gepanzerte Goliath sein Treibhaus der Wissenschaft als stur verteidigten Sicherheitsbunker vor der Verzweiflung der Ehefrau und wirft sie hinaus, sooft sie versucht, mit ihm zu sprechen. Die Kinder haben Zutritt.

Die Kindheit der Mädchen ist voll dunkler Träume, die sie eine Zeit lang aufschreibt, wenn sie morgens davon erzählen, mit ihren hellen Augen, aus denen allmählich das Leuchten verschwindet. Einmal träumt Helene: »Das war in der Nacht. Da sind ganz viele Besuche gekommen, und da hat die Marie gesagt, ich dürfte nicht in ihr Zimmer rein. Da wollte ich es dem Papa sagen. Da bin ich aber gar nicht zum Papa gekommen, aber in ein ganz großes Haus, das hat ausgesehen, als ob es ganz aus Eis wär. Es war ganz weiß. Da war auf einem riesengroßen Stuhl der Papa. Der war auch ganz arg groß. Und da hat der Papa mit einer ganz tiefen Stimme gefragt: ›Was ist?‹ Da hab ich gar keine Antwort gegeben, weil er so groß war. Und wegen der Stimme.«

Ein Vater im Eispalast, auf gewaltigem Thron, riesengroß und übermächtig, der Sprechen erstickt und Nähe verhindert, mit seiner Stimme und mit nur zwei Worten. Das war schon einmal so, vor langer Zeit, im fernen Galizien.

Mein teurer Sohn!
In jenen Wochen nahm der Nieselregen in Sanct Jago kein Ende, Nebel legte sich auf das Kloster und die Dächer der Stadt, der an manchen Tagen so tief hing, dass nur noch der untere Teil der Stadtmauer zu sehen war. Dazwischen gab es Stunden, in denen über den Gärten vor den Mauern ein trügerischer Altweibersommer lag, der bald wieder von unverhofften Regenfällen verjagt wurde, zusammen mit leichtgläubigen Spaziergängern, die ihm getraut hatten. Nach jenem geheimnisvollen Besuch in der Sakristei breitete sich die Lichtlosigkeit jener Novembertage auch in meiner armen Seele aus, die ich eigens Gott geweiht hatte, um sie vor solcher Düsternis zu bewahren und die fühlbar grämlicher wurde, während gleichzeitig meine Gedanken um die Frage kreisten, woher mir Hilfe kommen könnte.

Zunehmend vermied ich Gespräche mit den Ordensbrüdern, denen ich nur noch bei den Stundengebeten und im Refektorium begegnete, wo man nicht unbedingt sprechen musste, weil es während der Mahlzeiten geistliche Lesungen, Abkündigungen und Schweigezeiten gibt. Wann immer ich konnte, flüchtete ich in meine Zelle, um mich im Kummer zu vergraben, und so hatten sich binnen Kurzem die stillen Freuden des abgeschiedenen Lebens in bange Qualen der Einsamkeit verwandelt. Jeden Morgen, wenn wir uns um fünf Uhr zur Matutin im Chor der Kirche versammelten, um Gott den heraufdämmernden Tag zu weihen, prüfte ich mit furchtsam suchendem Blick das wächserne Gesicht des Padre Ignacio, der sich, mir gegenüber, mit kraftlosen Händen an beiden Seiten des Chorgestühls abstützte. Er war mein vormaliger Novizenmeister, und wehmutsvoll erinnerte ich mich an die Zeit des Noviziats, als ich dem gütigen Padre in allen Fragen des geistlichen Lebens und der Ordensregel unterstellt war. Seit der heiligen Profess hatte ich zu keinem meiner Vorgesetzten ein ähnliches Vertrauen fassen können.

Wie gerne hätte ich mit dem weisen Ordensmann über die rätselhafte Begegnung gesprochen, doch der bereits von Alter und Krankheit Geschwächte hatte sich, seitdem es ob der schwierigen politischen Lage keine Novizen mehr gab, in den abgelegenen Flügel des vormaligen Noviziats zurückgezogen, wo er seinen Studien nachging und nur noch zu den Mahlzeiten erschien. Außerdem fürchtete ich, ein noch nicht enthülltes Geheimnis durch eine solche Aussprache womöglich zu überhöhen, zumal nicht auszuschließen war, dass der ungebetene Gast am Ende eine zu große Unruhe in mir verursacht haben mochte. In der einsamen Not jener Tage nahm ich allabendlich das Kreuz von der Wand meiner Zelle, um es, vor meinem Lager kniend, zu umschließen und mit Inbrunst an die Brust zu drücken, den Herrn bittend, es möge sich zeigen, dass die dunkle Gestalt ein böser Spuk gewesen sei und Er mich vor seiner Wiederkehr verschonen möge. Doch mein Flehen war umsonst. Etwa zehn Tage später, als ich nach der Messe mit dem Ministranten die Sakristei betrat, saß Don Gayoso bereits dort, mit dem Rücken zur Tür. In gebieterischem Ton verlangte er, den Messdiener wegzuschicken, ordnete an, ich solle die Lampe anzünden und mich setzen.

»Hochwürden, Ihr wisst schon, weshalb ich heute gekommen bin, nicht wahr?«, fragte er halblaut und beschwörend. Dabei beugte er sich mit dem Oberkörper derart weit über die Tischplatte, dass ich unwillkürlich zurückwich: »Padre, Ihr habt doch gewiss die Frage verstanden? Es ist Euch doch inzwischen klar geworden, weshalb ich gekommen bin?«, wiederholte er drängender und mit noch wilder flackernden Augen.

»Bei der Santíssima Señora, nein, ich weiß es nicht! Ich ahne nur, es könnte der nämliche Grund sein, der Euch schon das erste Mal bewogen hat, mich aufzusuchen.«

»Sehr gut, Padre, das ist doch schon etwas!« Unüberhörbarer Spott lag in seiner Stimme: »Und was denkt Ihr, weshalb ich heute gekommen sein könnte, nunmehr zum zweiten Mal?« Der Fragende zog die Augenbrauen hoch, lehnte sich zurück und kreuzte die Arme über der Brust, ehe er fortfuhr: »Es ist nicht schwer herauszufinden, Padre, denkt um des Himmels willen darüber nach in den vielen Stunden, die dem Gebet und der Einkehr vorbehalten sind. Es gibt Wichtigeres als Beten und Messen lesen. Bedenkt das, Hochwürden! Ich ersuche Euch abermals, Euch herbeizulassen, einmal über weltliche Dinge nachzudenken, über die Verzweiflung eines Ehepaares ob seiner Kinderlosigkeit zum Beispiel. Wofern Ihr mir die Bitte gewährt, soll Euch dies gewiss nicht zum Schaden gereichen. Ich werde in kurzer Frist wiederkommen.«

Darauf erhob er sich ruckartig, warf die Pelerine über die Schultern, drückte den Hut in die kantige Stirn, sodass sein Gesicht nur noch aus Glutaugen und Bart zu bestehen schien, murmelte, wie bedauerlich es doch sei, dass ein Ordensmann offenbar mit Einfalt geschlagen sei und er abermals kommen müsse, um das kindliche Gemüt eines Mönchs auf den Stand eines erwachsenen Mannes zu bringen. Dann ließ er mich nach einem barschen Gruß sitzen und stürmte davon, abermals, ohne die Tür zu schließen. Der Messdiener, der draußen gewartet hatte und jetzt furchtsam hereinkam, um nachzufragen, ob er sich entfernen oder mir noch zu Diensten sein könne, bekam nur ein abwesendes Kopfschütteln zur Antwort.

Die Nacht war hereingebrochen, ich begann zu frieren. Im Gefühl tiefer Ohnmacht gegenüber der herandrängenden Macht des Bösen löschte ich die Lampe, verließ die Sakristei, eilte durch den Patio, vorbei an den gotischen Fenstern der Kapelle, die, von innen erleuchtet, bunte Schatten auf den Weg warfen. Drinnen sangen die Brüder gerade die Komplet. Bei der großen Treppe angelangt, zögerte ich, ob ich umkehren und mich im Gebet mit ihnen vereinen sollte, um des Trostes ihrer Gemeinschaft teilhaftig zu werden. Doch mein Inneres war zu aufgewühlt. Eilig hastete ich die Stufen hinauf und über die Galerie zu meiner Zelle.

Ich schließe diesen Brief mit dem innigen Wunsche, Du mögest niemals so allein sein, wie ich mich damals fühlte, wie ich es heute bin und für immer bleiben werde.

Die Santíssima Señora möge Dich bewahren, dafür betet
Dein Dich segnender
Vater

Manila, den 13. Mai anno 1845

# Das Böse zeigt sein Gesicht

## Termiten

Am Tag der Zustellung des Urteils nützt sie die Mittagsruhe, um den Rechtsfall genauer zu lesen. Dabei entstehen Fragen, die sie sich zu beantworten versucht. Zunächst ist unklar, gegen wen Don Joseph Gayoso y Pardo vor dem geistlichen Gericht zu Sanct Jago de Compostela im Jahre 1825 geklagt hat: gegen sich selbst oder seine Gemahlin? Gegen seinen Sohn oder seinen Komplizen? Oder schlicht gegen alle?

Egal. Es gibt drängendere Fragen: Was haben die Gayosos mit ihrer Familie zu tun, so offensichtlich, dass E es gemerkt hatte? Keiner ist aus Holz. Selbst er mochte gespürt haben, dass trotz anderer Fakten, historischer und nationaler Unterschiede, in der spanischen Familie die gleichen Kräfte am Werk waren wie in seiner eignen, Termiten, die das Haus von innen zerfraßen, stetig, unaufhaltsam, während die Beteiligten hilflos zusehen mussten.

Und was haben die Gayosos mit ihr zu tun? Die Antwort ist fühlbar: Mit einem Schlag ist sie nicht mehr allein auf der Welt. Es gibt eine Verbindung mit anderen Menschen, obwohl sie längst tot sind. Sie ist heraus aus dem Niemandsland, in dem sie gehaust hatte wie in einer Wüste. Und von jetzt an weiß sie auch, wie alles enden würde. Zwar führt der Weg ins Unglück, aber er führt nicht mehr ins Ungewisse, und sie muss ihn nicht mehr allein gehen. Im fernen Jakobsland gibt es Schicksalsgenossen.

Lieber Sohn!
Nach der Armenspeisung zur Mittagszeit musste ich noch die Fußböden in der Iglesia San Ignacio reinigen, weil dort am nächsten Sonntag ein Pontifikalamt stattfinden wird. Die Kirche steht neben dem erzbischöflichen Palast, und ich werde dort gelegentlich als Sakristan eingesetzt. Den Pförtnerdienst bei den Nonnen von Santa Clara hat mir heute ein einheimischer Laienbruder abgenommen, ein junger Mann, etwa Deines Alters, mit dem ich die Hausarbeiten

teile und von dem ich im Laufe der Zeit gelernt habe, mich im landessprachlichen Tagalog leidlich zu verständigen. So kann ich heute früher fortfahren, Dir die Ereignisse der damaligen Wochen zu schildern, die mich jetzt, bei deren Niederschrift, erneut in ihren Bann ziehen.

Es vergingen diesmal nur ein paar Tage, bis Gayoso wieder auftauchte. Kurz nach dem letzten Besuch blitzten seine Augen abermals hinter dem Holzgitter des Beichtstuhls. Halblaut, wieder mit mühsam unterdrückter Stimme und gebieterischem Ton, verfügte er: Ich solle ihm sogleich in die Sakristei folgen, er habe wenig Zeit, und ich hätte jetzt wohl Zeit genug gehabt, über den Grund seiner Besuche nachzudenken. Ohne eine Antwort abzuwarten, stand er von der Kniebank auf und ward verschwunden. Ich überlegte, ob ich fortfahren sollte, die Beichte zu hören, statt dieser herrischen Anweisung zu folgen. Doch als ich den Vorhang des Beichtstuhls beiseiteschob, war niemand mehr da, der noch hätte beichten wollen, und so musste ich ohnehin zur Sakristei zurück.

Als ich den Raum betrat, stand Gayoso mit aufgestützten Armen hinter dem Eichentisch. Mit einer flüchtigen Geste wies er mich an, Platz zu nehmen, und ließ sich gleichzeitig auf einen Stuhl fallen. Nachdem er sich nach meinem Befinden erkundigt hatte, ohne eine Antwort abzuwarten, sprang er auf und fragte unvermittelt: »Könnt Ihr Euch vielleicht noch an den 23. Mai des Jahres 1809 erinnern, Padre? Ein denkwürdiges Datum für Sanct Jago.« Ohne eine Antwort abzuwarten, fuhr er fort: »An diesem ruhmreichen Tag wurde die seit Monaten von drei Divisionen Napoleons besetzte Stadt von unseren Truppen unter General Carrera zurückerobert. Zuvor hatten die Franzosen, gestützt von den Volksfeinden Bazán und Fraguino, zahllose Plagen, Plünderungen und Schikanen über uns gebracht, und so wurden die Schlacht auf dem Campo da Estrela und der überlegene Sieg unserer Truppen ein wahrer Befreiungsschlag, der mit der Vertreibung der Feinde aus unseren Mauern endete, begleitet vom Geläut aller Sturmglocken der Stadt.«

Während ich im Stillen rätselte, was diese Schlacht mit dem Grund des Besuches zu tun haben könnte, fuhr Gayoso lautstark fort: »Als einer der Granden des Landes habe ich mit Miguel, dem älteren meiner Brüder, am Befreiungskampf teilgenommen. Das war der Bevölkerung durch Bekanntmachung des Polizeidirektors und Handlangers der Unterdrücker, Pedro Bazán de Mendoza, vielleicht habt Ihr ja von diesem Vaterlandsverräter gehört, bei Todesstrafe und unter Androhung einer Plünderung und Brandschanzung der Stadt, untersagt worden. Der galizische Adel hatte sich dennoch insgeheim mit den heranrückenden spanischen Truppen auf einem günstig gelegenen Landsitz vereinigt, um den Feinden gestärkt zu begegnen. Auf dem Camino del Padrón näherten wir uns der belagerten Stadt.

Wie Ihr sicher wisst, Padre, konnten die Franzosen unter ihren Befehlshabern Ney und Soult weder der Wucht noch dem Mut des spanischen Ansturms standhalten und mussten nach wenigen Stunden ihre Stellungen verlassen, die sie seit dem frühen Morgen mit Dragonern und Feuerhaufen zu halten versucht hatten, begleitet von lauten Schlachtrufen ›Napoleon‹ und ›la Gloire‹. Das Gefecht brachte den Feind in große Bedrängnis, und er wich rasch hinter die Stadtmauer zurück. Viele der Soldaten trauten gar sich nicht mehr in die Stadt, sondern retteten sich in wilder Flucht über die Vorstadt bis San Roque, um von dort nach La Coruña zu entkommen.«

Zwar kannte ich bereits seine weitschweifige, von lebhaften Gesten begleitete Art zu sprechen, gleichwohl fragte ich mich, ohne mir etwas anmerken zu lassen, weshalb Gayoso mir dies alles erzählte. Doch da kam der Wortgewaltige bereits zum Grund seiner Schilderung: »In diesem verbissenen Kampf, in dem bereits über fünfhundert Leichen der Franzosen und ihrer Pferde das Schlachtfeld bedeckten und der Feind in einem letzten Rückzugsgefecht versuchte, mit seiner Artillerie die Puerta Faxeira zu verteidigen, entdeckte ich plötzlich, mitten im Gemetzel, meinen Bruder Miguel, umringt von Feinden, die verzweifelt um das Stadttor kämpften. Wenige Augenblicke später wurde er schwer getroffen. Blutend hing er vornüber im Sattel. Ich schlug mich zu ihm durch und konnte ihn gerade noch auf mein Pferd ziehen, dem Tier die Sporen in die Flanken schlagen und mitten durch das schlimmste Hauen und Stechen das Schlachtfeld verlassen. Niemals wäre er mit dem Leben davongekommen!«, brüllte Don Gayoso. »Niemals, Padre! Und jetzt schielt er nach dem Majorat! Schamlos und unverhohlen! Zusammen mit dem jüngeren Bruder. Und sie reiben sich die Hände, Padre, ob meiner Kinderlosigkeit! Sobald meine Linie erlischt, tritt Miguels Tochter das Erbe an! Doch sie kränkelt. Deshalb rechnet sich auch der Jüngere Chancen auf das Erbe aus. Sie sind von Neid und Missgunst zerfressen, Padre! Beide! Wie die Brüder Josephs! Und ich schwöre Euch, bei der Heiligen Jungfrau: Keiner hätte in der Schlacht mein Leben verteidigt! Im Gegenteil, sie hätten mich verbluten lassen!«

An diesem Abend war der Wütende nicht zu bändigen, wild gestikulierend stand er vor mir und setzte seine Anklagen fort: »Ihr werdet es nicht glauben, Padre, aber dem Jüngeren, dem Fernando, auch ihm habe ich das Leben gerettet! Jawohl! Auch im Franzosenkrieg. Ein Jahr zuvor zog er im Morgengrauen des 18. Juli aus der Stadt, mit fliegenden Fahnen und inbrünstigen Liedern, im hastig ausgehobenen Bataillon Literario, um für Gott und das Vaterland zu kämpfen! Und zu siegen! Jawohl! Oder zu sterben! Por Dios! Halbe Kinder waren das doch, Padre, hatten noch nie eine Waffe in der Hand! Von der Geistlichkeit unter Druck gesetzt und von den Herren Professoren mit Kampfparolen und Geld für die Ausrüstung versorgt. Man kennt das, Padre, die mussten den Kopf ja nicht selbst hinhalten. Nachgeritten bin ich dem Haufen in aller Herrgottsfrüh, hab mich durchgefragt bei den Kompanien, bis ich ihn fand, gegen Abend, im Feldlager.

Und dann habe ich eingeredet auf ihn, halbe Nächte! Den ehrenvollen und süßen Tod auf dem Schlachtfeld hab ich dem Milchbart beschrieben, Padre, und wie dreckig und qualvoll er sein wird, dieser Tod, und wie er verrecken würde! Jawohl! Und ich hab ihm ausgemalt, dass er nichts nützte, sein Heldentod, gar nichts, weder Gott noch dem Vaterland, und dass er sein Leben vergeblich opfern würde, dass er aufgehetzt wurde von gewissenlosen Maulhelden, die ihre eigene Haut nicht wagten.

Und dann geschah das Unerwartete, Padre. Ein paar Tage später hat sich doch der berühmte General Blake, der alte Haudegen, der mit seinen Truppen den unseren zur Hilfe geeilt war, vor seine sechs Kompanien gestellt und hat dem Studentenbatallon, diesen ganzen verführten Grünschnäbeln, genau das Gleiche vorgehalten! Naja, vielleicht nicht ganz so deutlich, aber doch ohne den geringsten Zweifel daran zu lassen, was auf sie zukommt und wie jung und unerfahren sie seien in der Schlacht. Und dann, Padre, ist er die Reihen entlanggeritten, der alte Kämpfer, ich sehe ihn bis heute vor mir, hat die Kerle angeschaut, jeden einzelnen, direkt in die Augen! Und dann hat er losgebrüllt: ›Soldaten, ich hab euch gesagt, was auf euch zukommt! Und nun fordere ich euch auf: Wer zurücktreten will, soll vortreten! Zwei Schritt'!‹ Totenstille. Dann tritt der Erste vor, dann der Zweite, einige Dutzend folgen. Schließlich macht auch Fernando den ersten Schritt und dann den zweiten. Zwei Schritte zurück ins Leben. Jawohl, so war das!

Er hat es aber nur gewagt, Padre, weil er wusste, ich würde ihm helfen und alles der Familie erklären, das hat er später oft gesagt. Zu Hause musste ich ihn dann auch noch verstecken, denn die meisten der Kerle, die ihr Leben einem sinnlosen Heldentod vorgezogen hatten, wurden bei ihrer Rückkehr wie Verräter behandelt oder wie Deserteure. Ein paar haben sie sogar an die Front zurückgeschickt. So war das damals, genau so, Padre. Und jetzt, Hochwürden? Dank habe ich nie verlangt. Auch nie bekommen. Aber eine andere Einstellung, ja, das habe ich schon erwartet! Denn eines ist absolut sicher: Auch Fernando verdankt mir sein Leben!«

Etwas ruhiger fuhr Gayoso fort: »Bekanntlich hat es ja dann recht gut geklappt mit dem Sterben. Vorzüglich sogar! Mit dem Siegen weniger. Tausend Studenten sind gefallen damals, in diesem von den Franziskusmönchen ausgerufenen *Heiligen Krieg* gegen die Gottlosen. Ganze hundert sind heimgekehrt, Padre, mit ihrem zerfetzten Fähnlein, schmutzig, blutverschmiert. Man konnte die Inschrift kaum noch lesen: ›Vencer o morir!‹ Und wer nicht gestorben ist, war fast verhungert. Mit Lumpen am Leib sind sie zurückgekommen und mit aufgerissenen Augen, die den Tod gesehen hatten. Und, was macht das feine Brüderchen jetzt? Wie zeigt er mir seine Dankbarkeit, Padre? Obzwar er noch zu jung ist, hat er sich Hals über Kopf eine Braut genommen, nur um schnell zu heiraten und ein paar Bastarde zu zeugen, falls seine Nichte das Zeitliche segnet und es für ihn ans Erben geht.«

Als er geendet hatte, ließ sich Don Joseph auf den Stuhl fallen. Erschöpft saß er da, der stolze Mayorazgo, verraten von seinen Brüdern, einsam und trotzig. Dann nahm er die letzte Hürde, sprang auf, schlug mit der Faust auf die Tischplatte und raunte mit beschwörendem Blick: »Ihr müsst mir helfen, Padre! Ihr könnt mich retten! Ihr allein. Die Häme meiner Brüder ist schamlos und meine Lage unerträglich!«

»Aber wie kann ich Euch helfen, Señor, außer mit Gebet und Fasten?«, fragte ich in hilfloser Einschüchterung. »Ich bin nur ein Mönch des heiligen Franziskus und kein Arzt.«

In diesem Moment griff der Verzweifelte, dem alle Farbe aus dem Gesicht gewichen war, in die Tasche seines Umhangs, warf ein paar Realen in Gold auf den Tisch und schrie: »Aber ein Mann seid Ihr doch allemal, Padre!«, und dann sehr leise und direkt vor meinem Gesicht: »Und mehr bedarf's nicht.«

Danach setzte er sich wieder und sprach halblaut weiter: Lange Zeit habe er die Möglichkeit einer Annullierung seiner Ehe erwogen, sie aber aus vielerlei Gründen ausgeschlossen. Zum einen sei seine Verbindung mit Margaretha als glücklich zu bezeichnen, er liebe und achte seine Gattin, sie entstamme einer angesehenen Familie, habe eine hervorragende Erziehung genossen, verfüge über eine selten anzutreffende Bildung, verstünde es, dem Hause in standesgemäßer Weise vorzustehen, und schließlich sei er stolz, eine über die Stadtgrenzen hinaus bekannte Schönheit seine Gemahlin zu nennen. Im Übrigen sei er inzwischen in einem gewissen Alter, sodass die Ärzte nicht ausschlössen, die Kinderlosigkeit könne auch durch den deutlich älteren Gatten bedingt sein, weshalb eine neue Verbindung möglicherweise den nämlichen Verlauf nehmen könnte.

Ohne die geringste Verlegenheit sprach Gayoso weiter. In diesem Zusammenhang seien auch noch ein paar Bastarde zu erwähnen, die er während seiner ungezügelten Jugendjahre mit Bauernmädchen und Dienstboten gezeugt habe. Eine Adoption der verwahrlosten Bauernlümmel käme aber keinesfalls infrage, da seine Vaterschaft nur in zwei Fällen gesichert sei. In einem Fall sei der Sohn mit einem Klumpfuß behaftet, und im anderen habe eine junge Witwe das Kind offiziell ihrem damals kürzlich verstorbenen Gatten untergeschoben und auch so ins Kirchenbuch eintragen lassen. Es stünde für ihn außer Frage, er würde weder einen Krüppel noch sonst einen verwahrlosten Halbidioten als Erben einsetzen. Eine Dame von Stand befinde sich nicht unter den Geschwängerten.

Danach war es totenstill in der Sakristei. Gayoso schaute sinnend vor sich hin, als überlege er alles noch einmal von vorne, als prüfe er im Stillen noch einmal alle Möglichkeiten, und als er schließlich zum gleichen Ergebnis gelangt war, seufzte er tief und sagte kleinlaut: »Por Dios, verschafft mir einen Erben, Padre, ich flehe Euch an!« Nach langem Schweigen fuhr er in geschäftlichem Ton fort: »Mir ist zu Ohren gekommen, dass Eure Eltern darben. Sie seien arme Fischersleute, die in einer dieser fensterlosen Hütten an der rauen Küste Galiziens hausten, feucht und sonnenlos, wo der Tag nur durch die Tür scheint, der Rauch des Feuers durch ein Loch im Dach abzieht und Mensch und Tier sich nachts aneinander wärmen. Macht Euch als einzig übriger Sohn doch einmal Gedanken darüber, Hochwürden, ob Ihr das Alter der beiden nicht menschlicher gestalten wollt. Es würde Euch nur wenig Mühe kosten, ihnen ein sorgenfreies Leben zu bescheren.« Dann stand der Majoratsherr unvermittelt auf: »Bei meinem nächsten Besuch werde ich Euch den Plan unterbreiten, wie alles zu geschehen hat. Mögt Ihr Euch bis dahin an den Gedanken gewöhnen. Heute schweigt Ihr noch, doch Ihr werdet zustimmen.«

»So bin ich denn verloren«, murmelte ich tonlos, halb betäubt von der Botschaft direkt aus der Hölle. Später, als ich zu frieren begann und die Glocke zur Komplet rief, schaute ich zur Tür; sie stand sperrangelweit offen. Gayoso hatte sich davongemacht, während es in meinem Kopf weiter hämmerte: An den Gedanken gewöhnen, an den Gedanken gewöhnen …, das wagt dieser Unmensch zu sagen, der mich mit der Not meiner Eltern erpresst.

Wieder war ich allein in der Sakristei, wieder war Gayoso geflohen, und wieder saß ich da, ohne Hilfe und Hoffnung. Rasch sammelte ich die Münzen ein und schob sie in meine Kutte. Ja, ich muss Dir gestehen, ich habe das Geld nicht einen Augenblick verschmäht, wie es mein Gelübde verlangt hätte. Und ich habe keinen Augenblick darüber nachgedacht, es einem mildtätigen Zweck zuzuführen.

Von da an harrte ich jeden Tag und jede Stunde auf die Wiederkehr des Mayorazgos, flehte zur Santíssima Señora um Errettung aus der Not, irrte gedankenverloren von einem Patio zum anderen und durch die Flure des Klosters, ohne auch nur einen Moment Ruhe zu finden. Es vergingen ein paar lange Tage und Nächte, ehe der Erpresser erneut die Hand nach mir ausstreckte, dieses Mal ohne Vorankündigung und mit herablassender Grandezza. Eines Morgens stand Gayoso mitten in der Sakristei, und als ich eintrat, ging er mit schwungvollem Schritt und ausgebreiteten Armen auf mich zu: »Ave Maria puríssima«, begrüßte er mich freudig.

»Sin pecado concebida«, antwortete ich mechanisch. Der Wandel seiner Stimmung beruhigte auch mein aufgewühltes Gemüt, und als er mit gönnerhafter Geste sagte: »So nehmt doch Platz, Padre«, und mit einer Handbewegung klar machte, wer fortan Gebieter und wer Untergebener sein würde, war ich von dieser durchdringenden Bestimmtheit derart beeindruckt, dass ich für einen Moment lang das Gefühl hatte, die ganze Angelegenheit in meinem Innern übersteigert und zu streng bewertet zu haben. Nachdem er sich nach meinem Befinden erkundigt hatte, natürlich wieder, ohne die Antwort abzuwarten, breitete er einen Plan vor mir aus, der bis in die letzte Einzelheit ausgeklügelt und berechnet war. Vor allem schien die Heimlichkeit des Vorhabens von allen Seiten mit Wohlbedacht geschützt. Man konnte den Eindruck gewinnen, ein vorausdenkender Schachspieler sei am Werk gewesen.

Mit fester Stimme begann er zu sprechen: »In den ersten Tagen des nächsten Jahres werde ich den Pazo in der Algalia de Arriba verlassen, um meine Pachtgüter und Domänen zu besuchen und daselbst Verwaltung, Gebäude und Bücher zu prüfen. Diese Gutsangelegenheiten werden etwa drei Monde in Anspruch nehmen.«

Während er nach und nach den ganzen, höchst komplizierten

Plan vor mir ausbreitete, zog er einen prall gefüllten Lederbeutel aus der Tasche und schob ihn über den Tisch; gleichzeitig fuhr er mit gelassener Bestimmtheit fort: »In dieser Zeit werdet Ihr mein Stadthaus beziehen, Padre, darin meinen Platz einnehmen und Doña Margaretha den Gatten ersetzen. Die Dienerschaft wird ebenfalls aus dem Pazo entfernt sein. Nur die Amme wird bleiben, mit ihrer taubstummen Tochter. Sie ist eingeweiht und gut bezahlt, ebenso der Kutscher. Die beiden Frauen werden die Küche und das Haus besorgen und die Herrschaften bedienen, der Kutscher steht für grobe Arbeiten und Ausfahrten zu Diensten.«

Nach einer langen Pause schaute er mir fest in die Augen und fügte mit ernster Miene hinzu: »Und mit der Hilfe der Santíssima Señora wird meine Gemahlin bei meiner Rückkehr guter Hoffnung sein.« Er lehnte sich zurück, steckte beide Daumen in die Armausschnitte seiner Weste und sprach ruhig weiter: »Am Morgen des Tages nach Epifanía werdet Ihr die Postkutsche nach Betanzos nehmen, diese aber bereits an der ersten Station wieder verlassen. Dort werdet Ihr in der Herberge Logis nehmen und den Abend erwarten. Der Wirt wird davon unterrichtet und Euch zu Diensten sein. Damit das Geschehen im Verborgenen bleibt, wird Euch der Kutscher bei hereinbrechender Dämmerung daselbst abholen und in die Stadt zurückbringen, wo Ihr im Schutze der Nacht den Pazo in der Algalia beziehen werdet. Euren Vorgesetzten im Kloster werdet Ihr darlegen, Euer Vater liege darnieder, schwer erkrankt, und die ebenfalls geschwächte Mutter bedürfe des Beistandes des einzigen ihr verbliebenen Sohnes. Ferner werdet Ihr ankündigen, es sei nicht vorhersehbar, wie lange Eure Eltern des Beistands bedürften.«

Don Gayoso sagte das alles in einem Ton, als träfe er alltägliche Anordnungen gegenüber seiner Dienerschaft, und ich wagte nicht, den Mund aufzutun, um auf mein Gelübde oder den geplanten Ehebruch zu verweisen, sondern saß nur da, stumm und versteinert. Auch als der Gebieter aufstand, rührte ich mich nicht, auch nicht, als er im Gehen bemerkte: Es sei nicht einfach gewesen, die Tugend seiner Gattin zu besiegen, doch nach langer Weigerung und hartnäckigem Widerstand habe Doña Margaretha einsehen müssen, dass sie ihrem Gemahl als ergebene Ehefrau zu gehorchen habe und es ihre Pflicht sei, für einen Nachkommen zu sorgen.

Unter der Tür fügte er noch beiläufig hinzu: Es verstehe sich von selbst, dass ich nach der Geburt eines gesunden Erben eine weitere Entlohnung in Gold zu erwarten habe und er das Kind als sein eigenes anerkennen werde, als Primogenitus mit allen Rechten, egal, ob Sohn oder Tochter, vor dem Gesetz sei beides möglich. Als er mich vornübergebeugt auf dem Stuhl kauern sah, schloss er nochmals die Tür, kam zurück, klopfte mir wohlwollend auf die Schulter und gurgelte in freundschaftlichem Ton: »Nur Mut, Padre. Ihr werdet ja in Euer Kloster zurückkehren. Kein Mensch wird jemals etwas erfahren. Danach mögt Ihr Euch kasteien und züchtigen. Fürwahr, Ihr könnt schließlich ein ganzes Leben Buße tun für diese eine große Sünde. Bedenkt doch auch, dass Gottes Gebote wichtiger sind als eine Ordensregel, die sich irgendein Sowieso, ein Franziskus, Dominikus, oder wie sie sonst alle heißen, ausgedacht haben mag, und Sein Gebot verlangt: Du sollst Vater und Mutter ehren.«

Wieder wollte er gehen, doch als er sah, wie wirkungslos seine Rede war und wie ich dasaß, eingesunken, die Hände vor dem Gesicht, kehrte er abermals um. Dieses Mal legte er mir tröstend die Hand auf die Schulter, fast wie ein Vater: »Ihr könntet Euch auch freuen, Padre, einmal im Leben einem Weibe beizuwohnen und dafür auch noch in Gold entlohnt zu werden. Bedenkt doch, dass Ihr die geschundenen Eltern retten werdet, aus ihrem kärglichen Leben. Bezähmt Euren armseligen Kummer, Padre! Wichtig an der ganzen Sache ist doch nur eines: Kein Mensch darf je etwas erfahren. Und gerade in dieser Hinsicht können wir sicher sein, ganz sicher, weil es kein Schriftstück gibt.« Unerwartet zog Gayoso den Stuhl heran, setzte sich dicht neben mich und fuhr in konspirativem Unterton fort, mich zu ermuntern: »Vielleicht fasst Ihr Mut, Padre, wenn ich Euch von den jüngsten Ereignissen in der Stadt erzähle. Nach Abschaffung der Inquisition durch die Cortes von Cádiz ließen die Ratsherren sämtliche Schriftstücke und geheimen Papiere vernichteten, die mit Anklagen, Prozessen und Urteilen in Verbindung gestanden hatten. In der Verordnung des

Ayuntamiento stand wörtlich, man werde alle Vorgänge in den Zustand eines unüberwindlichen und ewigen Geheimnisses überführen. Dann wurde eilig ein Scheiterhaufen errichtet. Diesmal für Akten statt für Menschen.«

Tonlos entgegnete ich: »Und jetzt hat Ferdinand die Inquisition doch wieder eingesetzt.«

»Gewiss, Padre, aber nun müssen die hohen Herren eben sehen, wo sie bleiben, denn sie haben keinerlei Anhaltspunkte oder Beweise. Merkt Euch eines, Padre, es ist ein uralter Rechtsgrundsatz: Was nicht in den Akten ist, das ist auch nicht in der Welt!«

Hier unterbrach er unvermittelt seine Rede, drückte abermals den Hut in die Stirn, warf die Pelerine über die Schultern und ging eilenden Schrittes davon, ohne ein weiteres Wort der Ermunterung, deren er wohl seiner Meinung nach höchst vortreffliche, wenngleich bereits zu viele gesprochen hatte. Es war mit Händen zu greifen, wie sehr Gayoso selbst davon überzeugt war, ich hege einer Bagatelle wegen Skrupel. Zusammengekauert, wie ich dasaß, versuchte ich mühsam lächelnd, seine Rede zu bestätigen, doch der Hochmütige hatte bereits den Raum verlassen.

Dieser Mann würde auch töten, um sein Ziel zu erreichen, dachte ich, so wie er sein angetrautes Weib verschachert. Und er würde selbst das noch als notwendiges Übel darzustellen wissen, womöglich noch als Wohltat. Und in die Fänge dieses Unmenschen war ich nun geraten, unwiderruflich. Abgründe von Sünde und Morast taten sich vor mir auf, Berge von Schuld und zu alledem noch die Wüste der Einsamkeit. Sobald ich mich wieder rühren konnte, wankte ich auf meine Zelle, ließ dort meinen Tränen freien Lauf und flehte zum Herrn über Leben und Tod, mich von dieser Welt zu nehmen.

Als ich am nächsten Morgen nach kurzem Erschöpfungsschlaf in meinen Kleidern zu mir kam, dachte ich zuerst, Don Gayoso sei mir im Traum erschienen, doch dann spürte ich den Beutel mit dem Judaslohn in der Tasche. Hastig versteckte ich das Geld, denn ich fühlte, wie Kälte und Hitze gleichzeitig nach meinem ermatteten Leib griffen. Dann legte ich mich zurück auf mein Lager und fiel alsbald in eine tiefe Ohnmacht, aus der ich erst wieder in der

Krankenstube erwachte, umgeben von zwei Mitbrüdern, die mit besorgten Mienen an meinem Bett standen und begannen, mir Tee einzuflößen. In ihrer Ahnungslosigkeit stellten sie Vermutungen über die Ursachen meiner Schwäche an, priesen die Wirkung des Getränks aus Kräutern des Klostergartens und erteilten allerlei Ratschläge.

Während des Schreibens ist mir die einstige Ohnmacht wieder fühlbar geworden, und ich habe die Fesseln gespürt, die der Tyrann mir damals anlegte. In Stunden wie dieser bin ich geneigt, mich innerlich freizusprechen und mir selbst zu vergeben. Doch darauf kommt es nicht an auf dieser Welt. Die Kirche und ihre hochmütigen Vertreter sind unbarmherziger als der, auf den man sich beruft und in dessen Namen man zu verurteilen vorgibt.

Mögest Du niemals dem Bösen Aug' in Auge gegenüberstehen, mein Sohn, dafür betet mit den Worten, die der Herr uns gelehrt hat
    Dein schwer büßender
        Vater

Manila, am 2. Juni anno 1845

# Die Hexe

## Kerkermauern

Kein Kind wird je fassen, dass es sich ohne Geborgenheit zurechtfinden muss. Verletzte Kinder greifen an. Irgendwen. Oder toben. Irgendwie. Oder sie verkriechen sich. Irgendwo. Bei irgendwem. In sich selbst. Man kann die Unglücklichen nicht beruhigen. Sie sind untröstlich. Nur heilen könnte man sie. Rechtzeitig.

Die Riesenwohnung mit der Riesendiele ist Schauplatz eines permanenten Familienkrieges geworden. Anlass: keiner. Grund: die Feindschaft der Eltern. Kämpfer: alle, außer Sophie. Täter: die Eltern. Opfer: alle. Folgen: schwere innere Verletzungen. Friedensbedingungen: Einer muss gehen, E oder sie. Raben hocken auf dem Dach in ihren Talaren und kehren wieder, wenn sie weggeflogen sind und man kurz auf Frieden gehofft hatte. In der Stadt gelten sie als Musterfamilie. Absurder geht es nicht.

Die Postkartenkulisse der Neckarfront ist nicht weit. Manchmal geht sie hinunter zum Fluss. Freigang. Drüben im Turm hatte auch einer festgesessen, doch sein Gemüt konnte den Kerkermauern entfliehen, das Land der Griechen mit der Seele zu suchen. Längst ist sein Gefängnis zur Idylle geworden, weidenumflort, wellenumspült und tröstlich wie seine Grabinschrift: »Im heiligsten der Stürme falle zusammen meine Kerkerwand ...«

Stocherkähne schaukeln vorbei, noch ein Hölderlin-Vers zieht durchs Gemüt: »Nur einen Sommer gönnt, ihr Gewaltigen! Und einen Herbst zu reifem Gesange mir ...« Hatte sie einen Sommer gehabt? Als Studentin vielleicht, damals in der Lichterstadt, wo sie hätte bleiben sollen. Und bei den Geburten der Kinder – einen Sommertag. Werden die Mädchen einen Sommer haben oder im Kerker ihrer Kindheit gefangen bleiben? Die Zeit am Neckar ist knapp. Wenn der innere Gong ertönt, sagt sie im Stillen: Hölderle, ich muss zurück.

Es sollte noch Jahre dauern, bis klar war, E wird das Schlachtfeld nicht räumen, so sehr sie ihn auch bittet. Doch dann dauert es nur noch eine Nacht, bis der Augenblick ist gekommen, in dem es keinen Ausweg mehr gibt und keine Hoffnung. Sie geht mit der kleinen Sophie, einem Koffer und einem Kinderfahrrad. Still schleicht sie davon, von einem Gefängnis ins andere, von einem lauten, wo alle an den Gitterstäben rütteln, in ein stilles, wo schwarze Tücher hängen.

Mein teurer Sohn!
Während der gegenwärtigen Regenzeit habe ich mir ein Fieber zugezogen, das mich an mein Lager fesselt und mich vollends mit dem Elend jener Tage verschmelzen lässt. Gleichzeitig steigt mitunter das Gefühl auf, ich könnte Dir selbiges unmittelbar schildern, genau so, wie es damals gewesen ist. Doch sobald die Temperatur absinkt und der Verstand seinen Platz wieder einnimmt, frage ich mich, woher ich den Mut nehme, die Leiden jener Zeit in Worte fassen zu wollen, denn neben der Bedrängnis, in die ein Mensch geraten mag, kommt das Ausmaß der Verletzlichkeit seines Gemüts hinzu, als Bedingung für die Verschiedenheit der Bürde, die bei gleicher Last jeden Menschen unterschiedlich beschweren mag. Was mich selbst betrifft, so dürfte Dir inzwischen mein empfindsames Wesen klar geworden sein. Über die damalige Not im Hause Gayoso hingegen kann ich nur Mutmaßungen anstellen.

Bedingt durch die ganz andere Ausbildung seines Charakters, hat sich Don Joseph vermutlich für den Elenderen gehalten, weil er sich gezwungen sah, die Tugend seiner Gattin zu opfern. In diesem Schädel aus Holz herrschte womöglich die Überzeugung, die Verbesserung der Lage meiner Eltern sei ein so hohes Ziel, dass daneben die Verletzung meiner Standespflichten eher als ein notwendiges Übel denn als schwere Sünde zu erachten sei.

Der Leiden Deiner Mutter zu gedenken, kam mir nicht in den Sinn. Im Gegenteil, ich schreckte vor jedem Gedanken an sie zurück, denn sie war es ja, die mich in den Schlund der Hölle ziehen würde, eine Frau ohne Gesicht, eine listige Verführerin, eine Sünderin, eine Ehebrecherin, wer weiß, vielleicht sogar ein Ungeheuer, das mich in die Arme der Lust pressen und ersticken würde. Ich fürchtete sie, ich zitterte vor ihr, und doch tauchte in meinem Inneren die verstohlene Frage auf, wie sie wohl aussehen mochte, denn ich erinnerte mich, dass ihr Gatte von ihrer Schönheit gesprochen hatte.

Meine eigene Lage hingegen erschien mir so verzweifelt und ohne jeden Ausweg, dass ich selbst, hätte Gottes Gebot nicht den Riegel der ewigen Verdammnis vor diese Tür gelegt, lieber die Pforte des Todes aufgestoßen hätte, als mit klarer Erkenntnis so viel Schuld auf mich zu laden. Die ewig gleichen Gedanken drehten sich, Windmühlen gleich, in meinem Kopf: Ein einfaches Leben hatte ich gewählt, und einen geraden Weg wollte ich gehen. Dafür hatte ich verzichtet, mag sein auf die schönsten Dinge dieser Welt, von denen ich aber, aus den Bergen von Sündenlast, wie sie mir in der Beichte begegneten, auch die Befürchtung hatte, sie seien womöglich die dunkelsten. Ein beschauliches Klosterleben wollte ich führen, leichten Herzens hatte ich den Freuden dieser Welt abgeschworen, um vor ihren Stürmen bewahrt zu bleiben. Und nun stand die Zukunft vor mir, so furchterregend und düster, dass ich nur noch fliehen oder die Augen für immer schließen wollte. Eine Flut von Lügen und innerer Not rollte auf mich zu, und die ganze Verworrenheit des Lebens, die ich bisher nur aus Schuldbekenntnissen kannte, drohte über mich hereinzubrechen. Verständlich, dass ich den Tag verwünschte, an dem ich beschlossen hatte, Mönch zu werden, denn nur so war ich zur Beute des Grobians geworden, der ohne das Siegel des Beichtgeheimnisses niemals gewagt hätte, sich einem Menschen derart auszuliefern.

Doch trotz meiner Seelenqualen wiederholte ich Tag und Nacht den Ablauf des Geschehens, wie es Gayoso festgelegt hatte. Gleichzeitig kniete ich halbe Nächte vor meinem Lager, damit der Schlaf mich nicht übermanne, während ich mir den Kopf darüber zermarterte, welche Möglichkeiten mir gegeben sein könnten, mich aus meiner Lage zu befreien. Der einfachste Weg war auch der klarste: Ich brauchte nur das Geld zurückzugeben, dann wäre ich frei. Meine Eltern waren kümmerlich lebende Fischersleute, die ein armseliges Leben hinter sich und ein schutzlos dem Schicksal und der Natur ausgeliefertes Alter vor sich hatten. Bereitwillig hatten sie auf meine Arbeitskraft verzichtet, als ich meiner Berufung folgte. Doch mittlerweile waren sie der Unterstützung aller Kinder beraubt worden, denn meinen Bruder, ein Fischer wie der Vater, hatte eines Morgens das Meer nicht mehr zurückgegeben, und die ältere Schwester war mit ihrem Mann nach Kuba ausgewandert wie viele in der Gegend, um dem armseligen Los der Fischer in Galizien zu entkommen. Das Geld auszuschlagen wäre demnach, menschlich gesprochen, fast ein Verbrechen an den hilflosen Eltern gewesen.

In meinem jammerschweren Herzen habe ich auch erwogen, mich von einem Arzt entmannen zu lassen, doch auch in diesem Fall hätte ich das Geld zurückgeben und meine Eltern dem Elend überlassen müssen. Wie von selbst haben sich in meiner Bedrängnis auch die unterschiedlichsten Fluchtpläne eingestellt. In schlaflosen Nächten malte ich mir aus, das raue Galizien hinter mir zu lassen und mich als Bettelmönch auf Wanderschaft zu begeben, so lange, bis ich in Kastilien oder Andalusien ein neues Kloster gefunden hätte. Auch eine Einsiedelei in Estremadura zu beziehen fand ich nicht ohne Reiz. Natürlich halfen solche Hirngespinste nicht weiter, denn bei meinem Verschwinden musste ich für meine Eltern die Rache des getäuschten Rohlings fürchten, der gewiss nicht davor zurückgeschreckt wäre, sie in ihr altes Elend zu stürzen.

Ist Glück eine Eigenschaft? Unsere Muttersprache behauptet das, man hat es nicht wie einen Besitz, den man verlieren kann oder wie einen vorübergehenden Zustand: Man ist glücklich oder man ist es nicht, beides ist eine Wesenseigenschaft. Das Ergebnis meiner Grübeleien war stets das gleiche: Ich saß in der Falle! Und ich war sicher, der Majoratsherr wusste dies nur allzu gut. So half es auch nichts, dass ich den Ursprung meines Unglücks inzwischen erfahren hatte. Einer meiner Vettern war Majordomus auf einem Gutshof Gayosos, und er hatte, gewiss ohne mir schaden zu wollen, von meinem Leben als Mönch in Sanct Jago erzählt, wie auch von den ärmlichen Verhältnissen aus denen ich stamme.

In meiner Trübsal habe ich angefangen, mit Gott zu hadern, und mich schließlich dazu verstiegen, Ihm anheim zu stellen, mich in seiner Allmacht aus dieser Lage zu befreien oder mir ein Zeichen zu geben, wie ich es selbst bewerkstelligen könnte, andernfalls Er die Schuld, die ich auf mich laden würde, als durch das Gebot der Elternliebe, und nicht durch meinen freien Willen verursacht, erachten möge.

In einer dieser unruhigen Nächte – der Gesang des Nachtwächters war gerade verhallt und ich stand am offenen Fenster meiner Zelle – war mir, als hörte ich von fern ein leises Raunen: Weh euch, weh euch allen … Und als ich mich niederlegte, kam mir ein Gedanke, mit dem ich einschlief, mit dem ich morgens wieder aufwachte, der mich tagsüber verfolgte und immer drängender wurde. Ein vager Hoffnungsschimmer war über Nacht zur fixen Idee geworden: Geh zu der alten Frau, die man *la bruja* nennt, eine Ausgestoßene, die außerhalb der Stadtmauer in einer Hütte hauste, weil sie in der Stadt drangsaliert und gemieden wurde.

Gegen Abend stand mein Entschluss fest. Ja, ich würde »die Hexe« nach meinem Schicksal fragen, und, wer weiß, vielleicht wusste sie einen Ausweg. Uns Mönchen von Valdediós war sie bekannt, weil sie vor dem Inquisitionsgericht als Ketzerin angeklagt worden war. Ihr Prozess war jedoch, im Zuge des Verbotes der Inquisition, eingestellt und bisher nicht wieder aufgenommen worden, weil durch die Aktenverbrennung die meisten Verfahren in Vergessenheit geraten waren.

Im Schutz der Dunkelheit machte ich mich anderntags auf den Weg zur Geschmähten, mit wilden Vorstellungen im Sinn, wie *la bruja* wohl inzwischen aussehen und wie sie wohl hausen würde. Als ich am Bretterverschlag der halb verfallenen Hütte klopfte, öffnete eine gebeugte Frau, zahnlos, hager und mit wirrem Haar. Im Stillen dachte ich, es mochte wohl dies bizarre Äußere sein, das ihr den Ruf einer Hexe eingetragen hatte. Sie begrüßte mich mit der linken Hand und hieß mich die Brettertür schließen. Der halbdunkle Raum war vom Herdfeuer erwärmt, über dem ein Kessel hing, in dem ein Sud mit Innereien brodelte, die einen strengen Geruch verbreiteten. Tauben gurrten auf den Balken, ein paar Hühner liefen herum, im Hintergrund stand eine Ziege. Mir machte die düstere Behausung eher einen bitterarmen als einen verdächtigen Eindruck.

»Mann der Kirche«, schnarrte die Alte, »was ist Euer Begehr?«
Wofern dies möglich sei, wolle ich meine Zukunft erfahren, ließ ich verlauten und legte ein Goldstück auf den Tisch, das die Alte eilig wegsteckte. Dann wies sie mir einen Schemel zu und setzte sich gegenüber an den Tisch. Lange schaute sie mich aus ihren vom Rauch geröteten Augen an: »Da muss die Not groß sein, wenn ein Mönch des heiligen Franziskus sich nicht scheut, die *bruja* aufzusuchen, die man der Häresie und des Pakts mit dem Teufel beschuldigt hat, einzig weil ihr die Gabe verliehen ward, das Schicksal der Menschen vorherzusagen und weil sie die Kunst beherrscht, ihnen Linderung ihrer Schmerzen zu verschaffen.«

»Nun, das tut mir leid, Euer Schicksal, die Verdächtigungen, die Verfolgung, das alles …«, stotterte ich.

»Ja, Hochwürden, das war der Dank für die Salben und Essenzen gegen ihre Leiden und Bresten, die ich zusammenbraute und die sie nachts heimlich bei mir abholten. Vor das Heilige Offizium hat man mich gezerrt und mir in qualvollen Verhören vorgeworfen, dass ich meine Katze getauft, in der Dämmrung des Allerheiligentages mit Gift vermischtes Tierblut auf Gräber geträufelt und in meine Salben Leichenteile von toten Kindern gemischt hätte, vornehmlich von solchen, die noch nicht getauft waren …«

Hierauf schwieg sie und schaute mich mit zusammengekniffenen Augen an. Als sie schließlich weitersprach, zitterte ihre Stimme vor Empörung: »Und das alles, das ganze verfluchte Hexentheater findet doch einzig und allein deswegen statt, weil die hohen Herren immer wieder einen Beweis dafür erbringen müssen, dass das Böse im Weibe steckt.« Die Alte lachte bitter, ehe sie weiterkrächzte: »Nur weil die Geistlichkeit es in ihrem Hochmut nicht erträgt, dass in Gottes Namen der Satan männlich ist. Deshalb, und weil sie auf die Lust mit einem Weibe verzichten müssen, jawohl! Deshalb haben sie die Hexen erfunden und setzen wehrlose Weiber so lange der Folter aus, bis sie gestehen.«

Während sie so sprach, kam es mir vor, als könnte sie recht haben mit ihrer Anklage. Mir fiel ein altes galizisches Märchen ein, in dem unser Herr, als er noch auf Erden wandelte, eines Tages mit Petrus des Weges ging und sie dem Teufel begegneten, als dieser gerade heftig mit dem Weibe stritt. Der Herr bat die beiden zu schweigen, doch sie gehorchten nicht. Darauf setzte er seinen Weg fort, aber die Schreie waren derart widerwärtig, dass der Herr zu Petrus sprach: »Geh hin und bring sie zum Schweigen.« Petrus ging zu ihnen, aber je mehr er bat, endlich Ruhe zu geben, desto lauter brüllten sie. Da hieb der Jünger ihre Köpfe ab und brachte sie zum Meister. Dieser fragte ihn: »Schweigen sie?« »Sie schweigen«, antwortete Petrus, »hier sind ihre Köpfe.« Als der Herr das sah, sprach er: »Mann, was hast du getan? Geh hin und bringe sie wieder zurück.« Petrus gehorchte, doch er verwechselte die Köpfe. Seit jenem Tag geht das Weib angeblich mit dem Kopf des Teufels durch die Welt!

Während ich noch dem Märchen und dem Schicksal der alten Frau nachhing, hatte diese eine Glaskugel auf den Tisch gestellt und angefangen, Karten auszulegen. Nach einiger Zeit sagte sie: »Seit der Nacht von *Todos los Santos* schwebt eine dunkle Wolke über Eurem Leben. Das hängt mit einem Komplott zusammen und wird nicht mehr von Euch weichen. Aber die Wolke wird ihre Blitze erst in späteren Jahren aussenden.« Dann hob *la bruja* den Kopf und sah mich aus ihren Triefaugen lange an, ehe sie weitersprach: »Hört zu! Das künftige Unwetter wird nicht auf Euch allein niedergehen. Ich sehe sechs Menschen, die davon betroffen sein werden. Wie durch eine Sintflut wird ein stattliches Haus weggespült werden. Und eine Familie. Und die Heimat.«

Ich erschrak gewaltig ob dieser Weissagung, denn das mit dem Allerheiligentag hatte ja seine Richtigkeit, eine Familie war ebenfalls im Spiel. Doch da ich mir nicht erklären konnte, weshalb sie von sechs Menschen sprach, begann ich an ihren Worten und ihrer Kunst zu zweifeln. Meiner Überlegung nach konnte es sich höchstens um vier Personen handeln, die Eheleute Gayoso, einen etwaigen Nachkommen und mich. Deshalb bewertete ich kurzerhand die ganze Hiobsbotschaft als Irrtum.

Ohne weitere Fragen zu stellen, stand ich auf und ging zur Tür, nachdem ich der Alten versichert hatte, ich hielte sie nicht im Geringsten für eine Hexe und teile ihre Überzeugung, dass es keine Hexen gebe. Im Gehen hörte ich noch, wie sie den Riegel vorschob und lachte. Es war ein bitteres Lachen, kein schadenfrohes.

Es ist spät geworden, mein Sohn, ich werde noch einen Rundgang im Patio machen, um mich von der Anstrengung des Tages zu erholen.

Sei mir gewogen, auch wenn das immer schwerer werden mag;
  darum bittet Dich
  		Dein Vater

Manila, am 10. Juli anno 1845

# Der Mönch verlässt das Kloster

## Ein Allerweltsproblem

Längst sind gemeinsame Urlaube unmöglich. Auch im letzten Sommer der Familie fährt E mit den Mädchen ans Meer, sie erstmals nach Santiago de Compostela. Bei der Puerta de Mazarelos neben der Universität, wo der »Curso de Verano para Extranjeros« stattfindet, liegt ihr Hostal: Bett, Tisch, Stuhl, Kleiderkasten. Die Wirtsleute nehmen das Gepäck ab und begrüßen sie mit *Señora*. Das klingt bedeutungsvoll, fast wie ein Kompliment. Vor zehn Jahren, als sie den Priester in Brüssel besuchte, wurde sie an der Rezeption mit *Mademoiselle* angesprochen, obwohl man den Pass gesehen hatte und sie im Gefühl, erwischt worden zu sein, die Bilder der Töchter herumzeigte und bat, mit *Madame* angesprochen zu werden. Doch es blieb bei *Mademoiselle*. Inzwischen ist sie also eine *Señora* geworden und in die Stadt der Gayosos gekommen, mit einer Ahnung, die fast schon Gewissheit ist.

Auf Santiago ist sie nicht vorbereitet. Die Pilgerfestung fällt plötzlich über sie her, mit voller Wucht und ihrem ganzen Zauber. Alles trifft sie auf einmal und hätte sie fast erdrückt, die düstere Altstadt mit hallenden Bogengängen und spaltbreiten Gässchen, die Anmut des Platería-Platzes mit Pferdebrunnen und Silberlädchen, das Schweigen der Plaza Quintana mit kahler Treppe und nacktem Längshaus, der Obradorio-Platz, Arena zur Bewunderung der Kathedrale. Und natürlich die Kathedrale! In jeder Gasse das *Sursum corda* ihrer Türme, zu jeder Stunde der Ewigkeitsdonner ihrer Glocken; und dann der *Portico de la Gloria* mit dem jugendlichen Daniel und dem schönsten Lächeln des Mittelalters, zu dem es nur einen treffenden Kommentar gibt: Ob er nicht doch lebt?

Das ist also der Magnet, der die Pilgerströme seit Jahrhunderten quer durch Europa zieht; hier ist das Geheimnis, das jeden zum Pilger macht, hier sind sie versöhnt, die Macht der Kirche und die Ohnmacht der Wallfahrer. Und hier nahm das Schicksal der Majoratsfamilie seinen Lauf, zuerst unter dem Siegel des Beichtgeheimnisses, dann vor aller Augen. Und sie ist gekommen, um

Santiago zu sehen und die Sprache der Gayosos zu lernen, weil sie fühlt, es würde sich alles wiederholen, sie ahnt nur nicht wie bald.

Wehrlos wie ein Kind sitzt sie im Halbdunkel des Pilgerschiffs. Auf dem Hochaltar die Ruhe und Sicherheit aus der Schatztruhe einer besseren Welt. Von der goldenen Figur des Heiligen fließt mildes Licht herab und stilles Erbarmen, das den Eindruck vermittelt, der lächelnde Jakobus begrüße jeden Einzelnen, wisse alles und könne alles verstehen. Pilgergruppen ziehen vorbei: Fähnchen, Wanderschuhe, Rucksäcke, Anoraks, Gesänge und Gebete. Ab und zu steht ein neuer Abraham a Santa Clara auf der Kanzel und lässt seine Bußpredigt auf ein Pilgertrüppchen niederprasseln, Variationen über das Thema: »Oh Mensch, lass es dir sagen: Es muss gestorben sein, nicht vielleicht, sondern gewiss.«

Am wenigsten ängstigen die deutschen Pilgerväter ihre Zuhörer, man hört den Rebellen von der Wartburg heraus, mit seinem *simul justus et peccator*, das die Geistlichkeit, endlich auch die katholische, ablenkt von genüsslicher Ausmalung der Sündenstrafen hin zu Vergebung und Barmherzigkeit. Und sie freut sich im Stillen, dass ausgerechnet die Predigt der Landsleute am besten zur goldenen Heilsgewissheit passt, die vom thronenden Jakobus herabströmt ins Kirchendunkel und in die Finsternis der Welt. Dazwischen fliegt der riesige Botafumeiro durch die Luft und füllt den Ort mit dem Geruch der Heiligkeit, Orgelbrausen lässt erschaudern, Messen werden gelesen, einige gleichzeitig, Beichtgelegenheit in mehreren Sprachen, und hinter dem Hochaltar wird der Apostel umarmt und geküsst, Pilger um Pilger, umarmt und geküsst. Stunden vergehen, Gefühle und Gedanken kommen und zerfließen wieder, Allerweltsgefühle, Allerweltsgedanken und das Allerweltsproblem einer zerbrechenden Familie.

Mein ferner Sohn!
Der Apostel beschwört uns mit den Worten: »Betet ohne Unterlass«, doch in jenen Tagen bedurfte es dieser Mahnung nicht, denn je näher der Tag kam, an dem ich das Kloster unter falschem Vorwand verlassen sollte, desto unablässiger flehte ich um Rettung vor der drohenden Verstrickung. Doch es fiel kein Lichtstrahl in das Dunkel jener Wochen, und auch am Fest der Geburt des Herrn erschien kein Stern über Valdediós, um mir einen Ausweg zu zeigen.

Unerbittlich rückte das Erscheinungsfest näher und damit auch der unausweichliche Gang zu meinem Vorgesetzten. Der Abt, Padre Cristóbal Juan, war erst seit ein paar Monaten im Amt und noch damit beschäftigt, die Mönche kennenzulernen. Deshalb wählte ich den Weg über meinen vertrauten geistlichen Vater, den Padre Novizenmeister, den ich ersuchen wollte, mein Anliegen dem Ordensoberen zu übermitteln, und den ich um die Mittagszeit eines klaren Januartages aufsuchte.

Noch auf dem Weg zum vormaligen Noviziat erschien mir mein Vorhaben mit jedem Schritt, den ich durch den hinteren Patio machte, unmöglicher. Wie sollte ich dem ehrwürdigen Pater Ignacio die widerwärtige Lügengeschichte glaubhaft machen? Ich war zu elend für diesen Auftritt und würde mich sogleich durch zaghaftes Gebaren oder mühsames Sprechen verraten. Mit stechendem Kopfschmerz und Angstschweiß auf der Stirn betrat ich den weiß getünchten Raum, der den Novizen von Valdediós früher als Sprechzimmer gedient hatte. Ein verirrter Strahl der matten Wintersonne fiel auf die leibarme Gestalt des guten Pater Ignacio, als wolle sie ihn wärmen. Er sah in seinem dunklen Stuhl mit der hohen Lehne noch hagerer aus als im Chorgestühl, im weißen Mittagslicht noch durchscheinender als im Dämmerlicht der Kirche. Mit einer kaum wahrnehmbaren Bewegung seiner Greisenhand wies er mir den Stuhl vor dem Tisch zu, hinter dem er saß, und fragte mit heiserer Stimme nach meinem Begehr.

»Ehrwürdiger Vater ...«, mit einem spontanen Seufzer fing ich an zu sprechen und zuckte sogleich zusammen. Doch er schien nichts bemerkt zu haben, also fuhr ich fort: »Heute erreichte mich die Nachricht aus Betanzos, mein Vater liege schwerkrank darnieder ... mit Fieber und blutigem Husten. Es ist nun so ... die Lage ist die ... nun, meine gebrechliche Mutter ist allein mit der Pflege des Kranken. Früher waren wir drei Kinder. Doch meinen Bruder, den Fischer, hat das Meer behalten, und die Schwester ist ausgewandert, wie viele, um der Not zu entkommen ...« Während des Sprechens bemerkte ich, wie der Fluss meiner Rede allmählich dadurch befördert wurde, dass ich immer mehr von der Gewissheit durchdrungen war, die Lügengeschichte einzig um des

Wohles meiner Eltern willen vorzutragen. Dies mochte auch der Grund dafür gewesen sein, dass ich trotz meines aufgewühlten Inneren meine Schilderung mit Einzelheiten schmückte und mir nach und nach die Worte wie von selbst über die Lippen kamen. Am Ende brauchte ich die Bitte um Urlaub vom Kloster gar nicht auszusprechen.

Während die Sonne weitergewandert war und ein bläuliches Licht im kahlen Raum hinterlassen hatte, dachte ich, der Novizenmeister sei eingeschlafen. Doch ich hatte mich getäuscht. Kaum hatte ich geendet, zog er die Hände aus den Ärmeln der Kutte, wo er sie gewärmt hatte, und mir wurde klar, dass er geduldig das Ende meiner Rede abgewartet hatte, um sogleich das Wort zu ergreifen: »Er weiß wohl, mein Sohn, Er hätte sich persönlich dem Abt vertrauen müssen. Indess' scheint es mir verständlich, dass Er mich bittet, sein Ersuchen vorzutragen, zumal bekannt ist, wie streng der jüngst Berufene die Ordensregel auslegt und wie ungern er Ausnahmen gewährt. Gleichviel, ich werde ein gutes Wort für Ihn einzulegen wissen, denn ich habe Ihn seit dem Noviziat als eifrigen, die Regel gewissenhaft einhaltenden Bruder in Christo in Erinnerung behalten.«

Obwohl er leise und krächzend sprach, war ein gütiger Grundton aus seinen Worten herauszuhören, und ich bedankte mich unterwürfig für sein Verständnis. Als ich gerade gehen wollte, fragte der Greis unvermittelt: »Wer hat Ihm die Nachricht übermittelt, mein Sohn?« Ich erschrak, weil ich glaubte, ein leiser Argwohn verberge sich hinter der Frage. Allerdings war ich auf diesen Augenblick trefflich vorbereitet. Hastig zog ich einen Brief hervor, den ich nach der Vorlage eines Briefes meiner Mutter mühsam verfasst hatte: »Meine bedauernswerte Mutter«, sagte ich und schob das gefälschte Schreiben über den Tisch. Plötzlich trat ein Lächeln in das zerfurchte Gesicht meines Gegenübers. Als Pater Ignacio die Mitteilung gelesen hatte, sagte er mit belebter Stimme: Es sei doch ein großer Fortschritt, dass man sich inzwischen auf das regelmäßige Eintreffen der Postkutsche verlassen könne. Er erinnere sich noch gut an die Zeit, es müssten die Siebzigerjahre des vorigen Jahrhunderts gewesen sein, als die beiden ersten öffentlichen Briefkästen in der Stadt aufgestellt worden seien und man in dringenden Fällen noch einen berittenen Kurier gebraucht habe.

Im ersten Moment dachte ich, Padre Ignacio würde vom eigentlichen Gegenstand ablenken, um zu prüfen, ob ich erleichtert oder unsicher reagierte. Doch er schien nicht den geringsten Verdacht zu hegen, da er fortfuhr, in rührender Weise seine Jugendtage und die damaligen Verhältnisse zu schildern. Während ich ihn so dasitzen sah, in seiner wachen Altersgüte, fand mein gequältes Gewissen für einen kurzen Moment Frieden, und ich wünschte mir nichts sehnlicher, als vor ihm auf die Knie zu fallen, ihm den fürchterlichen Plan zu entdecken, ihn um Vergebung für meine vor mir liegenden Sünden zu bitten und um seinen Segen für die Missetaten, die zu begehen ich mich anschickte. Doch im nächsten Augenblick erschrak ich gewaltig ob der Abwegigkeit meiner Gedanken und darüber, in welch wirren Zustand die einsame Verzweiflung der letzten Wochen mich offensichtlich versetzt hatte. Sofort fasste ich den Vorsatz, kein einziges Wort mehr zu sagen, ohne gefragt zu sein, denn ich hatte die Befürchtung, mein Verstand könnte mich verlassen.

Der Pater Novizenmeister entließ mich schließlich mit der Zusage, dem Abt einen unbegrenzten Urlaub bei meinen Eltern vorzuschlagen, zumal sich ja in Betanzos ein Kloster befinde, wo ich weiterhin nach der Regel des heiligen Franziskus leben könne, wofern der Gesundheitszustand meines Vaters dies erlaube. Am Ende der Audienz sprach der Alte den Reisesegen, um den ich gebeten hatte und den ich kniend, in tiefer Beschämung und Abscheu vor mir selbst empfing. Ehe ich mich erhob, presste ich in heftiger Bewegung meine Lippen auf seine Hand und verließ den Raum, ohne ihn nochmals angeschaut oder gegrüßt zu haben.

Die Bewilligung meiner Reise wurde mir umgehend durch ein Mitglied des Ordenskapitels überbracht. Ein Klosterbruder wies mir eine lederne Reisetasche zu, in die ich ein paar Wäschestücke packte, darunter den Beutel mit dem Geld, die Heilige Schrift und das Kreuz aus meiner Zelle, daneben legte ich den Wintermantel bereit. In meiner Bedrängnis fand ich dennoch Zeit, über ein Versteck für die Goldrealen nachzudenken, und beschloss, im Hause Gayoso einen sicheren Platz zu suchen, sei es unter dem

Futter der Reisetasche, in einem Möbelstück oder einem geeigneten Winkel. Das Geld war mir ungeheuer wichtig, es war der Lohn der Sünde und meine einzige Rechtfertigung, wenn auch eine höchst fragwürdige.

Nach dem Abschied von meinen Mitbrüdern, deren Genesungswünsche mich abermals beschämten, trat ich am Morgen des 7. Januar 1816 offiziell meine Reise nach Betanzos an, eine Reise aus der Gemeinschaft des Klosters in die Einsamkeit der Welt, aus dem ehrlichen Leben in die Lüge, aus der Reinheit des Herzens in die Sünden des Fleisches, aus dem Seelenfrieden in die Rastlosigkeit, aus der Freiheit des Geistes in die Gefangenschaft der Gefühle, aus dem geistlichen Stand in die Ehrlosigkeit.

Von Valdediós stieg ich eilig den Anhang, die Treppen und die Cuesta vieja de San Francisco hinauf, um vor der Puerta de la Pena auf die Postkutsche zu warten, die wenig später auch eintraf. Der Tag war grau und regnerisch, ein stürmischer Nordostwind jagte dunkle Wolkenbündel, kahle Bäume streckten ihre Äste wie schwarze Krallen in den Himmel. Mühsam, mit gesenkten Köpfen und wehenden Mähnen kämpften sich die Pferde unter den Peitschenhieben des Kutschers voran. Einzig den Vorreiter, ein munterer Bursche von etwa fünfzehn Jahren, der mich mit ein paar Späßen begrüßt und meine Reisetasche aufs Kutschendach verfrachtet hatte, schien das Wetter nicht zu stören. Munter knallte er mit der Peitsche durch die Luft, als hätte er vor, die düstere Stimmung mit seiner Unbeschwertheit zu verscheuchen.

Mir gegenüber saß eine behäbige Matrone mit ihrem Enkelkind. Sie richtete ab und zu ein paar Worte an ihren Ehemann, der neben mir saß und nur knapp oder gar nicht antwortete. Wie gerne hätte ich damals mit diesen braven Leuten getauscht und ihr biederes Leben auf mich genommen, mit all seiner Beschwernis, die ich für leicht erachtete angesichts meines gottlosen Auftrags. Aber nicht nur ihr Leben schien mir begehrenswert. Während wir am Hospital von San Roque vorbeifuhren, dachte ich: Wie gut es doch die Kranken haben und am besten die Sterbenden. An einer Wegbiegung kam die Kutsche fast zum Stehen, und einen Moment lang stellte ich mir vor, was passierte, wenn ich ausstiege, in den galizischen Wäldern verschwände und bei einem Köhler Unterschlupf suchte. Doch es war mir nicht beschieden, den Mut für eine derart abenteuerliche Flucht aufzubringen, und so lehnte ich dumpf in der Ecke, bis der Reisewagen zum ersten Mal anhielt, um die Pferde zu tränken.

Unter den fragenden Blicken meiner Weggefährten öffnete ich den Wagenschlag, ließ den Kutscher die Reisetasche vom Dach holen, entlohnte ihn und strebte dem stattlicheren der beiden Gasthäuser der Poststation zu. Beim Betreten der Wirtsstube eilte mir ein freundlicher Wirt entgegen, der mich erwartet zu haben schien, mich beiseitenahm und mit gedämpfter Stimme fragte, ob ich der Gast sei, den der hochwohlgeborene Majoratsherr Don Gayoso habe ankündigen lassen. Nachdem ich mich argwöhnisch in der Wirtsstube umgesehen und die Frage bejaht hatte, bat mich der Wirt, ihm zu folgen. Er brachte mich in ein Zimmer über der Gaststube, wo ich reichlich bewirtet und danach mit guten Wünschen für einen angenehmen Aufenthalt allein gelassen wurde.

Die Stunden dieses Tages zogen sich quälend in die Länge. Wie ein Verurteilter wartete ich, bis ich abgeholt würde, während ich auf den knarrenden Dielen hin und her wanderte und manchmal aus dem kleinen Fenster schaute, an dem der Wind rüttelte. Draußen hing noch immer dieser finstere Himmel mit niedrigen Wolken, die wie volle Säcke ihre Wassermassen übers Land schütteten. Eintönige Hügelketten begrenzten den Horizont, abgeerntete Maisfelder lagen vor dem Haus, aus deren dunkler Nässe Krähenschwärme aufstiegen und an deren Ränder ein paar Apfelbäume mit verhutzelten Ernteresten standen. Um mir die Zeit zu vertreiben, begann ich, einzelne Vögel zu beobachten, wie sie hochflogen, einander jagten, misstöniges Krächzen ausstießen oder auf entlaubten Zweigen hockten.

Mitten in jener Kahlheit des Winters, mitten im strömenden Regen und meiner verstörten Ruhelosigkeit kamen mir auch noch andere als nur verzweifelte Gedanken in den Sinn: War die Natur da draußen nicht trotz des Wetters schön, schon deshalb, weil sie unschuldig war? War es denn so wichtig, was ich tat, ich winziger

Punkt auf Gottes weiter Erde, der weggeschwemmt würde nach kurzer Pilgerfahrt? Warum quälte ich mich so sehr? War ich nicht einfach ein unwichtiges, kümmerliches Mönchlein? Gab es denn einen Ausweg aus meiner Lage? Was galten die Gesetze der Ehre, was deren Übertretung? Was galt das Urteil der Gesellschaft oder die Vorurteile der Menschen? Und was galten schließlich selbst die Regeln eines Ordens, angesichts der ewigen Gesetze der Natur, des ewigen Kommens und Gehens der Jahreszeiten und der Menschen? Und war nicht die unschuldige Ehebrecherin in einer weitaus schlimmeren Lage, weil sie Gottes Gebot übertreten würde, während ich just die Regel eines Ordensgründers übertrat?

Heute frage ich mich, ob diese Gedanken die Notwehr einer verzweifelten Seele waren, ob mich Gayoso bereits vergiftet hatte, oder ob sie am Ende einen wahren Kern enthielten. Zwischendurch ließ ich mich auf die Bettstatt fallen und malte mir aus, welche Personen und Umstände mich im Hause meines Peinigers erwarten mochten, um wenig später erneut das Zimmer ruhelos zu durchmessen. Wieder durchzogen Karawanen düsterer Gedanken mein Gemüt, das schließlich derart müde und zermürbt war, dass ich mir selbst noch den Kutscher des Teufels herbeiwünschte, nur damit irgendetwas geschehen möge.

In den endlosen Stunden des Wartens tauchten auch neue Einfälle auf. So malte ich mir aus, wie wir vielleicht ein Komplott würden schmieden könnten, Margaretha und ich, um den Vergewaltiger zu täuschen, ihn hinters Licht zu führen, Rache zu üben. Wer sollte denn herausfinden, ob wir seinen Willen erfüllt hatten? Welcher Arzt sollte den Nachweis führen, dass wir den Gehorsam verweigert hatten? Doch ich konnte nicht erahnen, welchen Sinnes die erniedrigte Ehefrau sein würde, ob sie willens war, sich zu unterwerfen, weil sie den Gatten fürchtete oder gar im Stillen einem Abenteuer nicht abgeneigt war. Immer wieder stieß ich mit dem Kopf an die Wand endloser Vermutungen und Ungewissheiten, die mir beim Versuch, Hirngespinste in Pläne zu verwandeln, im Weg standen.

Endlich, gegen Abend, hörte ich in der Wirtsstube lautes Poltern. Eine derbe Männerstimme fragte in breitem Galizisch nach dem

Gast des hochwohlgeborenen Don Gayoso. Kurz darauf klopfte es an der Tür, und der Wirt sagte, die Kutsche stehe bereit.

Der Sturm hatte sich gelegt, und auf der Rückreise gab mir der klare Sternenhimmel für kurze Augenblicke die schwache Zuversicht, es könne über allem ein Erbarmen liegen.

Mit dem letzten Funken dieser Hoffnung im Herzen und dem Wunsch, auch Du mögest dieses Vertrauen in Dir tragen, umarmt Dich
  Dein Vater

Manila, den 6. August anno 1845

# Die Ankunft

## Verschwundene Akten, ertrunkene Täler

Ob Margaretha in der Kathedrale gebetet hat? Vielleicht am Seitenaltar der *Señora de la Soledad*, die nie einsam ist, weil immer Frauen dort knien, Blumen und Kerzen bringen, angezogen von der Schönheit im schwarzen Samtmantel, mit Goldfäden bestickt und von sieben Schwertern durchbohrt. Oder vielleicht ging sie lieber in die kleine Iglesia de Salome, um ihre Tränen zu verbergen? Gedankenspiele. Sicher ist: In einem der imposanten Stadthäuser von Intramuros hat die Majoratsfamilie gewohnt. Mittags sucht sie mit dem Objektiv die Fassaden der Pazos ab, fotografiert Familienwappen und klebt sie in ein Album, ohne zu wissen weshalb.

Eines Tages, vor dem Archivo Historico Diocesano, packt sie die Neugier: Ob der Fall Gayoso registriert ist? Der Pförtner führt in ein Kellergewölbe, wo ein freundlicher Mönch Karteikästen und Lederfolianten heranschleppt. Etwa zwei Stunden durchforsten sie das Jahr 1825 und die drei folgenden Jahre. Umsonst. Der Pater vermutet, die Dokumente seien wohl eher bei der *Rota* in Madrid archiviert, der zweiten Instanz.

An den Wochenenden werden Ausflüge angeboten. Man fährt durchs grüne Galizien, entlang der Costa de la Muerte zu den *rias bajas,* den ertrunkenen Tälern, die fjordartig die Westküste zerklüften, und hält in *finis terre,* der äußersten Spitze des Erdteils. Sie hockt auf einem Felsvorsprung, die Wellen rollen heran, klatschen an die Felsen, stemmen sich hoch, bäumen sich auf, fallen zusammen, unablässig, unerbittlich seit Ewigkeiten. Zorn Gottes, Todesküste. »Von den Enden der Welt habe ich zu Dir geschrien.« Immer diese Bruchstücke im Kopf, Psalmen, Gedichte, Redensarten ihrer Mutter, Sprichwörter. Dazugehören, irgendwo, und sei es zum Reich der Volksweisheiten und Stoßseufzer, wenigstens das. Zusammengehören aussichtslos.

Galizien ist dünn besiedelt, winzige Dörfer, verfallene Hütten, vor denen alte Leute hocken. Man fährt durch Hügellandschaften mit endlosen Wäldern; vereinzelt Waldbrände für ein unabhängiges Galizien. Wolkenfetzen, Nebelschwaden, kein Wunder, dass hier krause Geschichten entstanden, seltsame Bräuche, Hexenwahn, Melancholie und Aberglauben. Außerhalb der Weiler mit niedrigen Steinhäusern ab und zu ein Landsitz mit Herrenhaus, Kapelle und Umfriedungsmauer, meistens unscheinbar und halb verfallen; dazwischen gestreut die *horréos*, Wahrzeichen Galiziens, kleine Stelzenhütten, Speicher für Saatgut. Auf sechs Steinpfosten, dick wie Elefantenbeine, stehen sie in der Landschaft, Hexenhäuschen mit Steinkreuz auf dem Dach. Vielleicht haben die Kinder der Gayosos sich während der Sommerferien in solchen *horréos* versteckt und einander Gespenstergeschichten erzählt. Sie fängt an, sich Gruselgeschichten auszudenken. Doch die Stunde hatte geschlagen: *Ya es la hora.*

Mein lieber Sohn!
Ein rätselhaftes Fieber hat mich erneut ans Krankenlager gefesselt und in anhaltende Schläfrigkeit versetzt, sonst hätte ich die Schilderung jener Tage eher fortgesetzt, da es mich fühlbar treibt, mich darin zu verlieren, aus der ummauerten Stadt zu fliehen und mein eingemauertes Leben darin zu vergessen. Mittlerweile befinde ich mich leidlich, doch ehe ich fortfahre, möchte ich anmerken, dass dieses Mal meine Krankentage nicht so eintönig waren wie die vorangegangenen. Ein junger Mönch, der in den Norden des Landes zog, um dort seinen Missionsauftrag zu erfüllen, hat mir seinen Kanarienvogel geschenkt, ehe er die Reise antrat. Den kleinen Käfig aus Bambusrohr habe ich am Fußende des Bettes aufgehängt, an der Kleiderstange unter den Ablagebrettern. So konnte ich ab und zu hinüberschauen zu meinem Zimmergenossen, der ein wenig Leben in meine Behausung bringt und mich manchmal so hilflos anschaut, als wollte er sagen: Sind wir nicht Schicksalsgenossen, du und ich?

Doch lass uns zurückkehren in die Vergangenheit: Es war längst dunkel, als wir die Stadt erreichten. Ein bleicher Wintermond tauchte Dächer und Türme in mattes Silber. Der Kutscher verließ die Landstraße, fuhr durch die Puerta San Roque in das Viertel San Payo hinter der Kathedrale und ließ die Pferde die Rua Algalia de Arriba entlangtraben. Das Klappern der Hufe in der jüngst von französischen Gefangenen gepflasterten Straße ließ zwar einige Schatten hinter den Fenstern erscheinen, doch da auch die wenigen Laternen, die in Sanct Jago gewöhnlich angezündet wurden, wegen der Mondnacht nicht brannten, dürften die Neugierigen die Kutsche kaum erkannt haben. Vor dem Stadthaus der Gayosos, wo sich die Straße zu einer Plazuela weitet, brachte der Kutscher die Gäule zum Stehen. Das Gefährt geriet gewaltig in Bewegung, als der Alte sich vom Kutschbock herunterquälte, indes ich einen zaghaften Blick auf die von den Wagenlaternen angeleuchtete Fassade warf. Still und friedlich lag es im Mondlicht, das riesige Eckhaus mit dem Wappen zwischen den Balkontüren, und kein Mensch hätte geahnt, wie viel Gram und Elend hinter diesen Mauern wohnten.

Als der Kutscher mit dem Türklopfer unsere Ankunft meldete, war auch ich beim Portal angekommen, das nun vorsichtig geöffnet wurde. Eine kleine, rundliche Frau, hinter der neugierig ein junges Mädchen mit sprechenden Augen hervorschaute, ließ mich wortlos eintreten, während der Kutscher sich um den Reisewagen und die Tiere kümmerte. Die schwarz gekleidete Amme nuschelte ein paar unverständliche Begrüßungsworte und schob eilig die Riegel vor die Tür. Ohne mich eines Blickes zu würdigen, zeigte sie auf ihre Tochter: »Das ist Rosalia.«

Mit einer knappen Handbewegung wies sie das Mädchen an, mir die Reisetasche abzunehmen, durchquerte wortlos die mit Steinfließen ausgelegte Eingangshalle und strebte auf die Treppe im hinteren Teil der Vorhalle zu. Im Schein der mit ihren Schritten schwankenden Öllampe führte resolute Frau die stumme Prozession über die Holztreppe mit üppigem Schnitzwerk ins zweite Obergeschoss zu den Schlafzimmern. Mit einem mürrischen »Bitte sehr, Hochwürden«, öffnete sie eine der Türen, und als ich mit dem Ausdruck der Überraschung ob der noblen Ausstattung eintrat, stellte sie die Lampe auf den Tisch, hieß Rosalia, die mit einem scheuen Lächeln vor der Tür gewartet hatte, die Reisetasche abstellen und wünschte mir, nachdem sie sich nach etwaigen Wünschen erkundigt hatte, in einer Mischung aus Unterwürfigkeit und Verachtung, eine gute Nacht und einen angenehmen Aufenthalt »in diesem hoch angesehenen Haus«, wie sie mit unverhohlenem Vorwurf in der Stimme sagte. Während sie die Türe schloss, nuschelte sie noch etwas, das so ähnlich klang wie »qué vergüenza«, und ich dachte im Stillen: Wie recht sie hat, das alles ist eine riesige Schande.

Eine Art zynischer Selbstverachtung begleitete meine unsicheren Gebärden als ich Anstalten machte, mich für die Nacht vorzubereiten und das Ordenskleid abzulegen. Aber als ich mich schließlich entkleidet, das bereitgelegte Nachtgewand übergestreift und mich in das frische Bett gelegt hatte, war ich plötzlich zu müde, um noch etwas zu denken oder zu fühlen. Aus einer der Karaffen schenkte ich mir Wasser ein und ein Glas Rotwein aus der anderen, um gleich danach, eingehüllt in weiche Decken und die vom Wein gemilderte Melancholie, in tiefen Schlaf zu fallen, aus dem ich erst am späten Vormittag des nächsten Tages erwachte.

Als ich die Augen aufschlug und sah, wo ich mich befand, presste ich sie sofort wieder zu. Plötzlich wurde mir bewusst, weshalb ich gestern diese umständliche Reise von Valdediós in die obere Algalia gemacht hatte, und sogleich überfiel mich das Verlangen, einen tiefen Winterschlaf zu halten und erst im Kloster wieder aufzuwachen, wenn alles vorbei wäre. Doch als die Amme an der Tür klopfte und fragte, ob ich einen Wunsch habe und wann ich gedächte, zum Frühstück zu kommen, wurde mir klar, dass ich aufstehen und den eingeschlagenen Weg weitergehen musste. Während mein Blick durch das Schlafgemach wanderte, wurde ich gewahr, dass der Hausherr jedes Detail überlegt und im Voraus an alles gedacht hatte, was zum Gelingen seines Planes gehörte, einschließlich meiner Ausstattung mit weltlichen Kleidern. Über einem Fauteuil lag ein flaschengrüner Seidenkaftan, daneben dunkelgraue Beinkleider mit passender Weste, ein weißes Hemd mit Stehkragen, Strümpfe, zwei Paar Lederschuhe, ein Paar Pantoffeln und eine wattierte Hausjacke. Zunächst zögerte ich, die Maskerade mitzumachen, doch während der Morgentoilette ging mir durch den Kopf, dass meine Mönchskutte in diesem Hause und in dieser Mission eine noch schlimmere Verkleidung gewesen wäre.

Dann geschah etwas Merkwürdiges. Während ich langsam und unsicher die farbigen Kleider anlegte, ging neben der äußeren auch eine innere Verwandlung in mir vor, von der ich selbst in höchstem

Maße überrascht war und deren Schnelligkeit mich heute noch beschämt. Plötzlich und unvermittelt drängte sich ein Gedanke an die Oberfläche meines Bewusstseins, der meine damalige Lage vollständig beschrieb, ein Gedanke, den ich zuvor gewaltsam unterdrückt zu haben schien und der mich, wohl, eben weil er nicht zugelassen wurde, in diese ständige Unruhe versetzt und Tag und Nacht durch die Innenhöfe, Flure und Galerien des Klosters getrieben hatte. Es war nur ein einziger Satz, und es war fast eine Befreiung, ihn auszusprechen, zuerst im Stillen und dann halblaut murmelnd. Danach war meine Lage zwar nicht minder eingeengt, aber mit einem Mal war sie klar und fassbar geworden. Von einer Minute zur anderen war das Meer diffuser Befürchtungen verschwunden, an seine Stelle trat eine einzige Tatsache, mit der ich würde leben müssen und deren zerstörerische Wucht dadurch, dass sie in Worte gefasst war, mir geringer erschien.

Der Satz lautete: Ich bin hier, um ein Kind zu zeugen! Erstaunlicherweise belebten mich diese Worte sogar, denn die Sünde und das Verlangen danach breiten sich rasch aus in der Seele des Menschen, wie ein Lavastrom, der alles mit sich reißt, was davor mühsam aufgebaut wurde, unantastbar oder sogar heilig war. Ich beendete meine Morgentoilette und schob entschlossen alle Gedanken und Gefühle beiseite, die mich noch am Vortag gequält und mir den Frieden geraubt hatten. Während ich die Kleider dieser Welt und ihre Eitelkeit Stück für Stück angelegt und das Ergebnis prüfend in einem riesigen Spiegel mit üppigem Goldrahmen betrachtet hatte, musste ich feststellen, dass sich in meinem Kopf bereits ein zweiter Satz an den ersten gereiht hatte. So unwahrscheinlich es für Dich klingen mag, lautete dieser Satz: Zunächst einmal ist nichts Verwerfliches darin zu sehen, wenn ein Mann ein Kind zeugt! Dieser zweite Gedanke hellte mein Gemüt abermals erheblich auf, und so schritt ich fast leichtfüßig die Prachttreppe hinunter, die ich vorige Nacht mit schweren Tritten hinaufgestiegen war.

Im Hauptgeschoss mit Salon, Speisezimmer und Bibliothek wartete bereits die adrett wirkende Amme. Meinen Morgengruß erwiderte sie mit gnädigem Kopfnicken, nuschelte: »Folgt mir, Hochwürden«, ging voraus, öffnete die Tür zum Salon, ließ mich eintreten und schloss die Tür von außen. Ungezählte Male hatte ich mir Margaretha vorgestellt und ausgemalt, wie sie wohl aussehen, wie sie mir begegnen, ob sie mich überhaupt empfangen würde oder sich gar vorgenommen hatte, mich zu meiden oder sich einzuschließen. Und nun saß sie vor mir, tatsächlich und leibhaftig.

Die mädchenhafte Señora hatte auf einem Kanapee Platz genommen, ihr ovales Gesicht mit sanften Mandelaugen war erwartungsvoll auf die Tür gerichtet, der hübsche Mund verschlossen; das kastanienbraune Haar war im Nacken zu einem Knoten gefasst und glänzte in der Morgensonne, die feinen Brauen betonten den matt schimmernden Teint; ihren Hals umschloss ein cremefarbener Umlegekragen, die kleinen Hände lagen im Schoß und verschwanden fast unter einer Spitzenmanschette. Es kam mir vor, als seien des Himmels ganze Schönheit und Süße auf die Erde herabgeflossen.

Margaretha schaute mich offen an, und im selben Moment schien es, als würde sich in ihrem Blick eine dunkle Angst zurückziehen, begleitet vom Wandel ihrer Züge, in denen ein Leuchten entstand, das aus tiefster Seele emporstieg. Ihr eben noch ernstes Gesicht war augenblicklich von einem Lächeln erhellt, dessen Zauber auch mich ergriff, sodass wir beide, statt einer offiziellen Begrüßung mit angemessenem Austausch von Artigkeiten, uns wortlos die Hände reichten und ich die ihre bei einer tiefen Verbeugung sogleich innig zu küssen versucht war.

In angemessener Entfernung und großer Verwirrung blieb ich stehen, bis sie mir auf einem Fauteuil Platz anbot. Völlig verwirrt setzte ich mich auf die Sesselkante, obwohl es mich reizte, mich auf dem Kanapee niederzulassen, dicht neben der engelsgleichen Señora, deren Liebreiz eine Heftigkeit der Empfindung bei mir auslöste, die ich mein Lebtag noch nicht erfahren hatte und die mich in eine Art Betäubung versetzte.

Das späte Frühstück wurde zu einer schweigsamen Mahlzeit, bei der wir uns die silberne Brotschale, das Honigschälchen und die Marmeladetöpfchen zureichten, aus Silberkannen Tee oder Kaffee in halbvolle Tässchen gossen, nur um irgendetwas zu tun. Ständig führten wir die gestärkten Servietten zum Mund, ohne einen Bissen gegessen, und rührten in den Tassen, ohne Zucker genommen zu haben. Ab und zu fühlte ich einen verstohlenen Blick auf mir ruhen, den zu erwidern ich nicht den Mut aufbrachte. Wenn die Amme mit frischem Tee und Kaffee hereinkam, schaute sie jedes Mal verwundert von einem zum andern, fragte, ob alles nach unseren Wünschen sei, und entfernte sich dann mit unmerklichem Kopfschütteln. Wie lange das Frühstück gedauert hat, vermag ich nicht mehr zu sagen, ich erinnere mich nur noch an das Lächeln der Hausherrin, als sie fragte: »Ob es Euch wohl angenehm wäre, wenn ich Euch den Pazo zeigte?«

Es fiel mir auf, das sie mich weder mit *Padre* noch mit *Hochwürden* ansprach und, wie um diese Lücke zu überdecken, reagierte ich sofort mit einer begeisterten Antwort: »Oh ja! Sehr gerne! Mit Vergnügen, Doña Margaretha!« Mein Überschwang war nicht zu überhören. Doch das störte mich nicht. In der Tat war mir ihr Vorschlag überaus willkommen, war er doch geeignet, sich in dieser Anspannung etwas Bewegung zu verschaffen und, wer weiß, womöglich bot er auch Gelegenheit, sich der Angebeteten zu nähern, ihr Kleid zu streifen, vielleicht sogar ihre Hand zu berühren oder zu ergreifen. Wie in Trance folgte ich ihr von einem Raum zum nächsten, und während sie mir die Bedeutung einzelner Gemälde und Tapisserien erklärte oder die Herkunft der kunstvoll geschnitzten Möbelstücke mit Perlmuttintarsien, lauschte ich nur dem Wohlklang ihrer Stimme und schaute in ihre sanft glühenden Augen. Gleichzeitig war ich damit beschäftigt, meine Verwirrung zu verbergen und ein unauffälliges Benehmen an den Tag zu legen.

Schließlich betraten wir die abgedunkelte Bibliothek, das Arbeitszimmer des Hausherrn. Einen kurzen Moment fasste Margaretha mich leicht am Arm, um mich zum Bücherschrank hinter dem riesigen Mahagonischreibtisch zu führen und mich aufzufordern, mir ein Buch auszusuchen, weil sie gleich das Haus verlassen müsse: »Vorgestern in der Frühe überbrachte der Hausdiener einer Freundin die Nachricht von deren plötzlicher Erkrankung. Gayoso trug dem Boten kurz vor seiner Abreise auf, meinen Besuch für heute Nachmittag anzukündigen. Ich werde mich also auf den Weg zur Plaza Toural machen. Vielleicht könnt Ihr Euch mit den Büchern die Zeit vertreiben?« Unter der Tür drehte sie sich noch einmal um und lächelte vielsagend: »Wofern Euch der Sinn danach steht.« Mit einer gewissen Herablassung fügte sie noch an, die Bibliothek ihres Gatten böte leider keine große Auswahl und sei nicht zu vergleichen mit der ihres Vaters, wo nicht nur Enzyklopädien und historische Darstellungen, sondern auch philosophische und politische Bücher zu finden seien, ebenso die Gesamtausgaben von Lope de Vega, Calderon, Gracián, Quevedo, Cervantes »und selbstverständlich auch die wichtigsten Werke der französischen Literatur«, fügte sie mit zurückgeworfenem Köpfchen hinzu.

Unerwartet trat sie noch einmal näher, tat ein bisschen geheimnisvoll und sagte: »Im stets verschlossenen Bücherschrank meines Vaters befinden sich sogar Werke, die auf dem Index stehen, auch dieser allseits bekannte *Werther*, den jetzt so viele gelesen haben. Der Vater hat ihn mir aber, trotz inständigen Bittens, bisher nicht ausgehändigt. Sooft ich ihn um das berühmte Büchlein gebeten habe, wurde er ein wenig verlegen, denn im Grunde widerspricht es seiner toleranten Gesinnung, der Tochter eine Lektüre zu verweigern. Er hat dann meistens den Arm um mich gelegt und lächelnd geraten, ich solle lieber *Die perfekte Hausfrau* lesen, das sei eine passendere Lektüre für junge Mädchen.«

Nach dieser schwindelerregenden Führung verschwand Margaretha, und ich blieb mit glühender Stirn und feuchten Händen zurück. In Gayosos Bücherschrank nahmen schwarz gebundene Rechnungsbücher, nach Jahren geordnet, den meisten Platz ein. Ferner standen dort zwei Reihen eines zeitgenössischen Nachschlagewerkes in Lederbänden mit Goldprägung, die Heilige Schrift, ein paar Gebets- und Andachtsbücher, außerdem ein dickleibiger Heraldikband, eine Stadtgeschichte, Beschreibungen des Jakobsweges sowie kleinere Schriften über die Bedeutung des galizischen Landadels und des Majoratswesens. Ich rührte die Bücher nicht an, nicht wegen der beschränkten Auswahl, sondern weil ich nur noch einen Wunsch hatte, mich auszustrecken, in meinen Gefühlen zu versinken und mich der Erschöpfung zu überlassen, die sich meiner bemächtigt hatte.

Am späten Nachmittag klopfte es an der Tür. Die Geliebte war zurück und ließ durch die Amme eine Spazierfahrt vor den Toren der Stadt vorschlagen. Gewiss hätte ich all ihren Vorschlägen zugestimmt, aber die Möglichkeit, das Haus und Intramuros zu verlassen, hat mich geradezu begeistert. Es war vorbei mit allem geistlichen Gehabe und würdevollen Getu'! Ein junger Verliebter riss den Mantel aus dem Schrank und stürzte die Treppe hinunter. Als wir losfuhren, zog die Señora diskret die Vorhänge der Kutschfenster ein Stück weit zu, und ich staunte über ihre anscheinend noch vorhandene Wachsamkeit. Mir war momentan alles entfallen, auch die zu verbergende Lage, in der wir uns befanden.

Die Kutsche verließ die Stadt auf dem gleichen Weg, den sie am Vorabend genommen hatte, doch im Abteil saß ein anderer Mann. Bei San Roque setzten wir die Fahrt in Richtung Santa Clara fort, wo die Señora vor der lang gestreckten Klostermauer anhalten ließ. Schon während der Fahrt hatte ich mir ausgerechnet, die Angebetete aus der Kutsche zu heben, doch der Alte war schneller zur Stelle. Mit ungewohnter Geste bot ich der Dame den Arm und legte, sobald sie ihre Hand untergeschoben hatte, die meine darüber.

Eine klare Wintersonne vergoldete die Dächer der Stadt und die Hügel der Umgebung, die Luft war mild und unbewegt. Diese Abendstimmung war vom grauen Himmel des Vortages ebenso weit entfernt wie ich selbst von meinen gestrigen Gedanken und Gefühlen. Schweigend, mit kurzen Bemerkungen über die unverhoffte Änderung des Wetters, gingen wir die Anhöhe entlang in Richtung San Domingo, so weit der Weg sich hinüberzog. Drüben, auf dem Hügel, lag die Stadt in der Abendsonne, und ich erinnere mich bis heute, dass ich dachte: Jawohl, es ist wahr, Sanct Jago ist das zweite Jerusalem! Und da es mir nicht mehr sicher schien, noch auf dieser Welt zu sein, war ich froh, ein paar Krähen zu sehen, die auf den Feldern umherstolzierten und die Reste der Wintersaat aufpickten, genau wie gestern, und dass die Bäume ebenso kahl waren wie die des Klostergartens.

Während solcher Versuche, mich der Realität zu vergewissern, machte Margaretha sich plötzlich von meinem Arm los, wies auf einen Stapel gefällter Bäume, betastete die Stämme, breitete zwei Taschentücher aus, setzte sich nieder, zog mich neben sich und sagte mit einem Lächeln, das ich niemals vergessen werde: »Sie sind fast trocken und sogar ein wenig warm.«

Dann saßen wir auf diesen Baumstämmen und sahen zu, wie das letzte Sonnenlicht hinter dunklen Zweigen zerfloss und wie sich vor dem noch immer blauen Himmel die Kathedrale allmählich in einen dunklen Schattenriss verwandelte. Ich weiß noch, dass ich mich in diesem Moment fragte, ob dies das Paradies sei, so zu verharren, Hand in Hand mit der Geliebten. Als es dämmerte und die Dächer und Türme langsam mit dem Himmel zu verschmelzen begannen, wurden mir unerwartet ein paar schelmische Worte ins Ohr geflüstert: »Gar nicht standesgemäß, wie wir hier sitzen.«

Es war fast dunkel, als wir von der Ausfahrt zurückkehrten, auf der wir uns mitunter gestreift und flüchtig berührt hatten. Und wir hatten uns angesehen und einander zugelächelt. Im *comedor* war die Tafel mit weißem Damast gedeckt, auf Silberleuchtern brannten Kerzen, das Porzellan schimmerte, Silberbesteck, Kristallgläser und Karaffen blitzten. Zunächst fingen wir schweigend an zu essen, ein Lächeln hin und wieder. Nachdem allerdings Rosalia das zweite Glas Rotwein nachgeschenkt hatte, begann Margaretha, ihrem Herzen Luft zu machen: »Ihr könnt Euch die Qualen der letzten Wochen nicht vorstellen, die durchwachten Nächte, die Kälte des Gemahls, mit der er meine Verzweiflung übersah. Kein Wort des Trostes, kein Händedruck, kein mitfühlender Blick. Im Gegenteil, er zog sich vor mir zurück.«

Sie nippte am Wein und fragte unter Tränen: »Und Ihr? Wie ist es Euch ergangen?«

»Fahrt fort, ich bitte Euch.«

»Dann der Abschied. Während ich dachte, den nächsten Tag nicht zu erleben, stand er ungerührt vor mir, und, während ich Mühe hatte, mich auf den Beinen zu halten, ob der Qualen des Leibes und der Seele, verabschiedete er sich mit den Worten: ›Nun gut, es ist so weit. *Ya es la hora.* Adios. Die Kutsche wartet‹ ...«

Margaretha trocknete ihre Tränen mit der Serviette und lehnte sich zurück: »In diesem Augenblick regte sich etwas in mir ... Wie soll ich es erklären? ... etwas Unbesiegbares. Ich schaute dem Rohling in die Augen und sagte mit fester Stimme: ›Was immer geschehen mag, Don Joseph, Eure Ehefrau habt Ihr verloren. Für immer.‹«

Margaretha schwieg lange, dann sagte sie leise: »Danach war mir, als hätte ich meine Würde gerettet ... Trotz der Demütigung durch den Gatten, der mich wie ein Opferlamm zur Schlachtbank zerrte.« Dann schaute sie mich an, und während immer noch Tränen über ihre Wangen rannen, sagte sie mit mattem Lächeln: »Und nun sind alle Qualen in einem einzigen Augenblick beendet worden. Fast ein Wunder.« Und nach einer langen Pause ergänzte sie halblaut: »Man muss sich freilich noch daran gewöhnen.«

Später zogen wir uns in den Salon zurück. Wie von selbst sprachen wir den ganzen Abend über das einzige gemeinsame Thema, das wir hatten: Don Joseph. Mitunter redeten wir wie zärtliche Geschwister, die sich über einen grausamen Vater beklagen und über das, was er ihnen angetan, wie er sie gedemütigt und erniedrigt hatte. Als wir schließlich tief in der Nacht die Treppe hinaufstiegen, übermüdet, glücklich, doch übermannt von den Ereignissen eines langen Tages, und als wir uns nacheinander hinter dem bunt bemalten Paravent umgekleidet und niedergelegt hatten, fielen uns unversehens die Augen zu wie Kindern, die nach einem langen Weihnachtsabend viel zu spät ins Bett gekommen waren.

Gerührt und tief betrübt sitze ich vor dem Brief, der die Unschuld und den Zauber der ersten Begegnung Deiner Eltern wiederbelebt, und während des Schreibens kam es mir vor, als hätten die Dinge eigentlich einen guten Ausgang nehmen müssen. Hab Geduld, mein Sohn, ich werde Dir weiter berichten, sobald ich mich dazu imstande fühle.

Es grüßt und segnet Dich mit aufgewühlten Gefühlen

Dein Vater

Beendet in Manila, am 12. September anno 1845, begonnen einige Tage davor. Es gibt Briefe, wie diesen, an denen ich tagelang schreibe.

# Zeit der Liebe

## Sancho Pansa

Im nächsten Sommer fährt E wieder mit den Mädchen ans Meer, sie wieder zu einem Sprachkurs, diesmal in Salamanca. Im »Curso internationale y extraordinario« werden Max von der Grün übersetzt, Martin Walser und Ingeborg Bachmann. Sie muss sich anstrengen und viel lernen. Weshalb sie so ihre Ferien verbringt, hätte sie nicht sagen können. Vielleicht, um die Gayosos nicht zu verlieren, um einen Weg entlangzutaumeln, den sie irgendwann bewusst fortsetzen würde? Wen hat sie denn noch? Im ersten Sommer nach der Trennung kann sie nicht nach Santiago fahren. Nur dasitzen und lernen kann sie noch: Grammatik, Vokabeln, Redensarten, Verbformen, einziger Kontakt zur toten Verwandtschaft.

Zunächst bezieht sie das in Deutschland gebuchte Zimmer; von außen ein bombastisches Hotel, innen verschlissene Pracht. Als sie aus dem Fenster schaut, liegt ihr die Plaza Mayor zu Füßen, angeblich der schönste Platz Spaniens. Weshalb der niedrige Preis für die feudale Unterkunft? Nachts wird das Rätsel gelöst. Bis in den Morgen dröhnt die Plaza von den Gesängen der Tuna-Studenten, von Gitarren, Mandolinen, Dudelsäcken und dem Geschrei und Gelächter der Sangria-Touristen.

Gleich nach dem Frühstück zerrt sie ihren Rollensack über das Huckelpflaster der Rua Mayor und hält Ausschau nach einer Unterkunft. In der Calle Jesús, einer abschüssigen Seitenstraße zwischen Plaza Mayor und Plaza de Anaya, entdeckt sie ein Hostal. Ein stämmiger Mann ohne Alter öffnet: gutmütiges Rundgesicht, wache Augen, Glatze, Pänzlein über dunklem Halbschurz. »Sancho Pansa«, denkt sie, Cervantes soll in Salamanca studiert haben. Der Wirt mustert sie, wie sie dasteht, durchgeschwitzt, mit Rollensack und zwei Rucksäcken, und er schaut sie so mitleidig an, als hätte sie ein Ohr verloren, wie der Ritter von der traurigen Gestalt, und stünde blutend vor ihm, nicht nur mit traurigen Augen. Dann brummt er: »Alles belegt. Vermutlich ist in der ganzen Stadt nichts mehr frei. Alles voller Studenten und Touristen. Man muss rechtzeitig buchen, wissen Sie, hier in Salamanca.«

Ein Zeichen? Wollten die Gayosos ihre Ruhe? Ist sie lästig geworden? Sollte sie abreisen? Als sie die Treppe hinunterpoltert, ruft der Patron ihr nach: »Was haben Sie vor, in Salamanca? Wie lange wollen Sie bleiben?«

»Naja, ich wollte einen Sprachkurs besuchen ... vier Wochen ungefähr.«

»Warten Sie«, sagt Sancho Pansa und verschwindet.

Von der Tür aus sieht sie, wie er mit unsäglichen O-Beinen den Flur entlangwatschelt und hinter der letzten Tür verschwindet. Ein paar Minuten später führt er sie in ein gemütliches Zimmer, geschwungener Kleiderschrank aus Nussbaumholz, passende Bettlade, ein Tisch mit Wachstuchdecke, ein abgeschabter Ledersessel vor schmiedeeisernem Balkönchen über einem verwilderten Garten. In selbstbewusster Bescheidenheit erklärt der Wirt: »Das ist mein eigenes Zimmer. Ich bin Pedro. Einstweilen werde ich ins *interior* ziehen, da drüben.« Er zeigt auf ein fensterloses Kabuff, winzig, dunkel, stickig. Als sie sagt, das könne sie nicht annehmen, morgen würde sie weitersuchen, wischt er mit abschließender Bestimmtheit durch die Luft: »No se preoccupe«, sie solle sich keinen Kopf machen, das sei jetzt entschieden. Die Universität sei auch gleich um die Ecke, sagt er stolz, als hätte er auch das noch besorgt.

Da Pedro fast immer in der Küche sitzt, wird ihr klar, dass er ihretwegen keinen anderen Platz mehr hat, und so setzt sie sich zwischendurch zu ihm. Die Verlegenheit, was man reden könnte, ist schnell überwunden, denn er lebt förmlich auf, wenn sie von den Schönheiten der Stadt erzählt, die sie tagsüber besichtigt hat. Wenn sie so schwärmt, lehnt er sich genüsslich zurück, kreuzt die Arme über der Brust und lächelt zufrieden. Sobald sie ihn aber ermuntert, sich dies alles einmal selbst anzusehen, wischt er wieder mit Bestimmtheit durch die Luft: »Zu viel Arbeit, vielleicht im Winter.« Einmal fragt er: »Weshalb lernen Sie Spanisch?«

Und sie hört sich antworten: »Um mein Leben besser zu verstehen. Vielleicht. Eines Tages.«

Pedro spürt die Verlegenheit, fragt nicht weiter. Manchmal klopft er an und fragt, ob er einen Tee bringen soll, und wenn er sie traurig dasitzen sieht, schleppt er alte Haushaltsgegenstände an, in der Hoffnung, ihr eine Freude zu machen. Die ganzen Schätze sind in diesem *interior* verstaut, wo sie inzwischen auch einen blank gescheuerten Zwerchsack vermutet, in dem vielleicht auch ein Stück Käse und Verbandszeug versteckt sein mochten. Einmal schenkt er ihr einen spanischen Wasserkrug, kugelbauchig, mit kurzem Hals, enger Öffnung und kleinem, dickem Henkel. Als sie erfreut feststellt, der Wasserverkäufer von Sevilla auf dem Bild von Velásquez habe auch so einen Krug, und ein ähnlicher läge auch neben den Betteljungen von Murillo, muss sie zuerst erklären, dass das spanische Maler sind, weltbekannt und in allen großen Museen zu finden. Das freut ihn dann wieder sehr, er strahlt, und auf seinem Gesicht steht geschrieben: Da siehst du, was ich alles zu bieten habe!

Als Sprachkurs und Sommer vorüber sind und sie mit dem Rollensack die Calle Jesús hochstolpert, steht Pedro mit seinem Neffen auf der Straße und winkt. Schon tagelang hatte er fast nichts mehr gesprochen, und wenn sie sagte, er könne ja nun bald sein Zimmer wieder beziehen, antwortete er stets in rührender Mischung aus Einfalt und Großzügigkeit: Sie könne immer wiederkommen und auch ihre Kinder mitbringen.


Mein lieber Sohn!
Es scheint mir angebracht, Dich um Nachsicht zu bitten, wofern Dir meine Art, die Vergangenheit zu schildern, mitunter als zu weitschweifig vorkommen mag. Indes halte ich die Verbundenheit, die zwischen Vater und Sohn gewöhnlich besteht und die es in unser beider Leben nie hat geben dürfen, für einen ausreichenden Grund, Dir statt mündlicher Erzählungen über die Familiengeschichte, mit denen Kinder in der Regel heranwachsen, nachträglich alles so ausführlich wie möglich zu berichten. Dies geschieht in der Hoffnung, Dir allmählich eine ausreichende Vorstellung von Deinem ungewöhnlichen Ursprung und dem Charakter der Mitglieder Deiner weit verstreuten Familie zu vermitteln. Gleichwohl beschleichen mich während des Schreibens gelegentlich gewisse Bedenken, dergestalt dass ich mich frage, ob ich in meinen Briefen nicht zu sehr hervorhebe, was zugunsten Deiner Eltern und damit wenigstens für die innere Unschuld Deiner äußerlich unehrenhaften Abkunft spricht, und ob ich nicht Deine Mutter und mich selbst zu sehr schone, indem ich uns als widerstrebende Opfer des hochfahrenden Majoratsherrn darstelle.

Da wir uns auf dieser Welt nicht mehr begegnen und in die Arme schließen dürfen, werde ich niemals erfahren, ob Du am Ende der Ansicht sein wirst, Dein Vater habe so manches einseitig berichtet oder gar beschönigt. Dieses Umstandes eingedenk, hoffe ich, Dir zumindest eine gewisse Vollständigkeit der Darstellung anzubieten, die Dich in die Lage versetzen wird, Dir selbst eine Auffassung von den Geschehnissen und Personen zu bilden, gleichgültig, welches Urteil Du dereinst über den Verfasser dieser Briefe fällen wirst. Geleitet vom Herzensbedürfnis, Dir das kurze Glück Deiner Eltern aus dem genannten Grunde möglichst genau auszumalen, will ich versuchen, Dir die Gefühle nahezubringen, die sie beide vom ersten Augenblick an füreinander empfanden, aus denen später die Gewissensnot entstand, die sie aufgrund der Übertretung göttlicher Gebote und menschlicher Gesetze ertragen mussten. Dabei wird es nicht leicht sein, Dir das flüchtige Liebesglück mit den Worten des täglichen Gebrauchs, im Rahmen der guten Sitten und des allgemeinen Geschmacks zu schildern; doch werde ich mir diesbezüglich die größte Mühe geben.

Zunächst möchte ich bekennen, dass die ersten Tage und Nächte mit Deiner Mutter mich nicht nur vom Mönch zum reifen Manne, sondern auch vom grübelnden Zweifler zum glücklichsten aller Menschen gemacht haben, zu einem, der erfüllt war von der Zuversicht, dass ein solches Übermaß an Glückseligkeit nur von dem kommen könne, der Himmel und Erde erschaffen und Mann und Frau mit solchen Fähigkeiten ausgestattet hat, sich einander hinzugeben und zu beglücken. Im Banne dieser hinter Klostermauern nie erahnten Begabung der Liebenden gingen die Stunden des Tages dahin, indem der eine am Zauber des andern hing und von ihm nicht lassen konnte, was sich äußerlich darin zeigte, dass wir uns des Tages nicht enthalten konnten, einander auf Schritt und Tritt nachzugehen, uns anzusehen, an den Händen zu halten und zu streicheln, und wir des Nachts in einer nicht endenden Umarmung beieinander lagen, ob wir nun wachten oder schliefen, und es nicht auszumachen war, wer die Liebkosungen begonnen hatte und wer sie erwiderte. Es war ein unendlicher Strom, in dem aus der Liebe die Lust entsprang und diese wieder in die Liebe mündete.

Welch ein Frevel lag doch in der Trennung beider und ihrer beharrlichen Lästerung, die mir durch meine Klosterregel eingebrannt worden waren. Ein neues Leben durchströmte uns. Selbst während der Mahlzeiten verspürten wir ein solches Entzücken füreinander, dass das Bedürfnis, auch diese noch durch kleine Zärtlichkeiten zu unterbrechen, kaum zu unterdrücken war. Nur das Erscheinen der Amme, die mit Rosalia die Speisen auftrug, bewirkte, einen geziemenden Abstand einzuhalten und die Plätze an den beiden Enden der Tafel nicht zu verlassen.

Obgleich es mir töricht vorkommt, Gründe für die einstige Liebe zu suchen und für das tiefe Verlangen, das mich erfüllte, will ich versuchen, mich zu erinnern, was mich in jenen Tagen so nachhaltig an Margaretha entzückte, wohl wissend, dass sich lebendige Anmut und Schönheit nicht in armselige Worte fassen lassen. Ich denke, es könnte nicht zum Wenigsten die mädchenhafte Grazie ihres Gebarens gewesen sein, die mich vergessen ließ, dass sie das angetraute Weib eines anderen Mannes war. Jedes Lächeln, jeder Blick verriet nur eines: Ich war ihre erste Liebe. Doch ebenso hingerissen war ich vom Wohlklang ihrer Stimme, der mich verzauberte und zu ihr hinzog, sobald sie den hübschen Mund auftat. Gleichermaßen wurde ich nicht müde, ihr vollkommenes Antlitz zu betrachten, mit den matt schimmernden Wangen und dem samtenen Glanz ihrer Augen, die unter den klar gezogenen Brauen hervorleuchteten und von der Innigkeit ihrer Empfindungen zeugten, von der Reinheit des Herzens und der Einmaligkeit ihrer Gefühle. Gewiss, mitunter konnte ich auch das Grauen vor dem Ende der vorherbestimmten Zeit und die Angst vor künftigen Schmerzen entdecken in der dunklen Tiefe ihrer Blicke.

In dieser ersten Zeit hatte ich auf wundersame Weise sogar den Seelenfrieden, den ich seit Gayosos Überfall verloren hatte, in den Armen Margarethas wiedergefunden. Inmitten fortdauernden Ehebruchs und ständiger Missachtung meiner Gelübde erfüllte eine tiefe Ruhe mein Gemüt, die in die Zuversicht mündete, dass, da ja die Liebe das höchste Gut sei in dieser und der anderen Welt, um ihretwillen auch alle Sünden vergeben würden. Und ich erinnerte mich gerne und oft an die Stellen im Neuen Testament, die mich in dieser Hoffnung bestärkten. Es kam mir nicht in den Sinn, dass ich die Ehre der Geliebten zerstört und die meine für immer verloren hatte. Und selbst wenn ich auf einen derartigen Gedanken gekommen wäre, hätte ich diese Tatsache als angemessenen Preis für die Wonnen der Glückseligkeit erachtet, die unsere Liebe mir bescherte. Jeder Blick, jede Berührung der Hände, jede Umarmung verband sich mit einem überschwänglichen Entzücken, von dem ich in den Jahren der Entsagung nicht gedacht hätte, dass es in diesem Jammertal, als das die Welt im Kloster erachtet wurde, jemals eines Menschen Brust würde erfüllen können. Und ich war erstaunt darüber, dass mein armes Herz darob nicht zersprang.

Sobald auch nur die Spur eines Gedankens an Sünde oder Schuld in mir aufkeimen wollte, unterdrückte ich ihn in der damaligen Gewissheit, solche Zuordnung könne einzig aus dem Urteil einer missgünstigen Kirche stammen oder einer rückständigen Gesellschaft. Geraume Zeit war es uns vergönnt, so dahinzuleben, im Taumel unserer sich steigernden Liebeswonnen, beflügelt durch eine wachsende Vertrautheit und den zunehmenden Erfindungsreichtum Margarethas, die ihre anfängliche Scheu verloren hatte, und der auch mir den Mut verlieh, meine Wünsche wortlos zu offenbaren.

In unseren Gleitflügen über diese Erde war uns die Fähigkeit abhanden gekommen, zu bedenken, dass wir noch immer auf der alten Welt und in unserem von anderen als wirklich erachteten Dasein waren. Unser bisheriges Leben war ohne Vorahnung überschwemmt worden wie eine Stadt von einer plötzlichen Springflut, und dort, wo die alten Mauern waren, stand jetzt ein Schloss am Meer, ein luftiges, gläsernes, das funkelte und glitzerte im Strahl der Sonne und das schimmerte im Mondlicht, in dem nur wir beide wohnten, das nur wir sehen konnten, Margaretha und ich, und das zerbersten würde nach kurzer Frist, mit einem Schlag.

Wer weiß, ob es gut ist, dem eigenen Sohn die Seligkeit des Traumes zu schildern, aus dem er hervorgegangen ist, aber ich möchte doch fortfahren, Dir einen Eindruck jener kurzen Wochen zu geben, für die Du selbst und wir alle ein Leben lang büßen müssen. Bei der Niederschrift schmerzt mir heute das Herz, wenn die Erinnerung an jene Tage und Nächte lebendig wird. Ein Leib und eine Seele waren wir, und doch: Obschon unsere Umarmungen der Auflösung des einen im anderen nahe kamen, hatten wir die himmlische Süße der Unschuld bewahrt, und während wir ein Atem waren, haben wir einander angeschaut wie Kinder. Und wenn wir im Salon beisammensaßen und unser Glück in Worte zu fassen versuchten, waren wir jedes Mal sicher, nur ein grundgütiges Schicksal konnte uns zusammengeführt haben, und Don Joseph konnte allenfalls dessen unwissendes, grobschlächtiges Werkzeug gewesen sein. Und wenn wir uns nach den sanften Stürmen der Nacht zum Frühstück im *comedor* einfanden, herrschte zwischen uns ein heiteres Einvernehmen, das aus der Reinheit der Herzen kam, gepaart mit der Gewissheit des siebten Schöpfungstages: Und siehe, es war alles gut.

Wie Du Dir wohl denken kannst, drehten sich viele Gespräche um unsere Gefangenschaft im Pazo und die Abhängigkeit vom Diktat des Hausherrn. Bald sprachen wir auch über die drohende Trennung, und schon an einem der ersten Abende hatten wir in der Dämmrung des Salons, erhellt durch den Schein der Straßenlaterne, einander gestanden, dass unsere Gefühle keiner Gelübde bedurften und keines Eheversprechens. Wir waren uns einig, ein jeder nähme sie, ohne dies verhindern zu können oder befördern zu müssen, eines fernen Tages unbeschadet in sein einsames Grab.

Schon oft habe ich darüber nachgedacht, mein Sohn, dass die Liebe unter den Menschen stets mit der Versicherung ihrer Unzerstörbarkeit einherzugehen pflegt und dieser dringend zu bedürfen scheint, wie ja auch den göttlichen Zusagen meist die Versicherung ewiger Dauer beigegeben ist. Weshalb hat Gott unsere Herzen so erschaffen? Ist dieses Verlangen vielleicht eine Garantie Seiner Zusagen? Und für den Zweifler am Ende gar für Seine Existenz? Sind Sehnsüchte und Träume pure Hirngespinste, die uns zum Narren halten, oder Unterpfand aus einer besseren Welt?

Wenn ich während des Schreibens innehalte, unwillkürlich die Augen schließe und die Bilder jener Tage emporsteigen, so sind es zwischen den Szenen der innigsten Verbundenheit auch die kleiner Grillen, die mir in den Sinn kommen und die Margarethas

Liebreiz von einer anderen Seite zeigten. Es konnte sein, dass wir uns auf Spaziergängen vor der Stadt an Kinderspielen erfreuten, uns voreinander versteckten und mit verbundenen Augen suchten. Manchmal versuchten wir auch, die Amme, die meistens in der Küche saß und die Mahlzeiten vorbereitete, mit kleinen Neckereien aufzuheitern oder ihre stumme Tochter mit lustigen Gebärden zum Lachen zu bringen. Bisweilen verschwand Margaretha auch mit Rosalia in einer Dachkammer, um sich zu verkleiden. Dann erschienen sie in Kostümen mit Reifröcken, allerlei Perücken und Halbmasken, tänzelten in unbeschwerter Munterkeit auf und ab, drehten sich, lächelten mir zu und kokettierten mit den an Stäben befestigten Masken.

Rosalia lebte jeden Tag noch mehr auf und war uns mit der freundlichsten Ergebenheit zu Diensten. Margaretha erklärte die plötzliche Unbeschwertheit des Mädchens damit, dass die Anwesenheit des Hausherrn den Pazo in eine düstere Festung des Befehlens und Gehorchens verwandelte, freudlos und ohne Lachen, und Rosalia mit uns zusammen erstmals unbeschwerte Tage erlebte.

Es ist kurz vor Mitternacht, ich bin erschöpft und aufgewühlt. Gelegentlich musste ich während des Schreibens mit den Tränen kämpfen, Tränen der Rührung und des Selbstmitleids, die ich mir eigentlich verboten habe.

Es umarmt Dich Dein reich beschenkter
               Vater

Manila, den 19. Oktober anno 1845

# Extramuros

## Über ihr Teil hinaus

Auch im nächsten Sommer fährt E mit den Mädchen ans Meer. Sie stürzt sich wieder in eine dieser Flucht- und Zufluchtsreisen. Dieses Mal will sie weg, weit weg. Weg von den Gayosos, von Familienkatastrophen und von allem, was daran erinnert. Islam statt Katholizismus, Moscheen statt Kathedralen, fahren statt dasitzen und lernen. Mit Pluderhosen und Kopftuch durchquert sie in einer sechswöchigen Rundreise die Türkei: Istanbul, Ankara, Kapadokien mit Feentürmen und Höhlenkirchen, Kaysery und der Nemrud Dagy mit mannshohen Römerköpfen in zweitausend Meter Höhe, weiter durch Ostanatolien nach Urfa, Geburtsstadt Abrahams, zurück der Südküste entlang, nach Konja, Stadt der tanzenden Derwische, Kap Anamur, Pamukkale und über die Westküste, das Marmarameer mit der Teppichstadt Bursa zurück nach Istanbul.

In Izmir, im Garten der Burg hoch über der Bucht, bewegt der Sommerwind die Palmenblätter. Sie schriebt an ihrem Reisebericht und schaut hinunter aufs Meer. Im alten Smyrnâ gibt sich die Türkei sanft und diskret, als wolle sie sich Homer würdig erweisen, der hier vor dreitausend Jahren geboren wurde, der von der Irrfahrt eines ruhmreichen Helden erzählte und dem Zeus denkwürdige Sätze in den Mund legte: »Nein! wie die Sterblichen doch die Götter beschuldigen! Von uns her, sagen sie, sei das Schlimme! Und schaffen doch auch selbst durch eigene Freveltaten, über ihr Teil hinaus, sich Schmerzen!«

Die Klage des Göttervaters ist auf der Reise zum Hirnwurm geworden: »Über ihr Teil hinaus!« War das die Antwort? Daher das Leid? Weil die Sterblichen nicht einhalten, was ihnen zugedacht wurde als ihr Teil? Weil sie den Fuß setzen in ein Land, das sie nicht betreten dürfen? Weil sie Grenzen überschreiten, wo Gebotstafeln stehen: Du sollst nicht! »Weshalb nicht?«, lautet die Antwort der Vorüberziehenden, seit Menschengedenken. Und dann betreten sie ungeniert ein Land, das sie für das Paradies halten, und beschweren sich bei den Göttern, wenn es zur Hölle wird, mit der Zeit, seit eh und je.

Die Reise war reich und beschwerlich, mehrmals stand das Leben auf dem Spiel. Man hatte sie beschworen, sich endlich zu erholen und jetzt fragt sie sich selbst: Warum bin ich tagelang in klapprigen Bussen mit wehklagender Dudelmusik durch verkarstete Einsamkeitslandschaften gezuckelt? Warum in kurdische Berghöhlen gekrochen, um zu übernachten? Warum habe ich mich dauernder Belästigung ausgesetzt? Weshalb hockte ich stundenlang in Gotteshäusern einer fremden Religion? Weshalb trieb es mich immer weiter nach Osten, durch Gerüche und Getümmel der Bazare, durch namenlose Städte mit Kuppeln, Minaretten und dem Ruf namenloser Muezzine, durch Straßen mit gesichtslosen Frauen, Horden von Bettelkindern in dünnen Kleidern mit aufgerissenen Augen, und immer mitten hindurch zwischen Gastfreundschaft und Gefahr? Was war der Antrieb einer solch »mannigfaltigen Irrfahrt«, die nicht einmal vor den Kriegsgebieten Anatoliens Halt machte, wo schließlich aus dem Hinterhalt ein Stein flog? Es mag eine Hoffnung gewesen sein, unbewusst und tief verschlossen: Vielleicht wird irgendwo Tag ...

Die alte Frau am Strand von Anamur fällt ihr ein; sie zelebrierte täglich das gleiche Ritual: Durch den Sand watschelnd kam sie an, legte ihre Sachen ab und humpelte ins Meer. Mit Kleidern und Kopftuch planschte sie im Wasser, genüsslich wie ein Kind, kühlte das Gesicht mit den Händen, tauchte bis zu den Schultern ein und schaukelte mit den Wellen. Dann setzte sie sich mit klatschnassen Kleidern in den Sand, krempelte die Hose hoch und fing an, ein Bein bis übers Knie einzugraben. Sobald ihre Kleider trocken waren, spannte sie einen schwarzen Schirm auf, an dem das Gestänge hervorstand, steckte ihn in den Sand und begann Trauben zu mampfen, die sie mit drei Fingern einzeln in den Mund steckte, wobei sie nur den Unterkiefer herunterklappte. Danach blieb sie ruhig sitzen, ein bis zwei Stunden, schaufelte ab und zu mit einem Gummischlappen Sand auf das vergrabene Knie und schaute aufs Meer. Die alte Frau und das Meer. Ab und zu klappte sie den Kiefer herunter oder wackelte mit dem Kopf wie eine Schildkröte. Sonst bewegte sie sich nicht. Ihr Alter, ihre Ruhe und Reglosigkeit ließen sie eins werden mit dem Sand, in dem sie saß, und mit dem Meer, auf das sie schaute. Die Alte war, wo sie war. Und sie selbst konnte nur zuschauen und ihre Irrfahrt fortsetzen, bei der die Götter die Kämpfe und Abenteuer nach innen verlegt hatten.

Mein geliebter Sohn!
Die Tage und Nächte in der Algalia flogen dahin wie die Wolken über der Stadt, wenn der Wind sie trieb, da es kaum eine Stunde gab, in der wir nicht auf angenehme Weise beschäftigt oder miteinander verbunden gewesen wären. Eines Nachts überkam uns zu vorgerückter Stunde das Verlangen, das Haus zu verlassen. Es war zu spät, den Kutscher zu wecken, und so warfen wir die Mäntel über und verließen den Pazo. Da Margaretha mit der Mantilla verschleiert war und ich den Mantelkragen bis unter die Augen hochgeschlagen hatte, hofften wir, unerkannt zu bleiben. Es herrschte stockfinstere Nacht, als wir ins Freie traten, denn seit den Tagen der Besatzung gab es zwar laut Verordnung alle fünfzig Schritte eine Straßenlaterne, aber nachdem die Franzosen die Stadt verlassen hatten, wurden sie aus Geldmangel nicht mehr angezündet. Abgesehen von den wichtigsten Straßen war Sanct Jago wieder in die vormalige Dunkelheit versunken. Gleichzeitig hatte das Rathaus die alte Vorschrift wieder in Kraft gesetzt, dass jeder, der bei Nacht das Haus verlasse, eine Laterne mit sich führen müsse. Diese Anordnung haben wir zum einen aus Vorsicht nicht eingehalten, zum anderen, weil der Hausherr die Laterne auf der Plazuela auf eigene Kosten vom Kutscher allabendlich anzünden ließ und wir zunächst einen Lichtschein hatten.

Als wir vor dem Portal standen und überlegten, in welche Richtung wir gehen sollten, entdeckten wir ein paar Häuser weiter im Callejón de Truques ein Grüppchen wartender Leute, alle mit Fackeln aus Wachs oder Laternen versehen. Wir wussten die schweigende Versammlung nicht gleich zu deuten und blieben stehen, um abzuwarten, was die geheimnisvolle Szene zu bedeuten hatte. Schließlich traten aus einer Haustür zwei Männer heraus, die einen Kindersarg trugen, gefolgt von einem Messdiener und einem Geistlichen. Jetzt war klar, es musste sich um eines jener umstrittenen Nachtbegräbnisse handeln, wie sie gelegentlich stattfanden. Vorsichtig traten wir an die Hauswand zurück und warteten, welchen Fortgang das unheimliche Geschehen nähme. Rasch ordneten sich die Gestalten zu einem kleinen Leichenzug, der schweigend in die Algalia heraufkam und sich dann in Richtung Stadtmauer in Bewegung setzte.

Neugierig und erschreckt zugleich folgten wir in einigem Abstand. Margaretha schmiegte sich an mich wie ein ängstliches Kind. Gebetsgemurmel und Schluchzen begleiteten den kleinen Erdenbürger auf seinem allzu frühen letzten Gang, und das Flackern der schwankenden Lichter gab der nächtlichen Szene eine düstere Feierlichkeit. Am Ende des Zuges gingen zwei gebückte Frauen, eine auf ihren Stock gestützt. Im Schein ihrer Laternen machten sie einen durchaus friedlichen Eindruck, schienen allerdings nicht zur Trauergemeinde zu gehören, denn sie hielten Abstand von den Übrigen und murmelten auch die Gebete nicht mit. Margaretha ging auf sie zu und fragte halblaut, wer denn das unglückliche Kind sei, das hier zu Grabe getragen werde.

Die Frage wurde von den beiden bald abwechselnd, bald gleichzeitig beantwortet: »Nun ja, der Ärmste! Es ist der vierjährige uneheliche Sohn der Witwe Josepha Ortéz, die ja seit dem Tod ihres Mannes, vor sechs Jahren, im Hausflur heimlich einen zweifelhaften Ausschank betreibt ...«

»... was ihr bekanntlich als alleinstehender Frau verboten ist«, ereiferte sich die andere, »ebenso wie allein zu wohnen, ohne einen männlichen Verwandten! Sie hat den Knaben fast immer im Haus gehalten, wie man hört. Nur manchmal zerrte sie das blasse Kind hinter sich her nach San Benito oder Las Animas.«

»So etwas nennt sich Mutter! Nicht einmal die Nachbarn wussten, dass er krank ist. Kürzlich hat man die Witwe drüben in Santa Maria do Camino bitterlich weinen sehen! Naja, wahrscheinlich über ihre Sünden. Wer weiß denn, ob sie alles getan hat, um das Leben des Knaben zu retten!«

Mit widerlichem Grinsen zischte die andere aus ihrem zahnlosen Mund: »Und wer weiß, vielleicht hat sie sogar versucht, sein Dasein zu verkürzen; durch mangelnde Fürsorge oder karge Kost. Man darf da seine Zweifel haben ...«

Auch die mit dem Stock verzog jetzt das Gesicht zu einer hämischen Grimasse: »Man wird ja sehen! Jetzt wird sie vermutlich bald, quien sabe, trotz ihres zweifelhaften Rufes, einen neuen

Ehemann auftreiben! Jetzt, da der Bastard nicht mehr stört und nicht mehr durchgefüttert werden muss!« Im flackernden Licht der Laternen grinsten uns die beiden lauernd an und ich hatte den Eindruck, ihre Fratzen und Lästerungen machten sie zu leibhaftigen Hexen, die nur unterwegs waren, um üble Nachrede zu verbreiten. Alsbald fingen sie an, untereinander zu tuscheln, um dann zu versuchen, uns auszuhorchen: »Kommen die Herrschaften vielleicht aus einem anderen Viertel?«

Margaretha sah mich mit aufgerissenen Augen an. Rasch warf ich den beiden eine Antwort hin: »Ja, ja, ganz recht, aus einem anderen Viertel. Wir sind auf dem Heimweg von einer Abendgesellschaft.« Dann zog ich Margaretha zurück zum Pazo. Als wir uns an der Ecke umdrehten, bog der Zug gerade in die Rua Cristina ab: »Sie machen einen Umweg durch die kleinen Straßen, damit sie niemand sieht«, flüsterte ich Margaretha ins Ohr, »denn zum Friedhof von San Domingo hätten sie eigentlich quer durch das Viertel, über den Kirchplatz und durch die Rua das Casas Reais zur Puerta do Camino gehen müssen.«

Zurück im Salon, wurde uns bewusst, welch gefährlichen Ausflug wir unternommen hatten: nur wenige Schritte vom Haus entfernt und doch zu weit. Die unheimliche Begegnung mit den Tratschweibern hatte uns vor Augen geführt, dass überall die Gefahr der Entdeckung lauerte und wir noch nicht einmal bei Nacht vor Neugierigen sicher waren. Deshalb nahmen wir uns vor, künftig den Pazo nur noch in der Kutsche mit geschlossenen Vorhängen zu verlassen. Wie Du Dir denken kannst, fühlten wir uns nach diesem Abend noch eingeschlossener als zuvor. Allerdings sollte dieser Zustand nicht allzu lange andauern, denn ein paar Tage später wurde ein Brief von Don Joseph an seine Gattin überbracht, der unsere unfreiwillige Gefangenschaft vorläufig beendete. In seinem Schreiben wurde Margaretha angewiesen, unverzüglich mit mir die Stadt zu verlassen. Wir sollten uns nach Xan Xordo begeben, dem Landsitz der Familie, um uns freier bewegen zu können und nicht in der Algalia ausharren zu müssen. Die Amme überbrachte den Brief und wies darauf hin, der Kutscher von Xan Xordo warte in der Eingangshalle auf Antwort und weitere Anordnungen der Herrschaft. Margaretha ließ ausrichten, man solle die Kutsche am nächsten Vormittag bereithalten, sie und ihr Bruder gedächten, gegen Mittag abzureisen. Als wir wieder allein waren, fragte ich: »Was hältst du von dieser Überraschung? Und weshalb soll ich als dein Bruder gelten?«

Margaretha war eine starke innere Bewegung anzumerken: »Joseph denkt einzig an das Gelingen seines Plans. Er kann sich denken, dass wir das Versteck zwischendurch verlassen sollten, um Spannungen oder Gefühlsausbrüchen zuvorzukommen. Außerdem weiß er ja nicht, ob wir uns vertragen oder gar meiden. Um eine Schwangerschaft zu befördern, muss er alles tun für unser Wohlergehen. So viel Lebenserfahrung hat auch er. Des Weiteren muss er verräterische Zufälle bei den Ausfahrten fürchten.«

»Könnte es nicht sein, dass er seiner Gattin Erholung und Ruhe verschaffen will? Und sich selbst ein besseres Gewissen?«

»Nein!« Sie sagte das in einem Ton, der keinen Widerspruch und keine weiteren Fragen zuließ. Offensichtlich war Margaretha erbost ob des harschen Befehlstons ihres Gatten, denn in einem derartigen Ton hatte sie noch nie gesprochen. Verstört ging sie im Salon auf und ab, öffnete beide Balkontüren, um sich Luft zu verschaffen, ließ sich nach geraumer Zeit in einem Sessel nieder und begann, den zweiten Teil meiner Frage zu beantworten: »Das Gesinde von Xan Xordo weiß, dass ich Geschwister habe, deshalb hat Joseph angeordnet, dich als meinen Bruder auszugeben. Einen Besuch meines Bruders braucht man nicht zu fürchten. Felipe versteht sich nicht mit seinem Schwager; aus politischen Gründen.«

»Ach ja ... ?«

»Felipe hat sich kürzlich als Advokat in La Coruña niedergelassen und dort den liberalen Kreisen angeschlossen. Wie jedermann weiß, ist das inzwischen fast ein Todesurteil.«

Als ich mit einem fragenden Blick antwortete, wollte sie wissen, ob ich denn nichts von den Verfolgungen, Inhaftierungen und Hinrichtungen gehört habe, die inzwischen an der Tagesordnung seien, exekutiert von Schergen des Königs und Handlangern des Klerus.

Ich verneinte mit dem Hinweis, in Klöstern und bei der Geistlichkeit herrsche eben eine konservativ absolutistische Einstellung und es gebe daselbst, vor allem in Sanct Jago, offene Aufrufe und geheime Machenschaften zur Unterstützung König Ferdinands. Auch würden politische Informationen gewöhnlich nicht an einfache Mönche weitergegeben, es sei denn, sie eigneten sich als Siegesmeldungen in eigener Sache oder zur Weitergabe an die Bevölkerung.

Darauf Margaretha empört: »Leider werden auf den Kanzeln der Jakobsstadt oft nur noch Schmähreden gehalten. Und es sind vor allem die Franziskanermönche, die gegen die Gottlosigkeit der Liberalen wettern. Sie waren es ja auch, die zum *Heiligen Krieg* gegen Napoleon aufgerufen haben! Zur zweiten Reconquista! Das alles ist mir bekannt, obwohl ich damals noch recht jung war. In meinem Elternhaus wurde bei Tisch und während der Abendgesellschaften regelmäßig über Politik und die neuesten Ereignisse gesprochen. Mein Vater hat zwar einen liberalen Standpunkt eingenommen, doch er hat niemals die Argumente der Absolutisten übergangen oder herabgesetzt. Stets hörte er sich alle Meinungen an, ohne in die Diskussion seiner Gäste einzugreifen, es sei denn, er wurde nach seinem Urteil gefragt.«

»Da hatten die Kinder ein gutes Vorbild ...«

»Jawohl, ein Vorbild an Toleranz und Humanität! Denn stets hat er seine Ansichten so dargestellt, dass den Zuhörern gleichzeitig die Menschlichkeit seiner Einstellung einsichtig wurde. Geduldig erklärte er die Bürgerrechte als Schutz vor willkürlichen Gesetzen und Übergriffen.«

»Beneidenswert, eine solche Erziehung.«

»Felipe hat sich früh an den Gesprächen beteiligt. So wurde seine rhetorische Begabung offenkundig. Allerdings waren seine Ansichten radikaler als die unseres Vaters, der gelegentlich besorgt war, ob denn sein Sohn in der Öffentlichkeit die gebotene Zurückhaltung übe.«

Mitten in dieser Schilderung huschte ein belustigtes Lächeln über ihr Gesicht, und sie berichtete, ihr Vater habe eines Tages erzählt, wie Napoleon höchstpersönlich ein paar Ordensobere zu sich rufen ließ und ihnen ohne Umschweife den Satz entgegenschleuderte: »Meine Herren Mönche, wenn Sie vorhaben, sich in unsere militärischen Angelegenheiten einzumischen, werde ich Ihnen die Ohren abschneiden lassen.« Danach wurde sie wieder ernst und fragte, ob mir denn auch nichts vom Schicksal des jungen Marquis Juan Díaz Porlier zu Ohren gekommen sei in meinem Kloster. Als ich abermals verneinte, begann sie mit gedämpfter Stimme die Geschichte des Unglücklichen zu erzählen: »Der junge Offizier hatte große Verdienste im Unabhängigkeitskrieg erworben, doch er gehörte zu denen, die zwar die Franzosen vertreiben wollten, jedoch an den Idealen der Französischen Revolution festhielten.« Dies seien die wahren Helden, fuhr sie mit glühendem Eifer fort, und sie setzten bis heute ihr Leben aufs Spiel, um das Vaterland von der Herrschaft derer zu befreien, die all das mit Füßen treten, wofür im Befreiungskrieg gekämpft worden sei. Die Freiheits- und Bürgerrechte würden ja seit der Auflösung der Cortes und der Einsetzung des heimtückisch taktierenden Ferdinand nicht nur von diesem selbst, sondern ebenso von der Kirche und den Profiteuren des korrupten Systems verfolgt, und zwar nicht nur im öffentlichen Leben, sondern leider auch in der Gesinnung der Menschen.

Margaretha hatte Feuer gefangen: »Es gibt doch längst keine freie Meinungsäußerung mehr. Selbst die Einstellung der Leute wird bespitzelt. Inzwischen genügen doch bloße Unterstellungen, um eingesperrt zu werden. Überall Verrat und Denunziation! Die Macht muss um jeden Preis erhalten werden. Und natürlich die alten Privilegien und Besitzstände! Auch die der Majorate! Wozu hat man die Besatzer verjagt, wenn nach der Befreiung eine noch schlimmere Unterdrückung herrscht?«

»All diese Nachrichten sind nicht zu meinen Mitbrüdern und mir durchgedrungen. Leider … Ob du mir noch ein wenig vom jungen Porlier erzählen magst?«

»Gerne. Seine Anhänger nennen ihn liebevoll Marquesito. Wegen seiner Verdienste, seiner Jugend und seiner Begabung war er eben ein besonders tragisches Opfer der Absolutisten. Außerdem war er ein feuriger Wortführer, der begeistern konnte wie kein anderer. Das Schlimmste ist: Er wurde durch die eignen Leute verraten, die natürlich bestochen waren. Man hat ihm einen kurzen und schändlichen Prozess gemacht, dessen Ausgang von vornherein feststand:

Tod durch den Strang. Voriges Jahr, am 3. Oktober, wurde das Urteil in La Coruña hastig vollstreckt, im Morgengrauen. Und das trotz seiner siebenundzwanzig Jahre, seiner Begeisterung für Freiheit und Vaterland und seiner Heldentaten im Franzosenkrieg. Man muss sich das vorstellen! Das Vaterland tötet seine Helden! Obendrein haben sie nicht einmal seine junge Gemahlin vor der Hinrichtung zu ihm gelassen. Dies war sein letzter Wunsch. Man hat sie festgehalten, bis das Urteil vollstreckt war.« Dann schwieg Margaretha. Doch ich hatte den Eindruck, als kämpfe sie mit sich.

»Gibt es noch etwas, worüber du sprechen möchtest?«, fragte ich behutsam. Sie schaute mich nur hilfesuchend an und zuckte mit den Schultern.

»Mir scheint, du bist bedrückt. Bedenke, wie eng wir durch unser Schicksal verbunden sind. Gibt es jetzt wirklich noch etwas, das wir dem andern nicht anvertrauen könnten?«

Margaretha erhob sich, nahm mich bei der Hand und führte mich wortlos zum Kanapee, setzte sich nieder und zog mich neben sich. Ohne meine Hand loszulassen, brachte sie mühsam hervor: »Gayoso hat mich auf die niederträchtigste Art zu seinem Plan gezwungen. Er hat gedroht, meinen Bruder zu verraten, wofern ich nicht einwillige.« Und nach einer langen Pause sagte sie tonlos: »Sonst hätte ich ihn verlassen.«

Den Rest des Tages verbrachten wir mit Zurüstungen für die Reise, und mir ging die ganze Zeit nur ein Gedanke durch den Kopf: Hatte der Unmensch doch tatsächlich nicht nur mich, den fremden Mönch, sondern auch seine eigene Gemahlin erpresst! Auf die schändlichste Weise. Mit dem Leben des Bruders! Von da an war mir bewusst, in welch hoffnungslosem Zustand die Ehe der Gayosos sich befinden musste, und, Du wirst es mir wohl glauben, mein Sohn, damit wurde mir die Last von den Schultern genommen, diese Ehe zu zerstören. Schließlich hatte mir Gayoso bei seinen Besuchen die Verbindung mit seiner Gattin anders geschildert, und schließlich war es keine Seltenheit, dass auch in einer arrangierten Ehe Zuneigung, gegenseitige Achtung und mit der Zeit sogar edlere Gefühle entstanden.

Anderntags brachen wir nach Xan Xordo auf. Ein klarer Morgen belebte die Straßen, die Sonne wärmte schon spürbar, und ich war froh, dass der Kutscher die Abkürzung durch die engen Gassen, wohl wegen des Unrats, nicht befahren wollte, sondern die Pferde über die Plaza del Campo lenkte, wo das Treiben der Getreidehändler wogte, das ich durch einen Spalt im Kutschvorhang sehen konnte. Es war ein herrlicher Eindruck nach wochenlangem Hausarrest, das bunte Leben der Stadt, die vollen Körbe, das Geschrei der Händler, das Feilschen der Kunden. Doch plötzlich ertönte ein lautes Gebrüll, und ein Knäuel heftig streitender und prügelnder Männer versperrte den Weg, daneben ein paar kläffende Hunde. Margaretha befürchtete, wir müssten stehen bleiben und warten, bis sich der Kampf beruhigt hätte, und kämen womöglich nicht unerkannt aus der Stadt: »Wären wir doch einen Tag später abgereist. Sonntags ist Schreien und Steinewerfen verboten, und die Straßen müssen frei von Haustieren sein«, jammerte sie und wies den Kutscher an, seitlich bei Las Animas anzuhalten und die Streithähne mit ein paar Peseten zur Ruhe zu bringen. Nach diesem Zwischenfall verließen wir ungehindert die Stadt und fuhren auf dem Camino Francés der Freiheit des Landlebens entgegen.

Mein Sohn, ich denke, irgendwie wirkt alles auf unser Gemüt, Wetter, Gerüche, Farben, Töne. Schon allein, dass die winterlichen Regenfälle, die mit ihren Wasserfluten gelegentlich den Eindruck einer biblischen Strafe hervorrufen, an jenem Tag nicht niederströmten, war eine Ausnahme zu dieser Jahreszeit, die wir nicht selbstverständlich nahmen. So wurde bereits die ruhige Reise weniger Stunden unter strahlend blauem Himmel zur tief empfundenen Befreiung aus dem Lärm und Gestank der wintergrauen Stadt hinter schwarzfeuchten Mauern.

Der Landsitz liegt, eine halbe Tagereise von der Stadt entfernt, in einer Mulde der galizischen Hügel. Wie sehr wünschte ich, Du mögest Xan Xordo kennen oder noch kennenlernen, damit ich mir ausmalen könnte, der abgelegene Ort, an dem ich die glücklichsten Tage meines Lebens verbrachte, sei auch Dir vertraut und auch Du habest Gefallen daran gefunden. Wer weiß, vielleicht hat sich Margaretha längst dorthin zurückgezogen, um ihren Lebensabend fernab der Stadt zu verbringen, und sich so vor Verachtung und Spott zu retten. Und, wer weiß, vielleicht lebst auch Du im Schutze dieser Oase und behütest das Alter Deiner einsamen Mutter. Welch tröstliche Vorstellung für den Verbannten, am anderen Ende der Welt. Doch falls Du ganz von der Familie verstoßen sein solltest, werde ich Dir den Herrensitz beschreiben, damit Du Dir die Zeit, die Deine Eltern dort verbrachten, vor Augen führen kannst.

Als die Kutsche den Abhang hinunterrollte, an dessen Fuß der Landsitz versteckt ist, waren bereits beide Tore des ummauerten, mit Steinkreuz gekrönten Portals geöffnet. Wir wurden demnach erwartet und konnten ohne anzuhalten einfahren. Zwischen den groben Steinplatten des Innenhofs wuchs das Gras, in der Mitte ein altes *crucero*; zwei Seiten sind von Längs- und Querhaus eingerahmt, rechts neben dem Portal steht die Hauskapelle, an die sich zwei miteinander verbundene Brunnen anschließen, hinter denen sich eine bucklige Steinmauer erhebt, die auch die Frontseite umschließt. Rasch versammelte sich das Gesinde zur Begrüßung vor dem Hauptgebäude, und jeder Knecht und jede Magd wurde uns vom Dueño mit ein paar verbindlichen Worten vorgestellt. Am Abend gab es zum Einstand ein üppiges Mahl, das für uns im *comedor* serviert und von der Dienerschaft in einem fröhlichen Küchengelage mitgefeiert wurde. Durch diesen Empfang wurde deutlich, dass die Dienerschaft auf dem Lande einen fast familiären Umgang mit der Herrschaft zu pflegen schien, was aber, wie wir bald merkten, der Dienstfertigkeit und Ergebenheit keinerlei Abbruch tat.

Im Schutze der bemoosten Umfriedungsmauer, die nicht einengte, sondern unsere Vertrautheit bewachte und ein Gefühl der Geborgenheit verlieh, verbrachten wir ein paar kurze Wochen, die mir heute wie ein langer Akkord erscheinen, dessen einzelne Töne ich nicht beschreiben kann, deren melancholische Harmonie jedoch noch immer in mir nachklingt. Heute weiß ich, die schiefen Mauern von Xan Xordo haben das einzige Paradies umschlossen, das ich jemals betreten habe und das man gelegentlich als *dulzura de vivir* bezeichnet. Doch wüsste ich nicht zu sagen, worin diese Süße bestand, denn in der Behaglichkeit des Landgutes ist während jener verhangenen Winterwochen nichts Außergewöhnliches geschehen. Beglückend waren allein die ruhige Art zu leben, die Weltferne, die Nähe der Geliebten und die eigene Selbstvergessenheit. Die Zeit schien stillzustehen, gleich einer Träne, die nicht fließen kann und nicht vergehen, zitternd in der Gewissheit, beides würde dennoch geschehen, und zwar bald.

Selbst noch das Gelände bestätigte unser Gefühl der Abgeschiedenheit. Gleich einer halb geöffneten Muschel, wird das Anwesen von einer Wellenbewegung der Landschaft umfasst, die zum Weg hin schützend ansteigt und sich nach vorne zu den Gärten und Wiesen hin öffnet, so weit das Auge reicht. Unsere Tage plätscherten dahin im Rhythmus des verspielten Baches, der sich am Fuße des Abhangs zwischen Weiden und Büschen dahinschlängelt, gelegentlich in einer Biegung dehnt oder an einem Felsbrocken aufschäumt. Wenn wir drunten am Ufer saßen, an einem der Steintische, der Wind in Margarethas Haar spielte, die Gedanken sich mit den Vögeln in die Luft schwangen, während wir den Wolken nachsahen und den Liedern der Mägde zuhörten, die aus dem Waschhaus herüberklangen, hatte ich bisweilen das Gefühl, wir seien mit dem Fließen des Wassers dem ewigen Kreislauf näher gekommen und vielleicht auch dem geheimen Plan, der sich hinter allem verbirgt.

Aber nicht nur im Freien verbrachten wir viele Stunden, sondern auch im behaglichen Kaminzimmer. Mit halb geöffneten Augen lauschten wir dem herabströmenden Regen, dem Schnurren der Katze oder dem Flügelschlag eines verirrten Insekts gegen das Fenster, während das Feuer im Kamin knisterte, wo dicke Baumstämme verbrannten. In der Abenddämmerung lasen wir uns aus einem sentimentalen Roman vor, was die süße Benommenheit des abgelegenen Winterschlafs und seine träge Beschaulichkeit angenehm steigerte. Der Landsitz verbreitete wohlige Müdigkeit und das Gefühl, die Vergänglichkeit zu besiegen, weil er Körner ausstreute für den Schlaf der Vernunft und darüber wachte, dass dieser keine Albträume, sondern nur selige Bilder hervorbringe.

Wenn wir Geselligkeit suchten, begaben wir uns in die stets

von Gesinde, Geräuschen und Wohlgerüchen erfüllte Küche, in der reges Kommen und Gehen herrschte, und die der Mittelpunkt des ländlichen Gemeinschaftslebens war, wohl wegen der Wärme des riesigen, gemauerten Herdes und der Allgegenwart irgendwelcher Leckerbissen oder einer Schale wärmender *caldo*. Der rauchgeschwärzte Raum, mit grobem Holztisch und zwei Bänken in der Mitte, war ein Ort überquellenden Lebens mit immer neuen Überraschungen. So bekamen wir allmählich mit, wie dort nicht nur gekocht und gebacken, sondern abends auch gesponnen und nachts geschlafen wurde. Mit einiger Verwunderung entdeckten wir eines Tages sogar Tiere in der Küche. Unter einer Bank befand sich ein Gitterverschlag mit Federvieh, das dort zunächst gemästet und danach geschlachtet wurde, vor allem Kapaune und Fasane, die nicht im Hühnerhof oder am Bach mit den Enten und Gänsen gehalten wurden. Über dem Herd hingen Schinken und Würste von der Decke, und im *baño de porco*, einem abgedeckten Holztrog, fanden sich gepökelte Fleischstücke. An den Wänden hing vielfältiger Hausrat, schwarze Eisentöpfe und Pfannen, sowie allerlei Gerätschaften, und unter dem Kommando einer resoluten Köchin verbreitete das Gesinde den Eindruck emsiger Geschäftigkeit, stetigen Bratens, Kochens, Schlachtens und Ausweidens.

Die überquellende Speisekammer war diesem Treiben ebenbürtig und die Quelle ständig neuer Geschäftigkeit. Alles, was Felder, Wiesen, Jagd und die eigene Tierhaltung hergaben, war hier zu einem bunten Stillleben versammelt: An Eisenhaken hingen monumentale Schinken, Würste, Täubchen, Rebhühner, Krammetsvögel und Hühnchen, und auf den breiten Wandbrettern türmten sich eingelagerte Äpfel und Birnen. Maiskolben, Zwiebel- und Knoblauchstränge waren aufgehängt, auf dem Boden standen riesige Tontöpfe mit eingelegten Eiern und prall gefüllte Säcke mit Mehl, Kartoffeln und Viehfutter. Zweimal in der Woche wurden aus diesen Vorräten die Herrschaft in der Algalia und die Markttage in der Stadt beliefert, der Rest wurde verbraucht oder dem schlecht entlohnten Gesinde überlassen.

An manchen Nachmittagen, wenn Trägheit und Monotonie in

Langeweile überzugehen drohten, oder endlose Wasserfluten aus schwarzen Wolken brachen, begaben wir uns auf Entdeckungsreise durch das Anwesen. Auf dem Dachboden fanden wir Kisten mit interessanten Gerätschaften, Federn, Bändern, Glasperlen und sonstigem Flitter, Truhen mit Hinterlassenschaften und Kleidungsstücken aus früherer Zeit. In einer abgeschlossenen Mauernische des Salons entdeckten wir sogar alte Schriftstücke und Stammbäume, in einem Kabinett mit Tapetentür fanden sich Ausrüstungen und Waffen für die Jagd, darunter reich ziselierte Gewehre, Donnerbüchsen und Pistolen aller Generationen und Größen. In der Kapelle studierten wir die Inschriften alter Votivbilder, Reliquien und Grabplatten, und wenn wir uns sicher fühlten, nutzen wir die Gelegenheit, uns im muffigen Kirchlein zu umarmen. Hinter dem Querhaus befand sich ein riesiger Taubenschlag, der unser besonderes Interesse weckte, weil wir uns einen Spaß daraus machten, die Schlupflöcher zu verschließen, um die ungestümen Reaktionen der Tiere zu beobachten. An solchem Schabernack kannst Du erkennen, dass wir noch halbe Kinder gewesen sind oder durch unsere Gefühle geworden waren.

In diesen Wochen zwischen den sanften Hügeln der Heimat, am Rande ihrer schweigenden Wälder, kam mir gelegentlich der Gedanke in den Sinn, wie doch dieser uralte Herrensitz im Grunde jedem überlegen war, den er beherbergte, der zufällig in seinen Mauern wohnte und sein Schicksal für das Zentrum des Weltgeschehens halten mochte. Das waren Momente, in denen mich sogar ein gewisses Verständnis dafür überkam, dass Gayoso sein eigenes Schicksal dem seiner Familie und den Gesetzen seines Standes unterordnete und sich als Glied in einer Kette sah, die unter keinen Umständen abreißen durfte. Aber dann verstand ich auch Margaretha wieder, wenn sie, befragt nach der Bedeutung der Wappensymbole an der Fassade des Längshauses, antwortete, sie habe niemals so recht zugehört, wenn der Gatte ihr die Tiere, Blumen und Himmelskörper, die dazugehörigen Geschlechterreihen und Verwandtschaftsgrade in einem dicken Heraldikband gezeigt und erklärt habe. Sie wisse nur, die Forellen seien die Wappentiere derer von Gayoso.

Mein Sohn, wir sind alle Wanderer auf dieser Welt, und es kam, wie es kommen musste. Nach ein paar Wochen war unsere kleine Ewigkeit durchschritten und die milde Süße des Lebens ausgeschlürft. Von heute auf morgen wurden wir von Gayoso in die Stadt zurückbefohlen mit der Weisung, Margaretha habe sich Doctor Otero vorzustellen. Heimlich, wie wir gekommen waren, mussten wir den Schlupfwinkel hinter den Hügeln wieder verlassen, unsere verwunschene Idylle, die uns das Schicksal in einer gnädigen Laune gegönnt hatte. Als Preis für den sanften Betäubungsschlaf wurde uns selbstredend die vorbestimmte Trennung noch schroffer vor Augen geführt.

Gemeinsam mit den Knechten, Mägden und ein paar *campesinos* aus der Nachbarschaft haben wir am Aschermittwoch das *entierro de la sardina* gefeiert, das Begräbnis der Sardine und der Karnevalstage. Es war gleichzeitig unser Abschiedsfest mit Trommeln und Dudelsack, mit Volkstänzen der Landarbeiter und Bauernmädchen, unter die wir uns mischten und von deren Unbeschwertheit wir uns mitreißen ließen. Während so Herrschaft, Pächter und Landvolk durcheinanderwirbelten, wurde ein Spanferkel am Spieß gedreht, und volle Krüge machten die Runde. An diesem Abend löschten wir rasch die Lampe und umfingen uns, als wäre es das letzte Mal.

Als die Dunkelheit dieser Nacht zurückwich und der Morgen graute, kroch einer der trübsten Tage meines Lebens herauf. Wir wechselten kein einziges Wort, und als wir in den Hof traten, hatte sich bereits wieder das gesamte Gesinde eingefunden, um uns Lebewohl zu sagen. Manche Magd wischte sich mit der Schürze eine Träne ab, und mancher Knecht fuhr sich verlegen mit dem Ärmel übers Gesicht, als wir die Kutsche bestiegen.

Die Vesperglocke ruft zu Gebet und Nachtmahl, danach werde ich mich im Patio erholen, und ehe ich mich heute zur Ruhe lege, werde ich ein Gebet zum Himmel schicken für den, der mich heute vor dreißig Jahren zum ersten Mal in der Sakristei besucht hat und von dem ich nicht weiß, ob er in den Flammen der Hölle, den Qualen des Fegefeuers oder den Ketten der Galeere schmachtet, oder ob das Wunder geschehen ist, dass er die Heimat wieder sehen durfte. Das Wiedersehen mit den Kindern und ihrer Mutter werde ich mir nicht ausmalen, weil ich nicht glaube, dass es sich ereignet haben könnte.

So manche Abendstunde habe ich an diesem Brief geschrieben, vielleicht auch, weil ich mich nicht von den Erinnerungen an Xan Xordo losreißen konnte.

Mögen Engel Dich beschützen!
        Dein Vater

Manila, am Vorabend von *Todos los Santos* anno Domini 1845

# Das Tagebuch

## Oleander und Holzpferdchen

Verbannt wurde der Priester nicht, aber geflohen ist er. Freiwillig. Abgetaucht, ohne Abschied. Verschwunden in seiner Erdspalte. Jetzt schuftet er in brasilianischen Favelas als Nothelfer, Siedlungsbauer, Übervater und Gottseibeiuns. Einmal im Jahr berichtet ein Rundbrief von seinem Wirken. Inzwischen liegt die Nummer 13 vor, Herrgottsschnitzereien am eigenen Leib. Alle paar Jahre liegt eine Karte beim Faltblatt, sonst steht ein Gruß neben dem Absender. Manchmal reicht es auch für einen Zettel. Der letzte war rosa.

Das sind Momente, in denen sie überlegt, ob sie die Schachtel mit den Briefen hervorholen soll, und sich fragt, ob diese Art Verdrängung gesund ist oder ein Skandal, und ob sie es ist, die etwas falsch macht. Aber was ist denn vorbei vom Vergangenen? Wen hat die Vergangenheit denn freigegeben außer ihm? Die Mädchen müssen allein groß werden, und für etwas büßen, wofür sie nichts können. Und einer, der mit gewebt hat an diesem Unglücksteppich, jahrzehntelang, wandelt segnend durch die Favelas, erinnert sich nicht mehr und schreibt Grüße auf Briefumschläge und Zettel.

Doch sie will loskommen von den Schatten der Vergangenheit. Sophie wünscht sich Ferien mit ihrer Mutter, und es soll, nach den Torturen der Selbstbetäubung vergangener Jahre, eine schöne Urlaubsreise werden. Inzwischen ist auch das flirrende Gefühl der Unwirklichkeit zurückgewichen. Das Kind mit seiner erstmals hervorlugenden Lebendigkeit gibt die Gewissheit zurück, auf der Welt zu sein, an verschiedenen Orten, mit unterschiedlichen Personen und Ereignissen. Und von dieser Welt will sie dem Mädchen etwas zukommen lassen, möchte dabei sein und nicht bloß anwesend.

Zwar fehlen Sesshaftigkeit und Trägheit eines Strandurlaubes, doch Sophie mag das Fahren und Weiterziehen, das plan- und ziellose Kommen und Gehen, bei dessen Gestaltung sie mitreden darf. In endlosen Zugfahrten und wortloser Einigkeit durchstreifen sie ganz Andalusien, die Mutter mit ihrem Kind und das Kind, das jahrelang Backgammon und Mühle gegen sich selbst gespielt hatte, mit seiner Mutter, und nicht mit einem Maultier, das jeden Moment unter der Last zusammenzubrechen droht. Das dankbare Gefühl, »das ist mein Kind«, das sie früher stets erfüllt hatte, aber im Strudel mitgerissen wurde, ist wieder da, und das bedeutet: dies soll ein unbeschwerter Urlaub werden. Endlich! Und weil auch das alte Galizien mit den vermoderten Gayosos allmählich im Nebel verschwunden scheint, wagt sie wieder eine Reise nach Spanien.

Doch während sie mit Sophie im Löwenhof der Alhambra sitzt, wo einst die Sultanskinder spielten, und während sie durch die Gärten des Generalife mit riesigen Zypressen und Bogengängen aus Buchs gehen, tauchen vor den Brunnenschalen, zwischen Oleander und Granatapfelbäumen, die drei Schwestern auf, in ihren rotweißen Sonnenkleidchen, braun gebrannt mit unbeschwertem Kinderlachen. Auch Täter leiden.

Sophie hat sich rasch an die spanischen Tageszeiten gewöhnt, mit Siesta und ausgedehntem Paseo. In Ronda darf sie beim Abendspaziergang mit einem vorsintflutlichen Karussell fahren; es steht auf einem staubigen Spielplatz und wird von einem Hünen mit bloßen Händen angeschoben. Der dunkelhäutige Betreiber des Gefährts freut sich sichtlich am Vergnügen der Kinder, geht den ganzen Abend im Kreis, zeigt nicht die geringste Ermüdung und hebt seine kleinen Kunden lachend auf die wackligen Tiere. Strahlend sitzt das Kind auf einem lädierten Holzpferdchen und bemerkt weder die Defizite des Klappergestells noch die Langsamkeit des Einmannbetriebes, mit dessen gelassener Heiterkeit sich die Rückständigkeit des Südens um sich selbst zu drehen scheint. Und während das Mädchen ihr zuwinkt, spürt sie tiefer als jemals zuvor, wie wenig es braucht zum Glück, wie unwichtig es ist, was man erlebt, und einzig zählt, mit wem man es erlebt.

In Sevilla angekommen, geschieht etwas, was die Unterscheidung zwischen Zufall und Fügung einmal mehr fragwürdig erscheinen lässt. In ihrem kleinen Hotel treffen sie die große Schwester mit einem Schulfreund; die beiden sind auf Rucksackreise und frisch ausgeraubt. Zu viert verbringen sie zwei unbeschwerte Tage, dann zieht die Schwester weiter, wie sie aufgetaucht ist, kaum dass Sophie ihr Erscheinen richtig begriffen hat.

»Weshalb nur?«, jammert sie fassungslos, »wo wir uns doch gerade erst getroffen haben. Wo wir uns doch sonst nie sehen.« Klagen, endloses Schluchzen und tagelang dieselben Fragen, auf die es keine tröstende Antwort gibt. Wer zählt die Schmerzen der Kinder?

Muy querido hijo!
Durch das geöffnete Fenster trägt ein sanfter Windhauch salzige Frische vom Meer herüber, und ich denke abermals an die Zeit, die ich Dir im letzten Brief geschildert habe. Und wenn ich die Augen schließe, fühle ich mich durchwärmt vom matten Widerschein jener Winterwochen. So haben mich die Stunden des Gebets nie erwärmt wie die Nähe der Geliebten, und die Fülle des Daseins habe ich nur durch sie erlebt. Wenn die Zweisamkeit mit Deiner Mutter aus der Distanz vieler Jahre und tausender Seemeilen vorüberzieht, steigt mitunter die zaghafte Hoffnung auf, dereinst vielleicht doch nicht versinken zu müssen im Abgrund ewiger Verdammnis, sondern Vergebung zu finden in der anderen Welt, und ein Erbarmen, auf das ich vergeblich hoffte unter den Menschen.

Ehe ich den Faden meiner Erzählung wieder aufnehme, will ich in dieser Abendstunde, erfüllt von stiller Wehmut, das Kostbarste hervorholen, was ich, trotz widriger Umstände bei der Einschiffung in Cádiz und bei der Überfahrt, habe retten können – das Tagebuch Deiner Mutter. Sie hat es mir damals am Ort meiner vorläufigen Unterbringung übergeben, kurz vor der endgültigen Verbannung, und ich habe mir vorgenommen, Dir heute einen ersten Einblick in ihre Eintragungen zu gewähren. Was Deine Mutter festgehalten hat, war mir schon öfters hilfreich, indem es meine eigene Erinnerung ergänzt, korrigiert oder die erstarrten Gefühle belebt hat.

Als sie mir ihr Tagebuch gab, befand ich mich im Kloster Sanct Bonaval vor den Toren der Stadt. Nach dem Urteilsspruch des geistlichen Gerichts zu Sanct Jago, verkündet im Oktober des Jahres 1825, wurde ich, auf Beschluss des Ordenskapitels, bis zur Verkündung des zweitinstanzlichen Urteils und dessen Vollstreckung, aus dem Orden und aus Valdediós entfernt, in den Stand eines Laienbruders versetzt und zu den Mönchen des heiligen Domenikus gebracht. Diese Maßnahme stand durchaus im Einklang mit meinem Wunsch, mich angesichts erwiesener Verfehlungen nicht länger unter meinen untadeligen Brüdern aufhalten zu wollen. In jenem ehrwürdigen Kloster, das der Ordensgründer auf einer Pilgerfahrt selbst gegründet haben soll, wurde ich in aller

Verschwiegenheit als Gast behandelt, nur der Abt hatte Kenntnis von den Gründen meines Aufenthaltes.

Einige Monate habe ich so als unauffälliger Bruder auf dem Klosterberg verbracht, die meiste Zeit in der gut ausgestatteten Bibliothek, wo mich Deine Mutter gelegentlich besuchte. Gewiss hatte sie dem Bruder Pförtner manch ansehnliche Spende zugesteckt, damit sie mich ohne Erlaubnis des Abtes besuchen konnte. Da ich in den Tagesablauf der Mönche nicht einbezogen war und oft tagelang mit keiner Menschenseele gesprochen habe, waren mir diese Besuche gelegentlich eine willkommene Abwechslung, manchmal haben sie mir aber auch viel inneres Bemühen abverlangt. Deine nach dem Prozess kühl und herablassend auftretende Mutter hatte gewiss mit ihrer Idee, mich zu besuchen, vornehmlich die Absicht verbunden, dem Sohn die Gelegenheit zu geben, seinen Vater kennenzulernen. Ihr eigenes Verlangen, mich zu sehen, war aufgrund der Kränkungen, die sie von mir hatte erleiden müssen, sichtlich erschöpft, zumal eine Änderung meiner Einstellung nicht mehr zu erwarten war.

Aus dieser Zeit bist Du mir als wohlgeratener, standesgemäß erzogener Knabe in Erinnerung geblieben, mit tadelloser Haltung, ebensolchem Benehmen, gut gekleidet und von höflicher Zurückhaltung. Es ist mir allerdings nicht gelungen, längere Gespräche mit Dir zu führen, da Du zwar meine Fragen Deine Person betreffend höflich beantwortet, aber gleichzeitig zu verstehen gegeben hast, dass Du keine weiteren Erkundigungen oder eine Vertiefung der Unterhaltung wünschtest.

Nach meinem Eindruck ist es Dir in jenen Monaten nicht entgangen, dass ein Gespräch zwischen Deiner Mutter und dem distanzierten Klosterbruder nicht recht zustande kommen wollte und zwischen beiden eine gewisse Verlegenheit herrschte. Das war auch an jenem Nachmittag nicht anders, als Deine Mutter mir einen voluminösen Lederband überreichte. Mit bedeutungsvollem Blick sagte sie: »Das ist mein Vermächtnis und ein Teil von mir. Ihr werdet daraus die Wahrheit erfahren, meine Wahrheit. Vielleicht werdet Ihr durch meine Aufzeichnungen Euren Anteil an meinem Leid erkennen, er wiegt schwerer, als die Schuld um derentwillen Ihr verurteilt wurdet.«

»Danke«, sagte ich stumpf und legte das Buch achtlos neben mich. Nach kurzer Überlegung habe ich sie dann noch in die Schranken verwiesen: »Jeder hat sein eigenes Leid. Wer will die Schuld des andern wägen?« Im Grunde wollte ich nicht mehr erinnert werden an die längst vergangenen Tage und Träume, auch nicht an meine Hingabe an einen Menschen, durch die ich mich beinahe selbst verloren hätte, ebenso meinen Glauben und die Unterscheidung zwischen Gut und Böse. Von nun an bis ans Ende meiner Tage würde ich ohnehin für jene Zeit der Gottesferne, der Lüge und Verirrung büßen, und deshalb wollte ich nicht zusätzlich am Elend Margarethas teilhaben, dessen Tiefe mir nicht geringer zu sein schien als die der eigenen Not, und vor dem ich deshalb heftig zurückschreckte.

Sprachlos saß ich der einst so begehrten, mir fremd gewordenen Frau gegenüber, gab freundliche Antworten, um sie nicht durch meine Teilnahmslosigkeit zusätzlich zu kränken. Längst hatte ich durch dreißigtägige Exerzitien nach der Vorschrift des heiligen Ignatius von Loyola, durch tägliche Betrachtungen der Heiligen Schrift, durch Beten, Fasten, körperliche Züchtigung und geistliche Gespräche in den äußeren und inneren Frieden meines Ordenslebens zurückgefunden und war durch das Erscheinen der vormaligen Geliebten darin nicht mehr zu erschüttern. In unendliche Ferne war sie gerückt, die Zeit der Liebe, in der mir ein Leben ohne Margaretha und eine Rückkehr ins Kloster gleichermaßen unmöglich erschienen waren. Der Traum war versteinert, der Strom des Verlangens versiegt, das Herz erkaltet, und der Spiegel, in dem sie mir als das schönste Weib, ja als Madonna erschienen war, lag zerbrochen am Boden.

Doch auch Margaretha schien weit entfernt von der einstigen Liebe. Flammen der Wut blitzten aus ihren Augen, Spott und Verachtung aus ihren Worten. Doch all das verriet ihr immer noch glühendes Herz, denn der Zürnende trägt noch Gefühle und vielleicht sogar eine letzte Hoffnung in sich. Deshalb war sie bis zuletzt die Unterlegene, da ich unerreichbar war in meiner Gleichgültigkeit. Weil wir über unsere erkalteten Gefühle in Deiner Gegenwart nicht sprechen konnten, ebenso wenig über die längst vergangenen Tage von Xan Xordo, auch nicht über das jüngst ergangene Urteil oder das zu erwartende, flüchtete Margaretha in familiäre Ereignisse oder politische Themen, beides Anliegen, an denen sie von jeher starken Anteil nahm.

Bei einem ihrer ersten Besuche, ich erinnere mich genau, hatte sie von Felipe erzählt: Er sei vor zwei Jahren, nach dem abermaligen Scheitern der Liberalen, für einige Zeit nach Paris gezogen, um zu prüfen, ob er sich mit seiner Familie dort würde niederlassen können. Davor sei er drei Jahre als liberaler Ratsherr im Ayuntamiento von La Coruña tätig gewesen. Doch unter den jetzt wieder herrschenden Absolutisten müsse er erneut um sein Leben bangen, zumindest aber um seine Freiheit. In seinen Briefen berichte er, in Paris habe sich eine größere Gruppe spanischer Emigranten eingefunden, alle auf der Flucht vor den neuerlichen Brutalitäten des unumschränkten Herrschers, und er schildere begeistert, wie sich in Frankreich die Ideen der Revolution und der Romantik die Hand reichten, ja förmlich ineinander verwoben seien, und er in einem Zirkel verkehre, wo man sich aufs Erfreulichste darüber austausche, mit Emigranten aus allen Ländern Europas, vor allem aus Deutschland, wo die Knute der Restauration jeden freiheitlich nationalen Gedanken ersticke. Neuerdings gäbe es dort sogar noch verschärfte Gesetze, sie seien nach einem politischen Attentat erlassen worden und hätten eine Hetzjagd auf angebliche Demagogen ausgelöst, die man hauptsächlich unter Professoren und Studenten vermute. Sie überlegte einen Moment, dann sagte sie, besagte Beschlüsse hätten den Namen eines Kurortes, Karlsbad oder so ähnlich.

Um irgendein Thema zu haben, erzählte sie ein andermal empört, dass der Freiheitsheld General Riego in Madrid unter dem Geschrei des Pöbels öffentlich hingerichtet worden sei. Er sei in Andalusien von den Häschern der Reaktion gefangen worden und man hätte ihn, auf einen Karren gebunden, den ganzen Weg nach Madrid geschleppt. Dort habe ein bestelltes Tribunal das Todesurteil verkündet und unverzüglich vollstrecken lassen. Ich weiß noch, wie erleichtert sie an diesem Tag darüber war, ihren Bruder im Ausland zu wissen. Sie berichtete, er habe nie dem Frieden getraut, als der heuchlerische König 1820 aus purer Angst um die Macht die Verfassung von Cádiz unterschrieben habe, die er ja schon einmal abgeschafft hatte. Felipe habe schon damals gesagt, dass dieser Ausbund an Charakterlosigkeit nur Zeit gewinnen wolle, um ausländische Hilfe zu holen. Und es sei gekommen, wie er gesagt habe, denn nach dem siegreichen Eingreifen des französischen Heeres, der hunderttausend Söhne Ludwigs des Heiligen, sei ja die Cortes von Cádiz ein zweites Mal abgeschafft worden.

Bei solchen Schilderungen hörte ich ruhig zu, ohne zu antworten. Margaretha konnte lebendig erzählen, beschwerte sich aber gelegentlich über meine Einsilbigkeit. Doch was interessierten mich Ferdinand VII., die Auflösung der Volksvetretung von Cádiz oder der endlose Kampf zwischen Liberalen und Absolutisten, die ja untereinander auch wieder zerstritten waren? Was sollte ich noch einen Gedanken an dieses Land verschwenden, aus dem ich, wie zu vermuten stand, alsbald verbannt und verstoßen werden sollte? Heute empfinde ich eine gewisse Scham ob meiner damaligen politischen Apathie und ungeprüften Gesinnung, die am ehesten der eines gemäßigten Royalisten entsprach, weil ich keine Schwächung der Kirche wünschte. Man hatte schließlich in den Jahren, als die Cortes regierte gesehen, wie Klöster aufgelöst und Kirchenbesitz konfisziert wurden. Andererseits war ich durchaus für die Abschaffung der Inquisition, der Ferdinand ja schließlich auch zugestimmt hatte. Ich weiß nicht, ob Deine Mutter später auch noch über Politik gesprochen hat, und auch nicht, ob Du selbst Dich dafür interessierst, aber vielleicht runden meine Anmerkungen zur damaligen Zeit das Bild der Vergangenheit ab, das ich bemüht bin, möglichst vollständig für Dich zu zeichnen.

Doch lass uns zum Tagebuch Deiner Mutter zurückkehren und gemeinsam die erste Eintragung nachlesen, sie stammt aus der ersten Woche nach meinem Einzug in der Algalia und trägt das Datum des 15. Januar 1816. Ich werde sie an diesem milden Abend für Dich abschreiben, damit Dir eines Tages die kurze Verbindung Deiner Eltern aus beider Empfindung und Sichtweise zur Kenntnis gebracht werde. Deine Mutter schrieb in jenen Tagen die folgenden Zeilen nieder: »Was ich als schmachvollen Ehebruch gefürchtet, aus tiefster Seele verabscheut und mit gekränktem Herzen erwartet hatte, ist unverhofft zur höchsten Erfüllung meines Daseins geworden. Die Schmach, die ein liebloser Gemahl sich nicht gescheut hat, mir aufzuzwingen, hat sich durch ein Wunder zur Krönung meines Erdenlebens verwandelt. Seit dem Moment, als ich ihn zum ersten Mal sah und mein Herz augenblicklich erglühte, ist Jeronimo der einzige Gegenstand meines Denkens, Fühlens und Begehrens geworden. Nicht länger wird mein armes Herz, das in den fühllosen Umarmungen des besitzergreifenden Gatten erkaltet war, leer und einsam sein, es frohlockt in der Gewissheit zu lieben und geliebt zu werden, und droht darob fast zu zerspringen.

So hat sich die erzwungene Hausgemeinschaft in eine innige Herzensgemeinschaft und grausame Berechnung in überirdische Seligkeit verwandelt. Ebenso ist die erniedrigende Fessel eines tyrannischen Gemahls heimlich durch das Band der Liebe ersetzt und gleichzeitig die gedemütigte Gattin vom Treueschwur demjenigen gegenüber entbunden worden, der die Schande eines erzwungenen Ehebruchs mit einem unbekannten Manne ersonnen und ihr erbarmungslos aufgenötigt hat. Der einzige Wunsch, den ich in diesen Tagen noch habe, ist der nach einem Kinde. Es wird uns sonst nichts bleiben! Denn obzwar wir aufgehört haben, zwei Menschen zu sein, werden wir binnen Kurzem entzweit werden. Während gemeinhin Liebende, aus einem unbestimmten Gefühl der Vergänglichkeit alles Irdischen heraus, bisweilen fürchten mögen, ihr Glück könne von kurzer Dauer sein, haben wir die unabänderliche Gewissheit, einander unwiderruflich für die Spanne weniger Monde angehören zu dürfen, bis zur Rückkehr des Gatten, nicht einen Tag länger. Weh mir! Warum muss sich der Krug, aus dem die Liebe strömt so bald in eine Urne wandeln, die ihre Asche birgt?

Selbst die Amme, die gewiss mit einer Summe bestochen wurde, ausreichend bis ans Ende ihrer eigenen und ihrer Tochter Tage, ist wie verwandelt. Sie hatte von Stund an, als der ungelegene Gast ins Haus gekommen war, nur noch das Nötigste gesprochen, mit versteinerter Miene und verächtlichem Ton, und es war ihr selbst noch an Gang und Gebaren abzulesen, mit welcher Empörung sie die Geschehnisse im Hause ihrer Herrschaft verfolgte. Mittlerweile ist jedoch ihr Entsetzen mütterlicher Besorgnis gewichen und die mürrische Art des Umgangs einer fürsorglichen. Als ich gestern in die Küche kam, um die Mahlzeit zu besprechen, stellte sie sich vor mich hin, nahm mich bei den Händen und fragte mit sorgenvollem Ausdruck: ›Und danach, Doña Margaretha? Por Dios, was wird danach sein?‹

Glück, wo ist der Ausweg vor dem Unglück, das du mit dir bringst? Flucht allein, eine beherzte Flucht aus der Festung des Unterdrückers könnte uns retten. Doch diese Vorstellung erscheint ebenso unwirklich wie die Seligkeit des Traumes, in dem wir leben.«

Soweit für heute die Eintragung Deiner Mutter. Gewiss werde ich Dich noch öfters an Ihren Gedanken und Gefühlen teilhaben lassen, schon um die unvermeidliche Einseitigkeit meiner Darstellung auszugleichen. Damals habe ich das Tagebuch ungerührt in meiner Reisetasche verstaut, ohne eine Zeile darin zu lesen. Während jener Wochen auf dem Klosterberg war es mein einziges Anliegen, Abschied zu nehmen von der Jakobsstadt. Von Margaretha hatte ich mich längst verabschiedet. Als wäre es gestern gewesen, erinnere ich mich, wie ich so manchen Abend spazieren ging und mich auf der Anhöhe von Sanct Bonaval niederließ, um den Blick über Türme, Dächer, Häuser und Gärten schweifen zu lassen, vergoldet von der Abendsonne. Der Blick auf die Stadt im Abendfrieden verlieh mir gelegentlich jene innere Standhaftigkeit, derer ich so dringend bedurfte, wirkte besänftigend auf mein Gemüt und beruhigte die Angst vor der gefahrvollen Überfahrt und dem elenden Dasein als Gefangener in einer fremden Welt. In hellen Mondnächten ging ich manchmal auch über die Felder, um mir den Anblick der mattsilbernen Türme und Dächer für immer einzuprägen.

So glaubte ich, mich für das Leben in der Verbannung vorzubereiten und zu wappnen. Doch welch ein Irrtum! Man kann sich nicht mit Heimatgefühlen vollsaugen, um in der Fremde davon zu zehren, wie man sich vielleicht einen Wanst anfressen mag, um in Notzeiten zu überleben. Eigentlich ist das Gegenteil eingetreten, die Bilder in meiner Erinnerung sind eher quälend als tröstlich.

Es umarmt Dich in stiller Wehmut
{:>}Dein Vater

Manila, den 14. Dezember anno 1845

# Ein stummer Abend

Auch wir sind aus dem Jakobsland.

Im Sommer 1994 liegt die Öffnung der Mauer fünf Jahre zurück. Das Zusammentreffen von Missverständnissen, Eigenmächtigkeiten und Kommunikationsfehlern innerhalb der DDR-Führung machten möglich, was viele als Wunder empfanden. Auf alles war man vorbereitet, nur nicht auf Friedensgebete, Kerzen und gewaltfreie Demonstrationen. Zufall oder Fügung? Damals hatte sie mit E versucht, die alte Mauer zu schleifen, die sie von jeher trennte. Doch weder Zufall noch Fügung kamen zu Hilfe. Wer zählt die Schmerzen der Kinder?

Wieder bricht sie auf, wieder mit Sophie, wieder nach Santiago. Doch dieses Mal steht das Ziel der Reise fest. Als langsam die Betäubung zurückgeht, die durch Helenes Krankheit entstanden war, gewinnen die bisher verschwommenen Reiseabsichten Konturen: Sie will die Gayosos dingfest machen, die Geisterfamilie packen, wo immer sie ihrer habhaft würde, Archive und Gerichtsakten durchforsten, Stadthaus und Majoratsgüter ermitteln, Gräber suchen, Nachfahren ausfindig machen.

Im Lauf der Jahre war klar geworden, dass die Alltagsweisheit, man müsse nach vorne schauen und das Leben müsse weitergehen, für die Mädchen nicht taugt. So nicht, jetzt nicht. Ihrer Zukunft fehlt, was sie braucht, um lebendige Gegenwart zu werden und nicht nur hereinbrechende Zeit: die Zuversicht, der fabulierende oder planende Gedanke, der unbeschwerte Blick auf das Leben. Und dieser Blick ist verstellt durch den Riesenbrocken Vergangenheit.

Und wer sollte den Stein wegwälzen? Vielleicht kann sie im Spiegel der Verstrickungen der Gayosos den Weg frei machen, damit sie loslaufen können über grüne Wiesen, nicht länger gefangen im Albtraum der Familienjahre. Sie macht sich auf den Weg, um dem Schicksal ihrer Familie das Stigma des Einmaligen zu nehmen und den Töchtern nahezubringen, was sie längst weiß: Auch wir sind aus dem Jakobsland.

Beim Start im alten BMW nimmt sie sich vor, es soll wieder eine schöne

Reise werden, trotz der Recherchen und obwohl der Nebel wieder dichter geworden war. Längst hatte Sophie die hoffnungsvoll ausgestreckten Fühler verschreckt wieder eingezogen, und eine freudlose kleine Schnecke kriecht neben ihr her, immer in der Angst, auch noch die Mutter zu verlieren. Bisweilen geht ihr durch den Kopf, wie kümmerlich das Kind leben muss, ohne Vater und Schwestern und mit dieser weltabgewandten Mutter, aber dann mogelt sie sich weiter im Gedanken, Sophie sei ja bei ihr und habe deshalb alles, was sie brauche.

Madrid kocht, als sie ankommen. Nahe der Puerta del Sol, mitten im Gewimmel, finden sie ein Zimmer, vier Stockwerke über dem Ameisenhaufen, bei zwei alten Damen, die freundlich Auskunft geben. Sie hat sich vorgenommen, die Gerichtsakten von 1826 bei der Sacra Romana Rota einzusehen. Seit dem achtzehnten Jahrhundert hat das höchste geistliche Gericht der katholischen Kirche in Spanien die einzige Außenstelle, vermutlich weil die Inquisition eine spanische Erfindung ist und man in Rom sicher sein kann: Die Spanier sind noch päpstlicher als der Papst. Um dem Anliegen Gewicht zu verleihen, versucht sie, den Antrag über die Deutsche Botschaft zu stellen. Der Presseausweis nützt; in der Kulturabteilung der Embajada de la Republica Federal de Alemania, Calle Fortunaty, werden sie freundlich empfangen, die Bitte wird umgehend weitergeleitet, doch die Rota teilt mit: Dokumente, die älter seien als hundert Jahre, befänden sich in den Archiven des Vatikan.

Enttäuscht und hitzematt zieht das Mutter-Tochter-Gespann in den Parque del Retiro, wo im Casón del Buen Retiro Picassos *Guernica* seinen Platz fand. Als sie vor dem grauschwarzen Grauen des Krieges sitzen, stellt Sophie keine Fragen, sondern sitzt nur da, still, den Kopf leicht vorgeschoben, gebannt. Sie denkt: Mag sein, dass sie kein Kind mehr ist.

Anders am nächsten Tag im Prado. Vor den *Meninas* sprudelt das Mädchen los:»Schau, die tollen Reifröcke und die schönen Frisuren! Aber wieso sind die Prinzessinnen so ernst? Die sind doch reich und können alles bestimmen. Wieso ist das Zimmer so dunkel, es ist doch ein Schloss?« Sie erzählt vom spanischen Hofzeremoniell, steif und eng wie die Taille der Prinzessinnen, die man in Prunkgewänder gezwängt habe, wie in Rüstungen, in denen man sich nicht mehr rühren kann.

»Sieht aus, als ob sie frieren«, sagt Sophie nachdenklich,»in Spanien ist es doch heiß.«

»Vielleicht frieren sie trotzdem.«

»Und warum sind da solche Zwerge und Krüppel mit so komischen Kleidern?«

»Die wurden damals als Hofnarren gehalten. Schau, die traurigen Augen, obwohl sie grinsen.«

Weiter zu Goya. Dem kindlichen Hang zum Unheimlichen kann im Prado ausgiebig gefrönt werden, besonders bei diesem Maler. Auch Sophie gruselt sich gern, und eines der schauerlichsten Bilder des Prado zieht sie magisch an. Mit neugierigem Grausen steht sie vor dem aufgerissenen Rachen des Saturn, aus dem der blutende Arm eines Menschleins hängt, das er gerade verschlingt wie eine Keule. Der Kopf fehlt schon. An den gierig hervorquellenden Glotzaugen sieht man, dass das Monster auch den Rest des Körpers vertilgen wird, den es mit beiden Pranken umkrallt. Auf die entsetzte Frage, weshalb denn ein Vater seinen Sohn auffresse, erklärt sie seine Raserei mit der Angst vor den Söhnen.

»Wieso hat er denn Angst vor seinen Kindern?«

»Weil sie immer stärker werden, und er immer schwächer.«

»Hat Goya immer so Sachen gemalt?«

»Nein, während seiner Zeit als Hofmaler gab es auch andere Bilder.« Ein paar Schritte weiter die Familie Carls IV.: »Hier, schau mal, wie sie da stehen, die ganze Sippschaft, mit allen Fehlern, fast wie Karikaturen. Siehst du die hässliche Königin und ihren verblödeten Mann mit den vielen Uhren auf der Brust? Der Maler hat sie einfach hingestellt, wie Puppen. Eine Prinzessin schaut sogar weg, weil sie bei der Aufstellung fehlte. Das hätte Goya seine Stellung bei Hof kosten können.«

Ein Besuch im Prado kann drückend werden. Spanien zeigt sich als bizarres Land, schwankend zwischen Frömmigkeit und Aberglauben, Leidenschaft und Entsagung; zerrissen zwischen Lebensgier und der Todesverachtung des Schlachtrufs *viva la muerte!* Bilder der Machtentfaltung von Herrschern und Granden hängen neben mystisch verzückten Heiligen und den asketischen Mönchen von Zubarán. Auch die Entrückten von Ribera mit hohläugigem Schweigen und ständigem *memento mori* können aufs Gemüt schlagen. Schließlich atmen beide auf, als sie wieder im Freien sind.

Mein fremder Sohn!
Während ich Dir dieses ganze vormalige Leben zu erzählen versuche, beschleicht mich oftmals der Eindruck, es in der Zeit, als ich es gelebt habe, weder in seiner Vielfalt noch in seiner Abhängigkeit vom Schicksal der Gayosos richtig begriffen zu haben. Mitunter habe ich sogar das Gefühl, als begegneten mir jene Erdentage erst jetzt in ihrer ganzen Fülle, jetzt, da ich mich anschicke, sie neu zu beleben. Erst im Rückblick bekommen einzelne Stunden und Augenblicke, die im Einerlei vieler Wochen untergingen, und die Monotonie endloser Monate, in denen nichts geschehen zu sein schien, eine innere Spannung, weil sie dem Untergang der Familie wie eine Gnadenfrist vorausgingen und diesem zugeordnet scheinen wie die ersten Akte einer Tragödie. Oftmals treten auch die Farben des Vergangenen erst jetzt mit ihrer ganzen Leuchtkraft hervor, denn sie erscheinen vor dem schwarzen Hintergrund von Todesurteilen. Was sonst wären Galeerenstrafe und Verbannung?

Gelegentlich überkommt mich bei der Schilderung des Gewesenen der Wunsch, ein Maler zu sein, um die Verbundenheit zwischen den Personen und die Gleichzeitigkeit ihrer unterschiedlichen Gefühle und Handlungen in einem riesigen Triptychon für Dich darzustellen. Mein Bedürfnis einer solchen Veranschaulichung ist durch die Sprache kaum zu befriedigen, denn beim Lesen und Hören können wir Inhalte nur nacheinander aufnehmen und sie höchstens nachträglich zu einer Gesamtschau verbinden. Hier verfügt die Malerei über andere Möglichkeiten, weshalb ich sie der Dichtkunst bisweilen vorgezogen habe, wenn ich vor den Altarbildern der Heimat stand.

Eingedenk der Unmöglichkeit, mit Worten ein Bild im dargelegten Sinne zu fertigen, will ich dennoch versuchen, Dir einen Winterabend in der Algalia zu schildern, von dem ich jedes gesprochene Wort, jede Minute des Schweigens, jede Bewegung und jede Träne im Gedächtnis behalten habe, einen Abend, dessen Bedeutung aus allen übrigen herausragt, weil er die im Pazo vereinten Personen in eine neue Lage versetzte, in der sie teilweise anders reagierten, als sie es selbst und andere erwartet oder vermutet hätten.

An diesem Abend sitzen sich die Doña und der Mönch schweigend im Salon gegenüber. Nach und nach verlieren die Porträts streng blickender Ahnen ihre Konturen, Goldtapeten und Portieren ihre Leuchtkraft, und allmählich verschwindet auch das Schimmern der Kristallgläser im Dämmerlicht. Auf den Tischchen neben dem Kanapee, wo Margaretha sitzt, stehen dreiarmige Silberleuchter, die Amme hat die Kerzen angezündet, einzige Beleuchtung des Raumes, abgesehen vom Schein der Laterne, der durch die Fenster fällt. Draußen geht endloser Regen nieder, das Kaminfeuer knistert, die Frau schaut den Mann an, schon seit geraumer Zeit, es liegt ein Lächeln auf ihren Zügen, traurig und selig zugleich. Sie wartet, bis er aus der Beobachtung des Dauerregens aufwacht. Als er ihr Lächeln sieht, schaut er sie erwartungsvoll an, dieses Lächeln hatte er zuvor nie gesehen, es musste einen besonderen Grund haben. Sie nippt am Weinglas und schweigt, nippt abermals, schaut vor sich hin, und als sie seinen Blick auf sich ruhen fühlt, greift sie nach dem Konfekt und beginnt vom mürrischen, stets betrunkenen Kutscher zu sprechen, dessen Laster sie auf den Gedanken bringe, ihn noch vor der Rückkehr des Hausherrn durch den Stallburschen zu ersetzen, der schon lange darauf warte, die Stelle des Trunkenbolds einzunehmen, denn dieser sei ja hauptsächlich damit beschäftigt, wahllos auf die Pferde einzudreschen, und kaum mehr in der Lage, die Kutsche sicher um die Ecken zu lenken.

Der Mann antwortet nicht, spürt, dass durch sein Schweigen die Frau am ehesten auf das durch Nebensächlichkeiten notdürftig überdeckte Thema zu bringen sei, denn ein solches lässt sich untrüglich erahnen. Und der Mönch irrt sich nicht. Nach abermaliger Pause, in der die Doña fühlt, dass sie nicht mehr ausweichen kann, sagt sie fast tonlos: »Heute war ich bei Doktor Otero. Er hat mir eröffnet, ich sei in gesegneten Leibesumständen.« Wieder herrscht Stille im Salon. Die Nachricht ist nicht überraschend, hat dadurch an Wucht verloren, fließt mit dem Regen, erreicht die Erde, versickert, bleibt aber dennoch zwischen den beiden stehen in der Dunkelheit. Die Botschaft kam trotz allem plötzlich, wie der Donner eines Gewitters, mit dem man zwar gerechnet hatte, an dem man aber gleichwohl erschrickt.

Lange sitzt der Mann gedankenverloren da und starrt auf den glänzenden Stein ihres Ringes, dessen Farbe nicht mehr zu erkennen ist. Als er wieder zu sich kommt, wird ihm bewusst, wie sehr die Frau auf eine Antwort wartet, er weiß nicht, wie lange schon. Er will aufstehen, vor ihr niedersinken, ihre Hand küssen und ein paar Liebesworte murmeln, doch er kann nicht, eine plötzliche Kraftlosigkeit der Glieder hält ihn zurück. Versteinert und wortlos bleibt er sitzen, denn als er ihr sagen will, er sei momentan außerstande, sich zu erheben, muss er feststellen, dass ihm auch die Stimme versagt. Einen derartigen Anfall von Unwohlsein hatte er bisher nicht gekannt. In der Reglosigkeit der untergegangenen Pracht bewegt sich nur das Pendel der Kaminuhr.

Sanft und sehnsüchtig schaut die Frau auf den Mann. Später, als er seine Stimme wieder gefunden hat, hört er sich räuspernd hervorbringen: »Ich halte es für gefährlich, den Kutscher jetzt auszutauschen, er gehört schließlich zum Komplott.« Als er aufschaut, sieht er, wie Tränen über ihre Wangen fließen, endlos, in stillem Jammer, kein Schluchzen, keine Klage. Er schaut aus dem Fenster, es regnet noch immer. Er ist todmüde. Als die Amme eintritt, um die Kerzen zu erneuern und nach den Wünschen der Herrschaft zu fragen, erkennt sie mit einem Blick den Schmerz der Señora, nimmt sie bei der Hand, legt ihr ein Wolltuch über die Schultern und führt sie wortlos zur Tür. Später, als die tiefe Glocke der Kathedrale ihn aus seinem Dämmerzustand weckt, geht er auf das Zimmer, in dem er die erste Nacht verbracht hatte, und legt sich fröstelnd nieder, ohne sich zu entkleiden. Dies war der Abend, mein Sohn, an dem mir Deine Ankunft auf dieser Welt angekündigt wurde, und ich werde, ohne mich zu schonen, berichten, was danach geschah.

Am nächsten Tag war in der Algalia nichts mehr wie zuvor. Im ersten Morgengrauen schlich ich in die Küche, wo Amme und Kutscher bereits am Tisch saßen. Das sorgenvolle Gesicht der guten Frau war über Nacht noch fahler geworden, in sich gesunken und mit gesenktem Blick saß sie vor ihrem Milchkaffee. Der Kutscher hing mit geröteten Augen über seiner Schale, tauchte eine Brotscheibe hinein und saugte sie geräuschvoll aus, ehe er hineinbiss. Als ich mich neben ihn setzte, brach gerade ein Stück des durchweichten

Brotes ab und fiel in den Kaffee. Er fischte es mit den Fingern heraus und brummte nebenbei, ob die Herrschaften eine Ausfahrt vorhätten, er ginge sonst mit einem Pferd zum Hufschmied.

»Bring Er mich wieder zur nämlichen Poststation, wo Er mich im Januar abgeholt hat«, befahl ich hart und gereizt. Die Amme starrte mich entgeistert an, wischte mit der Schürze den Mund ab und verließ die Küche, während ich mit unveränderter Bestimmtheit anordnete: »Spanne Er unverzüglich an!« Dann eilte ich in mein Zimmer.

Die wenigen Gegenstände, die ich mitgebracht hatte, waren schnell in der Reisetasche verstaut. Das Kreuz aus meiner Zelle hatte ich nicht herausgenommen, ebenso wenig den Lederbeutel mit dem Geld. Hastig riss ich mir die weltlichen Kleider vom Leib, warf sie über den Sessel, holte die Mönchskutte aus dem Schrank und zog sie eilig über: Zurück ins Gewand der Keuschheit! Weg, nur weg aus dem Haus der Sünde! Eine starke Kraft, über die ich mir keine Rechenschaft ablegte, trieb mich zu dieser Eile, die mir keine Zeit ließ, auch nur einen Moment über das Elend Deiner Mutter nachzudenken.

Auf dem Flur watschelte die Amme fassungslos vor dem Schlafzimmer auf und ab, schnäuzte zwischendurch heftig und jammerte halblaut vor sich hin: »Was soll bloß werden, Señor, was bloß werden ...«

»Schläft die Señora noch?«, wollte ich wissen.

Stockend brachte die Alte hervor, sie habe der Doña gegen fünf Uhr morgens noch einen Tee gebracht, erst danach sei sie eingeschlafen. Ohne Auftrag wage sie nicht, die Geschwächte so früh zu wecken.

Kurz entschlossen trug ich der guten Seele auf, ihrer Herrin meine Empfehlung zu übermitteln, verließ das Haus, ohne mich umzusehen, und bestieg die bereitstehende Kutsche, nachdem ich rasch noch die Kapuze hochgezogen hatte.

Ein scharfer Wind blies durch die Gassen und peitschte den Regen gegen Dach und Seitenwände des Gefährts. Als wir die Puerta San Roque hinter uns gelassen hatten, zog ich die Vorhänge der Kutschenfenster zurück. Auf die kahlen Felder drückte wieder einmal der bleigraue Himmel Galiziens, aus dem es in Strömen goss. Krähen flogen auf, und entlaubte Bäume streckten schwarz glänzende Äste von sich, als wollten sie mit ihren dunklen Krallen die Vögel verscheuchen, die sich kreischend darauf niederließen. Durch den tagelangen Regen war der Boden matschig geworden, und die Pferde kamen schwer voran. Doch das kümmerte mich nicht. An diesem Morgen trieb es mich unwiderstehlich in die Flucht, als könne ich hinter mir lassen, was ich gefühlt und erlebt hatte. Neben dem Drang zu fliehen erfüllte mich das trügerische Gefühl, ich könnte so alles ungeschehen machen und mich vor Margaretha retten, vor allem aber vor der Bedrohung, Vater zu werden.

Auch ich hatte in jener Nacht keine Ruhe gefunden, und so verfiel ich alsbald in einen von wilden Gedanken durchzuckten Halbschlaf. An der Poststation schreckte ich auf, es goss noch immer wie aus Kübeln. Nachdem der Kutscher meine Ankunft angekündigt hatte, erschien der Wirt in der Tür, empfing mich wie einen alten Bekannten und brachte mich auf das Zimmer über der Gaststube. Die nächste Kutsche nach Sanct Jago komme aber erst in ein paar Stunden, sagte er, und fragte nach meinen Wünschen.

Eine Stärkung sei mir willkommen, ich überlasse ihm die Auswahl, antwortete ich und fügte beiläufig an, die nächste Postkutsche nach Betanzos de los Caballeros nehmen zu wollen, mein Aufenthalt bei der Majoratsfamilie sei beendet. Dann ließ ich mich auf das Bett fallen, auf dem ich schon einmal unruhige Wartestunden verbracht hatte, und verfiel in wirre Grübeleien. Was sollte nun aus mir werden? Ich fühlte, von nun an würde ich allein sein auf dieser Welt, weil mich ein dunkles Geheimnis für immer von den Menschen trennte.

Meine Eltern lebten damals noch in einem *pueblo* unweit der Stadt in ihrer Elendshütte. Ich hatte beschlossen, ihnen eilig ein Haus in Betanzos zu kaufen. Und in der Tat, durch Mithilfe einiger Verwandter und die Ratschläge ehemaliger Freunde fand ich im Viertel Santa Maria rasch ein stattliches Wohnhaus mit einer Glasveranda entlang der Fassade. Der Umzug war mühelos, weil die Eltern wenig besaßen. Selbstredend kaufte ich auch noch Gerätschaften und Möbel. Dann engagierte ich eine rüstige Dienstmagd, die im obersten Geschoss untergebracht wurde und die alten Leute versorgen sollte. Um jede Art von Klatsch zu vermeiden, untersagte ich den Eltern, ihre neue Lage mit irgend jemandem zu besprechen. Dem misstrauischen Vater versicherte ich, es sei alles rechtmäßig und er habe nichts zu befürchten. Und wenn meine Mutter mich prüfend von der Seite ansah, schloss ich sie beruhigend in die Arme und bat sie, für mich zu beten; das Geld sei die Spende für eine Wohltat, die dem Beichtgeheimnis unterliege.

Eine kurze Zeit lebte ich noch bei meinen guten Eltern, die ich so sehr liebte und um deren Wohlergehen willen ich alle Schuld auf mich geladen hatte. Es herrschte ein stilles Einvernehmen zwischen uns, das auch dadurch nicht erschüttert wurde, dass ich ihre weiterhin fragenden Blicke unbeantwortet ließ. Das Vertrauen der beiden in ihren geistlichen Sohn, ihr Stolz auf seine Würde und seine Bildung waren nicht ins Wanken zu bringen, trotz der Besorgnis über die Herkunft des plötzlichen Reichtums, und ich glaube, sie waren unter sich übereingekommen, das Ganze als ein Wunder zu betrachten, das nur die Santíssima Señora vollbracht haben konnte, zu der sie ein Leben lang in ihrer Dorfkirche gebetet hatten.

Die Tage in Betanzos brachten mich an die Stätten meiner Kindheit zurück und ließen mich Meer und Himmel, die Straßen und die Hütten der Nachbarn mit den Augen der einstigen Unschuld sehen. Mein Herz brannte vor Heimweh nach jenen unbeschwerten Kindertagen und einer reinen Seele, und wenn ich nachts zum Sternenhimmel schaute, zerriss es mir fast mein Innerstes. In diesen Stunden begann ich zu ahnen, dass ich die Flucht und den Kampf gegen mich selbst nicht würde durchhalten können, weil deren Unmenschlichkeit nicht nur mich, sondern auch die Geliebte träfe.

Ruhelos trieb es mich in Gedanken zwischen Klostermauern und dem Lager der Geliebten hin und her, mich feigen Mönch, der versuchte, alles, wonach er sich sehnte, zu verleugnen, zur Sünde zu erklären und zu fliehen. Es war ein Jammer, ich selbst war mein schlimmster Feind geworden, der sich das eigene Herz zerfraß. Und doch: Ich konnte meinem Gelübde nicht entfliehen. Niemand hatte mich gezwungen, Mönch zu werden. Es war mein freiwilliger Entschluss gewesen. Von frühester Jugend an war es mein Ziel, das Leben in klösterlicher Gemeinschaft zu verbringen, dem Elend meiner Herkunft zu entkommen und mich dem Herrn als gehorsamer Diener zu weihen. Margaretha hatte meine ganze Liebe, aber das Kloster war mein Leben. Margaretha war mir erschienen, unwirklich, wie aus einer anderen Welt. Für den Orden hatte ich mich entschieden, einer Berufung folgend, wie ich damals dachte. Armut, Keuschheit und Gehorsam, diesen Weg hatte ich gewählt, der andere war mir aufgezwungen worden, gleichgültig, ob er als Weg der Sünde oder der einer wunderbaren Liebe erachtet wurde. Gewiss, ich würde Gott nie mehr ganz und mit reinem Gewissen dienen können, aber ebenso wenig konnte ich mich zu Margaretha bekennen, denn auch ihr würde ich nie ungeteilt und ohne Gewissensqualen angehören. Deshalb würde ich uns beide unglücklich machen, für lange Zeit, wer weiß, vielleicht für immer.

Um alles zu tun, was in meiner Macht stand, die Lebensumstände meiner Eltern zu sichern, habe ich schließlich noch den Arzt und den Apotheker veranlasst, die beiden gelegentlich aufzusuchen und die Rechnung dem Advokaten Dr. Ricardo Valverde vorzulegen, der auch den Kauf des Hauses beurkundet und Zugang zum Guthaben auf der Bank von Betanzos hatte.

Der Tag des Abschieds kam näher. Die Geschäfte waren erledigt, der Alltag geregelt. In den letzten Tagen kündigte ich den Eltern an, im Herbst sei eine weitere Summe Realen in Gold zu erwarten. Außerdem riet ich ihnen, die Schwester aus Kuba zurückzuholen und sie mit ihrer Familie am künftigen Wohlstand teilhaben zu lassen.

Bei meiner Abreise war ich sicher, alsbald nach Valdediós zurückzukehren. Doch es kam anders. Mehr davon in meinem nächsten Brief.

Morgen ist der dreißigste Jahrestag meines Einzugs in die Algalia de Arriba, an den ich seit meiner Verbannung stets mit Dankbarkeit und Reue zurückdenke.

Sobald ich kann, werde ich fortfahren und alles daran geben, die Briefe zu einem guten Ende zu bringen.

Es grüßt Dich
> Dein Vater,
der Dich in die Arme schließt und Deiner gedenkt im Gebet.

Manila, am Vorabend des Festes der Erscheinung unseres Herrn, anno Domini 1846.

# Die Sehnsucht siegt

## Damnatio memoriae

Ankunft in der Abendsonne. Gassen, Kirchen, Bogengänge, die Kathedrale. Santiago hat nur ein Gesicht, an diesem Abend ist es vergoldet. Sie will Sophie die Stadt »schenken«, ihr alles zeigen, alles auf einmal. Doch das Mädchen zeigt kein Staunen, keine Neugier, alles scheint selbstverständlich, als wäre sie schon einmal da gewesen. In der Kathedrale zündet sie für jede Schwester eine Kerze an, steckt sie behutsam auf, mit jener Sammlung, die nur Kinder haben. Dann setzt sie sich neben die Mutter. Von da an möchte sie jeden Tag in die Kathedrale, einen Grund sagt sie nicht. Zuerst das Kerzenritual, dann geht sie hinter den Hochaltar, legt die Ärmchen um den thronenden Jakobus und geht zurück. Schön, so neben Sophie zu sitzen, dem späten Kind mit der frühen Einsicht.

Ohne am Erfolg zu zweifeln, steht sie am nächsten Morgen vor dem Rathaus mit Bogengängen, Säulen und einem Jakobus auf dem Dach. Zunächst soll das Stadthaus gefunden werden, dann die Güter und Ländereien der Familie. Danach würde man weitersehen. Im Ayuntamiento vergeblich hin und her geschickt, landet sie nach einer Stunde im Archivo Histórico y Universitario, wo sie erfährt, vor 1832 habe in Santiago kein amtliches Einwohnerverzeichnis existiert und Gayoso sei kein seltener Name in Galizien. Enttäuscht, doch weiter zuversichtlich, durchforstet sie wuchtige Heraldikbände, zuerst nach dem Familienwappen, dann nach dem Stadthaus und den Besitzern und Vorbesitzern. Vielleicht wissen sie etwas, haben alte Schriftstücke, Stiche, Stammbäume oder kennen jemanden, der weiterhelfen kann. Stundenlang bläst sie Staub von ledergebundenen Folianten. Schließlich findet sie die Wappentiere derer von Gayoso, die *truchas*, Forellen, zwei, drei oder mehr. Freie Gestaltung der Wappenfelder sei üblich gewesen. Im Gesamtverzeichnis werden die Forellen der Gayosos bestätigt.

In einem Band über die Pazos von Intramuros erfährt sie, es gäbe nur an vier Gebäuden von Santiago Wappen mit Forellen. Erster Versuch: der Pazo

Amarante in der Rua Algalia de Abacho, hier residiert das Justizministerium. Nach einer Genealogie der Adelsgeschlechter gehören die Amarantes zum Hochadel, in ihrem Stammbaum taucht der Name Gayoso nicht auf. Weiter: Auf der Wappenhälfte des gegenüberliegenden Hauses ebenfalls Forellen. Es ist das vormalige Domizil des Majordomus der Amarantes; Gayoso war kein Verwalter. Schließlich steht sie vor einem stattlichen Pazo in der Algalia de Arriba, auf der Fassade ein Wappen mit drei Forellen. Sie geht der Sache nach. Der Besitzer hat das Anwesen 1965 von einer Contessa aus Vigo gekauft. Er zeigt alte Pläne, weiß aber nichts über Geschichte und Vorbesitzer. Dies war vermutlich der Pazo der Gayosos. Das vierte Gebäude ist ein bescheidenes Haus in der Rua da Trinidade, zu schlicht für einen Majoratsherrn. Es könnte einem der Brüder gehört haben.

Noch eine Chance: das erzbischöfliche Archiv. Da es seit ihrem ersten Besuch jahrelang renoviert und erweitert wurde, hofft sie jetzt, eher Prozesshinweise oder Unterlagen zu finden, Vernehmungsprotokolle vielleicht, die Aufschluss über die Angeklagten geben würden, ihr Verhalten im Prozess, ihr Leugnen, ihre Geständnisse. In der Fallbeschreibung steht, dass Margaretha und der Mönch zunächst alles in Abrede stellten, Margaretha aber in einem weiteren Verhör durch Gayoso zu einem vollen Geständnis gebracht wurde, worauf der Mönch genötigt war, den Vorgang ebenfalls einzuräumen. Andererseits könnte es auch sein, dass die Akte geheim ist. Schließlich hatte im gegenständlichen Fall ein Geistlicher schwere Schande über den Orden und die Kirche gebracht.

Doch so weit ist es ja noch nicht. Und so weit sollte es auch nicht kommen. Trotz freundlicher Unterstützung des Personals sind wieder alle Recherchen vergeblich. Man bringt riesige Karteikästen mit allen Klagen, die im neunzehnten Jahrhundert vor dem Fiskal des geistlichen Gerichts erhoben wurden, geordnet nach Jahren. Nach mehrstündiger vergeblicher Suche fragt sie, ob es ein Verzeichnis der Urteile gäbe, vielleicht auch derer, die in Revision gingen. Antwort: »Das ist alles, was wir haben.«

Allmählich hat sie das Gefühl, Gespenstern nachzujagen, und manchmal stellt sich die verrückte Idee ein, sie könnte sich die Geschichte der Gayosos selbst ausgedacht haben. Doch die Unsicherheit wird von einer anderen Vermutung überdeckt: Es könnte sein, dass in dieser Trutzburg des Katholizismus die Spuren eines der dunkelsten Vergehen, das in ihren Mauern begangen wurde, im Schatten der Kathedrale, unter dem Geläut ihrer Glocken, dass diese

Geschichte längst aus den Annalen getilgt und aus den Archiven verbannt wurde, zumal dieses Vorgehen in der Kirche institutionalisiert ist und einen offiziellen Namen hat: *damnatio memoriae*, Verdammnis dem Erinnern, Fluch dem Gedenken, Verbannung aus den Köpfen! Und, wer weiß, vielleicht hatte E in jener wissenschaftlichen *Sammlung herausragender Rechtsfälle im neunzehnten Jahrhundert* die einzige Spur der Gayosos entdeckt, die ein Normalsterblicher auf dieser Welt überhaupt noch finden konnte.

Nun hatte sie eigens diese Reise gemacht, um durch persönliches Erscheinen das Risiko von Absagen zu mindern. Und nun war alle Mühe umsonst. Vorsichtshalber lässt sie sich, für spätere Nachfragen in Rom, von den Archiven Bestätigungen ausstellen: Der Rechtsfall und die Wohnsitze der Familie Don Joseph Gayoso y Pardo konnten in den Beständen nicht gefunden werden. Santiago, Datum, Stempel, Unterschrift, Punkt.

Noch einmal schlendern sie durch die Gassen. Das Fest des Apostels naht. Pilgermassen und Touristenscharen lassen Stadt und Kathedrale überquellen. Zeit zu gehen.


José, mein ferner Sohn!
Intramuros, die Stadt hinter meterdicken Mauern, gleicht einer düsteren Befestigung, hinter der sich die Kolonialherren verschanzt haben und wo es von Kirchen und Klöstern wimmelt. Die Monotonie des Alltags in dieser Zitadelle, wird nur durch die Fiestas unterbrochen. Sie durchziehen das Jahr mit Feiertagen und Prozessionen gleich einer Girlande aus bunten Blumen, wie sie hier zu diesen Anlässen gebunden werden. Der höchste Festtag hierzulande ist der des *Santo Niño*, an dem das Jesuskind verehrt wird, das Magellan aus Flandern mitbrachte und am 14. April 1521 der neu getauften Frau eines Herrschers auf Cebu schenkte. Die Fiesta beginnt am Vorabend mit Bällen und Festgelagen, bei denen die Spanier geflissentlich unter sich bleiben, zieht sich in das Hochamt und die Prozessionen des kommenden Tages, woran dann auch die Einheimischen teilnehmen und wo es recht fröhlich zugeht.

Sonst findet man weltliches Treiben und belebte Straßen eher in Binondo, eine der Vorstädte außerhalb der Mauern auf der anderen Seite des Flusses. An diesen geschäftigen Ort werde ich manchmal geschickt, um Besorgungen und Einkäufe zu erledigen. Als ich heute von einem dieser Ausflüge ins bunte Leben in meine Kammer zurückkehrte, habe ich nach kurzer Siesta wieder einmal den Nagel vom Ablagebrett genommen, mit dem ich kleine Zeichen in die Wand kratze oder auch Namen, dieses Mal den Deinigen und den Deiner Mutter; die meiner Eltern und Geschwister hatte ich schon früher eingeritzt. Du siehst, der Kerker der Sprachlosigkeit ist tief, der Himmel fern und die alte Treppe der Hoffnung, ausgetreten vom lebenslangen Auf und Ab, ächzt bei jedem zaghaften Tritt, statt an den Rand der Erde zu tragen, wie sie es einst versprach.

Nach meinem letzten Brief wirst Du mich sicher fragen, weshalb ich Deine Mutter nach jenem Abend so überstürzt verlassen habe. Ich weiß es selbst nicht, mein Sohn. Was mir in Erinnerung blieb, ist jenes tiefe Erschrecken, das mich stumm und reglos machte, eine Art Ohnmacht, verbunden mit dem Drang, davonzulaufen. So sehr ich auch versucht habe, mein Innerstes zu erforschen, mehr weiß ich nicht über diese feige Flucht zu berichten. Eine grauenhafte Panik hatte mich erfasst, als ich zu begreifen begann, dass von nun an die Spur meiner Taten unauslöschlich war und menschliche Gestalt annehmen würde. So gesehen, mag es ein Versuch des gewaltsamen Ausbruchs gewesen sein, aus einem Gefängnis, das ich nie wieder verlassen konnte. Im Übrigen bleibt es mir selbst ein Rätsel, weshalb mich die Nachricht Margarethas, sie sei guter Hoffnung, in einen Zustand versetzt hatte, der jede Form des Mitgefühls, ja selbst die Gebote der Höflichkeit und des Anstandes vergessen ließ und eine derartige Bestürzung auslöste.

An einem milden Abend im Vorfrühling kehrte ich in die Stadt des Apostels zurück, in der festen Absicht, mich beim Abt von Valdediós zurückzumelden. Ein sanfter Frühlingswind minderte die Moderluft der Gassen, die mit einem Mal heller waren und deren düstere Winterenge sich geweitet zu haben schien. Kaum war ich durch das obere Stadttor gegangen, erfasste mich ein derart schmerzliches Verlangen, Margaretha wiederzusehen, dass mir die Eingeweide brannten und es mir fast das Herz zerriss. Zurück ins Kloster? Es war ausgeschlossen.

Ziellos irrte ich durch die Gassen und bemühte mich, meine Sehnsucht zu bändigen. Vergeblich. Wie von übermächtigen Kräften gesteuert, lenkte ich meine Schritte, statt hinunter ins Tal der Mönche, in die Richtung einer Schenke in der Algalia de Abajo, wo der Kutscher gewöhnlich anzutreffen war. Die Wirtsstube, Treffpunkt der Kesselflicker, Hufschmiede und Kutscher, war so voller Tabaksqualm, dass ich die Tische einzeln absuchen musste, um den alten Säufer zu finden. Als ich ihn beiseitegenommen hatte, um zu fragen, ob sein Herr bereits zurückgekehrt sei, und er dies verneinte, drückte ich dem Verdutzten meine Reisetasche in die Hand und ließ ihn mit der Bitte, sie in den Pazo zu bringen, kurzerhand stehen. Danach begab ich mich nach San Benito, setzte mich in die hinterste Reihe und erwartete den Abend.

Sobald es dunkel war, eilte ich zum Haus der Geliebten. Dort angekommen, geschah etwas Unerwartetes. Just in dem Augenblick, als ich mich anschickte, den Türklopfer fallenzulassen, öffnete sich das Portal von innen. Doktor Otero! Er war im Begriff, das Haus zu verlassen. Hinter ihm stand Rosalia, die ihm die Tür geöffnet hatte. Als das Mädchen mich sah, legte sich freudiges Erschrecken auf ihre Züge. Auch ich war mächtig erschrocken, denn auf eine Begegnung mit dem Hausarzt der Familie war ich nicht gefasst. Doktor Otero gehörte zu den wenigen Fortschrittlichen in der Stadt, zu denen, die an die Wissenschaften glaubten, einen allgemeinen Pantheismus verbreiteten und dem Klerus gerne kleine Skandale oder größere Verfehlungen nachsagten, an denen in der Regel mehr war als nur ein wahrer Kern. Seinen Beruf führte er mit Entschlossenheit durch, vor allem wenn es galt, die Gesetze einer modernen Hygiene umzusetzen, oder auch, wenn religiöse Bräuche und Vorschriften seinen Verordnungen entgegenstanden. Er genoss das Vertrauen der Reichen und Vornehmen und kannte die meisten Adelsfamilien der Stadt, ebenso die Chorherren der Kathedrale, und er scheute nicht davor zurück, das eine oder andere, was er beobachtet oder erfahren hatte, bei Gesprächen in anderen Häusern in ausgeschmückter Form weiterzuerzählen. Gewöhnlich tat er das ganz nebenbei, während er seine medizinischen Untersuchungen durchführte. Außerdem war der Doktor überzeugt, sich nicht nur in Angelegenheiten des Leibes, sondern auch in denen des Gemüts auszukennen, und verstand es, aus kleinen Anhaltspunkten ganze Geschichten zu verfertigen, die seiner Erfahrung nach dann auch meistens zutrafen. Seine Devise lautete: Wo Rauch ist, da ist auch ein Feuer! Man musste sich also vor seinem Tiefblick, seinem Scharfsinn und seiner Menschenkenntnis in Acht nehmen, wenn man auch nur das Geringste zu verbergen hatte.

Mit einem halblauten Gruß versuchte ich, mich hastig an der stattlichen Erscheinung vorbeizudrücken. Doch der soignierte Herr sprach mich ruhig und freundlich an, wobei sich gleichzeitig sein prüfender Blick in meine Augen bohrte. Ich hielt diesem Blick und dieser erstaunten Liebenswürdigkeit nicht recht stand und unterbrach sein scheinbar belangloses Gespräch mit dem Hinweis, die Hausherrin sei mein Beichtkind und ich sei auf dem Wege, ihr meine Aufwartung zu machen, da sie nach mir habe schicken lassen.

»Ach ja?«, antwortete der Arzt mit hochgezogenen Brauen und erstauntem Unterton.

»Ja, gewiss doch«, entgegnete ich rasch und redete in meiner Verunsicherung einfach weiter: »Die Señora hat wohl bewusst einen einfachen Ordensmann gewählt und nicht den Generalvikar, den Erzpriester oder einen der Domherren, wie die meisten Damen der feinen Gesellschaft. Ich denke, die Señora wird ihre Gründe dafür haben.« Es war offensichtlich, ich hatte zu viel geredet. Ausgerechnet gegenüber dem Geschichtenerzähler Otero. Wer sich entschuldigt, klagt sich an, schoss es mir durch den Kopf. Was hatte ich Tölpel mich ungefragt über die Wahl des Beichtigers der Señora zu verbreiten, hier vor der Haustür, zwischen Tür und Angel? Doch was war schon verloren, wenn Otero den Verdacht schöpfte, ich sei ein stiller Verehrer der schönen Doña. Sollte er doch! Da gab es wahrlich ganz andere Gerüchte in der Stadt. Nach einer zu langen Pause, während der mein Gegenüber süffisant lächelte, fuhr der Doktor milde fort, ob ich nicht wisse, dass Doña Margaretha krank darniederliege und absoluter Ruhe und Verschonung vor jeglicher Erregung des Gemütes bedürfe.

»Doch gewiss, ich habe Kunde davon bekommen, aber die Gnädigste hat mich gleichwohl rufen lassen«, antwortete ich mit gebotener Zurückhaltung und Diskretion in Stimme und Mimik. »Womöglich wünscht die Geschwächte die Erleichterung der Beichte, um durch den Trost der Absolution vollständigen Seelenfrieden zu erlangen«, log ich mutig weiter.

Mit leicht spöttischer Miene, hinter der sich inzwischen die grundsätzlichen Zweifel am Glauben, an kirchlichen Wohltaten und an der Unschuld der Geistlichkeit nicht mehr verbargen, und mit einer Bestimmtheit, die keinen Widerspruch duldete, traf der Arzt seine Anordnung: »Gleichviel, die Señora muss um ihre Leibesfrucht bangen. Sie bedarf der Schonung, auch in geistlichen Angelegenheiten. Ihr wisst ja, Hochwürden, auch diese vermögen sehr wohl ein empfindsames Gemüt aufzuwühlen.«

Als ich entgegnen wollte, ich teile das Urteil über Margarethas Gemüt nicht im Geringsten, zog Otero den breitkrempigen Hut, und, bereits im Gehen begriffen, sagte er abschließend, diese Anweisung sei keineswegs als Ratschlag, sondern als medizinische Verordnung zu verstehen. Dann ließ er mich stehen und eilte zu seiner Kutsche. Du kannst Dir vorstellen, wie erleichtert ich war, mich davor wenigstens meiner Reisetasche entledigt zu haben. Dennoch fühlte ich mich unsicher, denn dieser Menschenkenner und Skeptiker hatte mich womöglich durchschaut. Bis heute ist mir unklar, ob Oteros durchdringender Blick die Wahrheit in meinen flackernden Augen gesehen hat.

Rosalia führte mich in die Küche, wo die Amme, statt mich in der gewohnten Manier zu begrüßen, auf mich zutrat und bei beiden Händen fasste: »Dem Himmel sei Dank, dass Ihr wiedergekommen seid, Padre«, murmelte sie mit erstickter Stimme, »Tag für Tag habe ich auf Hochwürden gewartet, ganz zu schweigen von der unglücklichen Señora. Folgt mir, seht selbst, Hochwürden.« Darauf hastete sie keuchend die Treppe hinauf, während sie mir zuraunte, die Herrin befinde sich in äußerst geschwächtem Zustand, und mit sorgenvollem Blick fügte sie hinzu, sie liege seit meiner Abreise darnieder, weine viel, spreche kaum, verweigere die Mahlzeiten und kleide sich an manchen Tagen überhaupt nicht an. Man könne ihren Zustand kaum mit ansehen, außer Lindenblütentee nehme sie wenig zu sich, ab und zu eine Suppe. Und der Arzt verlasse die Unglückliche jedes Mal mit noch sorgenvollerer Miene.

Inzwischen waren wir im zweiten Stockwerk angelangt. Die Amme ließ sich auf einem Stuhl nieder, um zu verschnaufen. Schwer atmend flüsterte sie, es sei auch vorgekommen, dass Doña Margaretha unverhofft habe anspannen lassen, um ohne Erklärung den Pazo zu verlassen. Der Kutscher habe berichtet, sie lasse bei der Iglesia de Nuestra Señora de las Angustias anhalten, wo sie zuerst in die Kirche ginge, dann hinüber zum Friedhof von San Domingo. Dort ließe sie sich auf einer versteckten Steinbank nieder und weine bitterlich. Das sei aber noch nicht alles, fuhr die Besorgte fort, neulich habe die Doña, ohne ihr etwas zu sagen, einfach Rosalia bei der Hand genommen, zu Fuß das Haus verlassen und sei erst nach Stunden zurückgekehrt: »Zu Fuß, Padre, eine Dame der Gesellschaft! Was mögen die Leute denken? Wenn jemand von Stand die Señora gesehen hat, werden bald die Dienstboten dieser Herrschaften den unsrigen unangenehme Fragen stellen.« Tief betrübt saß die gute Seele da, während sie weitersprach: »Gewiss wird bereits auf den Abendgesellschaften über die Gayosos gelästert, und das Getratsche der feinen Gesellschaft ist wahrscheinlich nicht mehr aufzuhalten.«

Ein anderes Mal habe die Herrin bei Santa Clara weinend auf einer Bank gesessen, und gewiss sei sie auch dort nicht unbeobachtet geblieben, zumal der Weg dorthin nicht zu unterschätzen sei. Sie sei sich sicher, raunte die Amme, dass es in vornehmen Kreisen bereits die seltsamsten Vermutungen darüber gäbe, weshalb die Señora ausgerechnet während der Abwesenheit ihres Gatten in solch beklagenswerter Verfassung sei, und man werde gewiss über ihre Leiden die unterschiedlichsten Vermutungen verbreiten. Dann stand sie auf und humpelte zum Schlafgemach, während sie vor sich hin murmelte, das Schlimmste sei ja, bei Gott, dass man ernsthaft um das Kind fürchten müsse. Dann öffnete sie, nachdem sie auf ihr Klopfen keine Antwort erhielt, vorsichtig die Tür und verschwand dahinter. Wenig später winkte sie mich herein.

Die dunkelroten Vorhänge des Alkovens waren zurückgezogen. Bleich, mit mattem Lächeln lag Margaretha in den Damastkissen, von deren Farbe sich die ihres Gesichtes kaum abhob. An diesem Abend glich sie der Mater Dolorosa in der Kathedrale. Die Amme verließ das Zimmer, indem sie mir beschwörende Blicke zuwarf. Da stand ich nun, hilflos und tief beschämt. Doch ich war so sehr von Margarethen angezogen, dass ich alsbald vor ihrem Lager niedersank, meine Stirn auf ihre Hand presste und stammelnd um Verzeihung flehte. Sie lächelte und schaute mir liebevoll in die Augen. In meiner Verwirrung über ihr Elend und meine Hartherzigkeit fragte ich zögernd, ob ich wohl noch für eine kurze Weile bleiben dürfe.

»Mein Gemahl hat seine Ankunft für die nächste Woche ankündigen lassen«, entgegnete sie leise.

Augenblicklich erfasste mich ein derartiges Glücksgefühl, dass ich unter dem Vorwand, eines Getränkes zu bedürfen, aus dem Schlafgemach stürzte, hinunter in die Küche, um die Amme mit der Frage zu bestürmen, ob es angesichts des Zustandes der Doña zu verantworten sei, dass ich noch einige Tage bliebe. In diesem Augenblick stellte die Frau ihre Küchenarbeit ein, wischte die Hände an der Schürze ab und zog mich neben sich auf einen Stuhl. Dann hob sie an zu sprechen und ließ mich dabei nicht aus den Augen: »Alles Schlimme ist bereits geschehen, Padre. Kein Mensch kann jetzt noch etwas daran ändern. Was für eine Frage, Padre, ob Ihr bleiben könnt? Ihr müsst bleiben, weil sonst noch Schlimmeres geschehen könnte. Doktor Otero hat bereits erwogen, den Gatten herzurufen. Bleibt, um Gottes willen, damit die Geschwächte sich erholen kann.«

Die folgenden Tage sind mit Worten nicht zu schildern, zumal deren nur wenige gewechselt wurden. In unserer verzweifelten Hingabe haben wir hilflosen Liebesleute viel geweint, wenig gesprochen, uns manchmal zugeflüstert, ohne den andern nicht weiterleben zu wollen. Hin und wieder sprachen wir auch darüber, ob man einen Weg finden könnte, einander für immer nah zu sein und dem Tyrannen das Kind zu verweigern. Immer und immer wieder haben wir uns versichert, es bedürfe keiner Gelübde oder Versprechen, um einander treu zu bleiben bis in den Tod.

Bei unseren Ausfahrten haben wir es als Wohltat empfunden, dass der schlammige Winter mit Stürmen und Wolkenjagen, mit Schmutzlachen und Dunkelheit vorüber war und mittags bereits die Sonne wärmend vom Himmel schien. Über die frisch atmenden Felder hatten winzige Saatspitzen einen zartgrünen Hauch gelegt, an graubraunen Sträuchern, in denen bereits Singvögel schwatzten, schauten die ersten Blättchen hervor, und üppig blühender Ginster vergoldete den Wegesrand. Doch welche Wehmut verkrampfte unsere Herzen! In dieser Zeit der Hoffnung und des werdenden Lebens würden wir getrennt werden, obschon wir doch nicht mehr verlangten, als den geliebten Menschen zu sehen, neben ihm zu gehen, ihn zu halten und zu umarmen.

An einem jener Frühlingstage sagte Margaretha eher beiläufig während eines Spazierganges, ein leuchtend gelber Falter hatte sich gerade auf ihren Mantel gesetzt: »Ich werde zwar bei meinem Gemahl ausharren müssen, aber ich werde nicht in das eheliche Schlafgemach zurückkehren. Gayoso hat sich selbst seiner Stellung als Ehegatte beraubt, indem er diese ehrlose Forderung an mich gestellt und danach einen Panzer um sein Herz gelegt hat.« Während Margaretha sinnend eine Frühlingsblume in den Händen drehte, fügte sie leise hinzu, vermutlich werde Don Joseph seine Rechte als Ehemann nicht einfordern, sondern sich dreinschicken, weil er wohl spüre, seiner Gattin zu viel zugemutet zu haben, und gewiss bequemere Wege für die Befriedigung seiner Bedürfnisse vorzöge.

In meiner Unerfahrenheit in Herzensdingen und der Konzentration auf die eigenen Schmerzen habe ich nicht geantwortet, denn ich war fühllos für ihre Verzweiflung. Mitten im knospenden Frühling, während der ersten Schwangerschaft dieses zweifache Ende, das der Liebe und das der Ehe bei qualvoller Wahrung ihres äußeren Fortbestandes. Margaretha stand am Beginn eines einsamen Lebens, und ich stand sprachlos daneben.

Es ist bitter, wenn die Liebe im Frühjahr erstickt wird, mein Sohn. Und er hatte kein Erbarmen mit uns, der Frühling des Jahres 1816. Er prahlte jeden Tag mehr mit Blumen und Düften, mit Windhauch und dem leisen Versprechen, er erfülle alle Wünsche und stille jede Sehnsucht. Täglich wurde die Luft sanfter, die Sonne wärmer, die Natur grüner, und das Blühen und all die törichten Hoffnungen und trügerischen Träume wollten nicht enden. Mit der einzigen Geliebten meines Lebens habe ich mich darin verloren, und wir haben in dieser Zeit die Erfüllung gefunden, nach der sich alle sehnen, die aber nur wenigen vergönnt ist, und diese wenigen wissen es, denn es ist eine untrügliche Gewissheit im Menschen, wenn er der Liebe begegnet – der Liebe und dem Tod.

Und es näherte sich der Tag, da ich die Algalia ein zweites Mal verlassen musste, dieses Mal für immer. Dem Abschied ging das Schweigen voraus. Niemand sprach mehr ein lautes Wort, auch die Amme nicht. Selbst Rosalia spürte die Veränderung, und wenn die Señora nachmittags im Salon saß und wir zusammen Tee tranken oder ich ihr vorlas, setzte sie sich neben sie und hörte nicht auf, ihre Hände zu streicheln. Der Pazo hatte sich in ein Trauerhaus verwandelt. Wie viele Male hat sich mir, erschöpft vom Gram jener Tage, Deine Mutter an die Brust geworfen und lange so verharrt, ohne ein Wort zu sagen. Und wie viele Male habe ich still die Arme um sie gelegt wie Flügel, die sie für einen Augenblick bergen konnten, aber nicht retten. Und immer wieder sagte ich: »Wir können den Kampf nicht aufnehmen gegen ihn. Er hat uns besiegt, von Anfang an. Er hat den Punkt getroffen, wo wir erpressbar waren.«

Meistens hat Margaretha nicht geantwortet. Manchmal sagte sie etwas wie: »Vermutlich hast du Recht.« Oder: »Vielleicht finden wir doch noch einen Ausweg. Später vielleicht ...«

Der Abschied hat zwei halbe Menschen hinterlassen, zwei, die so elend waren, dass sie nicht verstanden, weshalb sich die Erde nicht auftat, sie zu verschlingen; weshalb ihr Schmerz nicht ausreichte, um daran zu sterben; weshalb die Sonne weiter schien und der Mond es wagte, allabendlich sein mildes Licht auf die Dächer zu legen, als könne er alle Schmerzen heilen; weshalb das Frühjahr sich erdreistete, seinen prächtigen Lauf fortzusetzen und nicht alle Blüten in einer Frostnacht erfroren waren, und wie es sein konnte, dass der Majoratsherr wiederkommen würde in all seiner Macht und Unerbittlichkeit, statt auf der Stelle tot umzufallen, ob der Qualen, die er in die Welt gebracht hatte mit seinem unmenschlichen Plan.

In stiller Bewegung umarmt Dich
Dein Vater

Manila, am dritten Sonntag im Januar anno 1846

# Die Trennung

## Das Menetekel

Alles versucht, alles vergeblich. Weg, nichts wie weg aus Santiago. Ab sofort beginnt Sophies Badeurlaub. Die Wirtsleute empfehlen die Isla de Arosa. Nach ein paar Tagen werden sie auch dort vom galizischen Dauerregen aus ihrer Badebucht vertrieben. Weiter nach La Coruña. In einer Gasse der Innenstadt wieder so ein schiefes Touristenzimmer im vierten Stock. Fischgeruch steht zwischen den Häusern, und ein schneidender Wind fegt über die Plaza Mayor. Sie frieren bei strahlender Sonne. Im Reiseführer steht, diese Kombination aus Sonne und Wind habe die typischen Glasveranden entstehen lassen, Sonnenkollektoren und Windschutz zugleich. Die Abendsonne bricht sich in den *cristalerías* der Venida de Marina, eine ganze Straßenfront funkelt und glitzert, als wäre sie mit riesigen Diamanten besetzt.

Es ist nicht weit zum Hafen. Hier schickten die Spanier einst ihre stolze Armada los, in den Kampf mit England und in den Untergang. Mutmaßungen: Von hier aus könnten auch Don Gayoso und der Mönch eingeschifft worden sein. Womöglich war auch Doña Margaretha hier, um sich von ihnen zu verabschieden. Manchmal spricht sie mit Sophie über ihre Recherchen, ohne deren tieferen Grund zu nennen.

»Wer weiß. Aber das ist jetzt auch vollends egal. Du hast ja auch sonst nichts gefunden«, lautet die pragmatische Antwort.

Auf einer feuchten Küstenstraße, die sich wie eine Achterbahn über die Berge zieht, kommt anderntags das Auto ins Rutschen, die Bremse versagt. Direkt vor einer Felswand bleibt der Wagen stehen. Sie kommen mit dem Schrecken davon. Die Wirtin hatte vor der Bergstraße gewarnt, doch es gibt keine Autobahn. Abends Ankunft in Salinas, ein beliebter Urlaubsort der Spanier, weil er im *grünen Spanien* liegt. Zur Entschädigung für die Strapazen, und weil das Mädchen endlich schöne Ferien haben soll, mietet sie einen Bungalow auf der Anhöhe über der Bucht. Nur noch Himmel und Meer. Sophie ist überglücklich und kann den plötzlichen Luxus nicht fassen. Doch in diesem Sommer ist Asturien windig, trübe und regnerisch, kaum Sonnentage. Stundenlange Strandspaziergänge, barfuß, mit hochgekrempelten Hosen. Sophie sammelt Muscheln und behauptet tapfer, es sei schön und es gefalle ihr hier. Sie trösten sich damit, dass der Blick auf den aufgewühlten Atlantik jeden Tag anders ist. In der Bucht liegt ein rostiger Riesentanker, Schiffe schieben sich vorbei, alles ziemlich öde. Ganze Nachmittage vertrödeln sie in Avilez, einem verschlafenen asturischen Städtchen, halb verfallen, mit alten Kirchen und dem Charme der Ärmlichkeit in Straßen, Bars und Geschäften. Trotz gegenseitiger Aufmunterung lässt sich die Enttäuschung nicht leugnen: Spanien im Regen, das Meer rau und kalt, während das restliche Europa in einer Hitzewelle kocht.

Endlich Sonne. Der 4. August, ein stechend heißer Strandtag. In einiger Entfernung sitzen ein paar Spanierinnen mittleren Alters mit einem Rudel Kinder. Sie reden laut durcheinander, reiben ihre Schützlinge mit Sonnencreme ein und verteilen riesige *bocadillos*. Irgendwie zwanghaft schaut sie zu den palavernden Frauen hinüber, die sich über Vor- und Nachteile von Ferienorten ereifern, als gelte es, ihr Leben zu verteidigen. Nach einer Weile merkt sie, dass eine der Frauen zu ihr herüberschaut, immerzu, ohne Unterbrechung und mit nur einem Auge! Sogar während sie redet und sich um die Kinder kümmert glotzt sie unentwegt herüber, immer mit dem linken Auge, das leicht hervorquillt, schwarz, riesig, starr.

Die Situation ist unklar. Will dieses Auge sie durchbohren? Ein weiblicher Zyklop, den sie abschütteln muss? Der böse Blick? Kann man sich dagegen schützen? In der Türkei gibt es blaue Glasaugen dagegen. Auch in Galizien erzählt man sich Geschichten über den besonderen Blick, böse oder heilend. Glotzt sie noch immer, oder bildet sie sich das nur ein? Merkt sie ihre Unsicherheit? Der Kampf beginnt: Sie starrt zurück. Doch es herrscht keine Waffengleichheit, weil sie kein Glotzauge hat. Die Niederlage bahnt sich an. Sie steht auf, weil sie nicht standhalten kann und weil sie Sophie aus dem Wasser holen will. Ein Zeuge soll her. Als sie mit der Tochter ankommt, ist die Gruppe im Aufbruch, und »das Auge« stapft durch den Sand, auf die Dünen zu.

Der nächste Tag ist wieder wolkenlos und heiß. Die beiden lassen sich an der gleichen Stelle nieder, mit Sicherheitsabstand zum Lagerplatz der Frauen. Das Grüppchen lässt auf sich warten. Nach der Siesta rücken sie an. Die Kinder laufen voraus, die Frauen walzen hinterher, bepackt mit Kühltaschen und Sonnenschirmen. Die Spannung wächst, Mutter und Tochter sind in Stellung. Sophie soll entscheiden. Und tatsächlich, kaum sind die Señoras installiert, fängt das Auge wieder an zu glotzen. Davor hielt das große Gesicht Ausschau nach ihr, mit dem sicheren Ausdruck, sie alsbald zu entdecken, als suche sie ein Kind, das nicht weit weg sein kann. Als sie ihr Opfer gefunden hat, starrt sie wieder pausenlos, wie am Vortag. Es gibt keinen Zweifel, Sophie bestätigt alles, auch das Glotzauge: »Ja, stimmt, das Auge ist schon groß! Aber das andere ist auch arg klein. Man sieht es kaum. Vielleicht eine Krankheit. Ich finde da nichts dabei. Ich geh jetzt ins Wasser. Komm doch mit.«

Sie bleibt sitzen wie gebannt, der Schrecken hat sich gelegt, die Szene weitet sich aus. Vor ihren Augen werden die Gestalten der *Caprichos*, der *Desastres de la Guerra* und *Pinturas negras*, lebendig. Goya hatte sie nicht erfunden, die Obsessionen, die er am Ende des Lebens in seiner *eremita* wie ein Besessener malte, taub, halb wahnsinnig, umgeben von bösen Geistern. Dieser Hexensabbat hatte seinen Ursprung im Entsetzen über das, was er gesehen hatte unter seinen Landsleuten. Aus der weiß gekalkten Trostlosigkeit dieses Landes und den Gefühlen seiner Bewohner war der Wahnsinn der *schwarzen Bilder* entstanden. Im sonnendurchglühten Spanien gab es Modelle für seine Fratzen und bizarren Gestalten: Männer wie Teufel, Frauen wie Furien oder klapprige Gespenster mit wilden Possen und boshaften Späßen, mit Kreischen und Hohngelächter. Der Maler, Zeitgenosse der Gayosos, hatte nur übersteigert, was er sah und hörte. Auch sie hatte das Geschrei gehört, wenn es aus den Fenstern schallte und die Lethargie der Siesta zerschnitt. Und sicher gab es damals auch Wallfahrten, die ein einziger Aufschrei waren, wie die *roméria zu den Quellen des San Isidoro*. Und es gibt sie noch immer, die Greise aus den *Caprichos*, in ihrer Lebenswut und Bitterkeit. Auch sie hatte die Alten gesehen, auf Bänken vor ihren Hütten, unter Bäumen auf Dorfplätzen mit zahnlosen Gesichtern, auf Stöcke gestützt, hohläugig, vor sich hinstarrend, verstummt.

Und jetzt? Was hat die Stunde geschlagen? Was steckt hinter dem Glotzauge? Sie schaut immer noch her, bohrt den Blick noch tiefer in den ihren, als wolle sie etwas erzwingen. Am liebsten würde sie weglaufen, doch den Triumph gönnt sie der Spanierin nicht. Ganz langsam wendet sie den Kopf ab, mit leicht erhobenem Kinn, letzter Versuch eines Ausgleichs. Unter halb geschlossenen Lidern schaut sie auf das spiegelglatte Meer. Die Luft flimmert, und mit einem Mal scheint sich am Horizont ein Schriftzug zu formen, gleich einem Menetekel, von Geisterhand geschrieben und vorgelesen mit der Stimme der Bezwingerin: »Suche hier nicht mehr vergebens!«

Seit E ihr damals die Blätter hingelegt hatte, und seit vor acht Jahren das Urteil vollstreckt wurde, überlegte sie, wie man zu den Gayosos durchdringen, ihnen ihr Geheimnis entreißen könnte. Und mit einem Mal fragt sie sich jetzt, was sie eigentlich gesucht hatte in Archiven, was sie zu finden hoffte in Pazos oder an Gräbern. Lebensorte, Grabinschriften, welche Geheimnisse bergen sie? Bergen sie überhaupt ein Geheimnis? Weiß sie nicht längst mehr? Weiß sie nicht alles? Mit einem Mal kommt es ihr vor, als wisse sie auch, was in den Gerichtsprotokollen hätte stehen können.

An diesem 5. August 1994 wird der Strand von Salinas zum Ort der Eingeständnisse. Sie gibt zu, dass sie gehofft hatte, am Ende vielleicht einen Nachkommen zu finden, in einem Kloster oder einem verfallenen Herrensitz; einen Mönch in abgeschabter Kutte, einen schlurfenden Verwalter mit Schlüsselbund, eine Hausmagd mit Schürze oder eine Señora in Witwentracht, deren Großvater ein Nachkomme eines der Gayoso-Kinder gewesen wäre. Und sie hätte sich dieser Person zu erkennen gegeben. Und nach einem langen Abend im Patio mit Wein, Tapas und vertrauter werdenden Gesprächen wäre ihr ein verschnürtes Bündel mit Briefen ausgehändigt worden. Und beim Öffnen des Bündels hätte sie eine wunderbare Entdeckung gemacht: Sie hätte Briefe in der Hand gehalten, die der alternde Mönch seinem Sohn aus der Verbannung geschrieben hatte.

Dies war die tiefste Erwartung, die uneingestanden hinter allem Suchen gesteckt hatte: die Hoffnung auf ein schriftliches Zeugnis. Und im selben Augenblick scheint es, als läge im Sand ein Bündel mit Briefen, vergilbt, verstaubt und säuberlich verschnürt. Und während sie das Bündel anschaut, wird auch die letzte Einsicht dieses Tages zur Gewissheit: Es steht nichts in den Briefen, was sie nicht längst weiß oder ahnt. Sie hat verstanden.

Mein unschuldiger Sohn!
Es ist fürwahr nicht meine Absicht, einen Sack voll beliebiger Herzensergießungen vor Dir auszuschütten, sondern es ist, wie ich Dir erneut versichern möchte, mein einziges Bestreben, Dir vor Augen zu führen, wie es dazu kommen konnte, dass man eines Tages gezwungen war, Dir zu eröffnen, dass Dein Vater nicht Dein Vater

sei, dass Du fortan von Deiner Familie getrennt und bis zur Volljährigkeit in eine Erziehungsanstalt verbracht würdest, dass Dein jüngerer Bruder Dein Halbbruder sei, statt Deiner Alleinerbe und künftiger Majoratsherr, dass Deine Schwester Deine Halbschwester sei und Dein Vater ein Mönch.

Was mir seit dem Entschluss, Dir zu schreiben, eigentlich am Herzen liegt, ist, Dir den Weg zu schildern, der dahin führte, den Weg und diejenigen, die ihn gegangen sind, allein und zusammen, mit ihren Gefühlen und Gedanken, soweit ich davon Kenntnis habe, und mit ihren Träumen, soweit ich sie kenne oder erahne. Dabei hoffe ich aus der Entfernung der Jahre, in der Lage zu sein, den Beteiligten Gerechtigkeit widerfahren zu lassen, um Dir so zu helfen, diejenigen besser kennenzulernen, die schuldig geworden sind an Dir, obgleich sie Dich geliebt haben und obgleich sie Dir niemals ein Leid oder Unrecht haben antun wollen.

In jenen Tagen, von denen ich im letzten Brief gesprochen habe, es war kurz vor Ostern – das Frühjahr war inzwischen vollends eingezogen, die Sonnenstrahlen noch wärmer, die Tage länger und der Himmel immer höher geworden – legte sich der Schatten der Karwoche auf den Traum von Frühling und Glück, der auch nach der gewaltsamen Trennung, trotz aller Torheit, von den Liebenden weitergeträumt wurde. Obgleich die bittere Wirklichkeit uns zeigte, woran wir waren, lebte in mir dennoch die Hoffnung auf einen Ausweg fort, obschon ich, einem entbehrlichen Bauern gleich, aus dem trostlosen Schachspiel entfernt und die Dame in lautloser Rochade neu eingemauert worden war, während der König sicher dastand, unbedroht und ohne Wanken.

In einem philippinischen Märchen wird erzählt, wie im friedlichen Land der Tagalen vormals ein gerechter König herrschte, Lakan Adya, den die Bewohner zwar nie gesehen hatten, dem sie aber ihr paradiesisches Leben verdankten. Eines Tages wurde das Land von Feinden überfallen, die den König auf den Berg San Mateo in eine finstere Höhle schleppten und an zwei Felsblöcke schmiedeten. Von jenem Tag an kamen Unglück, Leid und Not über die Tagalen, und sie glaubten fest, der Tag würde kommen, an dem

Lakan Adyja seine Fesseln sprengen und sie vom Elend befreien würde. Jedes Mal, wenn die Erde bebte, dankten sie Gott, denn sie glaubten, der König bemühe sich, aus seiner Höhle zu entkommen und ließe dabei den Berg erbeben, denn sie lebten in der Vorstellung, bei jedem Erdbeben werde seine Kette ein wenig durchgescheuert.

Dieses Märchen mag Dir den Nebeldunst veranschaulichen, mit dem auch ich gelegentlich meinen Kerker umhülle, aus dem ich nimmer werde entfliehen können, aus dem ich aber dennoch in Stunden törichter Hoffnung glaube, irgendwann durch ein Wunder erlöst zu werden. Diese Wunschträume nehmen manchmal die wunderlichsten Formen an, denn wenn ich Dir sage, dass ich mitunter mit dem nächsten Taifun und der Verwüstung, die er anzurichten vermag, die Aussicht auf die hilfsbereite Besatzung eines spanischen Handelsschiffes verbinde oder mir den Tod des Erzbischofs und eine wundersame Befreiung ausmale, so kannst Du ermessen, welch seltsame Phantasiegewächse sich an den Mauern meines Gefängnisses hochranken.

Nicht anders war es in jenem Frühjahr, als Margaretha und ich in die Verließe der Trennung geworfen wurden. Damals verbrachte ich meine Tage damit, mir Fluchtpläne auszudenken, und die Nächte, mir die Zeit mit Margaretha in einem Maße wiederzubeleben, dass sich tiefe Seufzer meiner Brust entrangen und Tränen mir über die Wangen liefen, ganz ohne das Bewusstsein, geweint zu haben. Jeden Morgen stand ich von meinem Lager in der Erwartung auf, Margaretha wiederzusehen – sei es, dass ich unter einem Vorwand den Pazo aufsuchte, oder die Geliebte mich mittels einer List heimlich besuchte – und jeden Abend legte ich mich in der festen Zuversicht nieder, der nächste Tag würde uns zusammenführen. Die Gemeinschaft meiner ahnungslosen Klosterbrüder habe ich gemieden und mich meistens in meine Zelle verkrochen, die mir allerdings auch keine rechte Zuflucht mehr bot, denn seit meiner Rückkehr kam sie mir vor wie eine Gruft, in der sich der Modergeruch der Lüge und Verstellung ausbreitete, und ich habe nicht gewagt, das Kreuz an seinen alten Platz zurückzuhängen.

Was sich derweil in der Algalia zugetragen hatte, wurde mir

durch die Amme geschildert, als sie mir eines Abends den ersten Brief ihrer Herrin überbrachte und mir mit erregter Stimme und unter gelegentlichen Seufzern im Beichtstuhl das Folgende zur Kenntnis brachte: »Am Tag, als der Hausherr kommt, am Abend, im Reisewagen, mit Kutscher und Diener, eilt er gleich zu mir in die Küch'. Er grüßt nicht, fragt nichts, fasst mich an der Schulter und schaut mich an, mit einem Blick, Padre! Ich schau ihn auch an und nicke heftig. Ihr versteht? Die Schwangerschaft. Dann mach ich ein ernstes Gesicht, Padre, und ein paar Gesten dazu. Und er versteht sofort: Der Doña geht's schlecht. ›Gut, ich weiß Bescheid‹, sagt er, und dass er die Gattin beim Abendessen erwartet.«

Die Amme war an diesem Abend gewaltig durcheinander und schien sich von mir Hilfe zu erwarten. Hastig erzählte sie weiter: »Dieses Nachtmahl, Padre, war die letzte gemeinsame Mahlzeit der Señores. Don Joseph versucht, die Gattin aufzuheitern, erzählt von der Reise, den Verwaltern, dem Gesinde, den Streitigkeiten, die er geschlichtet hat. Man bringt ihm als Richter Respekt entgegen, sagt er, und dass er geschätzt ist, weil er korrekt ist und gerecht. Man hat gemerkt, Padre, er hat sich um die Doña bemüht. Das hat er sonst nie gemacht. Dann hat er noch von einer Hochzeit erzählt, die mehrere Tage dauerte. Er hat alles bezahlt, weil die Braut die Tochter eines tüchtigen Verwalters ist. Er spricht freundlich, doch die Señora antwortet nicht. Ab und zu lächelt sie, isst kaum, nippt am Wein und sagt leise, sie kann schlecht schlafen, steht nachts auf, geht auf und ab. Es ist besser, sagt sie, wenn sie im Gästezimmer schläft, damit er nicht aufwacht. Da hat Don Gayoso nur genickt, und die Doña ist aufgestanden. Don Joseph hat dann viel Rotwein getrunken. Am nächsten Tag kam Dr. Otero und verordnete Bettruhe. Nach ein paar Tagen ist Doña Margaretha wieder aufgestanden und hat eine Kutschfahrt gemacht. Sie geht öfters zum Arzt und zum Apotheker. Ich glaub, sie will ihr Elend verbergen, dass er keinen Verdacht schöpft. Er will sie aufheitern, wo er nur kann, Padre. Ich hab ihn noch nie so erlebt. Er ist ihr dankbar, das merk ich. Schließlich hab ich ihn großgezogen. Doch Margaretha sieht ihn nicht und hört ihn nicht. Das Zimmer verlässt sie nur, um auszugehen, nach Las Animas oder San Benito. Manchmal geht sie mit der Dienerin spazieren, nach Las Angustias de Abajo. Padre, und dann hab ich im *comedor* noch was gehört, beim Tischabräumen. Da hat doch Don Joseph gefragt, ob Margaretha zu den Eltern möcht'. Das Meer und die frische Luft, sagte er. Und besser umsorgt sei sie auch dort. Und dann sagte er noch, Padre, stellt Euch das vor, er sagte, dass sie ihn ja dort auch nicht sehen muß!«

Die Amme redete ohne Unterlass: »Und noch was, Hochwürden: Als er das sagte, hat Don Gayoso die Doña die ganze Zeit beobachtet, von der Seite, wie sie reagiert auf den Vorschlag. Er hat gelauert, Padre, richtig gelauert, sag' ich Euch, von der Seite, Padre. Doch die Señora hat's gemerkt, das hab ich genau geseh'n. Sie hat ganz ruhig g'sagt: Ja, sie glaubt auch, dass die frische Luft am Meer gut wär; auch die Eltern tät sie gern besuchen. Sie versteht, dass er sie nicht sehen möcht' in dem Zustand. Man müsst halt den Doktor fragen. Zwei Tag' später hat die Unglückliche in ihrer Equipage die Stadt verlassen. Sie schickt Hochwürden den Brief und bittet um Nachsicht, dass sie nur von der Abreise schreibt und vom Elend.«

Die Amme schob einen Umschlag unter dem Gitter des Beichtstuhls hindurch. Danach bekreuzigte sie sich, flüsterte etwas von der *Santíssima Señora*, die diese ganze Not wenden möge, erhob sich mühsam von der Kniebank und watschelte zu einem Seitenaltar, wo sie niederkniete.

In meiner Zelle angekommen, wo ich den Brief zu lesen gedachte, war ich unfähig, ihn zu öffnen, und schob ihn eilig unter die Wäschestücke im Schrank. Der Besuch der Amme hatte mich erschreckt. Wie sollte ich einen ruhigen Gedanken fassen, wenn sie meinen Schmerzen noch die ihrigen hinzufügte? Und wie in Ruhe auf einen Ausweg sinnen? Ich beschloss, den Brief zu lesen, sobald ich mich an die Nachricht von ihrer Abreise gewöhnt hätte.

Doch die Gayosos schonten mich nicht. Ein paar Tage später tauchte unerwartet Don Joseph an der Klosterpforte auf und verlangte, mich zu sprechen. Offenbar schien es ihm mittlerweile zu mühsam, mich im Beichtstuhl aufzusuchen. Er wolle ein paar Schritte mit mir gehen, sagte er, ohne mich zu begrüßen. Auf unserem Rundgang im Lichthof untersagte er mir in gebieterischem Ton, den Pazo in der Algalia jemals wieder zu betreten, und verbot mir beim Wohlergehen meiner Eltern, seine Gemahlin jemals wiederzusehen. Wofern ich diesen Anordnungen zuwiderhandelte, dürfe ich seines Einfallsreichtums, es mich büßen zu lassen, gewiss sein. Wie um den tyrannischen Auftritt abzumildern, erkundigte er sich im Gehen beiläufig nach dem Befinden meiner Eltern, und ich beschied seine Frage mit der ebenso beiläufigen Antwort, ihre Lage verbessert zu haben.

Eingeschüchtert und mutlos blieb ich zurück. Der Majoratsherr würde seine Drohung wahr machen, dessen war ich sicher. In ohnmächtiger Wut begann ich wieder, Fluchtpläne zu schmieden, dieses Mal weniger phantastische. In weniger als einem halben Jahr würde ich im Besitz des restlichen Geldes sein und könnte davon ohne Beschwer mein Leben auch außerhalb des Klosters fristen, ohne einen Beruf ergreifen zu müssen. Außerdem gab es die Möglichkeit, meine historischen Studien fortzusetzen, sie mit einem Lizenziat abzuschließen und mich danach um eine Stelle an einem Collegio oder an der Fakultät zu bemühen. Unser wohlehrwürdiger Abt hatte einen Verwandten, der bei der Kurie zu Rom beachtlichen Einfluss genoss, und ich könnte hoffen, auf dem vom *Codex Juris Canonici* vergeschriebenen Weg eine Dispens von meinem Gelübde zu erlangen.

In jenen Tagen waren meine Gedanken erfüllt von der Zuversicht, bald ein freier Mann zu sein, in meinem Aufenthalt ebenso wie im Reden und Tun, und die niederträchtige Heuchelei mitsamt dem Mönchsgewand hinter mir zu lassen. Eine Zeit lang war ich sicher, den Weg zurück in die Welt gehen zu wollen, und hoffte, ohne darüber nachgedacht zu haben, wie es zu bewerkstelligen sei, dass dieser Weg auch zur Geliebten führen würde. Befreit und voller Hoffnung bin ich an solchen Abenden eingeschlafen und habe am nächsten Morgen die Heilige Jungfrau angefleht, mir zu helfen, einen Ausweg zu finden aus der Lüge und in ein aufrichtiges Leben. Schließlich las ich an einem dieser Abende auch den Brief Margarethas, den ich so sehnlich erwartet hatte, den ich aber dennoch fürchtete. Und tatsächlich, ihre herzzerreißenden Klagen begruben meine Zuversicht wie unter einem Steinschlag.

Mein Sohn, so manchen langen Abend habe ich an diesem Brief

geschrieben und mich unterdessen gefragt, weshalb ich keinen Ausweg gefunden habe. Zwar habe ich einige Antworten gefunden, doch sie waren alle kleinmütig und halbherzig. So werde ich fortfahren, Dir die Ereignisse zu schildern, damit Du Dir eines Tages selbst ein Bild machen kannst. Vielleicht wirst Du am Ende milder über mich urteilen als ich selbst, der ich beständig zwischen der Verdammung meiner Taten und deren Entschuldigung durch mein Gelübde hin und her schwanke.

 Es segnet Dich
    Dein Vater

Manila, am 9. März anno 1846

# Der Nachtmahr

## Rom hat gesprochen

Noch während der Ferien beginnt sie, die Briefe zu übersetzen. Dann wird wieder eine Tochter schwer krank. Und es kommt der Tag, an dem Sophie vor ihr sitzt, ihr in die Augen schaut und fragt: »Liegt auf unserer Familie ein Fluch?«

Fluch oder Schuld? Oder beides? Die Hoffnung, in den Briefen Antwort zu finden, kehrt schlagartig zurück. Doch ehe sie weiterarbeitet, ein letzter Versuch, von offizieller Seite mehr zu erfahren. Zuerst schickt sie einen ausgetüftelten Brief in gewähltem Italienisch an den Vatikan, zu Händen des Decano del Tribunale della Sacra Romana Rota, Gegenstand: die Gerichtsakten. Nach Monaten lässt ein hoher Geistlicher wissen, für den Zugang zu solchen Dokumenten seien zwei Gutachten nötig, ein wissenschaftliches und ein kirchliches; das eine von einem Universitätsprofessor und das andere mindestens von einem Bischof. Bei einem derart nachgewiesenen wissenschaftlichen Zweck und kirchlichen Interesse behielte man sich gleichwohl vor zu entscheiden, ob die gewünschten Dokumente zum *Forum Internum* gehörten, dem »Allerheiligsten« also, wo kaum ein Sterblicher je Zugang erhalten wird. Aha! So hört sich also eine vatikanische Ablehnung an.

Danach will sie es vollends ganz wissen und wendet sich an den Präfekten des Archivo Segreto Vaticano. Trotz eines ausführlichen Begleitschreibens, in dem die bisher durchlaufenen Stationen aufgezählt wurden, wird sie an die Rota in Madrid verwiesen. Das war plump und verräterisch, doch es war nichts anderes zu erwarten: *damnatio memoriae!* Wahrscheinlich hatten die Herren Würdenträger jesuitischen Geblüts die Akten eingesehen, waren über deren Brisanz erschrocken und hatten deshalb das Ersuchen mit kooperativ klingenden Floskeln ebenfalls abgelehnt. Allerdings konnten sie nicht ahnen, dass diese Weigerung bedeutungslos ist, weil sie längst alles weiß. *Roma locuta, causa non finita!*

Wieder sind Jahre vergangen, der BMW ist zum Oldtimer geworden, sie selbst ebenso, dreimal so alt. Und obgleich sie sich noch immer nicht eingehaust hat im Leben, eher eingeigelt, sind die Handrücken bereits von haarfeinen Fältchen durchzogen. Wie schnell doch alles vergangen war, und wie lange es dennoch gedauert hatte, bis die Fesseln der Gefühle abfielen, um deren Absurdität sie immer wusste, an denen sie sich trotzdem jahrzehntelang gescheuert hatte.

Auch das Jahrhundert ist alt geworden. Bald wird sich die Tragödie der Gayosos im vorletzten Jahrhundert zugetragen haben, die eigene im letzten, sofern es eine gewesen sein sollte. Würde es künftig überhaupt noch solche Dramen geben? Würde es noch Grenzen geben, deren Überschreitung in Schuld und Ausweglosigkeit führte? Oder würde man gewohnheitsmäßig »über sein Teil« hinausgehen, sodass es nicht mehr auffallen und niemanden mehr anfechten würde? Würde es die Not des Ehebruchs künftig noch geben? Nicht die einseitige Qual, an der nur Frauen zugrundegingen – wie die unglücklichen Schwestern Anna, Emma und Effi – sondern wie bei den Gayosos, als Elend für alle? Oder würde es nur noch Seitensprünge geben? Nach allen Seiten? Ist es noch zeitgemäß, über Grenzen nachzudenken und über große Gefühle? Ist Jakobsland längst abgebrannt?

Allein in der Dachwohnung über der Stadt, viel Himmel in den Fenstern, Blick auf Gablenberg, Daimler-Stadion und Neckartal. Der Sturm hat sich gelegt, die Hitze überstanden, die Briefe übersetzt. Herbst. Die Töchter sind weit weg. Rückblick: »Das Schöne zeigt die kleinste Dauer.«

Nach und nach ist auch die Reiselust versiegt. Ein nasskalter Abend auf dem Prager Judenfriedhof. Zwischen schiefen Stelen mit bemoosten Symbolen und verwitterten Schriftzeichen fragte sie sich: Wohin noch fahren, und wozu? Die Frage wurde drängender auf dem Heimweg über Kopfsteinpflaster, vorbei an Jan Hus im Königsmantel und durch das Heiligenspalier auf der Karlsbrücke. Zuerst wusste sie keine Antwort, doch spät in der Nacht sind im nebelfeuchten Prag Moldau und Seine still ineinandergeflossen. Eines Tages wird sie wieder in die Lichterstadt ziehen, damit der Kreis sich schließt und weil das Leben dort leichter war.

Mein lieber Sohn!
Heute Morgen, als ich eben dabei war, in der Sakristei die Gewänder und Gerätschaften für die heilige Messe herzurichten und die Kerzen am Hauptaltar von Sanct Ignacio anzuzünden, kam ein Bediensteter des Erzbischofs, ein Filipino, der mir auch früher schon Anordnungen und Mitteilungen seiner Exzellenz überbracht hatte. Er teilte mir mit, ich sei ab dem morgigen Tage im Hospital San Juan de Dios zur Arbeit eingesetzt. Seine Eminenz habe mich versetzt, weil man dort einen Spanier brauche, der die Einheimischen beaufsichtige und anleite, die dort für die niedrigen Dienste eingesetzt seien. Seine Landsleute hätten eben nicht das geringste Zeitgefühl, ebenso wenig den Willen, hart zu arbeiten, fügte er mit entschuldigendem Lächeln hinzu, als wolle er die schroffe Anordnung abmildern. Als ich mit einer gewissen Verwunderung fragte, wer denn meine Dienste als Sakristan, im Palais und bei der Armenspeisung übernähme, antwortete der Bote, jetzt schon wieder mit unverhohlener Herablassung: Ich solle mir keine Sorgen machen, die Nonnen von Santa Clara seien bereits verständigt. Im Gehen fügte er scheinbar wohlmeinend hinzu, die Lage des Hospitals am anderen Ende von Intramuros gegenüber der Puerta del Parian sei mir gewiss bekannt. Es sei deshalb ratsam, mich rechtzeitig aufzumachen, denn ich würde bereits um sechs Uhr erwartet. Am besten schiene es ihm, den Weg über die Calle Real zu nehmen. Darauf entfernte er sich, offenkundig zufrieden darüber, mir auch noch den Weg beschrieben zu haben.

Dies ist die Art, mein Sohn, wie man hier mit mir umzugehen pflegt, und wie man glaubt, mich tief gefallenen Sünder behandeln zu müssen, obgleich ich nun schon ein gewisses Alter erreicht habe, und obschon es außerhalb von Intramuros kaum einen Mönch gibt, der keine Kinder oder zumindest eine einheimische Geliebte hätte. Es gibt auch kaum einen, der nicht aus seiner Stellung als Gemeindepfarrer und Religionslehrer materielle Vorteile zöge, meistens in Form von zweifelhaft erworbenem Grundbesitz und überhöhten Abgaben. Um ihre privilegierte Stellung zu bewahren, beteiligen sich die *frailes* geschlossen an der Unterdrückung und Ausbeutung der Filipinos durch die Spanier, indem sie das Volk in

Unmündigkeit, Analphabetismus und Abhängigkeit von der Kirche halten. Und um ihren Einfluss zu sichern, wird der Unterricht an den Schulen außerhalb der Stadtmauern, wo vorwiegend der Klerus eingesetzt ist, entgegen der amtlichen Vorschriften, in Tagalog und nicht in Spanisch erteilt. So wird den Schülern der Zugang zu den spanischen Schulen von Intramuros verwehrt, ebenso das Studium an der Universität Santo Tomás.

In diesem Zusammenhang sollte ich Dir vielleicht erklären, dass durch einen Erlass im Jahre 1826 angeordnet wurde, die seit einem halben Jahrhundert von den Einheimischen verwalteten Pfarrämter seien an die Ordensgemeinschaften zurückzugeben, obzwar es seit dem Trienter Konzil *expressis verbis* verboten ist, Ordensgeistliche in weltliche Pfarrämter einzusetzen. So haben wir mittlerweile in diesem Land eine eigenartige Verteilung der Macht, die all jene entmutigte, die nach Bekanntwerden der Verfassung von Cádiz geglaubt hatten, sie seien nun von den Fesseln der *frailocracía* befreit.

Die Rückkehr Ferdinands VII. hat damals nicht nur in Spanien die Hoffnung auf liberale Verhältnisse zunichte gemacht, sondern auch in den Kolonien alle Erwartungen enttäuscht. Im Stillen denke ich oft, die hiesigen Zustände werden vermutlich eines nicht allzu fernen Tages zu Aufstand und Meuterei führen. Auch ich wäre von alledem betroffen, denn wenn die Willkür des Erzbischofs eingeschränkt würde, könnte dies am Ende auch eine Verbesserung meiner dürftigen Lebensumstände bedeuten.

Eigentlich wollte ich Dir heute von etwas anderem erzählen, von einem Nachtmahr nämlich, der mich erneut heimgesucht hat, eher könnte man sagen von einem Traumgesicht, das mir in regelmäßigen Abständen erscheint und dem ich eine gewisse Bedeutung beimesse. Fast scheue ich mich, es Dir zu bekennen: Für mich hat dieser Traum nahezu alttestamentarische Symbolkraft.

Des Öfteren kam es mir schon in den Sinn, dass Du Don Joseph in Deiner Kindheit gewiss als strengen Vater erlebt hast, Dich aber gleichwohl bis heute fragen magst, was der Gatte Deiner Mutter für ein Mensch ist, oder sollte ich eher sagen, was er für ein Mensch war? Denn der Himmel weiß, ob er noch unter den Lebenden weilt.

Wenn ich unterstelle, die Antwort auf eine solche Frage könnte auch Dich interessieren, muss ich freilich einräumen, mich kaum imstande zu fühlen, sie ohne Zorn und Eifer beantworten zu können, denn er hat uns alle ins Elend gestürzt. Vielleicht ist es deshalb das Klügste, Dir diesen wiederkehrenden Albtraum zu schildern und nach meinem Vermögen zu deuten, denn daran kannst Du den Eindruck ablesen, den der Charakter des Majoratsherrn in mir hinterlassen hat, einen Eindruck, der mich verfolgt, den ich offenbar nicht loswerden kann und der sich im Schlaf die immer gleichen Bilder sucht.

Wenn er mir, wie auch gestern, im Traum erscheint, steht der Majoratsherr breitbeinig über dem schwarz geteerten Bug einer Galeere im wilden Ozean, ein aufgetürmter Riese mit wettergegerbtem Gesicht, grauem Vollbart, zerschundenem Oberkörper, aber aufrecht und in die Brust geworfen. Mit zusammengekniffenen Glutaugen schaut er aufs Meer. Nach einer gewissen Zeit wirft er gewöhnlich seine Arme, an denen schwere Ketten hängen, hoch in die Luft und beginnt zu lachen und lacht so laut, dass das Weltall dröhnt. Und er lacht und lacht und hört nicht mehr auf. So wie er einst über meinen frommen Eifer gelacht hat und über die Tugend seiner Frau, so lacht er jetzt über die eigene Qual, über seine Aufseher und über alle, die ihn jemals geliebt haben oder gehasst. Und so wie er damals gehandelt hat, ohne nachzudenken, aus reinem Entschluss, aus purem Willen, sein Ziel zu erreichen, so lacht er jetzt, ohne zu fühlen, mit brennenden Schwielen an den Händen und Wunden am geschundenen Leib.

Meistens erscheint in meinem Nachtgesicht auch noch Deine Mutter an Deck des Sklavenschiffes, wirft sich händeringend vor ihrem Gatten nieder und fleht ihn an, mit diesem ohrenbetäubenden Lachen aufzuhören. Doch man kann ihr Bitten und Klagen nur sehen, hören kann man es nicht, da ihr offensichtlich die Stimme versagt. Gemeinhin trete an dieser Stelle des Traumes auch ich in Erscheinung, um Margaretha beizustehen, und auch ich werfe mich vor dem Koloss zu Boden und ringe die Hände, um den Gewaltigen zu besänftigen. Aber auch ich kann mich plötzlich nur noch durch Gebärden äußern, denn auch mir ist die Kehle zugeschnürt, und ich kann, so sehr ich auch würge und kämpfe, keinen einzigen Laut hervorbringen. Die nächtliche Folter nimmt immer den gleichen Lauf, unaufhaltsam, gleich einem Uhrwerk: Gayoso schaut auf das Meer, endlos lange, ohne uns überhaupt zu bemerken, während wir würgen und die Arme ringen. Er sieht uns nicht, und selbstredend kann er uns auch nicht hören. Doch plötzlich entdeckt er uns, wie wir uns zu seinen Füßen winden, und er bückt sich und hebt mit seinen angeketteten Monsterarmen die beiden Zwerge vom Boden auf, in jeder Pranke einen, und er drückt uns an seine steinharte Brust, um uns den Garaus zu machen.

Dabei brüllt er: »Ich werde blutige Rache nehmen an euch, ihr Ehebrecher, weh euch! Ich weiß, dass ihr euch liebt, und das werdet ihr büßen! Ihr habt mich betrogen und schändlich hintergangen. Ihr habt euch meinem Willen widersetzt. Begatten solltet ihr euch, nichts weiter! Zur Hölle mit euch und eurem Bastard, diesem Spross verbotener Liebe!« Und wenn wir trotz des Würgegriffes noch ein wenig atmen oder er merkt, dass wir noch zucken, lässt er uns wieder auf den Boden fallen und wirft sich donnernd darauf, um uns vollends zu zermalmen. Und wieder bringen wir keinen einzigen Laut hervor, und sterben still, mit aufgerissenen Mündern.

Aus diesem Cauchemard erwache ich stets schweißgebadet und mit schmerzender Kehle. Danach mag ich nicht mehr einschlafen, weil ich die Rückkehr des Grauens fürchte. Ein Grund für die Wiederkehr des Traumes könnte sein, dass ich am Tage, wenn ich darüber nachdenke, die Eigenschaften der beteiligten Personen nicht als phantastisch oder unwahr empfinde, sondern lediglich als monströs übersteigert. Meiner Überzeugung nach kann Gayoso nicht einmal die Galeerenstrafe etwas anhaben und ihn auf menschliche Dimensionen zurückbringen. In seinen Adern fließt noch immer das Blut eines spanischen Granden, und vor seinem Namen steht noch immer der alte Adelstitel *Don*. Deshalb sind Recht und Ordnung nicht für ihn gemacht. Er ward nicht für die Zügel geschaffen, die sich seine Mitmenschen durch Gesetze haben anlegen lassen. Er selbst ist das Gesetz, alleiniger Herr seines Schicksals und seiner Familie. Aus diesem Grunde wird er seinen Willen immer durchsetzen, gegen Tod und Teufel, und ihn anderen aufzwingen, egal mit welchen Mitteln. Und deshalb hat er sich einen Erben besorgt, als er keinen hatte, und er hat ihn kaltblütig verjagt, als er überflüssig geworden war.

Mit der nämlichen Bedenkenlosigkeit, mit der er zuvor die Erhaltung seiner Macht und seines Besitzes verfolgt hatte, schob er danach den Bastard zur Seite, denn dieser war Sohn und Erbe allein von seinen Gnaden, und er war in Ungnade gefallen, ohne eigenes Zutun, einzig durch die Geburt seines eigenen Sohnes, in dessen Adern das reine Blut der Gayosos floss. Und so musste er das Abenteuer zweier Gerichtsprozesse wagen, in denen er nur eine einzige Absicht im Auge hatte, die, sein eigenes Blut in die angestammten Rechte einzusetzen und so die *limpieza de sangre* wieder herzustellen. Dieses Ziel verfolgte er mit der Besessenheit eines Konquistadoren, notdürftig ausgerüstet, kaum abgesichert, ohne Orientierung und ohne Karten, die ihm Auskunft gegeben hätten über seine aussichtslose Lage und seine Chancen zu überleben. Er stürzte sich ins Meer der Ungewissheit und Unwägbarkeit eines Prozesses, allein auf die eigene Kraft, das Ansehen seiner Familie und seines Standes vertrauend. In tollkühner Ahnungslosigkeit wagte er dann auch noch, dem milden Urteil zu trotzen. Bedenkenlos und selbstherrlich legte er Berufung ein, ohne einen einzigen Gedanken auf den Ausgang zu verschwenden, da er nichts zu fürchten hatte, wie er glaubte, denn er hatte nur getan, was Pflicht eines spanischen Edelmanns ist. Im Grunde ist er ein flammender Don Quijote, bereit für das, wofür er lebt, auch zu sterben. Er hat das Heiligste, was eine Adelsfamilie hat, den Stammbaum, vom unreinen Wildwuchs befreit. Wer sollte ihm da etwas anhaben, ihm, der doch nur die alte Ordnung und die Ehre seines Standes verteidigte, gegen alle Angriffe des Zeitgeistes und der Gottlosigkeit?

Manchmal geht der Traum auch anders aus, und ich sehe, wie den Galeerensträfling die Kraft verlässt, die er in sein Hohngelächter presst, wie er unter sternklarem Himmel an Deck des Todesschiffes zusammenbricht und voll Inbrunst um Errettung von seinen Qualen fleht, um ein Wiedersehen mit Margaretha und den Kindern, die er mehr liebt, als er geahnt hatte in den Zeiten der

Macht und der Herrlichkeit. Und wenn er in solchen Nächten die Aussichtslosigkeit, erhört zu werden, erkennt oder fühlt, verstummt sein Klagen, und er erbittet still den Tod.

Heute habe ich Deinem Stiefvater verziehen, was er mir angetan hat, so wie ich hoffe, dass auch mir dereinst vergeben wird. Ob seine Kinder das auch können, und ob besonders Du jemals in der Lage dazu sein wirst, ist eine Frage, die ich mir oft stelle. Vielleicht hängt eure Fähigkeit, uns zu vergeben, mit dem Ausmaß an Liebe und Verständnis zusammen, das jeder Einzelne von euch empfangen hat in den Jahren, als die Familie zusammen war. In dieser Hinsicht hat Don Joseph, wie Du selbst wohl weißt, euch drei Geschwister die allergrößten Unterschiede erfahren lassen. Allerdings nehme ich an, seine eigenen Kinder könnten noch zu klein gewesen sein, um sich daran zu erinnern.

Vereinzelt hat die Amme später noch ein paar Briefe an mich schreiben lassen, in denen sie mir von eurem Heranwachsen berichtete und vom Leben in der Algalia. Was Dich betrifft, so schrieb sie, wie sehr Deine Mutter ihre Liebe und Fürsorge besonders Dir zuwandte, Don Joseph hingegen Dich mit eiserner Strenge und Unnachsichtigkeit erzogen habe, leider auch mit körperlicher Züchtigung und ungerechten Strafen, denn bei ihm stand Carlos im Mittelpunkt der Gefühle und Wohltaten. Und obgleich er sich früh als schwieriges Kind zeigte, das zu Wutausbrüchen und Eigensinn neigte, blieb er von harten Erziehungsmaßnahmen verschont. Dolores hat er ohne Zweifel am meisten geliebt, manchmal sogar mit Andeutungen einer Zärtlichkeit, die man sonst nicht an ihm kannte und die keiner bei ihm vermutet hätte.

Es ist spät geworden, und ich werde versuchen, die Bilder der vorigen Nacht loszuwerden, um ein wenig Ruhe und Schlaf zu finden.

Vom anderen Ende der Welt grüßt Dich in tiefer Zuneigung
Dein Vater

Manila, den 21. April anno 1846

# Semana Santa

## Gliederpuppen

Ein Sonntag im September, und wieder die alte Frage nach Zufall und Fügung. Im Foyer der Liederhalle steht plötzlich der Priester vor ihr. Wie aus dem Boden gewachsen. Wie immer. Verlegen steht er da, in der Pause der Matthäuspassion, bei der Helmut Rilling die Zuhörer aus den Polstersesseln schreckt und in das Drama des Unschuldigen stellt, »von einer Sünde weiß er nichts«, umgeben von Feiglingen, Verrätern, kreischendem Volk, einem hilflosen Richter und schließlich ermordet, »erbarme Dich ...«.

Ihre Reaktion ist ähnlich wie die vor einem halben Jahrhundert in der kleinen Mansarde, neben der Kniebank unterm Kreuz. Es scheint ihm ähnlich zu gehen, zunächst. Nach dem Konzert fahren sie zu einer Aussichtsplattform, eine Spätsommernacht und der Lichterteppich der Stadt. Doch das reicht nicht, um die Mauer zwischen ihnen einzureißen. Fremd hocken sie nebeneinander, fremd und ratlos, zwei Gliederpuppen auf einer Bank, dazwischen Berge von Jahren, von Schweigen, einsamen Gedanken, angefangenen Briefen. Man spürt die Reste des Verbindlichen, Krümel in der hintersten Ecke. Sie bleiben liegen. Man plaudert, statt zu sprechen. Er über seine Favelas, sie über ihre Töchter.

Beklemmend, wie er redet, als könnte man mit der Gegenwart die Vergangenheit vernichten, weil sie sich nicht wehren kann, nur noch rächen. Sie hört Worte ohne Bedeutung, ohne Zusammenhang mit diesem Abend und mit ihrer Geschichte. Sie hätte ihn rütteln mögen, beschimpfen oder fragen, was diese Komödie denn soll. Doch am liebsten hätte sie ihn umarmt, immer noch. Sie denkt an Jeronimo, seine Ehrlichkeit, seine Demut. Er hatte einen Sohn. Zwingen die Schmerzen der Kinder? Die um die Kinder? War es diese Kraft, die er nicht kannte?

Ein sanfter Wind trägt den Duft aus Gärten herüber. Sie wartet. Doch es bleibt bei den verquälten Zufluchtsthemen, Brasilien und die Mädchen, zwei endlose Stunden lang. »Es stehet von schönen Blumen die ganze Wiese so voll, ich breche sie, ohne zu wissen, wem ich sie geben soll.« Aus dem, was er erzählt und wie er es erzählt, wird klar, dass der Mann, den sie geliebt hatte, in unendliche Ferne gerückt war und ein verwelkter Missionar neben ihr sitzt, der nach allem, was er *in majorem Dei honorem* in dreizehn Jahren Brasilien aus dem Boden gestampft hatte, die Ruhe und Gelassenheit desjenigen ausstrahlt, der sich der Anerkennung vor Gott und den Menschen sicher sein darf. Sie fühlt, dass er nicht recht weiß, was er hier soll, auf dieser zufälligen Bank, unter dem beliebigen Himmel, neben dieser längst überlebten Frau. Und er kommt nicht auf die Idee, von sich selbst zu sprechen, weil er denkt, er spreche über sich, wenn er von seiner Arbeit erzählt, und weil er überhaupt nicht weiß, wo er sich sonst suchen sollte.

Deshalb ist es auch egal, worüber sie redet. Was immer sie sagt, es ist wie das Rufen in einem toten Haus. Schwer liegt sein Arm auf ihrer Schulter in der milden Passionsnacht, fühllos, kein Stück von ihm. Warum können wir uns nicht umarmen? Irgendwann hält sie es nicht mehr aus neben der Hülle dieses Menschen, der einmal ein wunderbarer Mann war und der vielleicht zerbröselt wäre, wenn sie ihn angefasst hätte. Sie steht auf und fährt ihn zu seiner Wohnung.

Drei Tage später sein Besuch. Doch noch Lebenszeichen? Stundenlang gehen sie durch einen sonnigen Stadtwald, manchmal etwas enger. Bei den verbalen Eiertänzen, die abermals vollführt werden, um die eigentlichen Themen zu umgehen, sind sie wieder erfolgreich. Trotz oder wegen des eingehaltenen Sicherheitsabstandes ist ihm abends eine deutliche Spannung anzumerken. Deshalb ist sie naiv genug zu hoffen, er würde vielleicht jetzt, auf den letzten Metern, den offensichtlich unzerstörbaren Gefühlen einen Platz einräumen und sie nicht wieder als Bedrohung seines geweihten Weges empfinden, der ja nun hinter ihm liegt.

Doch er rührt sich nicht mehr, obgleich er beim Gehen die sanfteren Register seiner Stimme gezogen hatte, vertraut aus besseren Tagen: »Ich komm bald wieder, sehr bald. Ich ruf dich an.« Doch weg war er. Wie vom Erdboden verschluckt. Wie immer. Flucht und Schweigen! Und auch dieses Mal erklärt er sein Tieftauchen mit keinem Wort, weil er weiß, dass sie weiß, und wohl fürchtet, das Ganze könnte mittlerweile fast komisch wirken, auf ihre evangelischen Töchter zum Beispiel, von denen er weiß, dass auch sie wissen.

Gelegentlich noch ein Anruf, um alles ein wenig zu kaschieren. Vielleicht ein angefangener Brief, von dem sie nichts erfahren wird, getreu dem alten Muster: »Ich bin zurzeit in Exerzitien. Zeit, um zur Ruhe zu kommen und in der Ruhe zu mir selbst. Was ist dieses Selbst doch ein geheimnisvolles Wesen, vielschichtig, unergründlich ... Ich habe einige Male angefangen, Dir zu schreiben, aber es ist nie ein Brief daraus geworden, den ich Dir hätte schicken wollen und können. Heute will ich Dir nur sagen, dass ich innig an Dich denke und mein Herz Dir nahe ist, mit Dir verbunden durch ein geheimnisvolles, aber starkes Band. Gott segne Dich ...«

Ein Leben lang hatte er Anlauf genommen, wieder und wieder, um diesen einen Brief zu schreiben, um wenig später mitzuteilen, es doch nicht geschafft zu haben. Wie sollte er auch? Mit einem ehrlichen Blick in die Tiefe des verbotenen Selbst hätte er zwangsläufig den Boden seiner klerikalen Existenz ins Wanken gebracht. Jeronimo hatte es leichter, ihm war genau das genommen worden. Er musste sich neu suchen, neu finden, neu zusammensetzen, und er tat es auf dem Boden der Wahrheit, ohne die Fesseln des Amtes und einer sogenannten Berufung, der alles zu opfern, man ahnungslos versprochen hatte.

Dann war das also der letzte Akt, und man wird eines Tages den Tod des anderen aus der Zeitung erfahren. »Erbarme Dich.« Und so ist er bis zum Ende geblieben, was er von Anfang an war und was er vor zwanzig Jahren in der schlimmsten Zerrissenheit selbst geschrieben hatte: »Manchmal fühle ich mich wie Joseph im Brunnen, der gestirnte Himmel über mir, unerreichbar weit ...« Und er blieb hocken in der Tiefe seines Brunnenschachtes, presste die Augen zu, um das Funkeln der Sterne zu vergessen, und trampelte die verschütteten Gefühle unter sich fest, bis sich nichts mehr regte.

Doch niemand wendet aus eigenem Antrieb so viel Gewalt an gegen sich selbst. Es gab Vordenker und Einpeitscher. Wie viele Male hatte er den Vater geschildert, Dorfschullehrer vom alten Schlag, der in nicht ablassender Strenge dem Buben so recht die Angst vor Gottes Richterstuhl eingebläut hatte, vor den man zu jeder Stunde müsse hintreten können. So wurde das früh für den Weinberg des Herrn bestimmte Kind in einer Gottesvorstellung erzogen, in der Vergebung und Barmherzigkeit stets nur für die anderen galten. Danach meißelte ein Jesuitenkolleg die Grundsätze von Opfer und Selbstverzicht in Herz und Hirn, gefolgt von der Gehirnwäsche, gemäß der Vorstellung vom *character indelebilis*, des in Ewigkeit unzerstörbaren klerikalen Andersseins, am Collegium Germanicum in Rom, dem Ort der Selbstreproduktion der theologischen Elite. Dort, im sich selbst feiernden und um sich selbst kreisenden Zentrum der Kirche, wo eine durch Argumente unerreichbare Hierarchiespitze sich weiterhin erdreistet, die Liebe als Lust und Laster zu verteufeln, wurde die Charakterpanzerung fortgesetzt mit »unfehlbarer« Rückendeckung und sturem Beistand gegen aufkommende Zweifel. Dort, wo der Rausch des Katholischen einen wehrlosen Mortimer überwältigt hatte und wo, in beharrlicher Fortsetzung der Tradition des Augustinus, die Frau noch immer als Verführerin denunziert wird, wurde der ahnungslose Alumne zum Priester geweiht. Und von diesem Nabel der Kirche aus, wo trotz inszenierter Schuldbekenntnisse einer verdorrten Altmännerriege, Frauen der Zugang zum Altar weiterhin hartnäckig verweigert wird, wurde er hinausgeschickt in eine Welt voller Frauen, voller Versuchung und klar definierter Todsünden.

Und wenn später, unter dem Druck der Versuchung, die Deiche zu brechen drohten, wurde schleunigst ein aus Rom importitierter Beichtvater aufgesucht. Und es war Verlass auf diesen Herrn. Stets hat er den Ringenden wieder auf Kurs gebracht, zurück unter die Fahne des *sacerdos in aeternum*, des Priesters in Ewigkeit, zurück zur Gewalt gegen sich selbst, zurück in den Schoß der Kirche, unter den Schutzmantel der Madonna, Mutter und Braut zugleich.

All das hatte sie früh durchschaut, doch es hat nichts geholfen. Herbstsonne lässt die Konturen zerfließen. Irgendwo, weit weg, steht ein Mensch, der nicht einmal ahnt, was er angerichtet hat in ihrem Leben, weil es ihm immer nur um sein eigenes, sehr spezielles Gewissen ging.

Was bleibt ist die Trauer um das eigentlich Schlimme, die verlorene Zeit mit den Mädchen.


Mein lieber Sohn!
Lass uns noch einmal zurückkehren in die erste Zeit nach der gewaltsamen Trennung, von der ich Dir, wegen der Schilderung meines Traumes, noch nicht hinlänglich berichtet habe. In der Karwoche des nämlichen Jahres haben sich die Ereignisse in gewisser Weise überstürzt, obgleich ich gehofft hatte, einmal ins Kloster zurückgekehrt, wenigstens der Beunruhigung durch die äußeren Vorkommnisse im Hause Gayoso entkommen zu sein.

Inzwischen nahte die *Semana Santa*. In Sanct Jago fanden noch Jahre nach der französischen Besatzung nur kleine Prozessionen statt. Ein Mitbruder, der das alles noch erlebt hatte, schilderte mir, wie früher der riesige Zug mit den Stationen des Kreuzweges vom Konvent der Franziskaner in Valdediós seinen Ausgang genommen hatte. Damals trugen zwölf im Stil der Spitzhüte verhüllte Chorknaben, von den Mysterien der Passion singend, die Folterinstrumente auf Kissen der Station des Kalvarienberges voran, die ihrerseits von jeher auf den Schultern von acht Ratsherren oder *Señores de la Primera Nobleza* ruhte. Doch die Besatzer hatten einen Teil des Klosters ihrer Hauptfeinde, der Franziskaner, niedergebrannt und fast alle Stationen verwüstet. Deshalb nahm seither die Prozession ihren Anfang von der Kapelle de la Soledad in der Kathedrale und folgte dann dem vorgeschriebenen Weg über die Rua do Villar, Rua Nueva, Rua do Preguntoiro, Plaza del Campo und über den Azabachería-Platz zurück zur Kathedrale.

Am Abend jenes Gründonnerstages gedachte ich, nur eine gewisse Zeit der Prozession beizuwohnen, weil mir einerseits die Zerstörung der alten Figuren und Rituale naheging, mir aber gleichwohl die Gebräuche der *Semana Santa* seit Kindertagen viel bedeutet haben, ebenso wie die Leidensgeschichte unseres Herrn und deren Darstellung durch lebensnahe Gestalten mit dramatischen Gewändern und Gebärden. Auch das gespenstische Pfeifen und Trommeln jagte mir stets fromme Schauder über den Rücken, und ich wollte die alte Gewohnheit nicht missen, ohne deren Trauerstimmung sich auch die Freude der Auferstehung schwerlich bei mir eingestellt hätte.

Durch eine Bekanntmachung erfuhr man, dass die Prozession eine Stunde vor Dunkelheit die Kathedrale verlassen würde. So konnte ich mir ausrechnen, dass sie erst bei Nacht auf der Plaza del Campo ankäme, wo ich mich unter die Menge zu mischen gedachte. Auf meinem Weg dorthin wollte ich unauffällig am Haus der Geliebten vorbeischleichen, in der Hoffnung, ihre Gestalt hinter einem Fenster zu erspähen. Wie ein Dieb drückte ich mich die Algalia entlang, um einen Blick auf den Pazo zu erhaschen, doch das Gebäude lag im Dunkeln, woraus ich schloss, dass die Gayosos irgendwo auf dem Balkon einer befreundeten Familie dem Geschehen in den Gassen beiwohnten.

Als man bereits die schrillen Pfeifen und dumpfen Trommelwirbel hörte, die das Herannahen des Zuges ankündigten, stand plötzlich im Gedränge der Kutscher vor mir, mit bedrohlichem Ausdruck im verquollenen Gesicht. Mit einem freundlichen Gruß und ein paar verbindlichen Worten versuchte ich, mein Erschrecken über die unverhoffte Begegnung zu verbergen. Um etwas Unverfängliches zu sagen, wies ich darauf hin, wie traurig es doch sei, dass nurmehr drei der alten Leidensstationen übrig seien, davon eine, das letzte Abendmahl, immer noch stark beschädigt, sodass man es besser zuerst hätte restaurieren sollen, bevor die Bruderschaft des Dritten Ordens es durch die Stadt getragen hätte.

Doch der aufgebrachte Tölpel, offensichtlich schwer betrunken, hatte anderes im Sinn. Er überging meine Feststellungen mit verständnislosem Glotzen, und als ich ihn fragte, ob im Hause Gayoso alles seinen gewohnten Gang ginge, schüttelte er den Kopf und raunte mir zwischen dauerndem Rülpsen in seinem schwer verständlichen Gallego ins Ohr, der Mayorazgo habe gedroht, ihn zu entlassen und aus der Stadt zu vertreiben, weil er zu viel trinke. Es sei nun meine Aufgabe, das zu verhindern, da ich doch sicher unentdeckt in meinem Kloster weiterleben wolle.

Wortlos und schreckensstarr nahm ich die Drohung zur Kenntnis. Nach kurzer Pause nahm er neuen Anlauf und raunte weiter, er denke nicht daran, sich mit Geld abspeisen zu lassen. Dann zeigte er zum Pazo hinüber und fuhr mit schwerer Zunge fort: »Der Austernfresser da, der Gauner da droben wird mir's Leben nicht verderben! Ich bin der Kutscher und bleib's auch! Hab keine Familie, kein Dach überm Kopf und keinen Suppentopf! Jawohl! Und in meinem *pueblo* kennt mich kein Teufel! Ihr müsst den Alten umstimmen. Ihr seid ja auch bloß so ein Heuchler, genau wie der und die andern Schwarzröcke! Ihr seid doch alle gleich. Alle gleich!«, polterte er weiter, während ich ihn beiseite schob, damit ihn niemand hören konnte. »Wenn ich Euch nicht getroffen hätte, bei der Prozession, Padre, dann wär ich halt zur Klosterpforte gegangen. Jawohl! Man weiß ja, wo man die schlimmsten Sünder findet: im Kloster und in den Pazos!«, blökte er mit aufgerissenen Triefaugen, die mich aus nächster Nähe anstierten: »Werdet Ihr mir helfen, Padre?«

In meinem Schrecken habe ich ihm rasch ein Schreiben an Don Gayoso zugesichert, das er nach der *Semana Santa* an der Klosterpforte abholen könne. Darauf torkelte er davon und verschwand in der Menge. Reglos stand ich an eine Hauswand gelehnt, während sich im Kopf die immer gleichen Gedanken jagten: Würde ich künftig zum Opfer dieses Trunkenboldes werden? War das der Anfang wiederkehrender Erpressungen? Was mochte er in den Spelunken erzählen, wo er sich tagtäglich betrank?

Lange stand ich in der Dunkelheit, allein unter den vielen Menschen, bis vor mir, durch ein Meer von Kerzen erhellt, die Station *Ecce Homo* vorbeigetragen wurde. Der Purpurmantel des Gemarterten leuchtete in der Nacht, und auf dem blutüberströmten Gesicht mit den geschlossenen Augen unter der Dornenkrone lagen unendliche Hingabe und Milde. Es kam mir vor, als hätte der Herr gerade heute, in dieser Abendstunde, den Kelch der Schmerzen angenommen. Als die Gestalt in der Nacht verschwunden war und die Fackeln sich im Dunkeln verloren hatten, machte ich mich auf den Heimweg, einzig die bedrohliche Begegnung mit dem Kutscher im Sinn. Die sentimentale Stimmung der Prozession war zerstört, ich fühlte mich hilflos und ausgeliefert. Auch in meiner Zelle fand ich keine Ruhe. Ein Gejagter war ich geworden, der nicht wusste, wo er sich verbergen und wie er sich schützen sollte – heute vor dem Kutscher, morgen vor seinem Herrn.

Die Befreiung aus dieser Lage über eine Dispens des Papstes würde lange dauern, und einfach fliehen konnte ich nicht, denn ich wollte nicht mutwillig den Fluch der Kirche auf mich laden, Margaretha in Verzweiflung stürzen und auf das halbe Vermögen verzichten, mit dem ich noch zu rechnen hatte. Angesichts meiner traurigen Lage mag es nicht verwundern, dass ich mich in diesem Jahr dem Leiden unseres Herrn besonders nahe fühlte. Und so, wie ich seit meiner Kindheit beim Verlesen der Passionsgeschichte in der Karwoche gehofft hatte, das Volk würde dieses Mal dem zögernden Pilatus die richtige Antwort geben und den Mörder hängen lassen, so hoffte ich in jenen Stunden auf eine wundersame Wendung des Geschicks und eine neuerliche Vereinigung mit Margaretha, ohne die geringste Vorstellung, wie dies hätte geschehen sollen, und ohne darüber nachzudenken, was ich selbst dafür hätte tun können.

Voll rührseliger Wehmut erinnerte ich mich in jener Abendstunde daran, wie ich an der Hand meiner Mutter zur Kathedrale in Betanzos ging, wo in der *Semana Santa* die Leidensgeschichte mit verteilten Rollen verlesen wurde. In jenen Kindertagen war ich von der standhaften Zuversicht erfüllt, die Geschehnisse würden einen guten Ausgang nehmen. Je älter ich wurde, desto konkreter wurde meine Hoffnung, denn mir wurde zunehmend klarer, welch schwankender Mensch Pilatus war. Meine Erwartungen waren allein auf ihn gerichtet, weil er die Unschuld des Angeklagten erkannt und sein Elend ihn gerührt hatte. Dieser feinsinnige Römer konnte schließlich nicht Jahr für Jahr seine Hände in Unschuld waschen und dabei wiederholen, er könne keine Schuld am Angeklagten finden, ohne eines Tages die Konsequenzen daraus zu ziehen. Und er konnte nicht alljährlich die philosophische Frage nach der Wahrheit stellen und dann trotz klarer Erkenntnis einen Unschuldigen hinrichten lassen. Und er konnte nicht immer wieder die Warnung seiner Gemahlin in den Wind schlagen, die sich ob eines qualvollen Traumes in seine Amtsgeschäfte mischte und ihn beschwor, den Angeklagten zu verschonen.

Doch das Hoffen hat nichts geholfen. Immer wieder nahm das Schicksal den gleichen Lauf: Zuerst wird der Römer wütend, als der Pöbel den Barabas verlangt brüllt er zurück, sie sollten ihren sogenannten Verbrecher gefälligst selbst aufhängen. Doch als er merkt, dass die Wortführer sich auskennen und er um sein Amt fürchten muss, gibt er den Unschuldigen preis, der ihn mit seinen Antworten ohnehin stark verunsichert hatte. Jawohl, er hat sie verstanden, der Landpfleger aus Rom, die Sprache der Erpressung, und er gibt nach, wider besseres Wissen. Und dieses Wissen schreibt er auf einen Zettel, den er am Galgen anheften lässt: »König der Juden«. Und als sie weiter maulen und verlangen, er solle schreiben, der Gehängte habe das nur behauptet, bleibt Pilatus erstmals standhaft, er wehrt sich mit dem Trotz des Unterlegenen: »Was ich geschrieben habe, habe ich geschrieben.«

In diesem Jahr der einsamen Qualen war die Leidensgeschichte unseres Herrn meine einzige Zuflucht, sowohl wegen des erpressten Richters als auch wegen der feigen Apostel: Einer verrät ihn, die andern verschlafen seine Not, und der Eifrigste, der mit dem Herrn kurz davor noch sterben wollte, verleugnet ihn standhaft. Wenn das die Männer waren, die der Herr zu seinen Jüngern gemacht hatte, dann blieb vielleicht auch mir noch eine Hoffnung auf Erbarmen. Während ich in derart schwelgerischer Schwermut den Phantasien meiner Kindheit und meiner verlorenen Unschuld nachhing, floss mein Herz über in Sehnsucht nach der Geliebten und der Hoffnung, ihr von unsichtbaren Mächten zugeführt zu werden, und sei es um den Preis, als Heuchler und falscher Mönch dazustehen und meinetwegen auch noch verraten zu werden. Am Abend jenes Karfreitages, den ich, innerlich zerrissen zwischen der Last meiner Sünden und dem Verlangen, selbige fortzusetzen zubrachte, fand mein Gemüt keine Zuflucht mehr im Gebet; die Angst vor Erpressung lähmte mich. Doch schließlich erinnerte ich mich inmitten der Seelenfinsternis an die Angst des Gemarterten und sein Flehen um Verschonung. Das hat mich leidlich getröstet.

In jenen Tagen weilte ich zu nächtlicher Stunde häufig im Patio, denn auch hier hatte das Blühen Einzug gehalten, und über dem Duft im Lichthof hing der Mond gleich einer tröstlichen Laterne am Nachthimmel, ein Brunnen plätscherte, und ich saß auf der Rasenbank im überströmenden Gefühl, vielleicht doch nichts Böses getan, sondern mich einzig in einem selig duftenden Garten verirrt zu haben, und aus dem Garten Gethsemane lächelte mir der leidende Christus zu.

Als ich so, in melancholischer Verschmelzung meiner Leiden mit den Qualen des Herrn, am Abend vor dem Osterfest zwischen den Bretterwänden des Beichtstuhls saß, der mir seit meinem Sündenfall zum verhassten Kasten geworden war, tauchte plötzlich die Amme hinter dem Gitter auf. Sie konnte vor Erregung kaum sprechen, und mir wurde erst allmählich klar, was sie mir mitteilen wollte: Der Kutscher sei am gestrigen Karfreitag plötzlich verstorben. Don Joseph habe ihn umgebracht. Unter heftigem Schnäuzen und Seufzen schilderte die gute Seele nach und nach die Ereignisse des Vortages: »Frühmorgens kommt der Leibbursch in die Küch' und sagt: ›Der Kutscher soll anspannen, der Herr will ausfahren.‹ Der Alte steht auf und geht raus. Nach einer Stund' kommt Don Joseph und sagt: ›Wo bleibt die Kutsche?‹, und schickt mich, um nachzusehn. Ich hab den Kutscher aber nicht g'funden und auch keine Kutsch' g'sehn. Dann hab ich im Pferdestall g'rufen. Nix, keine Antwort. Dann hab ich die Pferch aufg'macht. Es sind vier, grad groß g'nug für ein Pferd. Im zweiten Pferch liegt der Kutscher und blutet am Kopf. Ich hab g'schrien und bin ins Haus g'rannt. Wir haben ihn ins Haus g'schleppt und nach dem Doktor g'schickt. Zu spät. Don Gayoso hat nur g'sagt: ›Alter Säufer. Man muss sich nicht wundern.‹ Dann hat er g'sagt: ›Man wird ihn heut Nacht untern Boden bringen.‹ Gestern haben wir'n vergraben, ohne Totenruh, nachts um zehn mit dem Priester, dem Messdiener, Don Joseph, dem Stallbursch, Rosalia und mir. Der Unglückliche. Nun ist er tot.«

Die Amme berichtete, Gayoso habe den Pferch von außen versperrt und den Kutscher so den Tritten des Pferdes ausgeliefert, denn die Tür sei noch verriegelt gewesen, als sie dort angekommen sei. Und der hohe Herr habe es nicht einmal für nötig erachtet, den Verdacht von sich zu lenken, sondern in Kauf genommen, dass man ihn für den Täter hielt. Sonst hätte er sich wenigstens die Mühe gemacht, die Tür zu entriegeln, bevor er in die Küche gekommen sei. »Padre, nun sind wir alle in Gefahr«, jammerte die Verstörte, »keiner von uns ist noch sicher.«

Doch da konnte ich sie beruhigen, indem ich erzählte, der Kutscher habe sich Don Gayosos widersetzt und vermutlich versucht, ihn wegen seiner Entlassung zu erpressen. Dann führte ich ihr vor Augen, sie sei für den Majoratsherrn seit Langem die engste Vertrauensperson und Ratgeberin, die einzige, die er noch habe. Schließlich verriet ich ihr, dass der Tote auch mich zu erpressen versucht hatte, und wir kamen überein, dass man den Mächtigen eben nicht reizen und er die Sicherheit nicht verlieren dürfe, dass wir unter allen Umständen schweigen. Gleichwohl wurde uns bewusst, wie sehr wir ihm auf Gedeih und Verderb ausgeliefert waren. Im Gehen raunte die Amme: »Wie gut, dass Rosalia nix passieren kann.«

Erstarrt saß ich da. Alle Träume von einem Wunder waren schlagartig beendet. Später, auf dem Weg zur Sakristei, hörte ich mich murmeln: »Herr über Leben und Tod ... Ich habe es geahnt. Ich habe es gewusst ... Herr über Leben und Tod ... Er kennt keine Grenzen ... Ich habe es gewusst. Gott steh uns bei.«

So wurde ich jäh aus meiner Gramseligkeit gerissen und in mein einsames Klosterleben zurückversetzt. Der Garten Gethsemane und das Lächeln des Herrn waren in weite Ferne gerückt, und die tröstliche Mondlaterne hatte sich in eine Sichel verwandelt, die bleich und kalt auf das Kloster herabschien.

Ich grüße Dich im Dunstkreis der alten Gefühle und Erinnerungen, die bisweilen quälender sind als die Heimatlosigkeit. In solchen Stunden frage ich mich, ob Du noch immer aus der Familie verbannt bist und vielleicht ähnliche Schmerzen kennst. Das sind die Stunden, in denen ich mir wünschte, Dich in die Arme zu schließen und zu trösten.

Sei behütet!
    Dein Vater

Manila, den 5. Mai anno 1846

PS: Es ist bereits nach Mitternacht und doch will es mir nicht gelingen, Ruhe zu finden auf meinem Lager. Deshalb werde ich Dir die ganze Wahrheit um den Mord am Kutscher gestehen: Mein Sohn, ich muss bekennen, sein Tod war eine große Erleichterung für mich.

# Im Elternhaus

## Der Rosenberg

Es war ein buckliger Weg vom ersten Frühlingserwachen bis zu diesen Spätsommertagen, ein Stolperpfad, auf dem der abrupte Wechsel zwischen plötzlichem Auftauchen und panischer Flucht das Quälendste war, begleitet vom reflexhaften Umlegen eines unsichtbaren Schalters von Liebe auf Sünde. Deshalb gibt es aus viereinhalb Jahrzehnten wenig zu erzählen. Die ersten Briefe erhielt die Vierzehnjährige auf dem Klosterberg mit Barockkirche und einer Birkenallee, die HAP Grieshaber in seinem *Osterritt* in Holz geschnitten hat. Dort wurden die Internatsschülerinnen »Zöglinge« genannt, was ein wenig an »Züchtlinge« erinnert. Und Zucht herrschte bei den Franziskanerinnen, Züchtigung auch, wenn auch nur in Form seltsamer Strafen.

Auch Skurriles gab es im Kloster, so die alljährliche Kartoffelernte, bei der die Zöglinge auf den Acker geschickt wurden, um die Früchte der Erde aus derselben zu klauben. Dafür wurden sie von der Mutter Oberin mit einer Scheibe Schwarzbrot und einem Apfel belohnt. Wortlos und mit dem Lächeln der Seligen wandelte die »Wohlehrwürdige« über die Felder, eine Inkarnation aus El Grecos Heiligengalerie: hohlwangiges Antlitz, hagere Gestalt, kurz vor dem Schweben, Hornbrille, Silberkreuz auf der Brust und einem Gehabe, das so weihevoll war, als würde sie mit der knochigen Hand die Kommunion austeilen. Und es gab Zöglinge, die diese Sakralisierung der Ernte unterstützten, indem sie Gesichter machten, als würden sie mit dem trockenen Brot tatsächlich die Hostie empfangen. Andere bissen herzhaft in die Äpfel. Zwei Novizinnen mit Dauerlächeln trugen der Mutter Oberin die Speisung in Körben nach, ergebene Handlanger religiös verbrämter Ausbeutung. Gleichzeitig verbreitete die Oberin den Eindruck, es sei ein Gnadenakt, aus dem Bereich der Heiligkeit herabzusteigen zu diesen weltlichen Zöglingen, wie sie dastanden in Reih und Glied, in den Niederungen des Kartoffelackers, mit dreckigen Händen, dicken Erdbollen an den Schuhen, mit Wollstrümpfen und plumpen Nachkriegsröcken, in Falten gelegt oder zu überweiten Glocken gerafft. Ohne Murren und im Gefühl, angemessen entlohnt zu werden, leerten die Mädchen so, im Wechsel mit Kandidatinnen und Novizinnen, die Felder und füllten die Säcke, Jahr für Jahr, und manche freuten sich sogar auf die Kartoffelernte.

In diese Welt ungebrochener Ergebenheit in Klosterfrömmigkeit und Katholizismus flatterten seine ersten Briefe. Und in dieser Welt der Bereitschaft zu Gehorsam und Selbstverleugnung – in der sich niemand wehrte, in knielangen Röckchen zu turnen, sich tagtäglich hinter umgelegten Bademänteln mühsam umzuziehen, vor dem Frühstück zur Messe und wöchentlich zur Beichte geschickt zu werden, nach dem Nachtgebet bis nach Frühmesse und Frühstück Stillschweigen einzuhalten, die Wäschestapel im Schrank mit Maßband nachmessen und willkürlich die Post öffnen zu lassen – in dieser Enge und Prüderie der Fünfzigerjahre waren seine Briefe für die Klosterschülerin etwas Unfassbares, eine himmlische Verheißung. Diese Botschaften aus einer anderen Welt glichen einander fast wörtlich, doch das merkte sie erst später. Vorerst war es ein Refrain aus Schalmeienklängen, von dem sie nicht genug kriegen konnte, auch wenn es nur ganz einfache Sätze waren: Er denke viel an sie und wolle deshalb wieder einmal schreiben, wie schade es doch sei, dass sie so weit weg sei und so selten Ferien habe, dass er sich schon freue, sie in den Sommerferien wieder zu sehen, dann könne man ja zusammen ins Freibad gehen. Freibad? Mit einem Vikar? Ankündigung des Verbotenen. Zwar wusste sie, dass sie in den Ferien wieder mit den Eltern an den Lido di Jesolo fahren würde, um in der Adria zu baden und sich auf dem Markusplatz mit zusammengekniffenen Augen in einem Taubenmeer fotografieren zu lassen, doch ihr Herz schlug höher, und sie vergaß zu atmen, wenn sie sich ausmalte, weshalb er wohl solche Briefe geschrieben haben könnte.

In dieser ersten Seligkeit überlegte sie, ob sie Schwester Gregoria von den Briefen erzählen oder sie ihr zeigen sollte, denn sie war der einzige Mensch, dem sie im Kloster traute, ein Original mit großem Herzen, deftigen Sprüchen und munteren, dunklen Augen, die wach und herzlich unter der schwarzen Flügelhaube hervorblitzten. Diese scharfkantigen Ungetüme, festgesteckt auf einer plissierten, weißen Rundkragenhaube, die das Gesicht mit gestärkter Kratzigkeit umrahmte, wurden längst durch praktische Nachfolgemodelle abgelöst, was die meisten als Fortschritt empfanden. Doch die Gregoria hat diesen Modewechsel heftig bekämpft: »Wegen so labbrigen Dingern braucht man ja nicht ins Kloster«, maulte sie und legte die Haube als Letzte ab.

In ihrer weltlichen Art konnte sie auch nicht ahnen, wie sehr gerade die neuen, weich fallenden Modelle dem verbreiteten Traum, eine Braut Christi zu sein, mehr entsprachen, weil sie eher einem Schleier glichen als die mittelalterlichen Monster. Noch weniger ahnte die Gregoria in ihrer Bodenständigkeit etwas vom verschleierten Selbstmord so mancher hingebungsvollen Seele, von den subtileren Verirrungen und mystischen Gratwanderungen des Ordenslebens, den erotisch durchdrungenen Herz-Jesu-Schmerzen junger Mitschwestern, die ihr reines Herz, ihre aufgeblühte Schönheit und ihren unschuldigen Leib dem himmlischen Bräutigam geschenkt hatten oder geopfert, je nach Temperament. Der Schleier war für Schwester Gregoria Teil des Ordenskleides, ohne Symbolcharakter und spirituellen Überbau. Sie wollte niemals einen Bräutigam haben, weder einen himmlischen noch einen von dieser Welt: »Ein Mann ist auch ein Kreuz.«

Die gute Gregoria war Zufluchtsort vieler Zöglinge und junger Schwestern, wenn es schwer wurde mit dem Klosterleben. Und sie hat sich auch ihrer angenommen, konsequent und mit dem Amtsgewicht als Schulleiterin. Niemals hat sie eine Gegenleistungen in Form von Gehorsam oder verordneter Frömmigkeit verlangt, im Gegenteil: Die Gregoria schützte sie vor den Nachstellungen der Präfektin, wenn sie nicht zur Messe, zur Beichte oder zum Küchendienst erschienen war oder sich weigerte, zur Strafe den überschwappenden Saukübel von der Küche über eine schmale Wendeltreppe in den Keller zu tragen. Beim Previergebet hielt sie ihren Mittagsschlaf, und wenn in Physik oder Chemie ein Versuch danebenging, fing sie an, herzhaft zu lachen. Auch die Art ihres *Sonnengesangs* hatte wenig mit dem des Ordensstifters gemein. An einem strahlenden Sommertag stand sie mit ausgebreiteten Armen am offenen Fenster, wähnte sich unbeobachtet und schickte ihre Lobpreisung zum Himmel: »Was für ein herrlicher Dag! An alter Esel hat sich g'schtreckt, und s'Fell isch it g'rissa.«

Irgendetwas hielt sie dann doch ab, die Briefe der Gregoria zu zeigen, vielleicht, dass ein leibhaftiger Priester sie geschrieben hatte. Von jetzt an hatte sie ein Geheimnis, das ihr Flügel verlieh und sie hoch über die Klostermauern hinaushob, egal, wie fern und unerreichbar der Mann war. Wenn ein Priester einer Vierzehnjährigen solche Briefe schrieb, dann musste das einen Grund haben, einen wunderbaren sogar. Und dieses Geheimnis trennte sie künftig von ihren Altersgenossen und von allen, mit denen sie lebte. Sie war die Geliebte des schönsten Priesters der Welt! Mochte der Sockel noch so hoch sein, auf dem er stand, so war er doch ein Mensch aus Fleisch und Blut, sie hatte sich ihn nicht ausgedacht, und er schrieb ihr Briefe, und er würde sie umarmen. Und so geschah es auch, immer wieder und in langen Zeitabständen.

Zwei Jahre nachdem sie den Klosterberg verlassen hatte, besuchte er sie während eines Sprachkurses in den Sommerferien auf dem Rosenberg bei St. Gallen. Ohne Ankündigung stand er da, wie aus dem Boden gewachsen, ohne das noch obligatorische *collar*, mit offenem Hemd, hellgrauem Pulli, sportlich über die Schultern gelegt, die Gitarre in der Hand und mit einem unbeschreiblichen Lächeln. Dieses Lächeln war nicht geheimnisvoll, im Gegenteil, es hatte eine Botschaft, die auf der ganzen Welt verstanden wird. Und sie sollte dieses Lächeln nur an diesem einen Nachmittag sehen, dann erst wieder fünfundzwanzig Jahre später.

An diesem Mittag hat er sie nicht aus den Armen gelassen, der Himmel stand offen, und das Glück der kommenden Nacht hätte vielleicht für ein ganzes Leben gereicht. Doch der Sprachkurs war zu Ende, der Koffer gepackt, und gegen Abend wurde sie abgeholt. Unwiderruflich. Bereits nach der Umarmung jenes flirrenden Sommertages ahnte sie, dass diese unabwendbare Abfahrt das Verhängnis ihres Lebens in Gang gesetzt hatte, und sie fing an, über Zufall und Fügung, über Wehrlosigkeit und Unwiederbringlichkeit nachzugrübeln, während die Mädchenklasse über Tanzstundengeheimnisse tuschelte.

In den folgenden Jahren wurde sie gemieden, übergangen, auf Distanz gehalten. Die Sommerwiese war niedergemäht, er selbst wie vom Erdboden verschluckt. Es waren die Jahre, in denen er sich bei öffentlichen Auftritten mit *ciao, ciao Bambina, Volare, Marina, Marina*, Gitarrenbegleitung und schmachtenden Blicken in die Mädchenherzen der halben Stadt gesungen hat, und sie auf dem Schulweg hören musste, wie halbe Straßenbahnwagen von ihm schwärmten. Wie sagte Héloïse zu Abaelard? »Der Zauber Deiner Lieder war es vor allem, der die Frauen nach Dir seufzen ließ.« Da sie zu Hause eingesperrt wurde, war sie bei den Schlagerabenden nicht dabei, doch während der Klosterjahre hatte er ihr auf seiner Mansarde einige Privatvorstellungen gegeben, die an Betörungsaufwand schwer zu überbieten waren.

Im Halbdunkel des Beichtstuhls, dem Ort, an dem von jeher geheime Verabredungen getroffen wurden, hatte er sie in sein Vikarsstübchen eingela-

165

den, die gedämpfte Stimme drang durchs Gitter ins kindliche Gemüt und kündigte geheimnisvolle Wonnen an. Bei diesen Besuchen nahm er sie in die Arme, neben der Kniebank unterm Kreuz, flüsterte Liebesworte, die Lippen und Seelen berührten sich, und die Ahnungslose erfuhr dabei, was ein Mann ist. Diese Vorahnungen aus dem Reich verbotener Seligkeiten fügten sich zu einem Traum, der mit diesem einen Mann verbunden blieb.

Inzwischen schwirrten unzählige Gerüchte durch die Gemeinde, die ihr bewusst machten, wie sehr vor allem sie es war, die nicht existieren durfte, und wie locker der Herr Kaplan mit den Problemen umging, die sich aus seiner Jugend, seiner Schönheit und dem Empfindungsreichtum ergaben, den er ausstrahlte. Doch es waren nicht nur Gerüchte, es gab auch Tatsachen, handfeste! Er musste geahnt haben, wie schwer sie alles nahm, denn manchmal fuhr er ihr nach der Abendmesse mit seinem Fiat 500 nach, um auf sie einzureden, Zärtlichkeiten ungeschehen und ihr klar zu machen, er sei nun mal Priester, und wenn sie erst einmal Studentin sei, würde sie ihn bestimmt rasch vergessen. Doch zwischendurch stand er wieder plötzlich da, wie aus dem Boden gewachsen. Einmal lud er sie nach der Messe ins Kino ein: *Wir Wunderkinder*. Sie konnte solche Umschwünge nicht fassen, ebenso wenig sein Verhalten im Kino und vor der Gartentür, das alle Beschwichtigungsversuche widerlegte. Erneutes Hoffen und Sehnen, während er längst wieder in seiner Erdspalte verschwunden war.

Jene langen Sehnsuchtsjahre brachten sie allmählich zur Erkenntnis, dass er den Zölibat als Podest benutzte, um den Magnetismus seiner Person um weitere Trümpfe zu steigern: mit dem Reiz des Verbotenen und der Aura des Geweihten. Und der Sockel bot noch einen Vorteil: Er konnte jederzeit zurückflüchten, wenn es brenzlig wurde, nach dem Motto: Die Bedingungen waren klar! Beschwerden abgewiesen! Zölibat und Priestergewand als Rettungsanker in den Wogen überschäumender Jugend und im Strudel der Anfechtung durch das tabuisierte Ich. Dies waren die Jahre, in denen sie in ihrem Zimmer über der Stadt den *Werther* las, viele Male, *Abaelard und Héloïse*, *Hyperion*, *Das Bildnis des Dorian Grey*, Heine-Gedichte, und in denen sie nach und nach die Hoffnung aufgab, die Welt zu verstehen oder die alte Geschichte vom Jüngling, der ein Mädchen liebt, das einen andern erwählte, der wiederum eine andere liebt und sich mit dieser vermählt, worauf das Mädchen den ersten Besten nimmt, der ihr über den Weg läuft. Unverhofft entdeckte sie damals sogar einen verborgenen Balsam für ihren

Liebesschmerz, der unmerklich zum Weltschmerz geworden war: Nach allem, was sie gelesen hatte, durfte sie sich zum Zirkel der Exklusiv-Fühlenden zählen, zu den Königskindern, die nicht zusammenkommen konnten. In der kleinen Schülerwelt voll großer Literatur aus beigen Reclam-Heftchen sprach sie sich eine Besonderheit zu, die in der Weltliteratur denen zustand, die unglücklich liebten, eine Art Auserwähltheit, die noch dadurch überhöht wurde, dass der Auserwählte ein Auserwählter war.

Gleichzeitig zogen erstmals Nebelschwaden auf, hinter denen die harten Konturen der Zurückweisung verschwammen und die die Wirklichkeit in gnädigem Dunst verhüllten. Und wenn im Frühjahr der Birnbaum das Wohnzimmerfenster mit weißen Blüten füllte, entstand eine Sehnsucht, die durch die unsichtbaren Gitterstäbe des Elternhauses drang und auch die verschmähte Liebe hinter sich ließ. Das Blütenfenster schien etwas zu versprechen, das alle Fesseln lösen würde. So entstand allmählich die Zuversicht auf ein Leben danach. Doch weder Nebelschleier noch Blütenträume konnten je den Zauber vom Rosenberg verhüllen oder übertreffen.

Querido hijo!
Seit ich voriges Jahr begonnen habe, Dir diese Briefe zu schreiben, ist es mir zur Gewohnheit geworden, die Vergangenheit genauer zu betrachten und sie, soweit es mir gegeben ist, in Worte zu fassen. Dabei ist zu meiner ursprünglichen Absicht, Dir das Gewesene näherzubringen und womöglich verständlich zu machen, ein Weiteres hinzugetreten, was mich mittlerweile bewegt, die Niederschrift fortzusetzen. In meiner stummen Heimatlosigkeit sind mir die Briefe, die ich häufig wieder lese, ergänze und gelegentlich ins Reine schreibe, ein heimlicher Zufluchtsort geworden, eine Höhle, in die ich mich verkriechen und von einer Welt träumen kann, die mir in der Gefangenschaft, trotz damaliger Leiden, wie ein irdisches Paradies erscheint, aus dem ich vertrieben wurde und das ich neu erstehen lasse. Ganz allmählich beginne ich sogar, mich mit dem, was ehedem geschah, anzufreunden, und, wo das nicht möglich ist, mit dem Vergangenen Frieden zu schließen. So kann ich hoffen, wenn ich eines Tages die verlorene galizische Welt vollends aufgebaut haben werde, die Fremde leichter zu er-

tragen, weil ich mich zurückziehen und wärmen kann an der ehemaligen Glut des verglimmenden Lebens und erfreuen an seinen langsam verblassenden Farben.

Durch die Arbeit im Hospital ist mein Alltag noch härter geworden, zumal ich dort der stummen Verachtung der spanischen Ärzte ausgeliefert bin, die den Grund meiner Verbannung zu kennen scheinen. Überdies muss ich das Misstrauen der untergebenen Filipinos erdulden, die sich vor mir, wie vor allen Spaniern, verschließen, mir mit Argwohn begegnen, meistens Tagalog sprechen und damit zu verstehen geben, ein näherer Umgang sei unerwünscht. Diese Haltung ist deshalb zu beklagen, weil ich meinerseits gerne mit den Einheimischen spräche, auch über ihre Abhängigkeit von den Kolonialherren. Gerne würde ich ihnen sagen, wie beklagenswert ich die Ausbeutung durch die Unterdrücker finde, und wie sehr ich ihre Unzufriedenheit mit den herrschenden Verhältnissen teile.

Gleichviel, ich wollte heute nicht vom Hospital erzählen, sondern vom ersten Sommer der Trennung, den Deine Mutter bei ihren Eltern auf dem Landsitz der Cuadrados an der Costa de la Muerte verbrachte. Ihre Abreise hat mich enttäuscht zurückgelassen, denn wäre Margaretha in der Stadt geblieben, hätten wir gewiss mit Hilfe der Amme Wege gefunden, das Verbot des Hausherrn zu umgehen. In der Verstörung meines Herzens, mit der ich auf die Nachricht ihrer Abreise reagierte, verfiel ich zunächst auf die Idee, meinen Vorgesetzten den Vater erneut als schwer erkrankt darzustellen, doch dann vermochte ich keine Lösung zu ersinnen, wie ich mich ins Elternhaus der Geliebten hätte einführen sollen. Heute schließe ich aus den Aufzeichnungen Deiner Mutter, dass ich in dieser Hinsicht auf ihre Phantasie hätte zählen können. Doch welch zaghaftes Mönchlein war ich schon wieder geworden! So kurze Zeit nach den Liebesschwüren und kein Gedanke an ihre viel größere Not und keine Anstrengung, wenigstens Pläne für einen Besuch zu schmieden. Meine Sehnsucht und mein Verlangen blieben stets im Vagen. Nicht den kleinsten Schritt habe ich unternommen auf dem Boden der Wirklichkeit, ihrer Hindernisse und Tücken, die ich hätte überlisten müssen, wenn ich Margaretha wirklich wiedersehen wollte.

Der Sommer war einsam und so voll des selbstverlorenen Liebesleides, dass ich heute nicht mehr sagen kann, wie er vorüberging. Deshalb drängt es mich, Dir aus dem Tagebuch Deiner Mutter ein paar Eindrücke davon zu vermitteln, wie sie die Monate bis zur Niederkunft erlebt hat. Am 10. Juni des Jahres 1816 findet sich die folgende Eintragung: »Zwar bin ich abgereist, entgegen meines Verlangens, in der Stadt zu bleiben, in der auch der Geliebte atmet. Doch es war mir unmöglich, das Kind der Liebe im Hause des Gatten zu erwarten. Seit meiner Ankunft genieße ich hier die freundliche Zuneigung der Eltern und die aufmerksame Betreuung durch die vertraute Dienerschaft. Wie angenehm ist es doch, wenn man nur in ein anderes Zimmer zu gehen braucht, um jemanden zu treffen, der bereit ist, ein verständnisvolles Gespräch zu führen, oder wenn man bereits am Morgen mit einem frischen Gruß empfangen wird und bei Tisch Menschen gegenübersitzt, die einem gewogen sind und ein heiteres Gemüt besitzen.

Auch wenn ich den Eltern meine Lage nicht entdecken kann, so vermag ich gleichwohl ihre mitleidsvolle Fürsorge zu erlangen, indem ich die Ursache meiner vielfältigen Schwermut den Leibesumständen zuschreibe, in denen ich mich befinde. In meiner Dankbarkeit für ihre Fürsorge, die mich ob meines Geheimnisses beschämt, kann ich mir nicht ausmalen, wie es jemals sein konnte, dass sie an der Anbahnung der Ehe ihrer Tochter mit Don Joseph beteiligt waren, da diese doch allein auf Opportunität, Tradition und Elternwillen gegründet wurde. Mehr noch, dass mein guter, weltoffener Vater das Werben des künftigen Gatten wohlwollend angenommen hat, ehe ich mit selbigem mehr als ein paar beiläufige Worte gewechselt hatte. Die Tochter, auf deren Erziehung sie so viel Sorgfalt verwendet hatten, wurde ohne Zögern weggegeben, in die Hände eines standesgemäßen Bewerbers, dessen Wesensart unbekannt war, statt eben diese aufs Gründlichste zu prüfen.

Da ich gelegentlich die Vorstellung habe, die fehlende Möglichkeit, Jeronimo zu schreiben, durch die Zwiesprache mit meinem

Tagebuch ersetzen zu können, und ich mich mit dem Gedanken trage, ihm diese Aufzeichnungen eines fernen Tages zu übergeben, werde ich in Anbetracht dieser Absicht schildern, wie wir uns das erste Mal begegnet sind und wie die Ehe zustande kam. Erstmalig sahen wir uns bei einer dieser vornehmen Abendgesellschaften, wie sie während der Wintermonate in der Stadt, im Sommer und Herbst auf den Landsitzen der Adelsfamilien Galiziens abgehalten werden. Bei der fraglichen *tertulia* handelt es sich um eines der bekanntesten Feste der Saison, das einmal im Jahr im Palacio de Oca stattfindet, wo sich im frühen Herbst all jene einfinden, die Rang und einen guten Namen haben, besonders Familien mit Töchtern im heiratsfähigen Alter und dementsprechend auch die Señores aus angesehenen Kreisen, die auf Brautschau sind.

An jenem Abend kam Don Joseph für eine Weile aus der Bibliothek, wo die Männer politisierten, spielten und tranken, in den Salon herüber, wo sich die Señoras und Señoritas aufhielten und die neuesten Verbindungen, Geburten, Krankheiten, Todesfälle und Skandale besprachen und wo die jungen Mädchen warteten, bis sie von einem der Herrn angesprochen oder zum Tanz geführt wurden. Es gilt zwar gemeinhin als ein Hinweis besonderen Interesses, wenn einer der Señores die Spieltische und Männergespräche verlässt, um im Salon eine Dame zu begrüßen, aber dass damals mein künftiger Gatte vor mir stand, mit dem mein Vater wenig später ohne mein Wissen einen Ehekontrakt aufsetzen würde, wäre mir bei jenem kurzen Austausch von Komplimenten und Artigkeiten, trotz einiger Sympathie für den gut aussehenden, gewinnend auftretenden Granden, nicht in den Sinn gekommen, zumal dieser an jenem Abend meine Schwester Luisa mit derselben Höflichkeit begrüßte und in die Konversation mit einbezog.

Später hat mich Don Joseph allerdings als Einzige aufgefordert, mit ihm eine Darbietung im Festsaal zu genießen, während der wir angeregt miteinander plauderten. Nach dieser flüchtigen Begegnung hat mein Vater dem Heiratsantrag zugestimmt, womit er im Grunde nichts anderes tat, als was allgemein üblich ist in unseren Kreisen und was als angemessen und schicklich gilt. Daher will ich ihm mein Schicksal an der Seite des herrschsüchtigen Mannes nicht allein anlasten, obgleich er in dieser Angelegenheit nicht gemäß seiner sonstigen Bedachtsamkeit bezüglich des möglichen Ausgangs einer Sache gehandelt hat. In der Tat kann ich ihm umso weniger einen Vorwurf machen, als viele auf diese Art zustande gekommenen Ehen aufs Trefflichste gelingen und sich trotz elterlicher Bevormundung gelegentlich auch tiefere Gefühle einstellen, oder man sich mit der Zeit dann eben dreinschickt. Überdies lässt sich nicht ergründen, wie die Herzensdinge sich entwickelt hätten, wenn in angemessener Frist ein Erbe geboren worden wäre. Freilich erscheint mir jetzt, da ich der Liebe begegnet bin und mein für starke Gefühle geschaffenes Herz besser kenne, das Unglück meiner Ehe ebenso groß wie der Schmerz der Trennung von Jeronimo.«

Vielleicht tut es Dir gut, Deine Mutter auf ihren Spaziergängen an der Küste zu begleiten und ihre Empfindungen während der Schwangerschaft zu erfahren; und da Du früh von ihr getrennt wurdest, könnten Dich auch ihre Kindheitserinnerungen interessieren, die sie Dir nicht selbst erzählen konnte. Am 15. Juli finde ich die folgende Eintragung: »Was meinen durch mangelnde Gefühle und fehlende Wärme früh stumpf gewordenen Sinnen verborgen geblieben war, entlockt nunmehr den Saiten meiner sehnsuchtsvollen Seele neue, ungekannte Töne. Vor allem sind es die Stimmungen in der Natur, die mich zunehmend bewegen. In langen Spaziergängen entlang der zerklüfteten Küste, an deren Felsen die Wogen hochschlagen, steigt auch in mir ein Schmerz empor, den ich als unendlich empfinde wie die Weite des Ozeans, in dessen dunkler Tiefe meine Tränen und Seufzer versinken. Hie und da lasse ich mich in einiger Entfernung von meiner Begleiterin am Ufer nieder, um mich, gleich einer verkümmerten Pflanze, von der Sonne wärmen und den Blick ins Weite schweifen zu lassen, dorthin, wo Meer und Himmel ineinanderfließen und das Land der unendlichen Vereinigung zu beginnen scheint.

Seit ein paar Tagen gesellt sich auf diesen Spaziergängen eine streunende Katze zu mir, die ich als willkommene Gesellschaft empfinde und gerne gewähren lasse, wenn sie meine Kleider streift, laut miaut oder sich schnurrend ausstreckt, um ihren fröstelnden Leib zu wärmen, ebenso wie ich. Das Tier hat etwas Stolzes, und bisweilen schauen wir gemeinsam aufs Meer, und wenn sie gelegentlich die Haltung einer Sphinx einnimmt, frage ich mich im Stillen, welche ungeahnten Geheimnisse sie in sich trägt.

Luisa hat ihren Besuch angekündigt. Sie will meine Anwesenheit nutzen, die Familie wiederzusehen, und wird auch ihren Verlobten mitbringen. Und gestern ließ uns auch Felipe in einem Billet wissen, er wolle, soweit seine Anwaltsgeschäfte es erlauben, ebenfalls versuchen, dabei zu sein, wenn alle beisammen sind. Und er fügte hinzu, wie sehr er sich freue, mich wiederzusehen, ohne gleichzeitig seinem Schwager begegnen zu müssen.«

Zwei Tage später erinnert sich Deine Mutter: »In den Stunden des Alleinseins am Meer kommen mir gelegentlich unsere Kindertage in den Sinn, das unbeschwerte Heranwachsen mit Spielen, Necken, gemeinsamen Kirchgängen, fröhlichen Landpartien und der allmählichen Heranbildung der Verschiedenheit der Geschwister, die uns damals noch nicht bewusst war, den Eltern hingegen nicht verborgen blieb. Felipe war schon immer ein unbändiger und eigenwilliger Knabe, dessen wilde Spiele die anderen Kinder oftmals ängstigten und den Eltern gelegentlich Kummer bereiteten. Auch später ist er stets eigene Wege gegangen, so auch im Unabhängigkeitskrieg. Während die meisten gegen Napoleon den Besatzer kämpften, gehörte Felipe zu denen, die für die Ideale der Revolution und die Abschaffung des *Ancien Régime* Karls IV. in die Schlacht zogen. Ich erinnere mich an Diskussionen mit dem Vater, der, bei aller Kritik am Absolutismus, es doch verwerflich fand, wenn sein Sohn gelegentlich Napoleon als Befreier bezeichnete.

Auch zwischen meiner Schwester und mir zeigten sich früh gewisse Unterschiede in Gebaren und Wesen. Luisa war ein ruhiges, meist auch zufriedenes Mädchen. Sie nahm die Verhältnisse und Begebenheiten so hin, wie sie eben waren, ohne sich zu wehren oder aufzulehnen, während ich seit Kindertagen eine gewisse Unruhe und Unzufriedenheit mit der Welt in mir spürte. Schon damals beneidete ich zuweilen meine Schwester, weil sie so viel unbeschwerter zu sein schien. Soweit ich zurückdenken kann, war ich gelegentlich von Sehnsüchten und Träumen geplagt, die meine Lebensfreude minderten.

An den langen Nachmittagen am Meer frage ich mich bisweilen, ob die Qualen meiner empfindsamen Seele nicht von einem Widerspruch herrühren, den ich in mir trage: dem Bedürfnis nach Familie und Geborgenheit und dem gleichzeitigen Traum von Freiheit und Unabhängigkeit, über den ich nicht sprechen kann, weil ich als Frau geboren bin. Dieser Zerrissenheit konnte Luisa stets ein gewisses Gleichmaß und größere Gelassenheit entgegensetzen, ebenso wie sie von jeher eine Langmut zeigte, die den Mitmenschen zugutekommt. Jetzt, wo mein Schicksal der inneren auch noch die äußere Zerrissenheit hinzufügte, erschrecke ich vor dem Abgrund, in den ich nicht zu schauen wage. Gleichviel, in diesen Monaten, in denen ich das Kind Jeronimos in mir trage, möchte ich trotz aller Herzensqualen nicht mit ihr tauschen, da nunmehr auch der Schmerz noch Zeugnis dafür ablegt, dass der Himmel herniederstieg, als wir vereint waren.«

Ein paar Seiten später findet sich am 23. Juni eine Eintragung, die ich Dir gleichfalls nicht vorenthalten möchte, da sie Dir helfen könnte, Deine Mutter milder zu beurteilen: »Das Kind unter meinem Herzen gibt mir die Kraft, überleben zu wollen, obgleich meine Augen in Tränen schwimmen, sobald ich allein bin, und ich damit das Papier benetze, sobald ich beginne, mein aufgewühltes Herz auf diesen Seiten sprechen zu lassen. Oftmals überlege ich, wohin ich jetzt noch gehöre und wie meine Zukunft aussehen wird. Vor mir liegt einzig der düstere Weg der äußeren Erhaltung einer durch den Gatten zerstörten Standesehe. Ach, könnte ich doch im Hause meiner Eltern bleiben, die mich lieben, weil sie mein Verhängnis nicht ahnen. Doch im Grunde habe ich auch das Elternhaus verloren, unwiederbringlich.

Als wir vor zwei Tagen mit dem ganzen Dorf die *Noche de San Juan* feierten, wurde mir deutlich vor Augen geführt, dass meine Jugend vorüber ist und mit ihr die Unschuld und die Träume von einer glücklichen Zukunft. Während das Johannisfeuer die lachenden Gesichter der Burschen und Mädchen aus der Umgebung erhellte, die im Reigen die halbe Nacht um die Flammen tanzten, sah ich mich selbst mit Luisa ums Feuer tanzen, so wie es noch vor ein paar Jahren zu sein pflegte und nie mehr sein wird. Der Tradition folgend, gehörte ich heuer zu den verheirateten Frauen, die am Vortag das Holz besorgten und aufstapelten, weil sie hoffen dürfen, noch in diesem Jahr Mutter zu werden.«

Die folgende Eintragung beschämt mich zutiefst, da sie Dir den Mut und die Aufrichtigkeit Deiner Mutter vor Augen führt, ebenso wie ihre frühe Einsicht in mein Wesen und meine zu erwartende Haltung: »Ach, könnte ich fliehen mit ihm, weit weg ins freiere Ausland. Dort soll es, wie man hören und lesen kann, seit der großen Revolution möglich sein, die Konventionen der Gesellschaft zu vernachlässigen, sein Schicksal selbst zu bestimmen und gelegentlich in unehelichen Verhältnissen zu leben, zumindest in den großen Städten, ohne als Übertreter alter Grundsätze ausgestoßen und verachtet zu werden. Doch würde Jeronimo je den Mut für ein solches Abenteuer aufbringen? Liegt er nicht schon wieder in den Ketten seiner Gelübde, und zieht er diese nicht der äußeren Schande vor? Auch mag ihm die Sicherheit des verlogenen Scheins lieber sein als die Härte eines ungewissen, aber ehrlichen Lebens. Wären seine Gefühle stark genug, den eingeschlagenen Weg zu verlassen? Einmal floh er bereits aus meiner Nähe, trotz des Zaubers unserer Leidenschaft – oder eben deswegen?
In den Gesprächen nach seiner Rückkehr gestand er mir, es sei ihm in den Jahren der Kandidatur und des Noviziats eingeschärft worden, die Stimme des Herzens mit den Kräften des Verstandes zum Schweigen zu bringen und die Liebe auf den Herrn und Seine hochheilige Mutter zu lenken. Immer wieder hob er hervor, er habe in feierlichem Gelübde Armut, Keuschheit und Gehorsam versprochen. Zu dieser Entscheidung habe ihn niemand gedrängt, er habe sie selbst getroffen und vor Gott und den Menschen besiegelt. Und er hat nicht widersprochen, als ich die Vermutung äußerte, dass er

inzwischen wohl wieder die höchste Erfüllung der Liebe gleichermaßen für den tiefsten Sündenfall hielt.

In den Gefilden der Gottesgelehrsamkeit bin ich unkundig, ebenso in der Auslegung der Heiligen Schrift, gleichwohl bin ich bisher bei meiner Lektüre des Neuen Testaments keiner Stelle begegnet, wo unser Herr die Liebe als Sünde verdammt hätte. Jeronimo kann den Kerker seiner spärlichen Überlegungen über sein Gelübde nicht verlassen; er bewegt sich im Innenhof seines von Kindheit an mit kirchlichen Lehren umbauten Gewissens und hat keinen Zugang zu einer Prüfung dieser Prägung. Er fühlt nur das Gewicht seines Versprechens, statt darüber nachzudenken, weshalb es zustande kam und warum es derart beängstigende Folgen für ihn hat. Es liegt auf der Hand, wie sehr er künftig gegen sich selbst antreten wird, und damit gegen mich. Er wird seine Gefühle herabsetzen und sein Verlangen betäuben, indem er beides in seinem Innern in verwerfliche Fleischeslust verkehren wird, wie es die Ordensregel gebietet. Selbst wenn der Himmel mir Flügel verliehe, wohin könnte ich fliegen, und wohin flöge er mit mir?«

Geliebter Sohn, in matter Niedergeschlagenheit muss ich bekennen, dass Deiner Mutter schon damals ein tiefer Blick in mein Innerstes gegeben war und sie recht behalten sollte mit ihren Vermutungen. Doch da fällt mir beim Blättern in den Aufzeichnungen aus jenen Tagen eben noch eine bewegende Eintragung aus den ersten Julitagen ins Auge: »Sein Kind wächst heran in mir und mit ihm mein Kinderglauben, er werde kommen und mich unter irgendeinem Vorwande besuchen. In den Stunden des Alleinseins am Meer kann es vorkommen, dass ich mich plötzlich umschaue, weil ich denke, er müsste dastehen oder gewiss gleich auftauchen. Es mag die Unmöglichkeit sein, dass diese Hoffnung wahr werden könnte, die meine Tagträume umso stärker macht, und in schwachen Momenten rede ich mir ein, ihn dadurch auf geheimnisvolle Weise anziehen zu können. Zuweilen habe ich das Gefühl, dass es nicht sein kann, verdammt zu sein, in der gleichen Stadt zu leben und ihn nicht mehr sehen zu können und er sich selbst dazu verdammt, halbherzig in seinem Kloster zu sitzen, nach all den

Schwüren, mich zu lieben für immer. Und es gibt Zeiten, in denen ich nicht glauben kann, dass mir der Himmel nur eine kurze Zeit des Glücks beschieden hat und meine Zukunft einzig aus den Qualen der Trennung und den Stürmen des Aufruhrs gegen meine Gefangenschaft im Hause Gayoso bestehen soll.

Bei solchen Betrachtungen beschleicht mich aber gleichzeitig eine Angst, und alsbald glaube ich, eine Stimme zu hören, die mir aus der Tiefe meines Innersten zuraunt, dies sei der Preis dafür, das verbotene Paradies betreten zu haben. In solchen Augenblicken fürchte ich zuweilen, den Verstand zu verlieren, und fliehe vor allen inneren Stimmen, trügerischen Hoffnungen und widerstreitenden Gedanken – hinaus an die Küste. Das tosende Meer ist meine einzige Zuflucht, die Brandung mit ihrer Wut aus der Tiefe meine einzige Freundin. Doch, was ich auch unternehme, eines zehrt mich aus und entkräftet mich, auch wenn ich es zu unterdrücken versuche: Es ist dieses immerwährende Warten auf den Geliebten, das sich auf die schwache Zuversicht gründet, es müsse auch seine Kräfte übersteigen, die Trennung zu ertragen. Jeden Augenblick denke ich: Wann steht er vor mir? Wann schließt er mich in die Arme, in dieser unbeschreiblichen Weise, die ihm eigen ist? Wann beugt er sich nieder, mich zu küssen und alle Zweifel zu ersticken? Wann kommt er, um zu sehen, auch er wird ein Kind haben? So sehr ich versuche, mich zu besänftigen, es steht nicht in meiner Macht, den quälenden Zustand zu beenden, denn das hieße ja, es wäre mir anheimgestellt, ihn zu lieben oder nicht. Wer bringt eine Quelle zum Versiegen? Wer rettet mich aus der Verstörung, die diese Liebe in mir anrichtet? Wer zeigt mir einen Weg aus den Verstrickungen, in die ich geraten bin aus Gehorsam und Ausweglosigkeit? Wo ist die Schuld, für die ich büße?«

Als ich den Brief begonnen habe, hatte ich vor, Dir von unser beider Elend nach der gewaltsamen Trennung zu berichten, von unserer jäh zerstörten Jugend und deren Überschwang. Inzwischen bin ich angesichts der Heftigkeit der Empfindungen und des Unglücks Deiner Mutter zuinnerst bewegt und wage nicht mehr, über mich zu sprechen, zumal es ja zutreffen sollte, was sie schon früh geahnt hat, dass ich nicht die Kraft aufbringen würde, die Fessel meiner Gelübde zu sprengen, während sie bereit war, nicht nur ihren privilegierten Stand, sondern auch Familie und Heimat aufzugeben.

Doch ich will Dich nicht entlassen, ohne Dir auch die Zeugnisse des tapferen Kampfes wiederzugeben, den Deine Mutter damals gegen ihre Verzweiflung geführt hat. Das Tagebuch berichtet an vielen Stellen von unbeschwerten Abendgesellschaften im Hause Cuadrado, von tröstlichen Gesprächen mit Luisa, beschaulichen Stunden in der Bibliothek ihres Vaters und ausgedehnten Spaziergängen mit ihrem Bruder. Gelegentlich schildert sie auch die stillen Stunden mit einem Buch, in denen sie ihren Gram für kurze Zeit vergessen konnte. Doch auch dabei hörte sie gewöhnlich nicht auf, meiner zu gedenken. Hör zu, was sie über ihre Lektüre niedergeschrieben hat: »Heute habe ich ein Buch beendet, das auch Jeronimo gefallen könnte, die berühmten *Soliloquios* von Lope de Vega, den dieser als Herausgeber aus dem Lateinischen übersetzt zu haben vorgab, weil er selbst ein geweihter Priester war und nicht öffentlich als Sünder dastehen wollte. Doch in diesen erstaunlichen Liebesmonologen einer Seele mit Gott handelt es sich um durchaus erbauliche Klagen über die mit weltlichem Treiben verlorene Zeit, über die menschliche Sündhaftigkeit und die Sehnsucht nach Erlösung. Gerne würde ich das Buch Jeronimo übersenden, auf dessen Titelblatt zu lesen steht: ›Ein Werk, überaus wichtig für jeden Sünder, der von seinen Las-tern loskommen und ein neues Leben beginnen will.‹ Allerdings bezweifle ich, ob der Geliebte den ironischen Unterton bemerken würde, der sich mit dieser Zueignung verbindet. Was mir besonders gefiel, ist die kindliche und auch vorwitzige Art, mit der Lope de Vega es wagt, mit dem Herrn zu plaudern, eher ungeniert, mit lustigen Einfällen und ohne das übliche fromme Getöse. Ganz natürlich spricht er mit Gott, und so habe ich diese Herzensergießungen an mehreren Abenden in meiner behaglichen Kemenate gelesen, um mich danach, angesteckt von so viel Gottvertrauen, dem Schlaf und meinem Schicksal zu überlassen.«

Deine Mutter hat viel in der Bibliothek Deines Großvaters gestöbert. Es könnte ja sein, dass Du die erwähnten Bücher selbst zur Hand nehmen möchtest. Deshalb will ich Dir auch die folgenden Tagebuchseiten nicht vorenthalten: »Unter den Kostbarkeiten der Bibliothek habe ich in einer Ausgabe mit kunstvollen Stichen die *Sueños* von Quevedo entdeckt, die ich ob der Kurzweil, die sie bieten, nicht mehr weglegen konnte. Es werden Traumgesichte geschildert, und man darf vermuten, auch dieser Dichter habe sich verstecken wollen, wenn er im Schlaf am Aufmarsch der vom Posaunenschall geweckten Toten teilnimmt, bei dem allerhand ausgesuchte Leute auftreten: Ärzte, Apotheker, Richter, Fechtmeister, Geizkragen, Barbiere, Sakristane, ja sogar Judas, Luther und Mohammed nehmen an der Prozession teil, um vor dem Gericht Jupiters Rechenschaft über ihr sündhaftes Leben und Treiben abzulegen. Irgendwelche Unterteufel erheben Anklage gegen die Vertreter aller Stände, und ich bin sogleich zu den Eltern gelaufen und habe ihnen aus den *Träumen* vorgelesen, die Laster und Betrug in allen Berufen aufdecken. Sie haben sich daran ebenso ergötzt, und seither lese ich ihnen nach der Siesta aus den Jenseitsreisen und Höllenvisionen Quevedos vor. Neulich habe ich den Vater gefragt, wer sich in Spanien denn noch verstecken müsse außer den Dichtern, und ob es nicht mitunter auch die Liebenden seien. ›Unter gewissen Umständen war das immer so und wird immer so bleiben‹, war seine ahnungslose Antwort.«

Zwei Wochen später spricht Deine Mutter über die politischen Verhältnisse zur Zeit der Cortes. »Als ich heute ein paar Bücher zurückstellen wollte, bemerkte ich auf einem Tisch neben dem Lesepult des Vaters einen Stapel alter Zeitungen, zugedeckt mit Büchern und Akten. Bei näherem Hinsehen zeigte sich, es war eine Sammlung des längst verbotenen und eingestellten *Ciudano* mit dem Motto: »Sentire, quae velis, et quae sentias, dicere licet.« Alle Ausgaben waren säuberlich geordnet, vom ersten Tag des Erscheinens am 12. September 1812 bis zur letzten Ausgabe am 15. Mai 1814. Sogleich begann ich, die Zeitung nach spannenden

Ereignissen aus der kurzen Zeit der Cortes zu durchsuchen. Überall wehen einem die Begeisterung für die neue Verfassung und der Stolz auf die errungenen Bürgerrechte entgegen. Sollte dies alles für immer verschwunden sein? Müssen wir uns für immer mit der *Gaceta Official* begnügen, die nicht mehr ist als ein zensiertes Amtsblatt?

In einer Ausgabe von 1813 entdeckte ich die Nachricht, die Bischöfe Galiziens hätten unter Federführung des Erzbischofs von Sanct Jago eine Eingabe an den König gemacht, in der sie seine Majestät beschwören und dringend ersuchen, die Heilige Inquisition, bei der Santíssima Señora, Schutzpatronin Spaniens, und aller Heiligen, auf keinen Fall abzuschaffen, um der Ehre Gottes, der Kirche und des Vaterlandes willen, dessen Untergang sie ausführlich beschwören, weil sie diesen ohne das Schreckensgericht bereits heraufdämmern sahen. Hier wurde mir erneut die Grausamkeit der Kirche vor Augen geführt, die Menschen mit Folter und Qualen verfolgt, statt sich ihrer zu erbarmen, wie unser Herr es tat.

Hier und da stieß ich im *Ciudano* auch auf Ereignisse, von denen ich bereits Kenntnis hatte, die mir aber von meinem Gatten völlig anders übermittelt worden waren. Gelegentlich waren es haarsträubende Verzerrungen, die Joseph mir als Tatsachen geschildert hatte. Einmal mehr wurde mir klar, ich lebe in einer Bastion der engen Gedanken, der Unfreiheit und Willkür, gegründet auf die *limpieza de sangre*. Und einmal mehr bin ich stolz auf mein Elternhaus, in dem man auf Vernunft setzt und auf die Herrschaft der Gesetze. Leider wird mir auch abermals bewusst, wie sehr der Mönch zwischen beidem hin und her schwankt, unentschlossen, zögerlich und vermutlich auch feige.«

Soweit die Notate Deiner tapferen Mutter aus dem Sommer ihrer einsamen Schwangerschaft. Viele Abende und halbe Nächte habe ich über diesem Brief gesessen, und es hat mich erwärmt, die Eintragungen aus dem Tagebuch abzuschreiben, mich unterdessen in ihre Gedanken und Gefühle zu versenken – und in ihre zierliche Handschrift.

Es grüßt und segnet Dich vom anderen Ende der Welt

                                                         Dein Vater

Manila, tief in der Nacht des 16. Juni anno 1846

Post Scriptum: Angeregt durch das Tagebuch Deiner Mutter, stelle ich einer streunenden Katze seit zwei Tagen eine Schale Reis vor die Tür, die ich eigens aus dem Hospital herbringe.

# Die Taufe

## Aus dem Hinterhalt

Im zweiten Semester der letzte Besuch des geistlichen Sunnyboys. Rauchend in einen Sessel gefläzt demonstriert er lässige Gleichgültigkeit und gibt sie mit gönnerhaftem Gehabe der Lächerlichkeit vor sich selbst preis, indem er sie als naive Klosterschülerin behandelt. Durch diese Kränkung fällt unverhofft die Fessel der alten Gefühle von ihr ab. Sie denkt, es sei überstanden. Für immer. Bald darauf verliebt sie sich in E und als er ihre Schwester traut und die Neffen tauft, beachten sie sich nicht mehr, verlieren sich aus den Augen, für immer, wie sie glaubt.

Im Trubel der Achtundsechziger, als alle aufbegehren, lenkt sie ihr Leben in bürgerliche Bahnen. Nach einem Studienjahr an der Sorbonne führt der Weg in die Ehe. Erst später wird ihr klar: Paris wäre am ehesten der Ort der Erfüllung dessen gewesen, was der Birnbaum im Elterngefängnis versprochen hatte. Doch das Ende des Trimesters war auch das Ende des Traums von einem selbstbestimmten Leben. Die Tränen beim Kofferpacken kamen aus der Ohnmacht gegenüber dem Zwang, Weichen zu stellen, ohne zu wissen, wohin; ein Konzept vorzugeben, ohne eines zu haben, und ein Haus zu bauen ohne Fundament.

Sie heiratet reinen Gewissens, mit ehrlichen Gefühlen und in der Hoffnung auf eine glückliche Familie. Beide wollen sie heraus aus der Enge und Düsternis ihrer Jugend und glauben, der gemeinsame Weg führe in eine sonnige Zukunft und eine freiere, in der man würde durchatmen können und unbeschwert leben. Einen Hinweis auf kommendes Unheil gibt es nicht. Sie findet ihn gescheit, schön und begehrenswert. Seine unbeschwerte Schwerfälligkeit hat etwas Zuverlässiges. Er lässt sie sein, wie sie ist. Zunächst. Später wird sie dann höchstrichterlich verurteilt. Täglich. Vor den Kindern. Und ihre lautstarke Gegenwehr vollendet die Katastrophe. Vermutlich hatte er ihre anfängliche Begeisterung mit Unterwerfung verwechselt.

In der Zeit vor der Ehe erscheint E ihr als Fluchtburg, in der sie Gefahren und Irrwege hinter sich lassen konnte. Später sollte sich die Burg allerdings als uneinnehmbare Festung erweisen, als Felsen zwar, aber nicht in der Brandung, sondern als Felsenkanzel, von der aus rechthaberische Überlegenheit demonstriert und verteidigt wird, bei gleichzeitiger Unterdrückung jeder Gefühlsregung.

Es reicht nicht, dass beide den *Muff von tausend Jahren* und die Spießigkeit ihrer Herkunft hinter sich lassen wollen und die Uni, obgleich reformbedürftig, als Dreh- und Angelpunkt des Lebens empfinden, als Alma Mater, wo alles Wesentliche passiert. Man diskutiert zwar nächtelang mit Freunden über die Panzer in Prag und einen Sozialismus mit menschlichem Gesicht, redet sich die Köpfe heiß über Gewalt gegen Personen und Sachen und demonstriert mit beim Tod von Benno Ohnesorg. Und gemeinsam schert man aus dem Zeitgeist aus, als Parolen gegrölt, Fäuste geballt und Sprengsätze gelegt werden.

Doch außer der Einigung auf den »langen Marsch durch die Institutionen« können sie einen gemeinsamen Weg nicht finden, im Alltag nicht und nicht in langen Urlaubswochen an der Nordsee, am Mittelmeer und am Atlantik, auf Kreta und Noiremoutier, in der Toskana und auf Salamis. Sie können nicht einig werden am Tag und in der Nacht nicht eins, so sehr sich beide danach sehnen. Jegliche Lebensfreude verschwindet, und bald hat jeder in seinem Seelenbunker das Gefühl, der andere habe seinen Traum verraten, und dieser stumme Vorwurf wuchert wie giftiges Unkraut, das keiner beachtet, so lange man es noch hätte bekämpfen können. Lichtjahre entfernt vom erhofften Leben, haust jeder in einsamer Trostlosigkeit.

Dann wird das erste Kind geboren, und alles wird überschwemmt von diesem Glück. Antwort des Priesters auf die Geburtsanzeige: Er steht vor der Tür. Wie aus dem Boden gewachsen, unerwartet, ungebeten und inzwischen vor allem eines: unerwünscht! Es ist ein Schuss aus dem Hinterhalt. Und er hat getroffen. Es nützt nichts, sich an ihrem Kind festzuhalten, er zeigt die alten Gefühle und weckt die totgeglaubten bei ihr wieder auf. Warum steht er einfach da? Warum hat er nicht angefragt? Warum lässt er sie nicht in Ruhe? Warum das alles, wo er doch weiß, dass er sofort wieder tieftauchen wird? Und: Warum wirft sie ihn nicht raus?

Inzwischen war er in Brüssel gelandet, eine seiner Fluchten vor monotoner Gemeindearbeit. In den Ferien kurze Hereinschneibesuche bei der rasch wachsenden Familie, als wolle er sich nebenbei ihrer Wehrlosigkeit vergewissern, sich darin sonnen, um danach wieder im Erdboden zu verschwinden. Jedes Mal verlässt er den Platz als Sieger und Weltmann, während sie in ihrer immer drückender werdenden Ehe kleben bleibt. Schließlich seine Einladung nach Brüssel. Sie verbringen ein paar Tage im Taumel, der allerdings jäh endet, als er sie bittet abzureisen. Vier Wochen später sein Besuch in Tübingen. Ein Fremder sitzt vor ihr, braungebrannt, in leuchtend blauem Hemd und strahlender Gelassenheit, während sie leidet wie ein Hund. Es kommt ihr vor, als hätte er Angst, sie könne zusammenklappen und womöglich alles verraten, denn er schämt sich nicht, ein paar platte Durchhalteparolen von sich zu gegeben, um dann wieder in seiner Erdspalte zu verschwinden. Schweigen für Jahre, für immer, wie sie entschieden hat. Sie gibt keinen Laut mehr von sich, auch nicht, als er wieder anfängt, Briefe zu schreiben und um ein Wiedersehen zu bitten. Sie hat endgültig genug vom Hin und Her zwischen Auftauchen und Tieftauchen. Und sie will ihren Weg fortsetzen, fest entschlossen, ihre Ehe zu retten, trotz allem.

Wer weiß, vielleicht ahnte E etwas. Vielleicht hatte er den Fall Gayoso kopiert, weil er etwas von der Verstrickung seiner Frau spürte, als er Margarethas Schicksal las. Hinweise gab es genug. Und wer kann sagen, da er es selbst nicht weiß, ob ihm der Majoratsherr nicht irgendwie bekannt vorkam in seiner Selbstherrlichkeit und Verpanzerung. Vielleicht gibt es Erkenntnisse, die nicht ins Bewusstsein dringen, weil man ihre Sprengkraft spürt und sie deshalb unterdrückt.

Querido hijo!
Ende Oktober hatte mir die Amme im Auftrag ihrer Herrin die Nachricht übermittelt, diese sei mit einem gesunden Sohn in die Stadt zurückgekehrt und das Kind werde am Allerheiligenfest in standesgemäßer Zeremonie in Las Animas das Sakrament der Taufe empfangen. Sie wusste auch zu berichten, die Herrschaften pflegten einen freundlicheren Umgang, als dies im Frühjahr zu beobachten war. Mehr hatte sie nicht mitzuteilen, und sie hatte auch keinen Brief mitgebracht. Die Señora habe wegen der Zurüstungen für das bevorstehende Fest noch keine Zeit gefunden, in Ruhe zu schreiben, gedenke jedoch, sobald selbiges vorüber sei, mir einen Brief zukommen zu lassen.

Da mir, wie Du weißt, eine Enthaltung von Besuchen im Hause Gayoso auferlegt und Margaretha gewiss auch jegliche Art des Umgangs mit mir untersagt worden war, Du aber dennoch erfahren sollst, was nach der Rückkehr Deiner Mutter geschehen ist, scheint es mir angezeigt, Dir zunächst die Eintragungen in ihr Tagebuch weiterhin zur Kenntnis zu bringen, da sie einen unmittelbaren Eindruck vom Fortgang der Ereignisse in der Algalia vermitteln. Am 21. Oktober schreibt Margaretha: »Der Kummer über die Abwesenheit des Geliebten ist geringer geworden, seit ich wieder in der Stadt bin, in der er lebt. Doch bin ich des tröstlichen Gefühls auch äußerst bedürftig, da ich nicht nur die freundliche Ruhe des Elternhauses habe verlassen müssen, sondern auch die liebevolle Fürsorge für mich und das Kind durch teilnahmslose Versorgung abgelöst wurde. Die Dienstboten in der Algalia lassen jegliches Mitgefühl vermissen und legen eine Art mechanische Geschäftigkeit an den Tag, was das Gefühl der Einsamkeit schmerzlich vertieft. Joseph begegnet mir mit distanzierter Höflichkeit, doch ohne Anteilnahme.

Gleich beim ersten Abendessen hat er mir berichtet, seine Mutter habe ihm aus dem Dorf, wo sie auf einem Landsitz ihren Lebensabend verbringe, ein Bauernmädchen als Dienstmagd überstellt, das sich erhoffe, in der Stadt eine gute Partie zu machen, und dies sowohl durch dienstfertiges Benehmen als auch aufgrund körperlicher Vorzüge erwarten dürfe. Als ich anderntags die dralle Blondine unter den Mägden entdeckte, war mir klar, dass sich die Landpomeranze eine gute Partie vor allem durch sehr private Gefälligkeiten dem Hausherrn gegenüber würde verdienen müssen. Nicht die geringste Eifersucht stieg in mir auf, soll er doch dem Bauerntrampel nachstellen und sich nehmen, was sie ihm gewährt. Ich kann ihm keine Vorwürfe machen, hätte aber erwartet, dass er seine Schäferstündchen diskreter und nicht unter einem Dach mit der Ehefrau und dem klatschsüchtigen Personal verbrächte. Gleichwohl bin ich erleichtert, dass er keine Anstalten macht, mich ins eheliche Schlafgemach zurückzuholen, sondern die Hindernisse akzeptiert, die er selbst auf dem Weg dorthin errichtet hat. So bin ich allein im eigenen Haus, allein mit dem Kind der Liebe. Wohl versucht die Amme, mir beizustehen, aber sie ist selbst voller Kummer, und das Alter beginnt an ihrer Gesundheit zu nagen.

Überdies musste ich die frische Luft an der Küste eintauschen gegen den Gestank der Gassen, die Spaziergänge am Ufer des Ozeans, die Weite des Himmels, das Spiel des Lichts und der Wolken gegen die Enge zwischen Häusern und Kirchen. All diese Umstände bewirken eine spürbare Verdüsterung meines Gemüts, und wäre nicht die Hoffnung, Jeronimo auf heimliche Weise zu treffen, würde ich nach einem Vorwand suchen, die Stadt nach der Taufe wieder zu verlassen.

Weitere Umstände sind zu beklagen. Während ich im Elternhaus eine offene Bereitschaft und bei meinem Vater gelegentlich eine gewisse Begeisterung angetroffen habe, Zeitläufte und politische Ideen im Kreise der Familie zu besprechen oder während einer *tertulia* zu diskutieren, finde ich im Hause des Gatten nur die dumpfe, seit Jahren wiederholte Erleichterung darüber, dass die demütigende Komödie von Bayonne gottlob vorüber sei, bei der dieser größenwahnsinnige Bonaparte gleich zwei spanische Könige zur Abdankung gezwungen habe. Ebenso erleichtert könne man sein, dass dieser liberale Spuk von Cádiz vorüber sei, denn sonst wäre ein allgemeines Chaos zu fürchten gewesen und der Verlust angestammter Rechte und Privilegien, von denen man ja schließlich lebe. Man könne zwar bedauern, dass die Inquisition sich nun wieder auf dem Rücken so manches Unschuldigen austobe, doch mit dem Sieg über die Feinde seien Ferdinand, die alte Ordnung und der alte Glauben wieder eingesetzt worden, und eben dafür und nicht für irgendwelche Neuerungen habe man schließlich gekämpft und mit blutigen Verlusten gezahlt.

Bei derlei Tiraden, die seit Jahren in unterschiedlichen Variationen wiederkehren, ist es ein Gebot der Klugheit, nicht zu widersprechen, denn eine politische Meinung zu äußern, ist für die Gemahlin eines Granden nicht schicklich. Deshalb habe ich auch nicht geantwortet, als er erleichtert erzählte, die Ratsherren hätten klugerweise auch das Theater geschlossen. Von dort sei ja doch nur eine Verbreitung der Ideen dieser *doceanistas* und eine Verwirrung der Bevölkerung zu befürchten gewesen.«

Ich bin nicht sicher, mein Sohn, ob Du über Kenntnisse verfügst, die damaligen Zeitläufte betreffend. Gestatte mir deshalb, die Erzählung Deiner Mutter kurz mit einem geschichtlichen Hinweis zu unterbrechen. Im Jahre 1812 wurde von den Abgeordneten in Cádiz eine freiheitliche Verfassung verabschiedet, die eine konstitutionelle Monarchie auf der Basis der Volkssouveränität vorsah. Der Cortes sollte die gesetzgebende und dem König die ausführende Gewalt zugesprochen werden. Nach dem neuerlichen Sieg des Absolutismus unter Ferdinand VII. im Jahre 1814 wurden »die Liberalen vom Jahre 1812«, die *doceanistas* also, erneut von der Reaktion geächtet und verfolgt.

Doch jetzt möge wieder das Tagebuch sprechen beziehungsweise Don Joseph in der Wiedergabe durch seine Gattin: »Es sei doch sattsam bekannt und erwiesen, dass die Leute bloß ihren Fisch, ihren Wein und ihre Ruhe wollten und gar nicht wüssten, was sie mit mehr Freiheit und mehr Rechten anfangen sollten. Und, setzte er triumphierend hinzu, im Übrigen sei das Wort *Liberale* inzwischen zu Recht offiziell verboten. Es habe sich ja seinerzeit beim Triumphzug des Königs von Cádiz nach Madrid gezeigt, was die Leute wirklich denken. Schließlich sei Ferdinand damals überall mit dem lauten Geschrei der Menge: *Vivan las cadenas!* begrüßt und umjubelt worden. So habe es zumindest in der Zeitung gestanden.

Vielleicht führt mein Gemahl solche Reden auch deshalb, weil er weiß, ich würde sie schweigend erdulden. Da in meiner Familie ein anderer Geist herrscht, ist ihm zuzutrauen, dass er mich auf diese Weise insgeheim für die Sünden büßen lässt, zu denen er mich gezwungen hat und von denen er ahnen mag, dass sie mit mehr Hingabe begangen wurden, als er geplant hatte. Gleichviel, was kümmern mich die Triebe des Tyrannen, denn während der verführte Pöbel die Ketten der Knechtschaft bejubelt haben mag, träume ich davon, mich von der Gefangenschaft dieser Ehe zu befreien und mit dem Geliebten nach Frankreich zu fliehen, so wie es viele Liberale derzeit wollen oder müssen. Ja, ich wage es, davon zu träumen, hier und jetzt, weil er nur eine Viertelstunde von hier lebt, weil er zum Greifen nah ist und weil es nicht sein kann, dass er ein Gelübde, in jugendlicher Ahnungslosigkeit abgelegt, höher schätzt als unsere Liebe.

Da mein Vater meine Mitgift als jährliche Rente zahlt und den größten Teil für den Todesfall des Gatten zurückbehalten hat, läßt sich der Traum in die Tat umsetzen, ohne finanzielle Not fürchten zu müssen. Doch es wird Zeit brauchen und viel Überredungskunst, bis ich diesen Wunsch auch bei Jeronimo werde wecken können. Derweil muss ich hier sitzen, mich in die Verhältnisse schicken und von den Folgen der Lüge fesseln lassen. Doch gilt es zunächst, die Verpflichtungen und Rituale zu überstehen, die mit der Taufe des Erbprinzen verbunden sind. Danach wird man sehen.«

So weit das Tagebuch Deiner Mutter. Ich selbst habe mir damals keine Gedanken um die politischen Ereignisse gemacht, abgesehen davon, dass ich erleichtert war, als die Franzosen und ihre spanischen Speichellecker besiegt waren. Es erstaunt mich immer wieder, wie entschieden Deine Mutter die liberalen Standpunkte vertrat, zumal diese ja den Interessen ihres eigenen Standes zuwiderliefen. Rückblickend stelle ich ohnehin betrübt fest, wie flüchtig wir uns kannten und wie wenig wir, außer dem kurzen Liebesglück, miteinander erlebt hatten.

Auf meinen täglichen Wegen durch Intramuros gehen mir bisweilen absonderliche Gedanken durch den Kopf, die mir gleichzeitig als Ablenkung von der Monotonie meines Alltags dienen. Derzeit denke ich viel darüber nach, was der Grund dafür sein könnte, dass auch mich ein starkes Band zeitlebens auf geheimnisvolle Weise mit Deiner Mutter verbunden hat, obgleich ich zeitweise den Eindruck hatte, alles überwunden zu haben. Einmal mehr bin ich bei Paulus gelandet, dessen Brief an die Korinther mir seit Langem zu denken gibt. Der Apostel spricht dort über die Liebe als der höchsten Gabe, ohne die alle anderen Talente wertlos seien. Und wenn er des Weiteren sagt, wie langmütig, freundlich, selbstlos und unerschütterlich die Liebe sei, so scheint mir, könnte er dabei etwas Wichtiges übersehen haben. Vielleicht hätte er schreiben sollen: Die Liebe verklärt alles, und nur deshalb vermag sie es, sich nicht verbittern zu lassen, einzig aus dieser Quelle schöpft sie die Kraft, alles zu tragen, zu glauben, zu hoffen und zu dulden. Es steht mir nicht zu, den Apostel zu korrigieren, noch weniger, Deinen Glauben an die Liebe zu erschüttern, aber wenn ich recht hätte, wäre die von allen Liebenden ersehnte, immerwährende Nähe der sicherste Weg, eben diese Verklärung verblassen zu lassen, und umgekehrt wäre sehnsuchtsvolle Ferne der beste Garant für deren Erhaltung und, wer weiß, für die lebenslange Dauer einer Liebe. Oder sollte man eine solche Verbindung eher einen Liebestraum nennen?

Doch lass mich fortfahren, Dir die damalige Zeit zu schildern, denn ich muss Dir gestehen, in jenen Monaten, die vielleicht die einzigen waren, in denen wir hätten fliehen können, hatte ich nicht die geringste Ahnung, mit welcher Entschlossenheit Margaretha tatsächlich bereit gewesen wäre, ihrem Herzen zu folgen, alles hinter sich zu lassen, um mit mir zu leben. Doch vorderhand möchte ich Dir von Deiner Taufe erzählen, mein Sohn, wie Deine Mutter und Dein Vater sie erlebt haben. Am 3. November schreibt Deine Mutter: »Die Taufe war ein prächtiges Fest, bei dem die Kirche von geistlichen Würdenträgern, geladenen Gästen, Gesängen und Weihrauch überquoll. Die gerührten Verwandten saßen festlich gekleidet in den vordersten Reihen. Die Paten hielten abwechselnd das Kind, daneben die Brüder mit versteinerten Mienen, die Señoras wischten eine Freudenträne ab, die geputzten Kinder tuschelten und Don Joseph brüllte die Kirchenlieder. Nach dem Hochamt wurde José Francesco Gayoso ins Kirchenbuch eingetragen, als erster Sohn und alleiniger Erbe des Majoratsherrn Don Joseph Gayoso y Pardo und seiner Gattin Margaretha, geborene Cuadrado.

Das Festmahl, zu dem außer der Verwandtschaft einige angesehene Majoratsfamilien und die Honoratioren der Stadt geladen waren, bei dem aber auch das Gesinde bewirtet wurde, zog sich bis in die Abendstunden hin. Es wurden Wild, Geflügel und Fisch im Überfluss serviert. Don Joseph hielt eine gewaltige Rede über die tragende Bedeutung der Majorate für Spanien, sie seien Stütze und Schutzschild seiner katholischen Majestät. Unter Aufbietung aller Kräfte und großer Beteiligung des Landadels sei das Vaterland von den Feinden des Glaubens und der hergebrachten Dynastie befreit und die alte Ordnung wieder hergestellt worden, und nun sei man durch die starke Hand des Königs vor den Gefahren des Liberalismus für immer geschützt.

Und dann sagte er fast wörtlich: Das spanische Volk habe sich im Kampf gegen den Unterdrücker edler erwiesen als die übrigen Könige Europas, denn während sich ganz Europa gebeugt habe unter der Knute Napoleons, habe allein das stolze Spanien dem Feind die Stirn geboten und sich nicht erniedrigen lassen. Allein, ohne König, trotz des Verlustes von zwanzigtausend Soldaten, überschwemmt von zahllosen französischen und deutschen Legionen und ausgeliefert an einen mörderischen Kampf, den Napoleon selbst den Krieg der Giganten genannt habe, sei es allein unserem großen Vaterland gelungen, seine Unabhängigkeit zu behalten auf einem gedemütigten Kontinent. Und während dieses Europa sich von den neuen Ideen habe anstecken lassen, die überall nur zu Aufruhr und zur Bedrohung des Adels und der alten Ordnung geführt hätten, seien in Spanien nach wie vor drei Dinge heilig: Gott, der König und das Vaterland. Ob es der *Heiligen Allianz* gelungen sei, das Drachenhaupt der Revolution niederzuhalten, bleibe erst einmal abzuwarten. In Spanien jedenfalls sei es nicht notwendig, die Idee der Volkssouveränität oder gar deren Verwirklichung zu bekämpfen, denn beides existiere nicht mehr. Und er schloss seine Rede mit einem kräftigen *Vivat* auf seinen Sohn, die Majorate und das Vaterland.

Nachdem er unter Beifall geendet hatte und das Festmahl sich ebenfalls seinem Ende zuneigte, zog ich mich nach Entgegennahme der Glückwünsche und Geschenke mit dem Hinweis auf meine Erschöpfung und den Wunsch, der jungen Amme bei der Versorgung des Kindes beizustehen, zurück.«

Was Deine Mutter nicht wissen konnte, war die Tatsache, dass auch ich den Feierlichkeiten in Las Animas beiwohnte. Ja, mein Sohn, auch ich war anwesend bei Deiner Taufe, heimlich und versteckt im hintersten Winkel der Kirche. Auf der linken Seite gleich hinter der Kirchentür, wo der Kreuzweg beginnt, habe ich mich neben die erste Säule gedrückt. Durch den glücklichen Umstand, dass der Kreuzweg eine deutliche Stufe über dem Kirchenschiff liegt, konnte ich trotz der vielen Leute das Geschehen am Altar leidlich verfolgen. Die Messe hatte bereits begonnen, als ich eintraf: Drei Geistliche, darunter ein Prälat, waren an den Altar getreten, die Familien Gayoso und Cuadrado hatten in den vorderen Reihen Platz genommen, und ich konnte von weitem einen ersten Blick auf Dich werfen, mein Sohn.

Obgleich ich nur ein mit Spitzen bedecktes Steckkissen erkennen konnte, mit einem kleinen Kinde darin, so war es mir doch vergönnt, wenigstens aus der Ferne zu sehen, dass es Dich gibt, dass Du leibhaftig auf die Welt gekommen warst. Freude und Schmerz zerrissen mir gleichzeitig die Brust. Niemand, dem nicht selbst solches widerfahren ist, wird die Not dieser Stunde empfinden oder begreifen können. Am liebsten wäre ich auf die Kanzel gestiegen und hätte laut gerufen: Das ist mein Sohn! Und hätte das große *Te Deum* angestimmt, zum Dank für Deine Geburt, wie es einst bei der Geburt jenes Vorfahren gesungen wurde, der durch eine Fälschung jetzt Dein Großvater geworden war. Gleichzeitig hätte ich mich von der höchsten Klippe in die brausenden Wogen des Meeres stürzen wollen, um meine Verzweiflung zu beenden.

Während des Hochamtes fiel mein Blick zwischendurch auf die Leidensstation über mir, die *flagelación del Señor*. Da ich zum ersten Mal länger in Las Animas war, weil die Mönche von Valdediós nur nach San Benito gerufen wurden, erschrak ich gewaltig ob der Grausamkeit der Darstellung und der Lebensechtheit der aus der Wand hervortretenden Figuren. Mit entblößten Oberkörpern und echten Stricken in der Faust dreschen die Schergen auf den Herrn ein, ihre Münder sind aufgerissen, und man glaubt, ihre wüsten Schreie zu hören. An die Geißelsäule gefesselt, mit geschlossenen Augen und ergebenen Zügen, erträgt der Wehrlose die Qual, von den Umstehenden begafft und verspottet. Nur die mitgeschleppten Kinder schauen weg ob der zügellosen Raserei.

Indes meine Blicke zwischen dem erbarmungslosen Geschehen

über mir und der für mich ebenso grausamen Feierlichkeit am Altar hin und her wanderten, flehte ich inbrünstig empor zum geschundenen Herrn: »Lass auch mich meinen Kelch annehmen.« Um nicht der Festgesellschaft oder gar Margaretha zu begegnen, schlich ich gegen Ende der Messe davon, ohne Dich aus der Nähe gesehen, geschweige denn im Arm gehalten zu haben.

Hernach habe ich mich in meiner Zelle verkrochen, in der Gewissheit, Dich niemals in die Arme schließen zu dürfen. Nur der Himmel kennt das Grauen und den Schmerz jener Stunden. Doch muss ich Dir gestehen, ich habe mich gleichzeitig und trotz alledem aus tiefster Seele gefreut. Worüber? Ich weiß es nicht. Oder scheue ich mich nur, es Dir zu sagen, mein Sohn? Nun, ich denke, es war die Freude, dass es Dich gibt.

Wenige Tage nach der Taufe kam Don Joseph und brachte mir das verfluchte Geld, auf das ich zu meiner Schande gewartet hatte, und das ich sofort in meiner Kutte verschwinden ließ. Ohne Umschweife verlangte der stolze Vater meines Sohnes, ich solle die Stadt verlassen und in ein anderes Kloster ziehen, am besten wohl nach Betanzos, um den Eltern nah zu sein. Er betonte, dies sei keine Bitte, sondern ein unwiderrufliches Geheiß, welchselbiges aufgrund seines Einflusses nicht an den Schwierigkeiten scheitern würde, die ich etwa mit meinen Vorgesetzten zu gewärtigen hätte. Während er mit mir sprach, hat er mich nicht mehr angeschaut, wie er es früher tat. Er hatte sein Ziel erreicht und nichts mehr mit mir zu schaffen. Unsere Wege hatten sich getrennt, und er würde den seinen fortsetzen mit der ihm eigenen Unbeirrbarkeit, und er würde mich aus dem Weg räumen, wenn ich nicht selbst dafür sorgte, ihm und vor allem seiner Gattin niemals mehr unter die Augen zu kommen.

In jener Stunde war ich nicht mehr sicher, ob er ahnte, dass er Margaretha für immer verloren hatte und jeder Versuch, sie wiederzugewinnen, zum Scheitern verurteilt war, weil nicht ich sein Gegner war, sondern die Liebe. Auch aus diesem Grunde mochte er mich nicht mehr angeschaut haben, weil er fürchten musste, in meinem Blick die Gewissheit zu finden, dass nicht alles nach seinem Plan gelaufen war, und weil er außerdem fühlte, dass ich in seinen Augen die Entschlossenheit entdecken könnte, die Figuren seines Schachspieles auf den von ihm jeweils zugedachten Platz zu zwingen.

Wenig später erhielt ich einen Brief von Margaretha. Das Schreiben war knapp gehalten, sie bat lediglich um ein Treffen und schlug den Paseo de Boveda am späten Nachmittag des folgenden Tages vor, wo sie in ihrer Kalesche auf mich warten werde. Das Wiedersehen auf der Anhöhe vor der Stadt musste, trotz starker Bewegung, wegen der Anwesenheit des neuen Kutschers unter großer Zurückhaltung verlaufen. Noch heute denke ich betrübt daran, wie viele innige Momente wir derlei Rücksichten haben opfern müssen, selbst in den seligen Tagen von Xan Xordo.

Margaretha war in aufgewühltem Zustand und flüsterte: »Ich kann nicht in der Algalia bleiben. Es böte sich ein Ausweg.« Gleichzeitig befand sie sich aber auch in höchster Verlegenheit, weil sie nicht sagen konnte, was ihr eigentlich am Herzen lag, denn das wollte sie ja von mir hören. Sie sprach nicht von Flucht, sie sprach auch nicht von ihren Gefühlen, aber heute weiß ich, sie war nur gekommen, um zu erfahren, ob ich davon sprechen würde, das Kloster und in der Folge mit ihr die Stadt zu verlassen.

Stattdessen hatte sich große Ratlosigkeit meiner bemächtigt, denn ich fühlte ihre stumme Erwartung. Hilflos und verlegen drückte ich mich in die Ecke der Kutsche und versuchte, sie zu trösten: »Das Familienleben und die allmächtige Zeit wird alle Wunden heilen. Fasse Mut. Die Amme wird dir gewiss beistehen. Auch mir wird es schwer, den Pfad der Tugend fortzusetzen.« Und während ich ihre zitternde Hand in der meinen hielt, teilte ich ihr mit: »Er hat mir befohlen, mich ins Franziskanerkloster meiner Heimatstadt verlegen zu lassen. Ein schwerer Schlag. Doch ich bin wehrlos.« Margaretha zuckte zusammen und zog ihre Hand zurück. Schließlich fügte ich kleinlaut hinzu: »Wenn wir es nur recht geschickt anstellen, können wir uns durchaus ab und zu einen Brief zukommen lassen.«

Doch das war das Niederschmetterndste, was ich in jener Stunde habe sagen können, zeigte es doch Deiner Mutter, dass ich nicht bereit war, mich dem Schicksal in den Weg zu stellen wie ein Mann und wie es Don Joseph ohne Zögern getan hätte. Stattdessen war sie die Entschlossene, die zu allem bereit war. Und was das Schlimmste war, sie konnte es mir nicht einmal sagen, weil sie dadurch auch noch die Gedemütigte gewesen wäre. Im Laufe dieser Unterredung habe ich ferner die Taktlosigkeit besessen, sie an ihr Eheversprechen zu erinnern, mit dem einfühlsamen Hinweis: »Du hast doch sicher für Don Joseph früher einmal eine gewisse Zuneigung empfunden. Sonst hättest du dich vermutlich gegen die Heirat gewehrt. Lass uns den Weg der Pflicht gehen, von dem wir durch gemeine Erpressung abgekommen sind. Du hast die Ehe versprochen und ich ein Leben als Mönch.« Und in der törichten Hoffnung, ihr dadurch eine gewisse Stärke zu verleihen, schreckte ich nicht davor zurück, sie aufzufordern: »Lass uns unser Kreuz annehmen und nach dem Gesetz leben, nach dem wir angetreten sind.«

Während ich auf sie einredete, bemerkte ich, dass sie mir längst nicht mehr zuhörte. Es schien, als sei sie weit weg und als stünde ihre Seele offen für das Leid, das durch das Tor verschmähter Liebe eindrang. Als ich fortfuhr, sie an die Verbindlichkeit unserer Gelöbnisse zu erinnern, bat sie mich mit leerem Blick, die Kutsche zu verlassen. Ich bin sicher, sie hat es nicht mehr gehört, als ich in tiefstem Ernst sagte: »Ich werde dich immer lieben und im Herzen tragen.« Und falls sie es doch gehört haben sollte, empfand sie es gewiss als Hohn.

In den Wochen bis zu meiner Verlegung in den Konvent von Betanzos fand ich kaum noch Ruhe oder Schlaf, irrte oft schon frühmorgens durch die modrigen Gassen, über leere Plätze, wich den überlaufenden Wasserspeiern der Kathedrale aus oder stand verlassen unter den Kolonnaden, um mich vor dem Regen zu schützen und meine Blicke über die mit einem Hauch feiner Flechten überzogenen Fassaden gleiten zu lassen. Meist waren in den frühen Morgenstunden die Türme von tief hängendem Gewölk umgeben, und bleicher Nebel lag über den Dächern, doch es war eben diese Stimmung, die zu meiner betrübten Seele passte.

In den Albträumen jener Wochen erschien mir regelmäßig Margaretha, wie sie sich mit dem Kinde von den Klippen in die schäumenden Wogen der Rias stürzte, oder Don Joseph, wie er in seiner Raserei die Gattin wegen ihrer Liebe zu mir erstach. Gelegentlich sah ich mich selbst meinen Sohn rauben und ihn als Findelkind im Waisenhaus abgeben. Und ich sah mich auf der Flucht mit der Geliebten, das Kind zurücklassend bei dem aus Eifersucht wahnsinnig gewordenen Vater, der es ob der Wut über die Flucht der Mutter kaltblütig erwürgte. Oder man hielt mich in den Kerkern der Inquisition fest, verraten von den Gayosos, gefoltert und nach einem qualvollen Prozess, bei dem ich standhaft leugnete, dem Scheiterhaufen übergeben, und während mich die Flammen umzingelten, hatte ich die Gesichter Margarethas und Don Josephs vor Augen, die erbarmungslos zusahen, wie ich verbrannte.

Vielleicht kannst Du verstehen, dass ich schließlich erleichtert war, als ich im Morgengrauen eines kalten Januartages Sanct Jago verlassen durfte, obgleich alles zurückblieb, was mir lieb und teuer war: der schattige Kreuzgang von Valdediós, meine weiß getünchte Zelle, die Klosterkirche mit den Prunkaltären, die Sakristei, in der sich mein Schicksal entschieden hatte, der Beichtstuhl, der meine Geheimnisse kannte, die Stadt mit ihren Kirchen, Türmen und Zinnen, ihren Bogengängen und dem Pazo in der Rua Algalia de Arriba, wo all das weiterlebte, was ich in mir abzutöten gedachte. Wie ein Dieb schlich ich mich davon und hatte noch nicht einmal den Mut, wenigstens vor mir selbst zuzugeben, dass ich ein solcher in der Tat auch war. Im Gegenteil, ich fuhr durch das Stadttor in der Gewissheit, es sei richtig, den Weg fortzusetzen, den ich im Gelübde versprochen hatte. Und ich schämte mich nicht der Erleichterung, Margaretha nicht mehr begegnen oder mich gar von ihr verabschieden zu müssen, sondern war zufrieden, alle Versuchungen hinter mir zu lassen.

Mit dieser Schilderung möchte ich für heute endigen. Es grüßt Dich, gefangen in den Netzen der Erinnerung
                                                    Dein Vater

Manila, am Fest des Apostels, den 25. Juli anno 1846

Post Scriptum: Wenn ich doch wüßte, ob Du wohl lebst und in Frieden.

# Die Nachgeborenen

## Mutterseelenallein

Fünf Jahre später Sophies Geburt. Der Priester beantwortet die Anzeige mit einem langen, unbeschwerten Brief. Sie will es nicht glauben, er bittet fast flehentlich darum, die Familie besuchen und die Kinder sehen zu dürfen. Wie konnte er es wagen? Wie konnte er tun, als sei nichts gewesen? E sagt beiläufig: Ha, dann solle man ihn halt einladen, wenn er doch so gern kommen wolle. Ein Besuch ist nicht abzuwenden, ohne Verdacht zu erregen.

Als sie die Glastür öffnet, auf dem Arm das Baby, die drei Mädchen daneben, glaubt sie, einen Ruck in seinem Körper zu bemerken, und tatsächlich er stützt sich im selben Moment mit der Hand an der Wand ab, ehe er eintritt. Er hat ein besonderes Geschenk dabei, einen vergilbten Papyrusstreifen, doppelt verglast, zum Aufhängen. Es sei ein alter asiatischer Gebetstext, dessen Wert er erst seit seinem Besuch im Londoner Nationalmuseum kenne. Es sei das Wertvollste, was er besitze. Wieso das denn? Seine Blicke verraten unerwartete Gefühle.

Ein strahlender Sommertag. Nach dem Kaffeetrinken der gemeinsame Spaziergang auf den Österberg. Auf der großen Hangwiese mit Blick auf die Schwäbische Alb lassen sie ihre Herzen steigen wie Kinder im Herbst ihre Drachen, vor aller Augen, und sie fliegen davon, hoch hinauf, wiegen sich im Sommerwind, schmiegen sich aneinander, weit oben, verstecken sich hinter weißen Wölkchen und bleiben fort, weit weg im Blauen.

Später schlendert das Trüppchen durch die Giebelkulisse der Altstadt: vier Kinder, zwei Männer und eine Frau. Plötzlich setzt er aus dem Stand zu einer Flanke über eine Absperrung an. Mitte Fünfzig, eher merkwürdig. Sie weiß, weshalb. Kommentar des Ehemanns: »Gell, das muss ich jetzt nicht auch machen.« In diesem Moment ist E liebenswert. Man landet in einem Straßencafé auf dem Marktplatz, der guten Stube der Stadt. Fachwerkgeborgenheit und Bürgerenge. Die Männer trinken ein Bier, die Mädchen kriegen ein Eis und sie spürt, wie langsam naht, was bisher unerreichbar war. E hätte etwas merken müssen, denn in den kurzen Blicken liegt der vollendete Ehebruch. Aber wenn Zwei so weit voneinander entfernt sind, dass sie einander kaum noch sehen, merken sie nicht mehr, wenn einer vollends ganz verschwindet.

Nach dem Besuch steht eines fest: Dieses Mal ist sie nicht allein. Sicher nicht. Offensichtlich gibt es auch für ihn kein Entrinnen mehr. Weshalb jetzt, schlagartig, nach einem Vierteljahrhundert? Weshalb jetzt, wo sie doch Mutter von vier Kindern ist? Weshalb erst jetzt, wo doch so viel mehr auf dem Spiel steht als sein alberner Zölibat? Und weshalb weist sie ihn wieder nicht ab?

In den folgenden Monaten treffen sie sich in der Zweitwohnung einer Freundin, von abends bis gegen Mitternacht. Selten, aber immer wieder. Und sie gehen über Feldwege und verschwinden in zirpenden Sommerwiesen. Mehrfach erwägen sie ein Gespräch mit E. Doch das ist unmöglich, weil er gedroht hatte, ihr die Kinder wegzunehmen, falls sie sich etwas zuschulden kommen ließe. Das war ernst gemeint, bitterernst.

In jenen Stunden war alles so, wie sie es erträumt und wie es der blühende Birnbaum versprochen hatte. Nur dass man nicht erträumen kann, wie es ist, wenn der Himmel sich öffnet, einen Spalt breit, für einen Augenblick. Dafür muss sich auch ein Mensch öffnen, und man muss ihn in den Armen halten. Übermächtige Kräfte ziehen sie immer wieder in die kleine Wohnung, und sie erlebt dort die wenigen Augenblicke, auf die es sich gelohnt hatte, ein halbes Leben zu warten.

Doch die äußeren und inneren Verhältnisse werden immer zermürbender. Diese spezielle Art von Glück hat einen Preis, der zu hoch ist. Am Ende ihrer Kraft ziehen sie, nach einem qualvollen Briefwechsel, den E mitbekommt, aber nicht anspricht, einen gemeinsamen Schlussstrich. Er schreibt, er fühle sich trotz allem Schmerz erleichtert. Das ist der Unterschied. Sie möcht' am liebsten sterben. Doch es ist die Agonie ihrer Ehe, die wenig später endet. Zwar zerbricht die Ehe nicht an den Folgen der späten Erfüllung, doch sie ist der letzte Stoß in den Abgrund, in den man seit Langem geblickt hatte.

Als er merkt, dass sie frei ist, steht er nie mehr da wie aus dem Boden gewachsen. Im Gegenteil: Er setzt umgehend zur endgültigen Flucht an. Einmal besucht er sie noch, mit dem zu erwartenden Ausgang. Dann verschwindet er ohne Abschied in seiner brasilianischen Erdspalte. Sie bleibt zurück mit der bitteren Einsicht, dass er ein Leben lang immer nur dann dastand, wenn sie gebunden war, und dass er, nüchtern betrachtet, äußerlich nicht mehr zugelassen hatte als ein paar Besuche, ein paar Spaziergänge, einen Kinoabend, einen Besuch in Brüssel und ein paar halbe Nächte, verteilt auf dreißig lange Erdenjahre. Der Preis dafür war ein Leben, auf das immer wieder lange Schatten fielen, sobald es neue Hoffnung gab und kurz danach ein noch endgültigeres Ende.

Doch all das ist nicht mehr erwähnenswert; es war mit der Zeit normal geworden. Das Schlimme ist, dass die Schatten der Mutter und die Dunkelheit der Ehe zusammen eine Finsternis ergaben, in der die Kindheit der Mädchen unterging. Sie konnte ihren Kindern keine Heimat geben, weil sie selbst keine hatte. Und sie konnte ihnen den Weg nicht zeigen, weil sie selbst schwankte. Und so mussten sie sich allein durchkämpfen. Mutterseelenallein.


Lieber José!

Vor geraumer Zeit habe ich nach langem Prüfen und Wägen bei seiner Exzellenz, dem Erzbischof von Manila, eine schriftliche Eingabe gemacht und ergebenst ersucht, mich in das hiesige Franziskanerkloster zu verlegen, eines der ältesten von Intramuros. Meine Bitte begründete ich damit, dass ich nach zwanzig Jahren der Verbannung jetzt in ein Alter gekommen sei, in dem gewisse körperliche Beschwerden und, bedingt durch das abgeschiedene Dasein, auch eine zunehmende geistige Verdüsterung sich zeigten, und es daher eine Stütze meines Lebens in Gefangenschaft wäre, dieses mit anderen Menschen zu teilen und wenigstens äußerlich, als Laienbruder, wieder zur Ordensgemeinschaft des heiligen Franziskus gehören zu dürfen.

Am gestrigen Nachmittag hat mich der persönliche Referent des Bischofs rufen lassen, um mir mitzuteilen, seine Exzellenz sehe sich außerstande, meinem Gesuch stattzugeben. Bei der Entscheidung seien sowohl rechtliche als auch religiöse Gründe von Bedeutung gewesen. Zum einen verbiete es die Schwere meines Vergehens, die von der Sacra Romana Rota verhängte Strafe abzumildern, zum andern sei es den Mönchen des heiligen Franziskus nicht zuzumuten, einen verurteilten ehemaligen Mitbruder in ihrer vertrauten und ehrwürdigen Gemeinschaft unterzubringen und mit ihm die Klausur zu teilen, als wäre er einer der ihren.

Nach dieser Enttäuschung ist mein Bemühen darauf gerichtet, die Ablehnung als weitere Prüfung anzunehmen und es als gottgewollt zu betrachten, dass ich auch fürderhin mein Dasein alleine fristen und meine Schuld fernab jeder menschlichen Gemeinschaft verbüßen muss. Trotz zunehmender Mattigkeit werde ich fortfahren, Dir die vormaligen Ereignisse zu schildern, in der Hoffnung, bei Dir dereinst auf größere Nachsicht zu treffen als bei meinem obersten Aufseher in Christo.

In meinem Erdenwinkel gleicht eine Stunde der anderen. Die Zeit im Gefängnis scheint zu stehen, einzig die Sonne, der Mond und das Wetter sind die wechselnden Gesellen, die kommen und gehen und durch mein Fenster schauen. So tut es gut, immer wieder in die Jahre zurückzukehren, in denen meine Tage noch lebendig waren.

Mittlerweile sind wir im Jahr 1821 angekommen, und Du findest mich im Konvent der Franziskaner zu Betanzos, der die bedeutendste Ordenskirche in Galizien besitzt. Fünf Jahre sind vergangen, seitdem ich in Sanct Jago frühmorgens die Stufen auf den Turm der Kathedrale hochgestiegen war, um noch einmal auf die Stadt herabzuschauen, die ich demnächst verlassen musste. Als ich auf der ersten Plattform des Turmes anlangte, nieselte feiner Regen herab, und ich fuhr mit der Hand über die feuchte Brüstung, um mir die Stirn zu kühlen, erhitzt vom Aufstieg und bewegt von der Stunde des Abschieds. Meine Blicke streiften über die Dächer von Valdediós, hinüber zum Viertel San Payo, wo sich irgendwo hinter San Martín der Pazo der Gayosos versteckt. Ich schickte ein stummes Lebewohl zu Margaretha und meinen Sohn hinüber. Wenig später wurde ich, meiner Eingabe entsprechend, ins Franziskanerkloster meiner Geburtsstadt verlegt.

In den Jahren seit meiner Ankunft in Betanzos waren die Sünden der Vergangenheit allmählich in Vergessenheit geraten, obgleich mir schmerzlich bewusst war, sie noch nicht gebeichtet zu haben. Theologisch betrachtet lebte ich fortwährend im Stand der Todsünde. Ganz zu schweigen von der Ausübung meiner geistlichen

Pflichten, war meine Teilnahme am Tisch des Herrn, theologisch gesehen, als permanenter Gottesraub zu werten. Heute schäme ich mich dafür, dass dies in der Tat mein größter Kummer war. Da es aber keine Möglichkeit gab, an dieser Lage etwas zu ändern und eine Generalbeichte abzulegen, flehte ich zum Herrn, mir dies nicht als neuerliche Schuld anzurechnen, da es nicht möglich sei, das Geheimnis menschlichen Ohren anzuvertrauen.

Inzwischen war ich ein leidlich angesehenes Mitglied der Ordensgemeinschaft geworden, beschäftigt mit der Wiederherstellung des von den Franzosen zerstörten Klosterarchivs. Diese Aufgabe entsprach meinem historischen Interesse. Mein Leben im Kloster führte ich mittlerweile im Einklang mit mir selbst und in der Gewissheit, gut daran getan zu haben, zur Ordensregel zurückzukehren. Gleichwohl dachte ich viel an Margaretha, besonders vor dem Seitenaltar der *Virgen de los Dolores* in der Klosterkirche.

Dann kam der Tag, an dem mein mühsam erkämpfter Frieden jäh gestört wurde, selbstredend wieder durch einen Eingriff aus dem Hause Gayoso. Eines Morgens, als ich wie gewohnt in der Bibliothek saß und dabei war, aus den Chroniken anderer Klöster, den Annalen des Rathauses und der Erinnerung älterer Ordensbrüder die Geschichte des Klosters zu rekonstruieren, brachte mir ein Novize einen Umschlag. Da ich keine Anstalten machte, den Brief entgegenzunehmen, legte er ihn neben mich auf den Tisch. Nach einiger Zeit fiel mein Blick auf das Couvert, und da ich die Schriftzüge nicht erkannte, sah ich nach dem Siegel und erschrak gewaltig; auf der Rückseite prangte dunkelrot und wülstig das Familienwappen derer von Gayoso. Blitzartig durchzuckte mich ein Schrecken. War etwas entdeckt worden? War es das Schreiben eines Sekretärs, eines Anwaltes oder eines Arztes? Hatte Gayoso mir am Ende selbst geschrieben? Ungeduldig erbrach ich das Siegel. Und was musste ich lesen? Don Gayoso y Pardo und seine Gattin Margaretha, geborene Cuadrado, teilten mir mit allen standesgemäßen Floskeln die Geburt ihres Sohnes Carlos mit und gaben sich die Ehre, mich mit den üblichen Höflichkeitswindungen zur Taufe einzuladen, in Las Animas am dritten Sonntag im Juni.

Panische Angst überfiel mich, mir wurde heiß und kalt, ich begann zu zittern. In diesem Augenblick war nur noch der geringste Teil von mir so wie noch vor wenigen Augenblicken. Ich ließ die aufgeschlagenen Folianten liegen, meldete mich beim Vorsteher des Refektoriums für den Rest des Tages ab, verließ fluchtartig das Kloster und irrte kreuz und quer durch die Straßen der Stadt.

Am Ufer des Mendo ging ich über die alte Roibera-Brücke und ruhte mich auf dem Felsbrocken aus, auf dem ich als Kind oft gesessen hatte. Ganz allmählich wurde ich ruhiger und fing an, die wilden Gedanken und Phantasien, die mir durch den Kopf schossen, zu zähmen. Zwei Jahre zuvor hatte ich einen langen Brief bekommen, den die Amme diktiert hatte und in dem sie mir die Versöhnung der Eheleute Gayoso mitteilte. Sie sei zustande gekommen, weil Du auf den Tod erkrankt warst und Doctor Otero Dich bereits aufgegeben hatte. In dieser Not drängte die Amme Don Joseph, um Gottes und der Heiligen Jungfrau willen, seine Gattin um Verzeihung zu bitten für alles, was er ihr angetan habe, nur so könne er seinen Sohn noch retten. Joseph gehorchte, und Du bist langsam genesen. Danach wurde die Amme von jeglicher Arbeit und Anstrengung im Hause Gayoso freigestellt. Doch wer hätte sich träumen lassen, dass aus dieser Versöhnung jemals ein Kind hervorgehen würde? Langsam versuchte ich, mich an diese Tatsache zu gewöhnen, doch es blieb ein Gefühl der Ratlosigkeit, weil ich keine Antwort auf die Frage fand, wie der Mayorazgo reagieren würde, jetzt, da er Vater eines eigenen Sohnes war.

Auf dem Rückweg besuchte ich meine Eltern, die mich herzlich empfingen und üppig bewirteten, und als ich am Abend wieder im Kloster eintraf, war ich leidlich guten Mutes. Durch die Wirkung des Weins hatte sich das Gefühl der neuerlichen Bedrohung gelegt, wenigstens für diesen Abend. Um mir jedoch ein Bild vom Umgang der Eheleute, von den Verhältnissen und der Stimmung in der Algalia, vor allem aber vom Aussehen und Befinden meines nunmehr fast fünfjährigen Sohnes zu verschaffen, beschloss ich, der Einladung zu folgen, zumal ich sicher war, meine Gefühle für Margaretha besiegt zu haben.

Es ist schon sonderbar, José, obwohl zwei Jahrzehnte ins Land gingen, liegen manche Bilder deutlich vor mir, wie in einem aufgeschlagenen Buch. Gelegentlich muss ich jedoch feststellen, an vieles keine oder nur eine verschwommene Erinnerung zu haben. Die Taufe Deines Halbbruders Carlos ist eines jener Ereignisse, von denen ich nur ein paar Szenen und Eindrücke behalten habe, diese aber umso deutlicher.

Als Erstes kommt mir jener strahlende Sommertag in den Sinn, wie er auf der Fahrt nach Sanct Jago an der Postkutsche vorbeizog zwischen den grünen Hügeln Galiziens, mit Maisfeldern, hoch stehendem Korn und Wiesen mit Mohnblumen. Während der Reise freute ich mich sogar auf ein Wiedersehen mit den Gayosos und vor allem auf eine Begegnung mit Dir. An die Taufe in Las Animas erinnere ich mich kaum noch. Nur Dein von dunklen Locken umrahmtes Kindergesicht habe ich bis heute vor Augen, wie Du aufmerksam dem Geschehen folgtest. Es war ein bewegender Moment, denn ich hatte in meinem Innern zurückgedrängt, dass ich der Vater eines Knaben bin. Für mich warst Du der Sohn der Gayosos, alles andere war verdrängt und vergessen, für immer, wie ich glaubte.

Das Festmahl hingegen ist mir in lebendiger Erinnerung geblieben. Unter den zahlreichen Gästen waren Margarethas Eltern, Luisa mit ihren Kindern und der noch immer unverheiratete Felipe mit seiner schönen Verlobten. Ich weiß auch noch, wie ich dem stolzen Vater gratulierte und wir ein paar unverbindliche Worte wechselten, desgleichen mit seiner Gattin. Deine Mutter hatte den Arm um Dich gelegt und sah mich mit traurigen Augen an, als wolle sie sagen: Dies ist Dein Sohn! Ungerührt stand ich da und verspürte weder väterliche Gefühle noch den geringsten Anflug von Leidenschaft für Margaretha. Ich war tatsächlich wieder ein Mönch geworden.

Bis heute quält es mich, dass ich nicht versucht habe, mich Dir zu nähern, Dich auf den Arm zu nehmen, mit Dir zu sprechen, einmal im Leben. Doch ich hatte kein Verlangen danach, und hätte ich ein solches verspürt, wäre es unter den strengen Blicken Don Josephs unmöglich gewesen, mich Dir zuzuwenden. Zufrieden registrierte der Majoratsherr meine offensichtliche Gleichgültigkeit, denn er klopfte mir freundschaftlich auf die Schulter und gurgelte wohlwollend, er freue sich, dass ich der Einladung gefolgt sei.

Auch das jähe Ende der allgemeinen Feststimmung hat sich in meine Erinnerung eingegraben: Wie es den Gepflogenheiten vornehmer Kreise entsprach, setzte Gayoso im Laufe des Festmahls zu einer Tischrede an. Zunächst sprach er über das Glück der Geburt seines Sohnes, dem vielleicht, wer weiß, noch weitere Kinder folgen würden. Er sagte übrigens nicht: seines zweiten Sohnes! Nachdem er um Verständnis für eine politische Wendung seiner Rede gebeten hatte, ging Don Joseph auf den Sieg der Liberalen ein, die ja vor einem Jahr die Rathäuser Galiziens im Sturm erobert hätten, eine Katastrophe, deren Folgen man bereits zu spüren bekommen habe. Leider mischten diese Ereignisse einen Wermutstropfen in die Freude des Tages, denn schließlich seien diese Verbrecher, die man früher aufgehängt oder erschossen habe, nicht davor zurückgeschreckt, Klöster zu schließen und Enteignungsgesetze vorzubereiten, mit dem unverhohlenen Ziel, die alte Ordnung aufzuheben und die Existenz der Majorate. Doch man denke nicht daran, sich einschüchtern zu lassen, donnerte der Redner. Der liberale Verräter, Colonel Félix Álvarez Acevedo, der mit dem ganzen Spuk in La Coruña angefangen, dort die abgeschaffte Verfassung von Cádiz neu verkündet und danach El Ferrol, Lugo und leider auch die Stadt des Apostels mit seinen Spießgesellen erobert habe, sei bereits seiner gerechten Strafe zugeführt worden und nicht mehr am Leben. Der tapfere Conde San Román habe sich ihm in den Weg gestellt und ihn in kurzem Gefecht aus der Welt geschafft. Dann fuhr Gayoso in beschwörendem Ton fort: »Mögen die Revoluzzer und die Meute der sogenannten Liberalen die Macht und die Rathäuser erobert haben, die Herzen der Menschen werden sie niemals gewinnen. Das Volk will die alte Ordnung, und es will die Aufrührer am Galgen sehen! Genau wie diesen Porlier, der jetzt landauf, landab als Märtyrer gefeiert wird. Eine wahre Schande!«

Gayoso steigerte sich immer mehr in Rage: »Straßen und Plätze werden sogar nach ihm benannt, und dieses unglaubliche Machwerk, dieser Monolog, den er vor seiner Hinrichtung zusammengeschmiert hat, wird tatsächlich im Theater von La Coruña aufgeführt. In dieser Posse wagt er es, sich zu einem der Besten des geliebten, verblendeten, angeblich unterjochten Vaterlandes zu erheben, zu einem Unschuldigen gar, der in wenigen Stunden für die höchsten Ideale der Menschheit den Märtyrertod sterben müsse ...« Entsetztes Raunen unter den Gästen bestärkte den Redner, und er wetterte lauthals weiter: »Aber die Stadt des Apostels, die sich rühmen darf, den Verräter festgenommen und seinem gerechten Urteil zugeführt zu haben, die Stadt, in der die Junta Apostólica gegründet wurde, diese Stadt wird sich, vereint mit den konservativen Kräften des Landes und mit der Hilfe seiner katholischen Majestät, der Revolution erwehren und: Wir werden siegen!« Darauf erhob er sein Glas und brüllte den Schlachtruf: »*Dios y la patria!*«

Als der Beifall sich gelegt hatte, erhob sich Felipe, der junge Anwalt aus La Coruña, in der Absicht, wie er sagte, die Rede seines Schwagers zu ergänzen. In ruhigem Ton sagte er ungefähr Folgendes: »Jawohl, es trifft durchaus zu, der *Monólogo en su última hora*, den der Siebenundzwanzigjährige in einem genialen Wurf verfasste, wird gegenwärtig auf ergreifende Weise dem Publikum nahegebracht, und zwar von Antonio Far, einem großartigen Schauspieler. In La Coruña, der liberalsten Stadt der Halbinsel, ist das Coliseo-Theater stets ausverkauft, und die Zuschauer verlassen die Vorstellung in starker Bewegung. Und ich frage die versammelte Festgesellschaft: Wem sollte solch ein Stück nicht zu Herzen gehen? Geschrieben in der Todesstunde und mit dem Herzblut des Todgeweihten? Angesichts der schändlichen Hinrichtung schwingt sich der überlegene Geist des jungen Generals zur Kühnheit vaterländischer Gedanken auf! Nicht an sich selbst denkt Porlier, sondern ans ›geschundene und verführte Vaterland‹, wie er es selbst ausdrückt.

Es tut mir leid, doch ich weise das Urteil meines Schwagers über das Stück und seinen Verfasser auf das Entschiedenste zurück. Juan Díaz Porlier war der strahlende Sieger vieler Schlachten im Befreiungskrieg, und er ist als Opfer der Tyrannei gefallen! Er ist den Heldentod gestorben! Jawohl, Porlier ist ein Märtyrer der Freiheit! Und die Freiheit wird siegen, obwohl der Kampf gegen die Alleinherrschaft des Königs und seiner Vasallen sowie gegen den Amtsmissbrauch einer reaktionären Kirche noch lange nicht beendet ist. Doch niemals werden ihn die Feinde der Verfassung gewinnen! Die Geschichte wird der Herrschaft von Recht und Gesetz zum endgültigen Sieg verhelfen.

Und ich darf anfügen, dass ich stolz bin, in La Coruña als Anwalt zu leben. Die Stadt ist erfüllt vom Geist des jungen Porlier und seinem beschwörenden Aufruf, von dem ich mir ein paar Sätze notiert habe: ›Im Schatten eines schmachvollen Todes wende ich mich ein letztes Mal an mein geliebtes Vaterland und beschwöre es, die Ketten der geldgierigen und blutrünstigen Gewaltherrschaft zu sprengen und sich seine Würde zurückzuerobern. Den Galgen vor Augen, erfüllt mich gerechter Zorn sehe ich das Morgenrot der Freiheit am Horizont emporsteigen. Jahrhundertelang hat die Unterdrückung gedauert und sie hat Kriege geführt und unzählige Opfer gefordert. Es ist Zeit, sich der Fessel zu entledigen!‹

Dann wendet er sich an seine junge Gemahlin: ›Und während die Angst durch meine Adern fließt, weihe ich mein zitterndes Herz für ewig meiner geliebten Gattin, Doña Josefa Qucipa. Unter Tränen verspreche ich ihr, ich werde den Torturen des Sterbens mit heiterem Antlitz entgegenschreiten, niemals vergessend, wie süß und ehrenvoll es ist, zu sterben für das Vaterland.‹«

In der Festgesellschaft herrschte betroffenes Schweigen. Felipe schaute von einem zum andern, dann fuhr er fort: »Und Porlier ist nicht umsonst gefallen! Es war nicht zuletzt der infame Mord an diesem Helden, der den Liberalen in Galizien zum Sieg zu verhalf. Und auf diesen Sieg wollen wir das Glas erheben!« Dann schloss er seine Rede mit dem gleichen Trinkspruch wie sein Schwager: »*Dios y la patria!*«

Danach verließ er stehenden Fußes das Fest. Dass der empörte Gastgeber ihn unter heftigen Beschimpfungen seines Hauses verwies, blieb unter diesen Umständen wirkungslos und ging in der allgemeinen Unruhe unter. Die festliche Stimmung war zerstört. Als kurz danach die ersten Gäste aufbrachen, verließ auch Margaretha die Tafel, und ich nutzte ebenfalls die Gelegenheit, mich mit ein paar unverbindlichen Worten zu verabschieden.

Am nächsten Tag erschien Deine Mutter überraschend in Valdediós und verlangte, mich zu sprechen. Sie war in Begleitung der Amme. In geschäftlichem Ton forderte ich die beiden Frauen auf, mir ins Sprechzimmer zu folgen. Bleich und selbstbewusst stand Margaretha vor mir. Dann hielt sie eine kurze, eindringliche Rede: »Jeronimo, höre mir zu! Unser aller Schicksal liegt in deiner Hand! Lass Gayoso seinen Sohn, und nehmen wir den unseren. Jeronimo, ich beschwöre dich, lass uns fliehen, es braut sich ein furchtbares Unglück zusammen. Joseph wird niemals dulden, dass unser Sohn sein Erbe wird, eher wird er ihn umbringen! Lass uns nach Frankreich fliehen, nach Paris. Emigranten aus ganz Europa leben mittlerweile dort, darunter auch viele Spanier, man nennt sie hier bereits die *afranceados*. Außerhalb Galiziens bleibt den Liberalen ohnehin nichts anderes mehr übrig, als das Land zu verlassen. Es ist alles vorbereitet. Ich habe heimlich Verbindungen aufgenommen. Jeronimo, wir haben keine Zeit mehr, uns über dein Gelübde oder mein Eheversprechen zu unterhalten, zumal ich deinen Standpunkt kenne. Du glaubst, dass Vernunft und Sittlichkeit es gebieten, zu entsagen. Doch Vernunft und Sittlichkeit gebieten ebenso, sein Schicksal in die Hand zu nehmen, vor allem dann, wenn es nicht um selbstsüchtige Gefühle oder eigennützige Interessen geht, sondern wenn das Leben selbst in Gefahr ist.«

Margaretha hielt inne und schaute mir mit festem Blick unerschrocken in die Augen: »Du weißt es selbst, Gayoso macht vor nichts halt! Denk an den Kutscher und daran, dass er mich mit dem Leben meines Bruders erpresst hat! Er wird seinem Sohn zu seinem Recht verhelfen und ginge er selbst dabei zugrunde. Jeronimo, bedenke alles, überschlafe alles, lass deinen Verstand sprechen. Und glaube mir das eine: Deine Klostermauern sind ein schwacher Schutz vor Gayosos eisernem Willen! Es geht nicht um uns beide, es geht um uns alle. Morgen werde ich die Amme schicken, um deine Antwort zu erfahren.« Unter Tränen beschwor mich dann auch noch die Amme: »Padre, hört auf Doña Margaretha.«

Danach verließ Deine Mutter mit knappem Gruß den Raum, aufrecht und gefasst, ohne mir einen Schritt näher getreten zu sein. Versteinert blieb ich zurück, unfähig, zu begreifen, dass Margaretha das, was sie gesagt hatte, tatsächlich ernst gemeint hatte. Nicht einen Moment dachte ich über ihren Vorschlag nach, denn augenblicklich stand für mich fest: Margaretha wird eine Antwort bekommen, die an Deutlichkeit nicht zu übertreffen sein wird! Am nächsten Morgen würde ich die Stadt so früh verlassen, dass die Amme mich nicht mehr anträfe.

Lieber José, wer hätte in jenen Tagen vorhersagen können, welches Schicksal uns alle treffen würde und dass eine Flucht das weitaus kleinere Übel gewesen wäre? Allerdings hätte ich einer Vorhersage unseres Unglücks wohl keinen Glauben geschenkt, sonst hätte ich ja die Befürchtungen Deiner Mutter ernst genommen. Damals hatte ich immer nur eines vor Augen: der Versuchung zu widerstehen und allen Gefühlen zu entsagen. Die einzige Gefahr meines Lebens schien mir darin zu bestehen, mich noch einmal von den Verzückungen der Liebe mitreißen zu lassen und erneut in den Wogen der Fleischeslust zu versinken.

Anderntags floh ich in aller Herrgottsfrühe aus der Stadt, ohne einen einzigen Gedanken darauf zu verschwenden, was ich Margaretha damit antat.

Nach diesem unverhofften Ereignis habe ich die erzwungene Enthaltsamkeit viele Wochen mit schweren Träumen gebüßt, aus denen ich schweißgebadet erwachte und jedes Mal erst zu mir kommen musste, um zu begreifen, wieder im Kloster zu sein. In solchen Stunden wäre ich zu Fuß nach Sanct Jago gepilgert, um nur eine einzige Nacht mit Margaretha zu verbringen, oder auch nur, um sie in die Arme zu schließen. Tagsüber grübelte ich stundenlang darüber nach, woher diese Träume kämen und ob sie mir etwa die Wahrheit sagten über mich selbst. Wieder war ich in dunkler Sehnsucht und schweren Zweifeln gefangen, und die Qualen des Verlangens nach der Geliebten hatten sich abermals meiner bemächtigt. In meiner Not beschloss ich, meinem Abt zu offenbaren, ich müsse durch eine schwere innere Prüfung gehen, und ihn zu bitten, mich für dreißigtägige Exerzitien nach der Regel des heiligen Ignatius von Loyola zu beurlauben.

Wenn ich mich heute an die Liebe erinnere, verweht von den Stürmen der Zeit und den Vorhaltungen der Kirche, so fehlt mir jegliche Vorstellung von Glück oder leidenschaftlicher Verzückung. Nur das Gewicht der Folgen hat die Jahrzehnte überdauert. Vielleicht hatte ich vormals bei Margaretha eine irdische Heimat erhofft, einen Hafen, in dem ich mich vor mir selbst hätte retten können, und vielleicht bin ich geflohen, weil es keine Rettung, sondern mein Untergang gewesen wäre, denn ich hätte mich verloren in ihr ...

Nach langen Wochen des Fastens, Betens und qualvoller Züchtigung wurde ich durch die Schmerzen des Körpers von denen der Seele allmählich befreit und kehrte geläutert in den Kreis der Ordensbrüder zurück. In den kalten Nächten der Buße hatte ich in meiner Zelle die Schultern entblößt und meinen Leib gegeißelt, um mich für meine sündigen Begierden zu strafen und sie durch blutende Wunden auszulöschen.

Als nach zwei weiteren Jahren strengen Klosterlebens ein Novize wieder einen Umschlag mit dem Siegel der Gayosos in die Bibliothek brachte, öffnete ich den Brief ohne Zögern oder innere Bewegung. Don Gayoso nebst Gattin teilten mir die Geburt ihrer Tochter Dolores mit, dieses Mal, ohne mich zur Taufe einzuladen. Seelenruhig legte ich den Brief zur Seite, die alten Dämonen beschlichen mich nicht mehr. Auch in meinen Träumen waren die vormaligen Furien zur Ruhe gekommen. Ein leises Schamgefühl beschlich mich allerdings, denn es war eigentlich grausam, keinerlei Mitgefühl für Margaretha zu empfinden und nicht den geringsten Antrieb, ihr nahe zu sein. Doch es war nun einmal so, und es sollte so bleiben. Während ich den Umschlag beiseitelegte, schob ich auch alle Gedanken an sie und ihre schwierige Lage weit weg von mir. Dieses Mal wollte ich den Anfängen wehren und weiterhin in Ruhe beten und arbeiten.

Ich befinde mich leidlich, doch der Einsatz im Hospital ermüdet, die schwere Arbeit ermattet die Glieder und hinterlässt mancherlei Beschwerden. In der Hoffnung, es möge Dir wohl gehen werde ich mich niederlegen.

In tiefer Zuneigung grüßt Dich
　　　　　　　　　　Dein Vater

Manila, in den ersten Tagen des September anno 1846

Post Scriptum in tiefer Nacht: Ich finde keinen Schlaf, weil mir heute erneut schmerzlich bewusst wurde, in welchem Ausmaß ich schuldig wurde an Dir. Statt Dein Leben in freie Bahnen zu lenken, bin ich der Verantwortung ausgewichen. Schlimmer noch: Ich habe mich nicht im Geringsten zuständig gefühlt. Gayoso war Dein Vater, was hatte ich mit seiner Familie zu schaffen? Ich hielt es für mein Recht und meine Pflicht, mein Klosterleben fortzusetzen. Margarethas Plan hielt ich für aberwitzig, höflich ausgedrückt.

Mir schwindelt bei der Vorstellung, wie gut wir hätten leben können, wenn ich damals der Flucht zugestimmt hätte, und mir sträubt sich die Feder, Dich heute um Vergebung zu bitten.

# Der lange Kampf

## Büchergeborgenheit

Nasskalte Gassen, das Hotelzimmer ungeheizt, es gießt wie aus Kübeln. Flucht in die Salla de Investigatores in der Fonseca-Bibliothek, Kleinod unter den Prunkstücken der Stadt, vollgestopft mit ledernen Folianten. Wer hier arbeiten will, muss ein Forschungsinteresse nachweisen. Bibliotheken waren schon immer Zufluchtsorte: der Theologensaal in Tübingen, die Unibibliothek in Freiburg, die Bibliothèque Sainte Geneviève und Bibliothèque Nationale in Paris, die Landesbibliothek in Stuttgart. Büchergeborgenheit.

Im *Liber Sancti Jacobi*, dem Pilgerführer aus dem zwölften Jahrhundert, gesammelt im *Codex Calixtinus*, taucht erstmals der Name *Jacobsland* auf, ebenso *Jacobsweg* und *Jacobsmuschel*. Weshalb gehen Menschen Pilgerwege? Begegnung mit einer anderen Welt? Umkehr? Selbstfindung? Selbsttäuschung? Ein Dudelsack jammert.

Der alte Cauchemar ist zurück. Immer der gleiche Film: Sie wird rausgeworfen, dort, wo sie bleiben will, wo sie versucht hat, die Wünsche derer zu erfüllen, die sie fortjagen. Man stößt sie die Treppe hinunter und wirft ihr den Koffer nach. Früher war es die Mutter, im Traum erledigt das E oder eine Tochter. Zimmersuche. Niemand will an sie vermieten, aus fadenscheinigen Gründen, die sie nicht widerlegen kann, weil ihr die Stimme versagt.

Regen, Langeweile, Einsamkeit. Jakobsland weicht zurück, »Pommerland ist abgebrannt«. Zuflucht in Kirchen, Magie des Weihrauchs, der Rituale, Menschenwärme, Gebetsfrömmigkeit. Quellflüsse der Religionen: die Welt nicht ertragen, die Liebe versäumen, den Tod fürchten. Pontifikalamt in San Payo, dünner Gesang alter Benediktinas, eine einzige Novizin hat der Konvent. San Payo de Antealtares ohne Nonnen? Wird der Tag kommen? Abendmesse in der Kathedrale, Ruhe vom Hochaltar, hält eine Stunde. Weiter. Hausieren nach Geborgenheit. Andacht in San Benito, der jubelnde Tenor des Vorsängers übertönt das verstimmte Harmonium, auf dem er sich begleitet. Hier hatte Jeronimo nach seiner Flucht gewartet, bis es dunkel war.

Las Ánimas, Rosenkranz, Hochamt zum Blasiusfest, auch keine Orgel. Jakobsland ist abgebrannt. Die Bank neben der Kreuzwegstation: *Flagellacion del Señor*, robustere Form der Predigt. Sie kennt jedes Detail, Geißelsäule, Pöbel, Schergen mit Peitschen, an denen echte Schnüre hängen. Hier stand Jeronimo während der Taufe seines Sohnes einsam, gefangen im Geheimnis: »Ich hatte einen Kameraden …« Der Menschendunst würgt. Hochaltar und Tympanon zeigen die armen Seelen im Fegefeuer, daher der Name der Kirche. Seelen? Es sind Körper. Ein Kindergebet steigt auf: »Lieber Heiland, sei so gut, lasse doch Dein teures Blut in das Fegefeuer fließen, wo die armen Seelen büßen.« Muss man Kinder derart ängstigen? So werden sie manipulierbar. Diesen Angstglauben verkünden auch die nackten Oberkörper, von Flammen umzingelt, mit hochgerissenen Armen. Fazit: Mensch, lass dir gesagt sein, besser das Feuer der Sünde ersticken, als in den Flammen der Hölle schmoren. Darum sind die nackt! Fleischeslust und Höllenqualen, unzertrennlich in der Kirchentradition. Woher kommt dieser Hass auf den Leib? Neid der Zwangszölibatäre? Eine Inderin sagte: »You know, in our religion, love has never been a sin.«

Ist jeder Glaube ein Kinderglaube? Weißt du, wie viel Sternlein stehen? Gott, der Herr, hat sie gezählet? Kennt auch dich und hat dich lieb? Rosenkranz in San Miguel. Drei alte Frauen stehen beisammen, sie drehen sich nach ihr um. Als sie grüßt, wollen sie wissen, weshalb sie hier sei, jetzt, zu dieser Jahreszeit. Fast hätte sie gesagt: Verwandte besuchen.

Morgens ist die Welt noch frisch und neu. Frühstück im *El Paradiso*, Jugendstilcafé in der Rua do Villar, das seinen Namen vom gleichnamigen Roman von José Lezama Lima aus dem Jahr 1968 hat. Im Vorwort wird das Werk aus Havanna als kubanischer *Wilhelm Meister* bezeichnet. Ob das sein muss, dauernd die Berufung auf den Riesen? Olympier, Dichterfürst, Abkanzler, Besserwisser, Glückszerstörer. Nur damit von vornherein ein Sockel entsteht: Hören Sie zu, dieses Werk ist nicht nur lesenswert, nein, es ist bedeutend, denn es lässt sich mit einem Opus des Altmeisters vergleichen. Macht ja nix, dass der Geheimrat einen Heinrich Kleist verhöhnte, Caspar David Friedrich herabgesetzt und seinen Lebensweg mit Verlassenen gepflastert hat.

Im Paradiso schaut ein Mensch herüber, mehrmals, und er nimmt die Pfeife aus dem Maul, kein *Surabaya Jonny* also. Nicht hinschauen. Zwei, die Bescheid wissen. Bloß nicht. Schade, er wirkt gelassen, intelligent sowieso.

Sie stellt sich vor, er sei ein Geschichtsprofessor, der gleich zur Vorlesung geht. Am vierten Tag schaut er nicht mehr her.

Vor zwei Tagen hatte sie eine private Geschichtsvorlesung der denkwürdigen Art, gehalten von einem Franziskanerpater und Lehrstuhlinhaber. Sie wollte etwas über die Geschichte von Valdediós erfahren. Er schenkt ihr ein Buch über die Klostergeschichte. Dann geißelt Hochwürden in einem engagierten Exkurs den spanischen Liberalismus, Modernismus und Antiklerikalismus. Napoleon sei an allem schuld, er habe diese zersetzenden Ideen eingeführt. Aha! Liberalismus, Modernismus und Antiklerikalismus in Spanien? Es war sein Ernst! England sei von der Invasion der Franzosen verschont geblieben, daher auch die stabilen Traditionen in Staat und Gesellschaft. Na dann. Ein Pater als Geschichtsprofessor? Gute Idee, die Trennung von Kirche und Staat.

Endlose Tage im Nieselregen, weiterhin nirgends geheizt, im Hostal nicht, in Bars und Bibliotheken nicht. Die Zeit rumkriegen, *matar el tiempo*, zuletzt wird sie uns töten. Essen in einem Winkel der Algalia. Hausmannskost. Der Regen hat aufgehört. Abendspaziergang zum Pazo. Ein Silbermond hängt über dem stillen Haus wie am Abend der Ankunft Jeronimos. Arme Margaretha. Zurück in den Fonseca-Bauch.

Am nächsten Tag ein Spaziergang nach San Lorenzo Extramuros, Parador für Staatsgäste, versteckt hinter einer uralten, schiefen Mauer. Palmen schauen hervor. Ein alter Mayordomus öffnet: Zutritt ausgeschlossen, das Anwesen gehöre Fabiola von Belgien. Hier hat Jeronimo auf den ersten Prozess gewartet.

Auch in Valdediós herrscht Hotelgepränge. Ein Prospekt zeigt, wie die Zimmer aussehen. Kein Zutritt, Bauarbeiten. Ein Großteil des Klosters besteht weiter. Braune Kutten huschen durch die Gänge. Sie geht von der Sakristei in Richtung Klausur und Refektorium, vorbei an den fünf gotischen Fenstern im vorderen Patio, die bunte Schatten auf Jeronimos Weg warfen, als er in seine Zelle schlich, nach Gayosos zweitem Besuch. Vor der Treppe, die zu den Zellen führt, schlurft ein alter Mönch daher und verweist sie barsch des Ortes.

Mürrischer Alter, was weißt denn du? Fast hätte sie gesagt, sie habe durchaus ein Recht, hier zu sein, sie sei nämlich auf den Spuren seines Ordensbruders, des unglücklichen Padre Jeronimo, den sie verbannt haben aus dem

Kloster, aus der Stadt, dem Land und dem Erdteil. Und er würde sie ungläubig anschauen, weil er nicht wüsste, wovon sie spricht. Und sie würde fortfahren: Jawohl, sie kenne eines der dunkelsten Geheimnisse dieses Klosters. Und hier sei wahrlich schon Schlimmeres passiert, als dass eine Frau durch den Patio geht. Er solle sich nichts einbilden auf seine Klausur, seine Kutte und sein asketisches Leben, falls er ein solches führe, und er solle eine Señora bitte höflicher behandeln.

Mein Sohn!
Der Einsame geht immer wieder ähnliche Gedankenpfade, auch wenn sie längst ausgetreten sind. Und so erinnere ich mich häufig selbst daran, dass ich diese Briefe nur dann schreiben darf, wenn sie sich eines Tages als tauglich erwiesen, Dir Mut zu machen und Dir zu zeigen, dass auch Du einen Vater hast, der sich sorgt und der Dich liebt, so wenig Du diese Liebe erfahren durftest. Wenn Dir schon keine andere Wahl bleibt, als aus dem Erbe der Vergangenheit Deine Zukunft zu bauen, so sollte Dir, so mein Bemühen, wenigstens verständlich werden, weshalb Du nur Trümmer vorgefunden hast. Wenn es am Ende nicht gelänge, dieses Ziel zu erreichen, weil die Hinterlassenschaft Deiner Eltern schwerer drückt, als dass Verständnis etwas ausrichten könnte, so bitte ich Dich auch heute wieder, mir zugutezuhalten, was mein innerstes Bestreben war.

Allerdings werden Einsichten des Verstandes allein Dir nicht helfen können, und deshalb frage ich mich, welcher Schlüssel zu Deinem Herzen führt, der Quelle der Zuversicht und des Lebensmutes. Und deshalb bin ich bemüht, Dir die Gefühle und Gedanken derer zu schildern, die damals Dein Schicksal bewirkt haben, sei es durch Tun oder Unterlassen. So werde ich versuchen, durch eine Annäherung an die Geheimnisse der Herzen auch das Deine zu bewegen.

José, unterdessen sind wir am dunkelsten Abschnitt der Geschichte der Gayosos angelangt, welcher für mich damit begann, dass eines Tages im August des Jahres 1825 zwei Mönche im Kloster zu Betanzos vorstellig wurden. Sie kamen aus Valediós und hatten vom dortigen Abt den Auftrag, mich unverzüglich nach Sanct Jago zu bringen. Es sei daselbst vom Fiscal des geistlichen Gerichts schwere Anklage gegen mich erhoben worden, so ihr Bericht, welche in einem bevorstehenden Prozess aufgeklärt werden müsse.

Mein Abt ließ mich in sein Amtszimmer rufen und teilte mir mit, was gegen mich vorgebracht wurde. Während er mit den Mittelfingern auf die Lehnen seines Armstuhls klopfte, fragte er mit Entsetzen in Gesicht und Stimme: »Padre Jeronimo, steht Ihr mit diesem gegenständlichen Fall in Verbindung?«

Ohne Zögern oder das kleinste Anzeichen innerer Erregung antwortete ich: »Nein, ehrwürdiger Vater!« Zunächst stand kein fester Entschluss hinter der spontanen Antwort oder gar ein Plan. Es war vielmehr eine unwillkürliche Abwehr der plötzlichen Bedrohung. Der Ordensobere, ein leicht erregbarer Mann mit stechenden Augen und scharfem Tonfall, schleuderte mir wütend entgegen: »Ihr klingt eher verlegen als glaubwürdig, mein Sohn. Doch ist es nicht meine Aufgabe, Widersprüche zu klären. Das ist Sache des Gerichtes. Ihr werdet Euch stellen müssen, mein Sohn. Hier die Vorladung.«

Er hob das Schreiben in die Höhe und beendete die Unterhaltung mit einem strengen: »Dominus tecum«, wobei er mir gleichzeitig mit einer ungeduldigen Handbewegung die Tür wies. Ich murmelte ein unterwürfiges: »Et cum Spiritu tuo« und stahl mich davon, ohne um den Reisesegen zu bitten. Im Gehen glaubte ich noch etwas wie »qué vergüenza« zu hören und ein ärgerliches Gebrumme: Das sei ja ganz unglaublich. Unerhört sei das! Ein Mitglied seines Klosters unter einer solchen Anklage. Der erste Abend im Pazo kam mir in den Sinn und der Stoßseufzer der Amme: *qué vergüenza!* Jawohl, das alles war und blieb eine riesige Schande.

Die Reise nach Sanct Jago verlief schweigend, schon deswegen, weil wir alle damit beschäftigt waren, mit aufgestützten Händen die Schläge der altersschwachen Kutsche abzufangen. Außerdem hatte sich meiner starke Übelkeit bemächtigt. Unterwegs teilten mir meine Begleiter mit, eingedenk der ungeklärten Lage würde ich im klostereignen Parador von San Lorenzo de Trasouto vor den Mauern untergebracht. Es dürfe keine Unruhe in Valdediós entstehen, und niemand dürfe etwas vom bevorstehenden Prozess erfahren. Ohne Regung nahm ich die Anordnung zur Kenntnis; im Grunde war ich erleichtert, denn man ersparte mir so, Verachtung und Abscheu in den Blicken meiner Ordensbrüder lesen zu müssen. Mit einem gewaltigen Schlag, den ich nur fühlen, aber nicht verstehen konnte, hatte sich der Himmel verdunkelt. Ohne Vorankündigung wurde ich aus dem mühsam wiedergewonnenen Klosterfrieden gerissen, aus dem beschaulichen Leben als Mönch und Geschichtsschreiber. Man zerrte mich vor ein Gericht, und man würde mir meine Sünden ins Gesicht schreien.

Es muss ein jämmerlicher Anblick gewesen sein, wie ich in der Kutsche hing, elend, halb benommen und doch hellwach. Gegen meinen Willen musste ich zurück in die fluchtartig verlassene Stadt, zurück zur alten Schuld, die ich begraben hatte, die ich mit Fasten, Beten, geistlichen Übungen und nächtlichen Geißelungen glaubte gebüßt zu haben, und an die ich keine müßigen Gedanken oder Gewissensbisse mehr verschwendet hatte. Mit gesenktem Blick und pochendem Herzen näherte ich mich der Stadt, wo man mich zur Rechenschaft ziehen würde für ein verjährtes und erpresstes Vergehen. Nach zehn Jahren hatte sich die Wahrheit aufgerichtet, und die Zukunft stand vor mir wie ein dunkler Schlund, der gähnend seinen Rachen öffnete, auf den ich zufuhr, unausweichlich, und der mich verschlingen würde.

Im Abteil war es drückend heiß, und die drangvolle Enge führte zu lästiger körperlicher Nähe, die aufgrund der feindseligen Gefühle der Reisenden untereinander unerträglich zu werden drohte. Die Luft war schwül, die Straße staubig und es ist schwer zu sagen, was schlimmer war, das Holpern der ächzenden Kutsche oder die Gerüche der Menschen. Fiebrig, durstig und hitzematt lehnte ich in der Ecke des Reisewagens, die verächtlichen Blicke der Ordensbrüder auf mich gerichtet. Allmählich begann ich zu ahnen, dass wir nicht groß sind oder klein, nicht stark oder schwach, tugendhaft oder sündig, es sei denn, wir sind es in der Einschätzung der anderen; und dass es uns nichts nützt, eine Schuld tief in unserer Seele zu vergraben um Ruhe zu finden. Nicht mit sich allein kann der Sünder Frieden schließen, er muss seine Schuld bekennen und sühnen, weil sie sonst an allen Ecken lauert, um ihn zu überfallen, heimlich oder öffentlich, bei Tag oder in der Nacht. Und sie drängt sich dazwischen, immer wieder, zwischen ihn und seinen Seelenfrieden, ihn und sein Leben. Doch ich war zu elend, um diese von panischer Angst begleiteten Gedanken in mir auszubreiten, und während der Rumpelkasten durch den flirrenden Sommertag und die kühlenden Wälder Galiziens schaukelte, beschloss ich, da kein göttliches oder menschliches Gebot dies untersagte, zu kämpfen und mich meiner Haut zu wehren, so gut ich konnte und so lange es durchzuhalten war. Während ich dies niederschreibe, wird mir bewusst, dass ich niemals bereit war, für die Liebe zu Deiner Mutter zu kämpfen, wohl aber für meine verlorene Ehre. *Qué vergüenza!*

Wahrscheinlich wirst Du nun fragen, wie es dazu gekommen war, dass gerichtliche Vorwürfe gegen mich erhoben wurden. Aus eigenem Wissen werde ich es Dir nicht sagen können, denn ich hatte bis dahin mein abgeschiedenes Klosterleben geführt, fernab vom Geschehen in der Algalia. Um Dir gleichwohl diese gewiss drängende Frage zu beantworten, habe ich nachgesehen, ob das Tagebuch Deiner Mutter Aufschluss darüber zu geben vermag, und bin dort auch fündig geworden. Ich denke, es ist angezeigt, an dem Tag zu beginnen, an dem das Unglück seinen Anfang nahm, und hier komme ich auf einen meiner ersten Briefe zurück, in dem ich mir die Frage nach dem Ursprung der Familientragödie gestellt hatte; einer war mit Sicherheit die Geburt Deines Halbbruders. Deshalb werde ich dort beginnen, wo sich die Geburt eines zweiten Kindes ankündigt.

Am 25. September des Jahres 1820 schreibt Deine Mutter: »Mein Weh und Ach wird mir nichts nützen, so wenig wie meine Angst vor künftigem Leid. Jeder neue Tag macht es deutlicher und sicherer: Ich bin in gesegneten Leibesumständen.« Ein paar Seiten weiter stellt Deine Mutter die folgende Überlegung an: »Vielleicht wurden alle Kinder dieser Welt vor aller Zeit erschaffen, und es stand von jeher fest, dass der Frevel, den wir begangen haben, nicht nur eine Lästerung des einen Vaters war, von dem alles Leben kommt, sondern ein zutiefst sinnloses Vergehen. Hätten wir geduldig auf den Tag gewartet, an dem unsere Gebete erhört würden, hätten wir die Grenzen eingehalten, die uns auf steinernen Tafeln übergeben wurden, so könnten wir uns jetzt über die Erhörung unserer Bitten freuen, wie ehedem die späten Mütter der Bibel, Hannah und Elisabeth, sich gefreut haben mochten. Stattdessen müssen wir mit neuem Kummer rechnen, der mit der Geburt dieses Kindes beginnen wird. Und Gewissensnot wird über uns kommen, denn dieses Kind wird den Rang des Erstgeborenen haben und diesen niemals einnehmen dürfen.

Meinem Gemahl werde ich vorderhand meinen Zustand nicht offenbaren und werde ihn auch vor allen anderen verbergen, so lange es möglich ist. Auch die Amme werde ich nicht in Kenntnis setzen, um sie so lange wie möglich vor neuem Gram zu verschonen. Schon jetzt fühle ich mich schuldig gegenüber meinem Kinde, das ich mit so banger Erwartung in mir trage, und ich fühle mich verlassen und allein mit einem drohenden Unglück, das hätte unser Glück werden sollen. Dem Himmel sei es geklagt, dass auch meine innigen Gebete auf mich zurückfallen, weil der, zu dem ich flehe, mir so deutlich gezeigt hat, wie sehr Er mir zürnt.«

Im Juni des nächsten Jahres steht in Margarethas Tagebuch: »Ich habe einen Sohn geboren. Die Freude seines Vaters ist groß, sprachlos und dunkel, ebenso wie die meine. Der Herr über Leben und Tod möge uns gnädig sein und uns dankbare Herzen verleihen, denn er hat uns ein gesundes Kind geschenkt. Die Amme schlurft wortlos durch die Räume und spricht nur noch mit der jungen Amme, mit der sie sich die Besorgung des Kindes teilt. Auch sonst ist es eigentümlich still geworden im Pazo, denn das Gesinde versucht, sich anzupassen, ohne die Gründe für die niedergedrückte Stimmung zu kennen.«

Ein paar Tage später fährt Deine Mutter fort: »An heißen Nachmittagen sitze ich lange Stunden an der Wiege meines Kindes und sinne darüber nach, was das Leben mit meinen Söhnen vorhaben mag, das Leben, in das sie sich nicht gedrängt haben, in das sie gekommen sind, ohne zu ahnen, was sie erwartet, und ohne zu wissen, ob sie die Kraft aufbringen werden, ihr Schicksal zu meistern oder auch nur, es zu ertragen. Und ich frage mich, was ich werde tun können für die Kinder zweier so verschiedener Väter, ob ich sie werde beschützen können vor Schicksalsschlägen, ob ich unter Aufbietung aller Kräfte diese würde verhindern können oder wenigstens mildern. Und wenn die Sonne über dem kleinen Patio brütet und die Schwere des Mittags auf den Rosen liegt, wenn die verödete Stadt in der Siesta versinkt und ich die Fliegen vom Gesicht des schlafenden Kindes abhalte, steigt die Gewissheit in mir auf, dass ich nur über seine Kindheit werde wachen können, nicht über sein Leben.«

Die nächste Eintragung berichtet von meiner überstürzten Flucht, sie trägt kein genaues Datum, da steht nur: »Im Juli 1821. Einen Tag nach Carlos' Taufe ist Jeronimo aus der Stadt geflohen, ohne ein Wort des Abschieds, ohne eine Zeile der Erklärung, ohne einen letzten Händedruck. Die Sache liegt jetzt klar zutage, denn das ist seine Antwort auf meinen Vorschlag, gemeinsam zu fliehen, und diese Antwort ist an Klarheit nicht zu übertreffen: Nicht mit mir flieht er, sondern vor mir, und da er noch nicht einmal nach Worten sucht, dies zu erklären, und mich dadurch noch tiefer herabwürdigt als durch sein feiges Verschwinden, werde ich mir jetzt den Dolch selbst in die Brust stoßen. Die Wahrheit ist einfach, und ich werde sie ohne Zögern vor mir selbst aussprechen: Er liebt mich nicht mehr ..., wenn er mich überhaupt jemals geliebt haben sollte.

Die Qual, die mir seine unverhüllte Gleichgültigkeit bereitet, ruft nicht nur endlose Tränenströme hervor, die ich im Schutze der Nacht oder einer abgelegenen Kammer zu weinen verdammt bin, sondern obendrein körperliche Beschwerden. Doch führt mich die Wehrlosigkeit meiner Lage auch zu der Frage, was ich daran verschuldet habe, und ich kann mir bittere Vorwürfe gegen mich selbst nicht ersparen: Warum habe ich seinen Worten geglaubt, seinen Blicken und seiner Umarmung? Weshalb liebe ich ihn so sehr? Ist nicht in dieser Liebe eine Gotteslästerung beschlossen, die sich darin zeigt, dass ich bereit wäre, alles hinter mir zu lassen, selbst meinen neugeborenen Sohn? Weshalb kann ich angesichts seiner Kälte nicht wenigstens meine Kraft sammeln, um diese zehrende Trauer einzudämmen? Der Himmel möge mich erlösen von dieser Liebe, um meiner Würde und um des Wohles meiner Kinder willen.«

Im Oktober des gleichen Jahres gibt es eine weitere Notiz, die ich Dir nicht vorenthalten möchte: »Gelegentlich behandelt mich mein Gemahl freundlicher und rücksichtsvoller als vor Carlos' Geburt, und gelegentlich geht mir die Frage durch den Kopf, ob ich mich nicht endlich in meiner Familie niederlassen sollte, ohne Vorbehalt, in meinem Alltag, nach all den Jahren innerer Abwesenheit. Ob ich mich nicht einmal, ohne den ständigen Vorwurf, dass er mich verschachert hat, ganz an die Seite meines Gatten begeben sollte, statt nur äußerlich dort zu verharren, weil ich keinen andern Ausweg sehe. Da der falsche Mönch alle vormaligen Gefühle leugnet, frage ich mich in manch stiller Stunde sogar, ob ich Joseph nicht alles gestehen soll, alle Liebe, für die ich nichts kann, und alle Untreue, an der ich unschuldig bin. Es gab sogar Augenblicke, in denen ich fast schon angesetzt hatte zu diesem einen, umfassenden Geständnis. Doch im letzten Moment stellte sich jedes Mal derselbe Zweifel ein: Wer weiß, vielleicht will er es gar nicht wissen. Und: Wer weiß, vielleicht weiß er es längst oder er ahnt es.«

Die Spannungen im Hause Gayoso nahmen unaufhaltsam zu, wie Du selbst erkennen kannst. Ein Jahr später schreibt Deine Mutter am 2. November 1822: »Als Joseph vor ein paar Tagen von seinen Gutsgeschäften zurückkehrte und wir den Abend im Salon verbrachten, sagte er nach mehreren Gläsern Jerez, dem er in der letzten Zeit immer mehr zuspricht: ›Wir werden José so erziehen, dass er freiwillig auf das Majorat verzichtet. Er soll Geistlicher werden. Es gibt keinen anderen Ausweg. Ich werde ihn rechtzeitig damit vertraut machen und ihm zusichern, dass mein Einfluss ausreicht, ihm eine ausgezeichnete Laufbahn innerhalb der Kirche zu verschaffen.‹ Nach einer langen Pause fügte er mit verächtlichem Lächeln hinzu: ›Vielleicht hat er es ja im Blut, das Spirituelle und das Fromme.‹ Welch eine Gemeinheit, jetzt auch noch zu spotten! Man könne dergleichen nicht erzwingen, entgegnete ich erschrocken. Er antwortete: Man könne fast alles erzwingen auf dieser Welt. Dann stand er auf und verließ den Salon.

Mein Gatte hat sich seit der Geburt seines eigenen Sohnes stark verändert. Stundenlang reitet er aus, ohne zu sagen, was er vorhat und wann er zurück sein wird. Oder er steht am Fenster und starrt auf die Plazuela. Neulich hat er ohne erkennbaren Anlass einige Tage in Xan Xordo verbracht und erst nach seiner Rückkehr gesagt, wo er gewesen ist. Oft treffe ich ihn auch bei der Amme am Küchentisch, wo er lange herumhockt, ohne ein Wort zu sagen, vor sich hin starrt oder zuhört, wie sie die Dienstmädchen anleitet. Dieses Verhalten nimmt mitunter derart düstere Formen an, dass mir angst und bange wird, wenn ich mir ausmale, was er ausbrüten könnte in seiner schroffen und gesetzlosen Natur.

Gestern, während des Nachtmahls, an dem auf meinen Wunsch seit Kurzem auch José teilnimmt, habe ich ihn gefragt, weshalb denn das Majoratsrecht so angelegt sei, dass allein der Erstgeborene erbberechtigt sei und die anderen Kinder fast leer ausgingen. Mit viel Pathos in der Stimme holte der Hausherr zu einer Antwort aus: ›Die Majoratsgesetze haben ihren tiefen Sinn. Name und Ansehen der großen Familien des Landes sind deshalb unteilbar, weil nur so Güter, Macht und Privilegien erhalten bleiben und weitergegeben werden könnten und nur so die *limpieza de sangre* über Jahrhunderte erhalten bleibt. Die vorgeschriebene Erbfolge ist überdies die Gewähr der Standesgrenzen gegenüber Andersgläubigen, Juden, Ketzern und Personen unreinen oder nichtadeligen Blutes.‹

Ich wagte zu entgegnen: Die Inquisition habe wohl längst dafür gesorgt, dass es kaum noch Juden, Muselmanen und Andersgläubige gäbe und die sogenannten Ketzer meistens Opfer übler Nachrede geworden seien. Aber Joseph ließ sich nicht abbringen, im Gegenteil, er stand auf, stellte sich vor den fünfjährigen Knaben, der eingeschüchtert auf seinen Teller schaute, und echauffierte sich gewaltig, während er auf das Kind einredete: Wie alle bedeutenden Majorate hätten die Gayosos ihr Lehen mit dem Siegel und Segen des Königs erhalten, und es stets an den Primogenitus weitergegeben. Der Stammbaum sei das Heiligtum einer jeden Majoratsfamilie.

Reichtum und Macht der Gayosos seien im Übrigen darauf gegründet, dass von jeher ein Großteil der Erträge aus Pacht und Renten zur Vergrößerung der Güter und zur Verbesserung ihres Zustandes verwendet wurde. So sei es nur natürlich, dass sich das Ansehen der Familie aufgrund soliden Wirtschaftens ebenso vermehrt habe wie deren Ämter und Privilegien. Schließlich sei wegen seines hervorragenden Namens unserem Hause im letzten Jahrhundert auch die Ehre der zivilen Jurisdiktion zugesprochen worden. Er selbst übe dieses Amt, ebenso wie seine Vorfahren, stets zur Zufriedenheit der ihm anvertrauten Landarbeiter und Verwalter aus, für deren Wohlergehen er auch sonst Sorge trage. Sein Gesinde sei gut gehalten, medizinisch ausreichend versorgt und werde nicht ausgebeutet. Diesbezügliche Missstände würden gegenwärtig nicht zu Unrecht in vielen Majoraten beklagt, nicht aber auf seinen Gütern.

Mit steigender Erregung rief er: ›Wie sollen Stolz, Ehre, Verantwortung und Reinheit des Blutes aufgeteilt werden? Sie sind unteilbar und müssen in einer Person vereinigt bleiben, die würdig und fähig ist, dies alles zu verkörpern und an einen ebenso würdigen Nachfolger weiterzugeben. Das Erbe muss vollständig bleiben, weil es sonst in spätestens drei Generationen vermischt, zerstückelt und damit auch zerstört wäre.‹ Don Joseph fand kein Ende, und es kam mir so vor, als hätte er auf meine Frage gewartet.

Während die Amme stillschweigend den Knaben entfernte, um ihn zu Bett zu bringen, und ein Hausmädchen die Tafel abtrug, sprach er unbeirrt mit rollenden Augen weiter: Es sei im Sinne des allgemeinen Wohles, dass seit den Gesetzen von Toro, vor über dreihundert Jahren, und deren Ergänzungen durch mehrere Könige, die Erbfolge, die Rechte der Besitzer, ihrer Vorfahren, Nachkommen und Ehegatten sowie die Stiftung neuer Majorate geschützt würden, denn die Majorate seien eine tragende Säule der hergebrachten Ordnung. Daran werde auch die angekündigte Gesetzgebung der neuen Machthaber nichts ändern, denn es habe sich bereits starker Widerstand aus klerikalen und adligen Kreisen formiert. Demnächst würden die Liberalen wieder aus den Rathäusern weggepustet werden. Der König werde Unterstützung vom französischen Adel bekommen, und damit sei das Schicksal der Emporkömmlinge besiegelt. Und wenn von diesen Großmäulern zu hören sei, die Majorate störten die Eintracht der Familien, führten zu Mutlosigkeit und Armut in den unteren Schichten der Bevölkerung oder stünden gar im Widerspruch zu einer gerechten Verteilung der Güter und Chancen, so könne er nur entgegnen, es werde immer Starke und Schwache geben auf dieser Welt und niemals eine allgemeine Gerechtigkeit. Wichtig sei nur, dass jeder den ihm zugewiesenen Platz als gottgewollt betrachte und deshalb damit zufrieden sei. Und dies sei auch gerecht, solange die Starken die Schwachen menschlich behandelten.

Gayoso wischte sich mit der Serviette den Schweiß von der Stirn, dann fuhr er fort: ›Im Ursprungsland dieser ganzen destruktiven Ideen hat man das alte Regime abgeschafft. Und? Was ist dabei herausgekommen? Eine blutige Revolution, schändlicher Königsmord, frevlerische Gottlosigkeit und schließlich ein neuer Tyrann, der nicht nur sein eigenes Volk, sondern ganz Europa ins Unglück endloser Kriege gestürzt hat. Gottlob haben der Wiener Kongress und die *Heilige Allianz* der alten Dynastien Europas für die Wiederherstellung der alten Ordnung gesorgt; ebenso für Legitimität und Solidarität der traditionellen Königshäuser und des Adels. Und gottlob hat die Restauration mit der konsequenten Verfolgung ihrer Gegner begonnen.‹

Als ich nicht antwortete, ließ er sich erschöpft auf seinen Stuhl fallen. Er schien gemerkt zu haben, dass er zu viel geredet und getrunken hatte. Meinem Gatten ist klar, dass meine Vorstellungen von einer gerechten Gesellschaft anders sind und für mich das Majoratswesen eben nicht Teil einer allgemeinen und gerechten Ordnung darstellt; und es ist ihm bewusst, dass ich die politischen Ideen meines Bruders teile und nur meine gute Erziehung mich daran hindert, in seiner Gegenwart darüber zu sprechen. Nur zu gut weiß er auch, dass die Kritiker des Majoratswesens immer zahlreicher werden und nicht auszuschließen ist, dass es bereits in naher Zukunft zu einschneidenden Besitzeinbußen kommen könnte. All diese Einsichten waren wohl der Grund dafür, dass er die halbe Nacht in ohnmächtiger Wut weitertrank.«

An dieser Stelle möchte ich Dich auf das feine Gespür Deiner Mutter für die politische Situation hinweisen, denn Spanien befand sich seit Langem in erstarrtem Zustand. Es gab kaum noch unbeweglichen Besitz, der nicht in festen Händen war. Diese Entwicklung wurde auch durch das Gesetz von 1789 nicht aufgehalten, das die Stiftung neuer Majorate auf ein Einkommen von 3000 Dukaten heraufgesetzt hatte und eine charakterliche Prüfung der künftigen Majoratsherren einführte, um ihre Eignung für eine politische oder militärische Laufbahn zu begutachten. Durch diese Bestimmungen sollte die Überschwemmung des Landes mit kleinen, untauglichen Majoraten eingedämmt werden. Doch sie kamen zu spät. Hochmut und Müßiggang waren nach wie vor die herrschenden Tugenden der Besitzer. Es fehlte an Händen, Köpfen und Talenten, die sich bequem hätten, das Gemeinwohl zu befördern und im Heer, in der Landwirtschaft, im Handel und Gewerbe oder in der Kunst tätig zu werden. Außerdem spitzte sich die Lage dadurch zu, dass der heruntergekommene äußere und sittliche Zustand, in den viele Erbgüter geraten waren, ihren Fortbestand als unvereinbar mit dem öffentlichen Wohl erscheinen ließen. Deshalb diktierten, wie Du wohl weißt, die Liberalen in Madrid am 11. Oktober 1820 ein Gesetz, durch das die Institution des Majorats ausgelöscht und für immer verboten wurde.

Wie dieser Schicksalsschlag im Haus Gayoso aufgenommen wurde, sollst Du ebenfalls aus den Aufzeichnungen Deiner Mutter erfahren. Im November desselben Jahres notiert sie: »Während Ratlosigkeit und Verzweiflung in den Majoratsfamilien des Landes um sich greifen, hat sich Don Joseph zum Kampf entschlossen. Unmittelbar nach Bekanntwerden des Gesetzes ließ er die großen Reisekoffer packen und begab sich nach Madrid, um die berühmtesten Advokaten des Landes zu konsultieren. Nach ein paar Wochen kehrte er mit ebenso wertvollen wie teuer bezahlten Ratschlägen zurück.

Gleich nach seiner Ankunft schloss er mich freudig in die Arme und sagte, die Lage der Familie sei keineswegs hoffnungslos, im Gegenteil, sie sei sogar mit den Möglichkeiten einer Bereicherung ausgestattet. Man müsse jetzt nur auf die eigene Kraft vertrauen, sich zur Wehr setzen und vor allem nicht darüber sprechen. Als ich ihn ungläubig anschaute, nahm er mich bei der Hand, führte mich in den Salon und bat mich, geduldig anzuhören, was er mir zu sagen habe, er wolle mir die Lage genau erklären. Dann setzte er mir mit dem ihm eigenen Eifer auseinander, das Gesetz verbiete zwar für die Zukunft, dass jede Art von Fidei-Vermächtnissen neu entstünden, es stehe den gegenwärtigen Eigentümern aber zu, die Hälfte der Liegenschaften, aus denen derzeit die Majorate bestünden, zu behalten, während die andere Hälfte einbehalten würde, weil Majorate eben eine Art Lehen seien, das zurückgefordert werden könne. Er werde also den Anteil der sogenannten ewigen Fideikommiss-Güter am Grundbesitz der Gayosos feststellen, der deshalb nicht allzu groß sein dürfte, weil die durch Zukauf im Laufe der Zeit erworbenen Ländereien den größeren Anteil des unbeweglichen Vermögens der Familie bildeten. Somit sei lediglich die Hälfte des kleineren Anteils der Güter an den Staat zurückzugeben.

Die Zuversicht, die von seinen Worten ausging, ließ mich erleichtert aufatmen, doch als ich nach der Glocke griff, um eine Stärkung für den von der Reise Erschöpften bringen zu lassen, hielt er mich davon ab, weil er mir das Wichtigste noch gar nicht gesagt habe: Nach seiner Einschätzung könne es, wenn die Umstände günstig seien, sogar gelingen, den eigenen Grundbesitz zu vermehren, denn es stünde zu vermuten, dass ein Teil der frei werdenden Ländereien von staatlicher Seite wieder veräußert würde, und so könne man durch Zukauf die Rückgabe verloren gegangener Lehensgüter ausgleichen. Natürlich müsse man sich bei den Verhandlungen geschickter Mittelsmänner bedienen, da es den Vertretern des Staates ja gerade darum zu tun sei, die Besitzverhältnisse zu ändern und nicht an die früheren Nutznießer zu verkaufen.

Darauf lehnte sich Don Joseph zurück und sagte: ›Jetzt kannst du eine Flasche des ältesten Jerez auftragen lassen, denn wofern alles nach meinen Plänen realisierbar ist, wird sich am Ende das Barvermögen derer von Gayoso lediglich um die Aufwendungen reduzieren, die für den Erwerb neuer staatlicher Liegenschaften zu erbringen sind. Der Grundbesitz hingegen wäre sogar vergrößert.‹

In dieser Stunde habe ich die Lebenskraft, den Kampfgeist und die Entschlossenheit meines Gatten so sehr bewundert, dass ich nicht mehr entscheiden konnte, ob ich ihn nicht doch liebte, auf eine besondere Art und Weise eben. Von solchen Gefühlen erfüllt, stand ich langsam auf, setzte mich auf die Lehne seines Fauteuils, legte den Arm um ihn, und mit dem Ausdruck der innigsten Empfindung flüsterte ich ihm zu, ich sei erneut guter Hoffnung.«

Vielleicht sollte ich Dir kurz in Erinnerung rufen, dass die Reaktion unter Ferdinand VII. im Jahre 1824 das Gesetz gegen die Fidei-Vermächtnisse von 1820 wieder aufgehoben hat. Wie Du vermutlich weißt, annullierte der König nicht nur das Gesetz, sondern befahl darüber hinaus, dass alle Verschiebungen, Übertragungen und Veräußerungen herrschaftlichen Besitzes den Erbgutsbesitzern zurückzugeben seien und die Majorate in den alten Zustand von vor 1820 zurückversetzt werden müssten. Den Aufzeichnungen Deiner Mutter zufolge haben die Anwälte Gayosos erreicht, dass dieser die neu erworbenen Güter, wegen der hohen Investitionen, die er zur Verbesserung ihres Zustandes getätigt hatte, behalten konnte.

In den ersten Monaten des Jahres 1825 schildert Deine Mutter mit steigender Angst vor einem bösen Ende, es sei nur der äußere Kampf, den der Majoratsherr gewonnen habe, den gegen seine wachsende Verdüsterung müsse er weiterführen, denn inzwischen war ja auch die Tochter geboren worden. Dieses Kind betörte vom ersten Augenblick an sein Gemüt. Mit dem Glück, das die kleine Dolores in sein Herz gezaubert hatte, verdunkelte sich erst recht der Horizont: Welch grausame Zukunft trat ihm da entgegen! Gesegnet mit den Reichtümern und Gütern dieser Welt, würde sein eigen Fleisch und Blut darben müssen, während ein Bastard Alleinerbe seines Titels werden würde, seines Namens, seines Majorates und seiner Güter.

Margaretha berichtet, ihr Gatte habe eines Tages seine Schlafstatt in der Bibliothek herrichten lassen, dort seine Mahlzeiten eingenommen und habe sich nur noch selten außerhalb des abgedunkelten Raumes aufgehalten. In dieser Zeit habe er auch das lange anstehende Gespräch mit seinem ältesten Sohn geführt, um diesen zu bewegen, den geistlichen Stand zu erwählen. Vielleicht hast Du ja besagte Unterhaltung in Erinnerung behalten und die Empörung, mit der Du als Achtjähriger dieses Ansinnen zurückgewiesen hast. Danach muss der Majoratsherr vollends der Schwermut verfallen sein.

Deine Mutter endet ihre Eintragung aus jenen Wochen mit der Schilderung der folgenschweren Entscheidung Gayosos: »Don Joseph hat heute frühmorgens ganz plötzlich das Haus verlassen. Als er gegen Mittag zurückkam, hat er mich in sein Arbeitszimmer gerufen. Fahl und übernächtigt saß er hinter dem Schreibtisch und brachte keuchend die folgenden Sätze hervor: ›Ich konnte meine Verzweiflung nicht mehr ertragen. Der Bastard soll mein Erbe sein? Darüber bin ich fast wahnsinnig geworden. Das Blut hat eine Stimme, Margaretha! Und diese Stimme wurde immer lauter, bis mir der Kopf dröhnte und der Schädel fast zersprang. Und schließlich bin ich dieser Stimme gefolgt: Vor einer Stunde habe ich vor dem Fiskal des geistlichen Gerichts zu Sanct Jago Anzeige über die wahre Abstammung des Bastards erstattet. Und ich habe sie beeidigt und unterzeichnet. Jetzt bin ich erleichtert.‹

›Das kann nicht wahr sein‹, hauchte ich und sank auf einen Stuhl.‹

›Oh doch, Margaretha, und ob das wahr ist!‹ Darauf starrte er mich an und sprach beschwörend weiter: ›Weib, höre mir zu: Wir können darauf vertrauen, dass unser Stand, das Ansehen der Gayosos sowie mein persönlicher Einfluss eine harte Strafe verhindern werden. Die Hauptschuld trägt ohnehin der geldgierige Mönch! Ich habe nur getan, was das Majoratsrecht von mir verlangte! Für Menschen meines Ranges gelten andere Maßstäbe, wofern sie die öffentlichen Ordnung verteidigen und die Gesetze achten.‹

Er holte tief Luft, ehe fortfuhr: ›Neid und Missgunst meiner Brüder hatten mich damals zu diesem Schritt gezwungen. Nicht aus Eigennutz habe ich mein eigenes Weib entehrt und später das Grauen ertragen, dass sie einen anderen liebt. Ich habe mich über das Gesetz gestellt, einzig um dieses zu erfüllen. Dafür habe ich meinen ganzen Verstand gebraucht und all meine Kraft, und dafür musste ich mein Herz zum Schweigen bringen.

Vor Gericht werde ich unsere Ehre wieder herstellen, die deine,

Margaretha, die meine und die unserer altehrwürdigen Familie, und ich werde der *limpieza* zu ihrem Recht verhelfen. Was wir heimlich verloren haben, müssen wir öffentlich zurückgewinnen. Es gibt keinen anderen Weg.‹ Nach diesen Worten sank Joseph vornüber auf seinem Schreibtisch zusammen.«

Um zu erfahren, wie Margaretha diese Nachricht aufgenommen hat, genügt der eine Satz, mit dem sie diese Schilderung abschließt: »Von heute an ist mein Gemahl mein schlimmster Feind. Señor, ten piedad.«

Mein fremder Sohn,
seit ein paar Tagen liegt der Brief, an dem ich seit über einer Woche schreibe, auf dem Tisch unterm Fenster, und ich denke darüber nach, ob ich den Verrat des Majoratsherrn verurteilen, verhöhnen oder verstehen soll. Heute bin ich zum Ergebnis gelangt, das Urteil über Deinen Ziehvater Dir zu überlassen und mit der Schilderung des Kampfes fortzufahren, den die drei Angeklagten untereinander, mit sich selbst und vor Gericht geführt haben.

Im Parador von San Lorenzo wusste niemand um die Gründe meines Aufenthaltes, und ohne mit Fragen bedrängt zu werden, konnte ich dort auf den Prozess warten. Während dieser Zeit hat mich ein Advokat besucht, den Gayoso bestellt hatte. Zunächst wollte ich mich nicht auf ihn einlassen, weil ich vorgab, unschuldig zu sein und deshalb keinen Verteidiger brauche. Der freundliche Herr gab mir zu verstehen, es stehe mir durchaus zu, mich selbst zu verteidigen. Er wolle mir nur seinen Beistand antragen für den Fall, dass das Gericht mir keinen Glauben schenke oder ich, durch etwaige Zeugen, in Schwierigkeiten geriete oder gar überführt würde. Diese Haltung hat mich für ihn eingenommen, und ich habe mir Mühe gegeben, ihn von meiner Version der Geschichte zu überzeugen, in der ich das unschuldige Opfer einer ausgeklügelten Erpressung war, gleichzeitig vertraute ich ihm an, dass ich zunächst alles abstreiten würde. Am Ende war der Anwalt von meiner inneren Unschuld beeindruckt und versprach, gegebenenfalls das Gericht auch davon zu überzeugen und das Vergehen durch die Umstände zu rechtfertigen, unter denen es begangen wurde.

Und es kam der Tag der ersten Gerichtsverhandlung. Ein Hausdiener weckte mich aus tiefem Morgenschlaf, der nur den überfällt, der die Nacht durchwacht hat. An der Pforte warteten bereits meine beiden Reisegefährten, um mich zum Palacio Gelmirez zu begleiten, dem Sitz des Erzbischofs, wo das geistliche Gericht tagte. Als wir San Lorenzo verließen, war ich bereits schweißgebadet und zitterte am ganzen Leib. Es war ein milder Spätsommertag. Auf dem Weg durch die Gärten vor der Stadtmauer wärmten schon die ersten Sonnenstrahlen, doch der friedliche Morgen stand in schmerzlichem Gegensatz zu meinem schweren Gang.

Wir betraten den Palacio Gelmirez vom Obradorio-Platz aus, wo bereits zahlreiche Pilger auf die Kathedrale zustrebten. Die Verhandlung sollte im großen Saal des Erdgeschosses stattfinden. Wir durchquerten die Säulenvorhalle, und man übergab mich zwei Gerichtsdienern, die mich zu meinem Platz auf der Anklagebank brachten. Meine Bewacher folgten in einigem Abstand. Nach endlos scheinender Wartezeit, in der meine Blicke an den Säulen des Gerichtssaales entlangwanderten, zogen die geistlichen Richter und Ankläger samt Gefolge ein. Ihr leuchtend rotes Ornat schüchterte mich gewaltig ein, doch ich war fest entschlossen, meine Haut zu retten und meine Mönchskutte. Auf einem Podest waren prunkvolle Sessel aufgestellt, auf denen sich die Würdenträger umständlich niederließen. Aus ihren Gesichtern sprachen Wut und Abscheu.

Als auch die Gerichtsschreiber an ihren Pulten installiert waren, erklärte der Prokurator den Prozess für eröffnet, verlas die Namen der Angeklagten und ließ mich als Ersten vortreten. Dann begann der Provisor, in der Person eines Prälaten, mit den üblichen Fragen: »Angeklagter, wisst Ihr, weshalb Ihr hier seid?« Ohne Zögern gab ich zur Antwort, mein Abt habe mich von gewissen Anschuldigungen in Kenntnis gesetzt, die gegen mich erhoben wurden. Frommer Eifer lag auf den strafenden Zügen des kugelrunden Prälaten, als er den Prokurator anwies, die Anklageschrift zu verlesen. Dieser erhob sich und verkündete mit dröhnender Stimme die einzelnen Punkte der Anklage. Wie ein Steinhagel fiel der Widerhall seiner Worte vom Kreuzgewölbe auf mich herab: Ehebruch, Verrat der Gelübde, Bestechlichkeit,

Habgier ... Und dann die donnernde Frage des Provisors: »Padre Jeronimo, bekennt Ihr Euch der genannten Verbrechen für schuldig?«

In diesem Moment konnte ich die Mauer des Schweigens fühlen, die mich umgab. Alle Ohren waren geöffnet, alle Münder verschlossen. In den Augen der Geistlichkeit lag die Gier, einen abtrünnigen Mönch zu verdammen, auf den Gesichtern der Hohn über einen bereits Verurteilten. In meinem Innern gab es keinen Zweifel an der Antwort, aber ich ließ noch ein paar Sekunden verstreichen wie ein Seiltänzer, der kurz innehält, den Kopf senkt, ehe er den Fuß über den Abgrund setzt. Dann hörte ich mich mit fester Stimme antworten: »Nicht schuldig. Ich bin unschuldig in allen Punkten der Anklage.«

Geraune unter der Geistlichkeit, empörtes Gemurmel, dann das Verhör. Zunächst die bohrende Frage: Wie ich die beeidigten Angaben des Majoratsherrn zu entkräften gedenke?

Mit ruhiger Stimme machte ich meine Aussage: »Zur fraglichen Zeit habe ich mich wegen einer schweren Erkrankung meines Vaters bei meinen Eltern in Betanzos aufgehalten. Meine damaligen Ordensbrüder können dies bezeugen, ebenso der ehrwürdige Padre Novizenmeister und seine Exzellenz, der Abt von Valdediós.«

Man hielt mir vor, diese Reise sei, laut der Angaben des Klägers, vorgetäuscht worden, und ich solle das hohe Gericht nicht weiter belügen, widrigenfalls ich dafür mit gesonderten Strafen zu rechnen habe.

»So befrage Ihro Exzellenz bitte meine Eltern«, schlug ich vor, wohl wissend, dass ich in der fraglichen Zeit tatsächlich in Betanzos war und meine Eltern mich niemals im Stich lassen würden. Dann sagte ich mit gespielter Empörung: »Im Übrigen ersuche ich das hohe Gericht, mich mit dem Vorwurf der Lüge zu verschonen, solange man sich allein auf die Aussage eines Vaters stützt, der vermutlich die Erbfolge seiner Söhne gewaltsam und ohne Rücksicht auf seine Gemahlin ändern will. Es muss einem Angeklagten erlaubt sein, sich gegen Ehrabschneidung und Rufmord zu verteidigen.«

Nach einer kurzen Pause versuchte es der bischöfliche Richter von einer anderen Seite: »Angeklagter, wie erklärt Ihr Euch die Anzeige des Majoratsherrn?«.

Noch war mein Wille zur Selbstverteidigung ungebrochen, und ich antwortete höflich und mit vorgetäuschter Leichtigkeit: »Zu meinem Bedauern kann ich mich zu dieser Frage nicht äußern, da ich bisher keine Gelegenheit hatte, den edlen Herrn kennenzulernen, ebenso wenig seine hochwohlgeborene Gattin.«

Das war das vorläufige Ende meiner Vernehmung. Inzwischen hatte ich im Provisor den Prälaten erkannt, der Dich getauft hatte. Nach meiner Antwort wurde sein Gesicht fast so rot wie sein Ornat. Mit drohenden Blicken wies er mich darauf hin, das sich das Gericht vorbehalte, die Wahrheit auf die ihm angemessen erscheinende und seit Jahrhunderten bewährte Art und Weise zu ermitteln, falls dies sich als nötig erweisen werde. Man sei aber zu dem Beschluss gekommen, mich vorläufig zu entlassen, um die Angeklagte Doña Margaretha und den ebenfalls angeklagten Zeugen Gayoso zu vernehmen.

Als ich in Begleitung der beiden Ordensbrüder den Gerichtssaal verließ, in schlotternder Angst vor den angedrohten Folterqualen, begegnete mir in der Vorhalle Margaretha. Sie trug eine Robe, die mich derart beeindruckte, dass ich nichts davon beschreiben kann, nur das Rascheln des edel schimmernden Stoffes habe ich noch im Ohr. Margaretha war fast noch schöner geworden. Sie schritt mit zwei Begleiterinnen an mir vorbei, ohne mich eines Blickes zu würdigen, und als ich sie erhobenen Hauptes und mit dieser Grandezza der Anklage entgegengehen sah, wusste ich: Auch sie wird leugnen!

Noch am selben Abend schreibt Deine Mutter in ihr Tagebuch: »Wozu mein armes Herz doch fähig ist! Ich habe Jeronimo gesehen und ich habe ihn nicht beachtet. Vor dem geistlichen Gericht habe ich ausgesagt, ihn nicht zu kennen. Wie erschöpft er wirkte, der Schwächling. Jetzt, wo es ihm an den Kragen geht! Soll das der Mann sein, den ich geliebt habe? Diese Memme, dieser geflohene Feigling? Was hat er denn zu verlieren außer seiner Klausur und seiner Mönchskutte? Während ich um die Ehre meiner Familie kämpfe, bangt er um seinen Heiligenschein, der längst vom Rost der Lüge zerfressen ist. Ganz zu schweigen davon, dass mein Ruf als hochgestellte Ehefrau schlimmer bedroht ist als der eines fehlenden Geistlichen, deren es ja viele gibt, die dafür keineswegs der öffentlichen Schande preisgegeben werden.

Ich weiß nicht, ob das hohe Gericht mir geglaubt hat, als ich vom Hass des Vaters auf seinen Erstgeborenen sprach, ob seiner philosophischen und historischen Interessen. Ich sagte weiter aus, mein Gemahl habe häufig beklagt, sein ältester Sohn schlage aus der Art, wende sich, obgleich er von den besten Hauslehrern unterrichtet werde, statt Wirtschafts- und Verwaltungsfragen unnützer Gelehrsamkeit zu. Und statt sich nach Majoratsherrenart für Jagd, Pferde und Waffen zu begeistern, hocke er lieber hinter seinen Büchern. Dies sei der Grund, weshalb sein enttäuschter Vater ihn nicht als Nachfolger haben wolle. Und deshalb habe er schließlich diese unsägliche Geschichte mit der angeblich unehelichen Abkunft seines Erstgeborenen erfunden. Dabei sei er nicht davor zurückgeschreckt, mich, seine unbescholtene Gattin, zu verleumden und einen unschuldigen Mönch zu beschuldigen.

Um meinem Vortrag die Krone aufzusetzen, habe ich schließlich noch eine empörte Drohung ausgestoßen: ›Um der Kränkung meiner Ehre und der Beleidigung meines Sohnes willen werde ich, sobald das hohe Gericht meine Unschuld festgestellt haben wird, mich gezwungen sehen, meinen Gatten zu verlassen, ob seiner Ehrabschneidung und wegen des Rufmordes an den Familien Gayoso und Cuadrado.‹«

Für den nächsten Tag wurde ich erneut vorgeladen. Zunächst sollte ich bei der angeordneten Zeugenvernehmung zugegen sein. Außer meinen Eltern, die so schnell nicht herbeigeschafft werden konnten, waren die von mir benannten Zeugen vollzählig anwesend. In der Vernehmung sagten der gebeugte Padre Novizenmeister, der Abt und einige meiner ehemaligen Klosterbrüder übereinstimmend aus, ich sei zum fraglichen Zeitpunkt nach Betanzos gereist, um meiner Mutter bei der Pflege des schwerkranken Vaters beizustehen.

Als diese Zeugen vernommen und entlassen waren, wurde ich abermals in den Zeugenstand gerufen. Der Ankläger wollte Genaueres über die Art der Erkrankung meines Vaters wissen und fragte, weshalb ich erst einige Monate später ins Kloster zurückgekehrt sei. In der Hoffnung, durch eine ausführliche Antwort zu überzeugen, schilderte ich eine fortgeschrittene Schwindsucht mit hohem Fieber, erschreckendem Gewichtsverlust und blutigem Husten. Wie durch ein Wunder sei mein Vater dem Tode entgangen. Er habe monatelang um sein Leben gerungen, woraus sich erkläre, dass meine ebenfalls geschwächte Mutter in dieser Zeit nicht allein gelassen werden konnte. Die Krankheit meines Vaters erklärte ich aus dem entbehrungsreichen Leben und dem schweren Beruf eines Fischers, der durch den Tod seines Sohnes der einzigen Hilfe beraubt war. Dann beschrieb ich die elterliche Behausung: ohne Fenster, mit feuchten Wänden, unzureichendem Rauchabzug und fehlender Hygiene.

Als ich geendet hatte, sprang der dicke Prälat plötzlich auf, trat vor die Rampe des Podestes und schrie mit hervorquellenden Augen: »Schluss mit diesen Geschichten! Padre Jeronimo, seid Ihr der Vater des ältesten Sohnes der Doña Margaretha? Ja oder nein!«

Wie von fern hörte ich mich antworten: »Nein, ich bin es nicht.«

Darauf zog sich das Gericht zurück und setzte nach kurzer Beratung die Fortsetzung der Verhandlung für den nächsten Tag fest. Während der Prokurator den Beschluss verkündete, glaubte ich, im Gesicht des Provisors ein heimtückisches Grinsen zu entdecken, und auch die übrigen hohen Herren strahlten eine gewisse Zufriedenheit aus. Und tatsächlich: Der nächste Verhandlungstag brachte das, was die hämischen Gesichter angekündigt zu haben schienen. In Anwesenheit von Don Gayoso wurden wir einander gegenübergestellt, Margaretha und ich. Und wieder leugneten wir beide standhaft, einander zu kennen. Doch dann geschah das Unerwartete: Doña Margaretha wurde durch ihren Gatten in wenigen Augenblicken zu einem vollständigen Geständnis gebracht. Vom Provisor aufgefordert, stellte Gayoso ihr nur eine einzige Frage: »Wünscht Ihr, Doña Margaretha, dass die Amme in den Zeugenstand gerufen wird?«

Der Schachzug war gelungen, die Königin geschlagen. Augenblicklich war die stolze Majoratsherrin des Vortages zur Ehebrecherin geworden. Kreidebleich und mit versteinerter Miene legte sie mit monotoner Stimme ein umfassendes Geständnis ab. Margaretha wusste, die Amme würde, bei aller Liebe und allem Verständnis für ihre Herrin, der Wahrheit die Ehre geben, wenn derjenige es verlangte, den sie gestillt und großgezogen hatte, und der seine schützende Hand über ihr Alter hielt und über die Zukunft ihrer Tochter.

Nun saß auch ich in der Falle. Der Prälat wiederholte seine Frage vom Vortag, nur dieses Mal mit triumphierendem Tonfall: »Nun, was habt Ihr dazu zu sagen, Padre Jeronimo, seid Ihr der Vater des ältesten Sohnes der Doña Margaretha?«

Nach kurzem Zögern habe ich es mit einem leisen Ja eingeräumt. Nach diesen Geständnissen forderte der Provisor die Anwälte auf, ihre Plädoyers zu halten.

Zuerst war der Verteidiger Gayosos an der Reihe. Er schilderte seinen Mandanten als unbescholtenen Ehrenmann, als verdienten Verteidiger des Vaterlandes und des Glaubens, der in den Schlachten des Franzosenkrieges gegen Fremdherrschaft und Gottlosigkeit gekämpft habe. Dann beschrieb er den Undank der Brüder, die, ob ihrer schamlosen Gier nach dem Erbe, den Majoratsherrn in die Verzweiflung getrieben hatten. Und schließlich kam er in schwülstigen Formulierungen auf das Ehrgefühl des Angeklagten zu sprechen, das ihm verboten habe, nach der Geburt eigener Kinder die unrechtmäßige Erbfolge bestehen zu lassen, und der trotz der öffentlichen Bloßstellung seiner Gemahlin den Fall selbst zur Anzeige gebracht habe, um die *limpieza de sangre* zu retten, die stets auch eines der höchsten Ziele des Heiligen Offiziums gewesen sei, welches inzwischen leider nicht mehr seines segensreichen Amtes walten könne. Die Heilige Inquisition habe in der Reinhaltung des Blutes immer auch die Reinhaltung des einen, einzig wahren Glaubens gesehen, verbunden mit der Bewahrung vor jüdischen, moslemischen und ketzerischen Irrlehren.

Schließlich verstieg sich der berühmteste Advokat der Stadt zu einer beschwörend vorgetragenen Behauptung: »Im gegenständlichen Vergehen ist mitnichten eine Anstiftung zum Ehebruch zu sehen, sondern vielmehr die Herbeiführung der Begattung zweier widerstrebender Personen zum Zwecke der Zeugung eines Erben.« An dieser Stelle wurde er vom Provisor mit einer strengen Ermahnung wegen Lästerung der Zehn Gebote in die Schranken verwiesen. Der gewiefte Anwalt beantwortete den Vorwurf mit einer tiefen Verbeugung vor dem hohen Gericht und schloss sein Plädoyer mit folgendem Antrag: »Da weder Gesetze noch Präzedenzfälle vorliegen, hat das Gericht die Möglichkeit, den Majoratsherrn entweder freizusprechen oder ersatzweise die Angelegenheit als verjährt zu betrachten. Ich beantrage hiermit, meinen unbescholtenen Mandanten freizusprechen, gleichgültig auf welcher Rechtsgrundlage.«

Dann trat der Anwalt Margarethas auf, deutlich älter und gesetzter als sein Vorredner. Er stellte die Angeklagte als tugendhafte Ehefrau dar, die dem Ansinnen ihres Gatten lange und entschieden widerstanden, schließlich aber, aus Gründen des Gehorsams und der gemeinsamen Not der Kinderlosigkeit, widerstrebend eingewilligt habe. Offenbar hatte Margaretha den Tatbestand der Erpressung durch den Gatten nicht preisgegeben, vielleicht weil sie den Sieg der Liberalen für vorläufig hielt und ihren Bruder nicht gefährden wollte. Am Ende seines Plädoyers beantragte der Advokat, die willfährige und deshalb unschuldige Ehefrau freizusprechen.

Schließlich trat auch mein Anwalt vor das hohe Gericht. In ergreifenden Worten schilderte er die Armut meiner Eltern, führte den Tod ihres Sohnes und die Auswanderung der Tochter ins Feld und meine daraus erwachsende alleinige Verantwortung. Dann verwies er auf mein untadeliges Klosterleben vor und nach der Tat und verstieg sich schließlich zu dem Ausruf: »Der Vorfall hat den Charakter einer Geringfügigkeit, verglichen mit der Wohltat für die geschundenen Eltern und dem frommen Lebenswandel des Padre Jeronimo!« Dann beantragte auch er, mich freizusprechen, ersatzweise ebenfalls wegen Verjährung.

Viele Abende und halbe Nächte habe ich verbracht, Dir den langen Weg zu schildern von der Geburt Deines Halbbruders bis zum Ende der Verhandlungen vor dem geistlichen Gericht zu Sanct Jago. Wir sind jetzt am Ende des Kampfes angelangt, mein Sohn. Jeder von uns hat ihn allein geführt, und alle zusammen haben wir ihn verloren. Im nächsten Brief werde ich Dir vom Fortgang der Ereignisse berichten, die schließlich im Untergang der Majoratsfamilie Gayoso endeten.

Vorderhand werde ich mich geraume Zeit in Ruhe halten und gerwägen, was noch mitzuteilen bleibt.

Sei behütet!
Und sei gegrüßt von Deinem erschöpften
Vater

Manila, den 5. Oktober, anno 1846

# Das Urteil

## Der Wind, der Bach, die Wolkensäcke

Rodolfo, der Antiquar, kritzelt den Weg nach Xan Xordo auf einen Zettel und will wissen, ob sie denn wirklich dorthin müsse, das Anwesen sei schwer zu finden. Ja, es sei wichtig, erklärt sie, die beiden hätten ein paar Wochen dort verbracht. Rodolfo lächelt, inzwischen weiß er, wer »die beiden« sind.

Der Bus fährt nur bis San Marco. Fünf Kilometer Fußmarsch auf schmaler Landstraße. Autos zischen vorbei, der Sturm biegt die Bäume fast rechtwinklig ab. Aushalten, gegenhalten, gegen den Wind. Gegenwind. Schon mühsam, die Sache mit den Gayosos, denkt sie. Weiter, es muss sein. Sie stellt sich die Kutschfahrt der beiden vor.

In der örtlichen Tageszeitung erscheint eine Wochenendreihe *Los Pazos de Galicia*. Fast alle Herrensitze wurden in Hotels verwandelt. Rodolfo sagt, der Landsitz sei inzwischen auch ein Pazo. Ein selbst gebastelter Wegweiser taucht auf: Xan Xordo. Endlich! Links den Steilhang hinunter.

An einen Hügel gelehnt und in einer Mulde versteckt liegt der vormalige Landsitz der Majoratsfamilie. Eine Umfriedungsmauer umgibt das Anwesen, bucklig, bemoost, malerisch. Hinter dem Portal der Innenhof mit Cruzero, rechts die Kapelle. Ein Bach fließt durch zwei Brunnen, vom oberen Trog für Trinkwasser in die tiefer gelegene Tränke. Am Längshaus das Wappen, vier Felder, links unten fünf Forellen innerhalb des Rundbogens. In der Algalia sind es drei.

Jenseits der Gebäude schlängelt sich der Bach, Weidenbäume stehen schwarz und knorrig am Ufer, bald werden sie ausschlagen. Durch feuchte Wiesen dem Fluss entlang, Ruhe auf der Steinbank im Waschhaus, die Wände bröckeln. Die Kapelle wird renoviert, sonst ist alles in gutem Zustand. Alles noch da. Der Besitzer kann keine Auskunft über die Geschichte von Xan Xordo geben, führt sie aber bereitwillig durch die Hotelräume, die Gastzimmer und seine Privatwohnung. Keine Spuren aus der Zeit der Gayosos.

Ob Margaretha später hierher geflüchtet ist? In der Stadt wird es nach dem Prozess vermutlich zu schwer für sie geworden sein. Die Kinder mochte sie in *colegios* untergebracht haben, Dolores vielleicht bei den Benediktinas de Antealtares, die Knaben in San Clemente oder San Augustín. Ob José sich mit seiner Mutter versöhnt hat? Ob die Geschwister zusammenfanden? Wie lange Don Gayoso gelebt haben mochte? Ob er die Galeere überlebt hat? Ob er begnadigt wurde wegen des harten Urteils oder wegen seiner Haltung? Ob er Margaretha noch einmal gesehen hat? Ob sie geweint haben? Hier unten vielleicht, am Bach von Xan Xordo? *Quien sabe ...*

Arme Margaretha, du hattest zu allem Elend auch noch die Schande. Doch du hast im Paradies gelebt, hier im galizischen Winkel von Xan Xordo. Einen Moment überlegt sie, ob sie eine Nacht bleiben soll. Der Wind, der Bach, die Wolkensäcke – hier sollte man zu zweit sein. Der Sturm hat sich gelegt. Sie macht sich auf den Heimweg.

Teurer Sohn!
Fast ohne es zu merken, bin ich ein alter Mann geworden, gebeugt und kränkelnd. Die Arbeit im Hospital fällt immer schwerer, ebenso der Weg dorthin. Als ich heute Morgen die Straßen von Intramuros durchquerte, ging mir, eingedenk der Tatsache, dass ich nun bald die Briefe an Dich abschließen werde, die Frage durch den Kopf, ob ich Dir mehr von den hiesigen Verhältnissen hätte berichten sollen. Vermutlich gelangen Nachrichten über diese, seit der Unabhängigkeit Mexikos vor zwanzig Jahren, direkt Madrid unterstellte Kronkolonie nur selten nach Galizien. Gelegentlich habe ich mich auch schon früher gefragt, was an dieser düsteren Zitadelle, erbaut zum Zweck der Machterhaltung und Selbstverteidigung, für Dich von Interesse sein könnte. Ein paar Anmerkungen zur allgemeinen Lage mögen deshalb genügen: Ohne Zufuhr frischen Lebens findet hier der träge Kreislauf isolierten Daseins der Spanier statt, die sich hinter der vier Kilometer langen Festungsmauer verschanzt haben. Dieser Schutzwall wurde mit Wachtürmen, Wehrgängen und Schießscharten ausgerüstet. Außerdem ist das verschobene Fünfeck von Intramuros mit den rechtwinklig durchgezogenen Straßen von Wassergräben, dem

Pasig-Fluss und dem Meer umgeben, sodass der Zugang nur über Zugbrücken möglich ist, die zu sieben streng bewachten Toren führen, die nachts geschlossen werden.

Die Spanier treten auf den Philippinen unverhohlen als Unterdrücker auf, meistens im Mönchsgewand – in einer Hand das Kreuz, das Schwert in der anderen. Seit über dreihundert Jahren lassen die Kolonialherren nun bereits in diesem Land, und auf dem schiefen Schachbrett von Intramuros, die Figuren nach ihrer Pfeife tanzen: Gouverneure und Generalgouverneure kommen und gehen, und sie fordern über ihre meist geistlichen Eintreiber Abgaben und Sklavenarbeit. Bischöfe und Erzbischöfe raffen Reichtümer zusammen; Glücksritter und Händler machen immense Gewinne beim Galeonenhandel mit Tabak, Zucker, Reis und Seide im Dreiecksgeschäft mit China und Mexiko; Piraten gehen nahezu ungehindert ihrem dunklen Handwerk nach, und die alles beherrschenden Mönche haben einen Großteil des Grundbesitzes an sich gebracht. Einige Hundert dieser *frailes* sind es, die Hunderttausende beherrschen, weil sie unmittelbaren Kontakt zur einheimischen Bevölkerung haben und diese, angesichts der Ergebenheit in Religion und Kirche, mühelos in Unwissenheit und Abhängigkeit zu halten vermögen. So spielen sie denjenigen Spaniern in die Hand, die das Land durch Fronarbeit unterjochen und durch unrechtmäßigen Landbesitz ausbeuten. Und natürlich füllen sich die *frailes* stillschweigend auch die eigenen Taschen.

Überall, wo sich unter den Einheimischen Widerstand regt, wird er sofort niedergeschlagen, und zwar gründlich! Ein blutiges Beispiel ist Hermano Pule, der vor ein paar Jahren öffentlich hingerichtet wurde, und in der Folge hunderte von Filipinos, die als Sympathisanten galten, darunter auch Apolinario de la Cruz. Dieser hatte sich vor seiner Exekution damit verteidigt, nur das in die Tat umgesetzt zu haben, was die spanischen Mönche ihn gelehrt hatten: Vor Gott sind alle Menschen gleich!

Was war geschehen? Hermano Pule wollte einem spanischen Orden beitreten, wurde aber wegen seiner philippinischen Abstammung abgewiesen. Deshalb gründete er anno 1840 selbst eine Bruderschaft, die Confratria de San José, die nun ihrerseits keine

Spanier, Mestizen oder Chinesen aufzunehmen gewillt war. Genau diese von den Spaniern übernommene Haltung war für den Erzbischof und seine Ratgeber wiederum Grund genug, die Bruderschaft zu verbieten, was dieser Popularität verschaffte und sie bald die Züge einer Sekte annehmen ließ. Darauf griffen die stets zu inquisitorischer Verfolgung bereiten Kolonialherren zu den Waffen und vernichteten die ganze Bruderschaft. Dem Blutbad folgten die erwähnten Hinrichtungen. Trotz dieser Massaker gibt es immer wieder Unruhen und liberale Forderungen gegen die *frailocracía*, genährt auch aus fortschrittlichen Kreisen der Heimat. Doch die Mönche nennen ihre Kritiker kurzerhand Verräter und setzen sich mit dem Rest der spanischen Oberschicht über die *filibusteros* hinweg.

Wenn Du mich nach meiner Meinung fragst, so vermute ich, dass eines Tages die Langmut der Einheimischen und ihre Leidensfähigkeit umschlagen werden in Wut und Empörung. Dann werden sie die Redensart *bahala na*, Gott wird für uns sorgen, aufgeben und sich erheben. Und an diesem Tag wird eine Übermacht von einhalb Millionen Filipinos einer Minderheit von viertausend Spaniern gegenüberstehen. Und der Himmel weiß, was dann geschehen wird.

Doch genug der Mutmaßungen über die Zukunft Manilas, der Stadt *insigne y siempre leal*. Lass uns zurückkehren in die Stadt des Apostels, wo in den ersten Oktobertagen anno 1825 sowohl in San Lorenzo wie auch in der Rua Algalia de Arriba ein Bote des geistlichen Gerichts eintraf. Er überbrachte ein mit dem Siegel des Erzbischofs verschlossenes Schreiben. Hastig erbrach ich den Umschlag, und obgleich die Buchstaben mir alsbald vor den Augen verschwammen, entnahm ich dem Dokument die Aufforderung, mich am 18. Oktober um zehn Uhr im großen Saal des Gelmirez-Palastes einzufinden, zur Verkündung des Urteils des geistlichen Gerichts zu Sanct Jago.

Augenblicklich erfasste mich ein Schwindelgefühl, die Schläfen hämmerten, und die Gedanken drehten sich in meinem Kopf, ohne dass ich sie hätte fassen können. Erneut prasselten die Fragen der

Vernehmung auf mich nieder, und ich stammelte vor mich hin, ich sei doch unschuldig, ich sei doch erpresst worden, ich hätte doch nur das Gebot erfüllt, die Eltern zu schützen. Natürlich drückten in der folgenden Nacht schwere Träume auf meine Brust, in denen abwechselnd das Hohngelächter Gayosos und die Flüche der Schergen der Inquisition erschallten. Dazwischen blickte Margaretha auf meine Qualen herunter, sie schwebte als sanfter Racheengel über mir, mit einem unerreichbar fernen, unendlich zufriedenen Lächeln.

Geschwächt und verängstigt wankte ich am nächsten Morgen zwischen meinen Aufpassern den Weg durch Gärten und Felder zur Stadt hinüber und zum Ort der Verhandlung. Als das hohe Gericht Einzug gehalten hatte, wurden die drei Angeklagten aufgefordert, sich zu erheben, vorzutreten und die Verkündung des Urteils durch den Erzbischof in demütiger Haltung zu vernehmen. Dann nahm das Geschehen seinen Lauf.

Lieber José, ich werde Dir nachstehend, was den Prozess und die Urteile betrifft, die wichtigsten Teile im Wortlaut aus den Dokumenten abschreiben, die mir später zugestellt wurden. Zunächst begann der Provisor mit der Verlesung des Schriftstücks, in dem die Schandtaten benannt wurden:

»Über das Verbrechen eines Gatten, der seine eigene Gattin zum Ehebruch mit einem Geistlichen antreibt, ist in den Gesetzen nichts bestimmt. Dieses Verbrechen ist aktenmäßig ermittelt, und von Don Joseph Gayoso geständlich begangen worden.

Doña Margaretha Gayoso hat, wiewohl von ihrem Ehegatten dazu autorisiert, sich des Ehebruchs schuldig gemacht. Derselbe hatte durchaus kein Recht, sie dies Verbrechen begehen zu heißen, und sie hat daher durch ihre Nachgiebigkeit gegen göttliche und menschliche Gesetze gefehlt.

Der Mönch, Padre Jeronimo, geistliches Mitglied des Franziskanerordens, hat die heiligste der Pflichten seines Standes mit Füßen getreten, und die heiligste Würde, mit welcher er bekleidet ist, durch das schändlichste aller Verbrechen, durch den Ehebruch, befleckt. Hierdurch hat er sich des Namens eines Dieners Jesu Christi für immer unwürdig gemacht.«

An dieser Stelle hielt der Prälat inne, der Erzbischof erhob sich von seinem Thron, ließ sich von einem Geistlichen die Mitra aufsetzen und den Bischofsstab reichen. Dann forderte der Prokurator die drei Angeklagten auf, niederzuknien und in Demut das Urteil, das im Namen des Allerhöchsten gesprochen werde, aus dem Munde seines rechtmäßigen und gesalbten Stellvertreters zu vernehmen. Eine Ewigkeit verging, bis der Erzbischof anfing, den Richterspruch zu verlesen:

»Im Namen des Vaters, des Sohnes und des Heiligen Geistes ergeht folgendes Urteil«, hob er an, mit grollendem Unterton in der Stimme: »Das Gericht verurteilt Don Gayoso zu sechsjähriger Gefängnisstrafe, zu lebenslänglicher Trennung von seiner Gattin und zu den Kosten des Verfahrens. Dieses Urteil würdigt die Selbstanzeige des Angeklagten, seine Mithilfe bei der Aufklärung des Falles und bei der Überführung der Mitangeklagten.

Doña Margaretha wird zu lebenslänglichem Aufenthalt in einem Bußhause verurteilt. Sie darf ihrem Gatten niemals wieder begegnen. Ihr anfängliches Leugnen wird dem Umstand zugerechnet, dass sie um den Erhalt der Familie kämpfte und ihre Ehre als Mutter und unbescholtene Ehefrau zu retten versuchte.

Padre Jeronimo verurteilt das Gericht zu lebenswieriger Verbannung auf die Philippinischen Inseln und lebenslänglicher Enthaltung von der Ausübung der geistlichen Rechte. Er wird in den Laienstand zurückversetzt und der besonderen Aufsicht seiner Exzellenz des Erzbischofs von Manila unterstellt werden, dem er, unter Mitteilung des von ihm begangenen Verbrechens, zur Verfügung übergeben wird. Das hartnäckige Leugnen des Geistlichen hat nach Auffassung des Gerichts das Maß einer angemessenen Selbstverteidigung überschritten und hat, zusammen mit dem Fehlen jeglicher Einsicht oder Reue, das Strafmaß erschwerend beeinflusst.«

An dieser Stelle machte der Erzbischof eine Pause, und der Prokurator genehmigte den Verurteilten durch ein Handzeichen, sich zu erheben und auf ihre Plätze zu begeben. Danach fuhr der oberste Richter fort:

»Der älteste Sohn der Doña Margaretha Gayoso y Cuadrado wird für unrechtmäßig erklärt, er geht seines Rechtes als Primogenitus verlustig und es wird dem Vermögen Don Gayosos eine jährliche Pension von fünftausend Realen zu seinem Unterhalt vorweggenommen.«

Daraufhin schaute der Erzbischof den Verurteilten lange in die Augen, als wolle er durch seinen Blick die Strafen besiegeln. Dann reichte er das Schriftstück dem Prokurator, ließ sich den Bischofsstab abnehmen und begab sich umständlich auf seinen Richterstuhl zurück, wobei zwei Geistliche ihm behilflich waren. Dann kam wieder der Prokurator zum Einsatz. Erhobenen Hauptes und mit dröhnender Stimme ließ er den Schlussakkord der Verhandlung ertönen: »Dieses Urteil wurde beschlossen durch das Geistliche Gericht von Sanct Jago im Namen des Herrn, der Allerheiligsten Jungfrau, des heiligen Apostels Jakobus, unserem Schutzpatron, und aller Heiligen. Es wurde verkündet durch den Erzbischof am 18. Oktober anno domini 1825, und es wird vollstreckt werden binnen einer Woche, wenn nicht innerhalb dieser Frist die Anrufung einer höheren Instanz erfolgt ist. Das Gericht verweist die Verurteilten in dieser Frage auf die Beratung durch ihre Advokaten.«

Hierauf verließen die Mitglieder des hohen Gerichts in feierlichem Geleitzug den Saal, während ich wie versteinert auf meiner Armsünderbank saß, ohne zu bemerken, dass die Eheleute Gayoso sich bereits entfernt hatten. Obgleich mir in der Zwischenzeit klar geworden war, dass mit einer milden Strafe nicht zu rechnen war und ich den Entzug meines geistlichen Standes zu gewärtigen hatte, so hatte ich dennoch nichts weniger erwartet als die lebenslängliche Verbannung aus der Heimat. Längst war kein Mensch mehr im Gerichtssaal, als meine Begleiter neben mich traten, der eine mit gespreizten Beinen und spöttischem Grinsen, der andere eher gerührt durch die Härte der Strafe. Wortlos gaben sie mir zu verstehen, es sei Zeit, den Heimweg anzutreten.

Spät in der Nacht habe ich gestern das Licht gelöscht, ermattet vom langen Schreiben und den Erinnerungsbildern, die mit dem Flackern der Kerze umherzuckten, lächelten, weinten oder Fratzen schnitten. Beim erneuten Lesen des Briefes heute früh war ich erstaunt, dass alles ganz anders dasteht, als ich mir vorgenommen hatte, es zu schildern, und dass sich doch alles genau so zugetragen hat, wie ich es beschrieben habe. Der Himmel weiß, wie viele Formen des Wirklichen, der Vorstellung und der Erinnerung wir in uns tragen, um nicht zu sagen, wie viele Formen von Wahrheit.

Was an den folgenden Tagen geschah, kann ich Dir nicht sagen. Ein gnädiges Fieber hat es mir erspart, sie wach erleben zu müssen. Als ich das Bewusstsein wiedererlangt hatte, stand alsbald ein Bote des Abtes von Valdediós an meinem Lager und teilte mir mit, Don Joseph Gayoso und seine Gattin hätten unverzüglich an das Tribunal der Sacra Romana Rota zu Madrid appelliert, und mein Advokat habe sich der Anrufung des höchsten Gerichts in meinem Namen angeschlossen, um die Frist nicht zu versäumen. Außerdem habe der Konvent von Valdediós beschlossen, mich bis zur Verkündung des endgültigen Urteils in ein Kloster außerhalb der Stadt zu bringen, zu den Dominikanermönchen von Sanct Bonaval, wo ich bis auf Weiteres als Laienbruder unerkannt leben könne. Meine Geschichte sei keinem der Mönche bekannt, nurmehr der ehrwürdige Abt wisse darum.

Auf der Anhöhe von Bonaval bin ich rasch genesen. Die mir verbliebene Zeit habe ich von Anfang an als Gnadenfrist betrachtet. Es war mir unbegreiflich, wie Gayoso sich versteigen konnte, von der Sacra Romana Rota ein milderes Urteil zu erwarten als vom geistlichen Gericht zu Sanct Jago, das zumindest die Stellung und Bedeutung der Familie kannte, die Wohltaten des Majoratsherrn zu schätzen wusste und dessen Provisor immerhin seine Kinder getauft hatte. Da Don Joseph schon vor diesem örtlichen Gericht seine Bedeutung und seinen Einfluss enorm überschätzt hatte, hätte er umso mehr die Härte eines Gerichts fürchten müssen, das außerhalb der Sacra Romana Rota in Rom das einzige päpstliche Gericht der Welt ist. Diese Filiale des römischen Monopols konnte man bedenkenlos gewähren lassen, denn von den Nachfolgern der Inquisition hatte der Vatikan keine Barmherzigkeit oder Milde zu fürchten.

Wie ich Dir schon früher berichtet habe, hat mich Deine Mutter in der folgenden Zeit gelegentlich im Dominikanerkloster besucht, vermutlich, um Dir die Möglichkeit zu geben, mich kennenzulernen, obgleich Du damals noch nicht wusstest, wer ich bin und auch nicht, welch dunkles Schicksal sich über uns zusammengebraut hatte. Gleich beim ersten Besuch teilte sie mir mit, das geistliche Gericht der ersten Instanz habe die Vollstreckung des Urteils gegen eine nennenswerte Kaution bis zur endgültigen Urteilsverkündung ausgesetzt, da nicht zu befürchten stünde, dass die Gayosos sich durch Flucht entzögen, denn sie hofften ja auf ein milderes Urteil. Außerdem handle es sich um eine angesehene und unbescholtene Majoratsfamilie. Was meine Person anlange, so habe Gayoso auch für mich eine stattliche Summe hinterlegt.

Obschon die Eheleute Gayoso vorläufig in Freiheit blieben, konnten sie ihr gewohntes Leben nicht weiterführen, oder sie wollten es nicht. Don Joseph begab sich wieder auf eine Reise zur Inspektion seiner Güter, damit Margaretha ungestört mit den Kindern im Stadthaus bleiben konnte. Sie hat mich damals wissen lassen, sie werde den Kindern die veränderte Lage erst dann mitteilen, wenn es unumgänglich sei, also keinesfalls vor dem Urteil der zweiten Instanz. Außerdem sei sie bemüht, den Alltag der Familie ohne Veränderungen fortzusetzen.

Was mich betraf, so war mir meine Unterbringung durchaus angenehm. Angesichts meiner erwiesenen Schuld wollte ich mich ohnehin nicht länger unter meinen untadeligen Brüdern aufhalten. Im ehrwürdigen Kloster auf der Anhöhe über der Stadt, das der heilige Dominikus der Überlieferung nach auf einer Pilgerfahrt selbst gegründet haben soll, wurde ich in aller Stille als Gast behandelt und verbrachte die meiste Zeit in der Klosterbibliothek.

Ende November hat mir Margaretha bei einem Besuch den plötzlichen Tod Deines Großvaters mitgeteilt, und ich denke, es könnte Dich interessieren, was sie damals in ihr Tagebuch geschrieben hat: »Das Begräbnis unseres geliebten Vaters war nicht nur wegen des bitterschweren Abschieds, sondern auch wegen der fortschreitenden Auflösung der Familie ein tieftrauriges Ereignis, was sich auch im äußeren Ablauf zeigte: Felipe, Luisas Mann, zwei Brüder des Verstorbenen und zwei alte Freunde trugen den alten Cuadrado zu Grabe, während Gayoso sich weigerte, den Trauerfeierlichkeiten beizuwohnen, geschweige denn, den Sarg mitzutragen. Später hat Felipe die Gelegenheit genützt, der versammelten Großfamilie bekannt zu geben, er werde sich nach dem abermaligen Sieg der Reaktion mit Gattin und Sohn ins Exil nach Paris begeben, dem Zufluchtsort vieler liberal gesonnener Spanier. Dann gab auch Luisa ihre jüngste Entscheidung bekannt: Sie werde sich vorläufig mit ihren Kindern ins Elternhaus zurückziehen, nicht nur, um der verwitweten Mutter beizustehen, sondern weil sie in schwierigen Eheverhältnissen lebe. Ihr Mann habe dieser einstweiligen Lösung zugestimmt.

Bei allem Schmerz bin ich erleichtert, dass es dem Familienoberhaupt erspart blieb, dies alles, und vor allem meine Schande, zu erfahren. *Por Dios*, was habe ich verloren, es ist zu viel, und es wird trotzdem noch mehr kommen.«

Die Wintermonate gingen ins Land, und als das Frühjahr nahte, kam die schriftliche Aufforderung, mich an einem der ersten Apriltage, das genaue Datum ist mir entfallen, im Gerichtssaal des Gelmirez-Palastes einzufinden. Ein Grund wurde nicht genannt, doch es stand außer Zweifel, dass die Rota ihr Urteil gefällt und überstellt hatte. An jenem Morgen begab ich mich zum Abt des Klosters und bat ihn, falls meine Verbannung bestätigt würde, was zu fürchten stand, er meinen Eltern eine Nachricht zukommen lassen möge, wofern ich selbst keine Zeit mehr dazu haben sollte. Ich hatte mir zurechtgelegt, man könne ihnen mitteilen, ich sei von meinem Orden in geheimer Mission nach Manila geschickt worden. Diese Umschreibung hat der gütige Abt akzeptiert, weil meine Schande tatsächlich geheim bleiben sollte und weil ihm die alten Leute leid taten.

Als ich am fraglichen Tag morgens gegen zehn Uhr mit meinen Wächtern im Gerichtssaal eintraf, waren die Gayosos bereits anwesend. Wenig später betrat der Erzbischof mit seinem Gefolge den Raum. Wieder wurden wir vom Prokurator aufgefordert, vorzutreten und das Urteil zu vernehmen, dieses Mal stehend, vermutlich weil das Urteil einer anderen Instanz verlesen wurde. Der Bischof las langsam und deutlich, mit ruhiger und ich glaube fast trauriger Stimme. Mein Sohn, ich werde auch hier den Wortlaut für Dich aus den Akten abschreiben:

»Das Tribunal der Sacra Romana Rota nimmt die Präliminarien des Urteils der Richter der ersten Instanz, soweit sie Don Gayoso und den Padre Jeronimo betreffen, an, erklärt dagegen in Betreff der Doña Margaretha Gayoso:

1) Dass das Verbrechen, dessen sie sich schuldig gemacht hat, nur auf wiederholtes Andringen ihres Gatten begangen wurde, der so weit gegangen ist, sich durch eine Reise zu entfernen, um ihr noch leichtere Gelegenheit dazu zu verschaffen.

2) Dass ihr vorhergehender und nachfolgender Lebenswandel ihre Sittlichkeit und rechtliche Gesinnung dartut.

3) Dass ihr Vergehen der Gattung nach mehr als eine Verblendung durch die Pflicht des Gehorsams als wie ein aus eigener Bewegung begangener Ehebruch zu betrachten ist, und verurteilt demzufolge:

Don Joseph Gayoso zu zehnjähriger Galeerenstrafe in Afrika, mit *Detension*.

Eine Unterbringung der Doña Margaretha Gayoso in einem Bußhause ist nicht erforderlich. Sie soll jedoch niemals, unter keinem Vorwande, sich mit ihrem Gatten jemals wieder in Verbindung setzen, selbst nicht in dem Falle, dass er durch gute Aufführung und Reue den Wiedereintritt in die Gesellschaft einst verdienen sollte; auch erhält sie den schärfsten Verweis über ihre verbrecherische Schwäche.

In Hinsicht des Mönches, Padre Jeronimo, wird das Urteil des geistlichen Gerichts zu Sankt Jago bestätigt.

In Betreff des ersten Kindes der Doña Margaretha Gayoso wird das Urteil der ersten Richter, soweit es auf dessen Legitimität Bezug hat, zwar bestätigt; dasselbe soll jedoch nur zur Teilung des Vermögens seiner Mutter mit den übrigen Kindern berechtigt sein, übrigens aber keine Pension noch Erbschaft irgendeiner Art aus dem Vermögen des Don Gayoso empfangen können; dasselbe wird sofort in eine öffentliche Anstalt gebracht, und daselbst auf Kosten des besagten Gayoso bis zum Alter von achtzehn Jahren erzogen.

Der zweite Sohn der Doña Gayoso ist der einzige rechtmäßige Erbe des väterlichen Majorats und soll sogleich in den Genuss desselben unter Obhut eines Vormundes oder unter Vormundschaft seiner Mutter gesetzt werden.

Don Gayoso wird zu den Kosten des Prozesses in beiden Instanzen verurteilt.

Das gegenwärtige Urteil soll Seiner Majestät dem Könige zur Bestätigung vorgelegt werden.

Beschlossen von der Sacra Rota Romana zu Madrid am 13. März Anno Domini 1826 und zur Bestätigung seiner katholischen Majestät König Ferdinand VII. überstellt.«

Später habe ich von meinem Anwalt erfahren, in einem Begleitschreiben seines Geheimen Rates sei hervorgehoben worden, seine Majestät habe das Urteil ohne weitere Konsultationen und ohne jegliches Zögern sofort nach Erhalt bestätigt, weitergeleitet und angeordnet, es unverzüglich und vollständig zu vollstrecken.

So waren wir am Ende aller Hoffnung angelangt.

Vor ein paar Tagen schenkte mir ein alter Mann, der im Hospital im Sterben lag, eine Schildkröte, die er in früher Jugend geschenkt bekommen und ein Leben lang bei sich gehalten hatte. Er habe sonst niemanden, und er wolle sich auf diese Weise für meine Fürsorge in San Juan de Dios bedanken. Lächelnd fügte er an, ich sei ja noch nicht sonderlich alt und könne vielleicht ein wenig Gesellschaft gebrauchen.

Ich habe mich über das Tier gefreut und es in meine Kammer mitgenommen. Nun befindet sich die Schildkröte unter dem Tisch in einem kleinen Bastkorb, in den ich ein paar Gemüsereste gelegt habe. Es hat etwas Tröstliches, ihr fast regloses Leben und ihre Gelassenheit zu beobachten.

Es grüßt Dich in banger Vorahnung, wie leer mein Leben sein wird, ohne die Möglichkeit, Dir zu schreiben.

Dein Vater

Manila, 22. November anno 1846

In einem Nachtrag füge ich an, was unter einer *Detension* zu verstehen ist. Die Erläuterung entnehme ich einem Zusatz, wie er der schriftlichen Ausfertigung des Urteils beigefügt wurde:

»Wird ein Verbrecher bloß zur Galeerenstrafe auf bestimmte Zeit verurteilt, so wird er nach Verlauf derselben in Freiheit gesetzt; wird aber bei dieser Zeitbestimmung noch der Zusatz gemacht ›mit *Detension*‹, so will dies sagen, dass die Strafe nach Verlauf dieser Zeit wieder von Neuem anfängt, wenn nicht nach den über die Aufführung des Verurteilten erstatteten Berichten seine Strafzeit für beendigt erklärt wird. Dies ist immer eine lebenslängliche Galeerenstrafe.«

# Die unschuldigen Kinder

## Im Sperrgebiet

Unter den Bogengängen erscheint ein Madonnengesicht und verschwindet im Halbdunkel: »Ein Blitz, dann Nacht! Die Schöne mir verloren, durch deren Blick ich jählings neu geboren.« Die *Señora de la Soledad* in der Kathedrale hat in der Stadt eine lebendige Schwester.

Und schon blühen auf der Plaza de Fonseca die Rosen. Prall gefüllte Duftquasten auf Rosenbäumchen, hoch wie kleine Apfelbäume, ein Dutzend mindestens. Ein Sonnenstündchen im Café *Los Literarios*, die Tafel am Längshaus erinnert an das Studentenbatallon: »1808, tausend Idealisten sinnlos geopfert in verlorener Schlacht«. Das war der Schlamassel, aus dem Gayoso seinen Bruder herausholte. Auch Gayoso hatte seine guten Seiten.

Der erste Sonnentag wirkt Wunder. Ins Himmelsgrau ist ein Streif gerissen, blau wie der schönste Traum. Ein paar Stunden windstille Wärme, und das Schwarzwasser fließt in die Erde. Rosenzeit. Auch außerhalb der Altstadt regt sich Leben, eine Demonstration: *contra la violencia en contra las mujeres!* Trommeln, Trillerpfeifen, Sprechchöre. Gewalt gegen Frauen gehört zum Alltag in diesem Land, fast selbstverständlich, täglich neue Gräuel. Vor ein paar Tagen wurde, laut Pressebericht, eine Frau aus dem Fenster geworfen, irgendwo im Süden. Die Frauen fordern sie auf, mitzumachen. Warum nicht? Jetzt erst sieht sie die grinsenden Männer am Straßenrand, die älteren witzeln und feixen, als wär's ein Karnevalsumzug. Sie fordert ein paar junge Spanier auf, sich anzuschließen. Die grinsen auch bloß.

Ein riesiges Polizeiaufgebot legt einen Sperrgürtel um Fonseca, die Kathedrale und den Parador de los Reyes Católicos. Die Innen- und Justizminister Europas werden in Fonseca tagen. Die Bibliothek bleibt eine Woche geschlossen. Die Bibliothekare behandeln sie stets zuvorkommend, weil sie alte Schinken ausleiht. Jetzt telefonieren sie herum und verlegen sie mitsamt den Büchern in den prachtvollen Lesesaal der Universität, rund um die Uhr geöffnet und bewacht, auch ungeheizt.

Das Hostal liegt im Sperrgebiet, für drei Tage die sicherste Zone Galiziens: die *cadena azul,* die blaue Polizistenkette, steht breitbeinig vor der Banderole, Helikopter kreisen. Die deutsche Justizministerin kommt aus Tübingen, sie kennt sie flüchtig. Zwei Frauen vom Neckar, die eine im Trubel, die andere im Sperrgebiet, die eine kennt die andere nicht, weil sie viele kennt, aber die andere kennt die eine, weil sie nur wenige kennt und sich jeden merkt.

Der vormalige Spazierweg bei Santa Clara ist zugebaut, Vorstadttristesse. Am Ende der Wohnstraße gibt es eine freie Stelle, wo man auf die Stadt hinüber sieht. Hier irgendwo war die erste Ausfahrt, der erste Spaziergang, der erste Zauber. Margarethas Rosenberg! Ein paar Jungs spielen Fußball, tuscheln, wundern sich, dass eine Fremde sich hierher verirrt. Der milde Abend lockt hinüber nach San Domingo de Bonaval, letzte Station vor der Verbannung. Über die Rua do Rosario hinauf zum Kirchlein, Margarethas Zufluchtsort. Die verwitterte Kirchentür ist verschlossen. Schade, sie hätte sich gern in die Kapelle de Nuestra Señora de las Angustias gesetzt, der Lieben Frau der Ängste, der Beklemmungen, der Drangsal. An der früheren Stadtmauer entlang ist es nicht mehr weit zur Calle Pison. Was sollte sie dort? *Matar el tiempo.* Tatsächlich, die Pension Rodriguez existiert noch. Wie lang ist das her, der erste Besuch? Sechzehn Jahre oder eine Ewigkeit?

Zweieinhalb Monate im Jakobsland, in der Stadt der Gayosos, an den Orten der Briefe. Sie hat sie alle besucht, zu jeder Tageszeit, bei jedem Wetter. Für Margarethas Elternhaus gibt es keine Ortsangaben, die Costa de la Muerte kennt sie von damals. Pontevedra? Morgen. Cádiz? Später.

Mein unschuldiger Sohn!
Ob meiner Gemütsbewegung, welche die Erinnerung an die damalige Schicksalsstunde in mir hervorgerufen hat, war es mir nicht möglich, im letzten Brief den Fortgang des Geschehens am Tag der Urteilsverkündung vollends zu schildern. So will ich heute an der Stelle fortfahren, wo ich jüngst aufgehört habe. Zwar ist inzwischen bereits das vierte Lustrum vollendet, doch ich habe noch immer jede Einzelheit der letzten Tage in Sanct Jago vor Augen.

Als das Urteil verkündet war, wies der Provisor die beiden Sträflinge darauf hin, es stehe ihnen frei, bei seiner katholischen Majestät, König Ferdinand VII., ein Gnadengesuch einzureichen, andernfalls werde das Urteil binnen einer Woche vollstreckt, gerechnet vom Tage der Verkündung. Die beiden Verurteilten würden zunächst nach Pontevedra verbracht, von dort zu Schiff nach Cádiz, um im dortigen Gefängnis die Einschiffung nach Afrika und Manila zu erwarten. Und er fügte hinzu: Es sei den Sträflingen gestattet, die Zeit bis zur Vollstreckung aufgrund der bereits entrichteten Kaution an ihren bisherigen Aufenthaltsorten zu verbringen. Vor dem Pazo und im Kloster sei allerdings ab sofort militärische Bewachung angeordnet.

Darauf erklärte der Prokurator die Verhandlung für geschlossen, und die Mitglieder des geistlichen Gerichts verließen den Saal gemessenen Schrittes, mit unbewegten Mienen, in denen die Zufriedenheit mit der eigenen Bedeutung und Würde geschrieben stand. Wir drei Verurteilten verharrten reglos auf unseren Stühlen. Als nach geraumer Zeit zwei Soldaten vor mir standen, um mich zurück nach Bonaval zu bringen, erhob sich Don Joseph und sagte: »Ihr werdet uns in den Pazo begleiten, Padre. Wir haben zu reden. Die Zeit drängt.«

Darauf wichen die beiden Bewacher fast gleichzeitig zurück, wohl aus Respekt vor dem vormals Mächtigen, jetzt Todgeweihten. Für die kurze Strecke hätten wir die Kutsche nicht gebraucht, aber es war für Personen von Stand unüblich, zu Fuß zu gehen, und überdies waren wir derart erschüttert, dass es eine Wohltat war, gefahren zu werden. Don Joseph half seiner Gattin in die Equipage, alles Hochfahrende schien von ihm abgefallen. Er selbst kletterte auf den Kutschbock, ich stieg von der anderen Seite zu, die Soldaten folgten zu Fuß.

Margaretha würdigte mich keines Wortes und keines Blickes. Im Pazo angekommen, gingen wir in den Salon. Meine Augen blieben wieder an den streng blickenden Ahnen hängen, wie an jenem denkwürdigen Abend, damals vor zehn Jahren. Die Herrschaften schienen noch strenger als sonst aus ihren Goldrahmen herunterzublicken, und ich hatte die Vorstellung, sie würden an diesem Tag den Pazo mit dem Ausdruck höchsten Abscheus für immer verlassen.

Don Joseph ließ zunächst die Amme rufen und verlangte, die Kinder in ihre besten Gewänder zu kleiden und hernach herzubringen. Dann setzte er sich auf das Sofa, legte den rechten Arm auf die Lehne, schaute mich durchdringend an, wie er immer geschaut hatte, wenn er mich vor seinen Karren spannen wollte, und sagte tonlos: »Das Urteil ist so hart, als wäre es vom Offizium der Heiligen Inquisition gefällt worden. Nur mein Besitz blieb unangetastet, weil ich kein Ketzer bin. Wir haben keine Zeit zu verlieren, Padre, ich werde jetzt meinem Sohn die Wahrheit sagen, Ihr dem Euren.«

Margaretha saß wie versteinert da, sie hat an diesem Tag nur drei Worte gesprochen, und die sagte sie in diesem Augenblick: »Und ein Gnadengesuch?«

»Zwecklos«, entgegnete ihr Gatte abschließend, »bei einem Richterspruch der Sacra Romana Rota, gefasst von einem Kollegium hervorragender geistlicher Würdenträger der Nunciatura de España in Madrid, unter Vorsitz des obersten Kardinals und päpstlichen Nuntius persönlich! Niemals wird seine katholische Majestät es wagen, daran etwas abzumildern. Die Verhältnisse sind seit Langem so, dass der König wegen der ständig neu aufbrechenden liberalen Umtriebe auf die Unterstützung der Kirche angewiesen ist.« Zerknirscht fügte er nach einer langen Pause hinzu: »Hätte ich geahnt, was kommen würde, hätte ich nicht appelliert. Jetzt ist es zu spät.«

In diesem Moment betraten die Kinder den Salon, Dolores an der Hand der Amme. Wohlerzogen und ahnungslos schauten sie aus ihren Festtagskleidern hervor. Die Knaben trugen dunkelgraue Kniebundhosen aus Samt, dazu das passende Wams, weiße Hemden mit Volants zu beiden Seiten der Knopfleiste und weit fallenden Ärmeln, helle Kniestrümpfe und schwarz glänzende Schuhe mit Silberschnallen. Das Mädchen hatte ein hellgraues Kleidchen an, schimmernde Seide mit einer breiten rosaroten Schleife. Die Brüder trugen Schärpen, José eine rote, Carlos eine blaue. Erwartungsvoll standen die Drei nebeneinander, schauten auf ihre Eltern und den fremden Gast, Dolores zupfte an ihrem Kleidchen.

Da erhob sich der Vater und sprach: »Lieber Carlos, liebe Dolores, lieber José, ich habe euch rufen lassen, weil sich euer Schicksal mit dem heutigen Tag geändert hat und weil wir euch in dieser Stunde das Nähere in diesem Bezug mitteilen werden. Carlos, tritt näher, die andern mögen sich setzen.« Nach einer Pause sprach er weiter: »Höre mir gut zu, Carlos. Ich sage dir hier und heute, du bist mein einziger Sohn.« Wieder trat eine lange Pause ein, dann fuhr Gayoso fort: »Deshalb wirst du, sobald du erwachsen sein wirst, meinen Titel erben und das Majorat. Bis zur Erlangung der Volljährigkeit wirst du unter die Vormundschaft deiner Mutter gesetzt werden, denn ich muss eine lange und gefährliche Reise antreten, von der ich erst nach vielen Jahren zurückkehren werde.« Daraufhin setzte sich der Majoratsherr auf das Kanapee zurück und gab mir durch ein Handzeichen zu verstehen, ich solle nun sprechen. Dann wies er auch Carlos an, sich zu setzen, und forderte José auf, vorzutreten.

Als ich aufstand wurde mir schwindlig und ich hatte das Gefühl, auch die Stimme würde mir versagen. Die Gayosos schauten diskret zur Seite, weil sie meine Schwäche bemerkt hatten. Wieder entstand eine lange Pause. Alle Blicke hingen an der kleinen Dolores, die sich stillschweigend von der Amme losgemacht und angefangen hatte, mir zaghaft die Hand zu streicheln, während die Amme mir mit den traurigsten Augen, die ich auf dieser Welt jemals gesehen habe, ein Glas Wasser brachte.

Don Joseph war zum Fenster gegangen, Carlos hatte sich lautlos hingesetzt. Langsam fühlte ich mich besser und ging auf Dich zu. Wer weiß, vielleicht erinnerst Du Dich ja noch an diesen Moment. Mit gepresster Stimme bat ich Dich, zu mir zu treten, nahm Dich bei beiden Händen und schaute Dir lange ratlos in die Augen. Du schienst bereits den Worten Deines Ziehvaters entnommen zu haben, dass etwas Furchtbares geschehen sein musste, denn Du schautest mich mit entsetztem, aber festem Blick an. Halblaut brachte ich schließlich folgende Worte hervor: »José, es ist meine traurige Pflicht, dir an diesem Tag zu eröffnen, dass ich dein Vater bin. Dies ist der Grund, weshalb du heute durch ein Urteil des geistlichen Gerichtes deiner Erstgeburtsrechte verlustig gegangen bist.«

Ich wollte noch hinzufügen, dass Du bis zu Deiner Volljährigkeit in einer öffentlichen Anstalt erzogen würdest, aber Du hattest Dich bereits losgemacht und schweigend den Raum verlassen. Deine Mutter ist Dir gefolgt. Dann verließ auch die Amme mit Carlos und Dolores den Salon. Don Joseph erhob sich ebenfalls, kam auf mich zu, legte mir die Hand auf die Schulter und während er mich zum Portal begleitete, sagte er: »Das war ein langer Kampf, Padre, und ein schwerer Tag. Wir sind besiegt worden. Fasst Euch, ich habe mehr verloren. Ihr bleibt ein Mensch, ich werde zum Sklaven erniedrigt. Doch mein eigener Sohn wird mein Erbe sein. Die Wahrheit hat gesiegt. Das Blut der Familie ist reingewaschen und wird unbefleckt weitergegeben. Aber es nahen harte Zeiten, Padre.« Dann murmelte er noch: »*Viva la muerte!* Das haben die Spanier immer gesagt, wenn es in den Kampf ging. Und ich bin ein Spanier.« Ehe er die schwere Holztür öffnete, sagte er: »Seid morgen Abend unser Gast, Padre. Wir werden zusammen ein Nachtmahl halten, ehe wir uns für immer trennen.«

Als ich am Abend des nächsten Tages eintraf, war die Familie bereits im Salon versammelt. Wir begaben uns alsbald ins angrenzende Speisezimmer, wo die Tafel auf das Sorgfältigste hergerichtet war, mit weißem Damast, schimmerndem Porzellan, abgestuften Kristallgläsern, gestärkten Servietten und dem Aussteuerbesteck mit dem Monogramm Margarethas, M.C.; Frühjahrsblumen waren in silbernen Tafelaufsätzen dekoriert und zwei Leuchter mit brennenden Kerzen schmückten den Tisch. Die Familie nahm ihre gewohnten Plätze ein, nur die von José und Carlos waren offensichtlich bereits getauscht worden, entsprechend der neuen Rangordnung der Söhne, sodass Carlos rechts neben seinem Vater saß, José daneben in einigem Abstand, der sich durch die Länge der Tafel ergab. Den Vorsitz führte der Hausherr, der die Amme mit einer Geste an das gegenüberliegende Tischende bat. Ich sollte rechts neben ihr Platz nehmen. Zwischen der Hausherrin und mir saß die kleine Dolores.

Ein Gastmahl eigener Art hatte begonnen. Die Amme sprach das Tischgebet. Nach dem Amen sagte sie leise, sodass nur ich es hören konnte: »Welch ein Unglück, Padre, welch ein furchtbares Unglück. Señor ten piedad con nosotros.«

Die Mahlzeit verlief schweigend. Nur wenn Don Joseph den dunklen Rioja nachschenkte, wurde die beklemmende Stille unterbrochen, oder wenn eines der Kinder eine Frage stellte, die vom Hausherrn freundlich, aber knapp beantwortet wurde. Er verstand es, seinen Ton so zu halten, dass niemand wagte, eine Unterhaltung zu beginnen. In gewisser Weise war dies ein Leichenschmaus, mein Sohn, wobei noch keines der Kinder ahnte, welches Ausmaß an Leid der Verlust des Vaters und die Entfernung des Bruders aus der Familie mit sich bringen würde. Dieses stumme Abendmahl war das Ende der Familie Don Joseph Gayoso y Pardo, wie sie bisher bestanden hatte, und das Ende der Geborgenheit ihrer Nachkommen.

Wohlerzogen und still habt ihr da gesessen, die hohen Lehnen der dunklen Stühle ließen euch noch kleiner und hilfloser erscheinen, als ihr es ohnehin wart, besonders an jenem Abend. Als ich euch so dasitzen sah, in festlichen Kleidern und mit ernsten Gesichtchen über dem Teller, fühlte ich zum ersten Mal die Last, die wir auf eure schmalen Schultern geladen hatten. Und wenn eure Blicke ängstlich suchend von einem zum andern wanderten, fühlte ich erstmals, wie wehrlos ihr wart, wie ausgeliefert und allein, verlassen von euren Vätern, bestraft für deren Schuld. Gleichzeitig spürte ich das ganze Gewicht unserer Taten, dessen Bedeutung sich durch das Urteil verwandelt hatte: Nicht mein gebrochenes Gelübde war das Verbrechen, sondern die zerstörte Kindheit und Jugend meines Sohnes. Vielleicht war dies eine Art Erbsünde. Zumindest war es die Sünde Deiner beiden Väter, die auf Dich gekommen war, ohne eigenes Zutun und ohne Möglichkeit, Dich zu wehren.

Haushoch stand das Urteil vor mir, gleich einer Mauer, die keiner überwinden konnte. In den nächsten Tagen würde man Dich in eine Erziehungsanstalt bringen, wo Du ohne Eltern und Geschwister aufwachsen würdest, ausgestoßen von der Familie wie ein Verbrecher. Und Du würdest nicht gefragt werden, und wenn Du Dich sträubtest, würde es Dir nichts nützen. Und es würde Dir auch nichts nützen, wenn Du bitten würdest, bei Deiner Mutter bleiben zu dürfen und bei Deinen Geschwistern. Du würdest auch nicht einwenden können, dass Du das alles, was sie Dir neuerdings sagten, überhaupt nicht glauben könnest, dass Du nichts verbrochen habest und Dir nicht vorstellen könnest, von Deiner kleinen Schwester getrennt zu werden und von der Amme. Du würdest das alles zwar vorbringen, aber es würde Dir niemand Gehör schenken, und es würde sich nichts mehr ändern an Deinem Los, Dein Leben lang.

Doch damit nicht genug. In dieser Stunde habe ich gefühlt, wie der Keim eines tiefen Hasses in Dein Herz gesenkt wurde, Hass und Neid auf Deinen Halbbruder, der alles bekommen würde, was Dir versprochen ward, und dessen Existenz Du den Ausschluss aus der Familie und aus der Majoratsschicht zu verdanken hattest; Hass auf Deinen Ziehvater, der Deine Zukunft zerstört, Deinen Ruf und die Ehre Deiner Mutter geschändet hatte; Hass auf die Habgier eines falschen Mönches, der Dein Vater war und dies geleugnet hatte in Wort und Tat und der weiter geleugnet hätte, wäre er nicht überführt worden, und der Deine Mutter gedemütigt hatte.

Aber auch die beiden Kinder der Gayosos würden die Schuld ihrer Eltern büßen müssen. Ohne väterlichen Schutz und Beistand würden sie aufwachsen, und eines Tages würden sie das ganze Ausmaß der Schande erfahren, die ihre Eltern über sie gebracht hatten, und sie würden damit leben müssen, dass sie einen Bruder verloren und eine öffentlich entehrte Mutter hatten, und damit, dass ihr Vater nach menschlichem Ermessen als Galeerensklave sterben würde.

In diesem Augenblick fiel mein Blick auf Dolores, wie sie klein und dürftig aus ihrem Kleidchen herausschaute, und wie sie, auf einem Kissen sitzend, sich abmühte, manierlich zu essen. Ihr hübsches Gesicht war erfüllt von kindlichem Eifer und übergossen mit jener einzigartigen Anmut, die nur Kinder haben auf dieser

Welt. Ich konnte den Blick nicht von ihr wenden, wie sie dasaß in stillem Ernst, hingegeben an den Augenblick, das Künftige nicht ahnend, als Einzige dieser Tafelrunde. Sie würde ihren Vater nicht kennenlernen und vielleicht auch ihren Halbbruder nicht, den sie so sehr liebte. Und mit einem Mal tauchte hinter der Lehne ihres Stuhles das junge Mädchen auf, das sie eines Tages sein würde – schön wie ihre Mutter, eingehüllt in zarte Melancholie und entrückte Verträumtheit. In diesem Moment brach mir das Herz. Für immer, wie ich heute weiß.

Später, gegen Ende der Mahlzeit, schaute ich mich unter den Erwachsenen um, wie sie dasaßen, Gayoso und seine Gattin und mit einem Mal wurde mir klar, dass wir unsere Strafen verdient hatten, alle drei, die wir an diesem Abend unser letztes Mahl teilten, weil wir nicht nur das zerstört hatten, was verziehen werden kann, das eigene Leben. Nein, wir hatten Freveltaten begangen, die das Leben dieser Kinder für immer in ihren Strudel rissen.

Die stumme Veranstaltung nahm ihren Lauf. Es war nicht peinlich, dass niemand sprach, weil man spürte, wie sehr jeder mit sich selbst beschäftigt war. In jener Stunde bewunderte ich die Ruhe Don Josephs, wie er dasaß, den Blick auf seine artigen Kinder gerichtet, die er so unendlich liebevoll und traurig ansah, dass ich zum ersten Mal sehen konnte, auch er war ein fühlender Mensch. Anders Margaretha. Mit hochgezogenen Brauen starrte sie vor sich hin und warf zwischendurch einen herablassenden Blick auf ihren Gatten oder mich. Sie war die leibhaftige Verachtung geworden.

An dieser Stelle möchte ich kurz eine Tagebuchnotiz einfügen, damit Du weißt, was Deine Mutter in jenen Tagen empfand. Sie stammt vom 21. April 1826: »Mein Gott, warum habe ich nur Feiglinge geliebt? Der eine hat sich in die Schlacht geworfen, weil er die selbst erschaffene Wirklichkeit nicht ertragen konnte und den Kampf auf Leben und Tod vorzieht; der andere läuft davon, weil er Angst hat um seine arme Seele, deren Heil er in seiner Ordensregel und den Vorschriften der Kirche zu finden glaubt, statt es in Gott zu suchen. Wo bleibt der Mut meines Gatten? Nicht der Kampfesmut, sondern der Mut der Verantwortung? Und wo bleibt der Mut des Klosterbruders? Nicht der, sich verbannen zu lassen, zu vergessen und zu büßen, sondern der, zu bekennen und den Orden zu verlassen? Ein grausames Schicksal hat nun alle Last auf meine Schultern gelegt: die Sorge um den entrechteten Sohn, der kein Wort mehr mit mir spricht, und die Erziehung der verwaisten Kinder, die vaterlos aufwachsen müssen und mit einer verhärmten Mutter.

Nur die Amme ist mir geblieben, dem Himmel sei Dank. Ihr stummer Blick scheint zu sagen: Es ruhte kein Segen auf alledem, von Anfang an. Der Mensch darf so etwas nicht tun. Jetzt ist das Strafgericht Gottes über uns gekommen. Aber ihr Blick sagt auch: Ich werde dich trösten, Margaretha, und dir beistehen, ein Leben lang. Und dieser Blick stärkt die schwachen Kräfte und hilft der Mutlosigkeit. Ich werde tragen, was zwei Feiglinge mir aufgebürdet haben, und werde standhaft sein mit Hilfe dieser alten Frau und der Santíssima Señora.«

Die Mahlzeit ward jäh unterbrochen, als plötzlich der Hausdiener einen Boten ansagte. Don Joseph verließ die Tafel, um ihn selbst in Empfang zu nehmen. Als er mit bleichem Gesicht zurückkam und die Erwachsenen in den Salon bat, musste er uns mitteilen, dass unser Abtransport nach Pontevedra bereits auf den nächsten Tag festgelegt worden sei. Wir kehrten zurück an die Tafel, wo drei Paar dunkle Kinderaugen fragend von einem zum andern wanderten: vom Hausherrn, der stets alles wusste, zur Mutter, die alle lieb hatte, hinüber zur Amme, die immer alle zu trösten verstand, und weiter zu mir, dem Fremdling, der offenbar mit dem Unglück etwas zu tun hatte, das allen drohte und das auf einmal mitten im Raum stand und das man fühlen konnte, ohne es zu sehen.

Es war totenstill geworden. Die Stille hatte die Ruhe abgelöst. Die Amme schaute mit unendlicher Trauer auf ihren Herrn, den sie auf ihre Art liebte und immer lieben würde und der ein Sträfling geworden war. Die Kinder sahen diesen Blick und fühlten den Schmerz, der darin lag. Als das Mahl beendet war, sprach die Amme leise das Dankgebet. Dann bat sie José, das Nachtgebet zu sprechen. Doch dieser blieb stumm. Darauf nahm die Amme Dolores bei der Hand und sagte in kaum hörbarem Ton, es sei Zeit, die Kinder zu Bett zu bringen, sie mögen sich jetzt von ihrem Vater verabschieden, der sich leider bereits morgen in aller Frühe auf diese lange Reise begeben müsse, von der er gestern gesprochen habe.

José, hier sträubt sich mir die Feder. Erstmals rührt mich das Schicksal des Hausherrn. Don Joseph nahm Dolores auf seine Knie, streichelte ihr übers Haar und küsste ihre kleinen Hände. Sprechen konnte er in diesem Augenblick nicht mehr. Dann stand er auf und umarmte schweigend die Knaben, Carlos zuerst, dann Dich. Mit fester Stimme sprach er die folgenden Abschiedsworte: »Werdet tapfere Männer, Gott und dem Vaterland verpflichtet, der Ehre und der Familie. Steht eurer Mutter bei, später, wenn ihr erwachsen seid. Ich verlasse mich auf euch.« Dann zog er seinen Siegelring mit dem Familienwappen derer von Gayoso vom Finger und überreichte ihn Carlos. Darauf sagte er: »Wie lange meine Reise auch dauern mag, verliert niemals die Hoffnung auf meine Rückkehr. Adios. Ich liebe euch.«

Während die Erwachsenen noch eine Weile stumm im Salon saßen, ging mir der Gedanke durch den Sinn, dass von den Anwesenden keiner mehr den anderen achtete oder liebte, nur die Amme liebte und achtete uns alle und wir sie. Als die treue Seele aufstand und sagte, man müsse morgen frühzeitig aufstehen und sie würde sich deshalb zurückziehen, machte auch ich mich auf den Heimweg. In Begleitung der beiden Soldaten, die im Foyer gewartet hatten, wankte ich durch die Frühlingsnacht, benommen vom Wein und erdrückt vom Schicksal der unschuldigen Kinder. An diesem Abend war ich überzeugt, dass Gayoso ein weiteres Verbrechen begangen hatte, indem er die bestehenden Verhältnisse, die ja sein Werk waren, brutal zerstört hatte, und ich war mir auch sicher, dass es für die einzige Person, die von diesem grausamen Eingriff profitierte, für seinen Sohn Carlos, ebenfalls besser gewesen wäre, wenn alles geblieben wäre, wie es war.

Die schwere Arbeit, das feuchte Klima und gewiss auch das Heimweh haben im Laufe der Jahre meine Gesundheit angegriffen und mein Gemüt. Ich fühle mich schwach und da mir manchmal auch das Gehen schwerfällt, werde ich morgen nicht zum Hospital gehen.

Die Schildkröte scheint sich bei mir wohlzufühlen. Sie frisst Gemüse, und wenn sie nicht schläft, streckt sie das Köpfchen unter ihrem Panzer hervor und schaut sich mit munteren Augen in der Kammer um, die sie täglich einmal durchquert, von einer Ecke zur anderen, der Sonne nach. Deshalb habe ich einen zweiten Bastkorb aufgestellt.

Gute Nacht, mein Sohn, wo immer Du sein magst, unter Gottes Himmel sind wir alle.
       Dein Vater

Manila, den 6. Dezember anno 1846

Post Scriptum: Ich will nicht versäumen, Dir die Einlieferung eines betagten Kapitäns in San Juan de Dios mitzuteilen. Es ist Paolo, mein alter Freund, mit dem ich vor nunmehr zwanzig Jahren zwei Ozeane überquert habe. Er liegt wegen Entkräftung im Hospital. Bisher habe ich Dir noch nicht von ihm erzählt, auch nicht von unserer gemeinsamen Überfahrt. Doch in meinem nächsten Brief wäre dies ohnehin geschehen. Die Freude ob des unerwarteten Wiedersehens war groß, und wir haben uns der langen Nächte an Deck erinnert. Er wird einige Zeit brauchen, um gesund zu werden. Deshalb trage ich mich mit dem Gedanken, ihm die Briefe mitzugeben, wenn er eines Tages aufbrechen wird, um wieder in die Heimat zu segeln.

# Verstoßen

## Noch ein Gigant

Wieder gießt es wie aus Kübeln. Ein Wolkenbruch verdunkelt den Tag, an dem sie ihren Dichter begraben, in Ira Flavia, seiner galizischen Heimat, wie er es wollte. Bei strömendem Regen tragen sechs Männer ihn zu Grabe, darunter der grimmig entschlossene Sohn. Camillo José Cela heißt der Tote, *el Gigante* wird er genannt, sein riesiger Sarg aus glänzendem Mahagoni ist mit prunkvollen Beschlägen verziert. Die Zeitungen behaupten, sein Roman *La Familia de Pascual Duarte* sei das am meisten übersetzte Werk der spanischen Literatur nach *Don Quijote*. Eine deutsche Übersetzung gibt es nicht. Die Witwe des Nobelpreisträgers hatte den Sohn nicht zum Begräbnis eingeladen, ihm auch keinen Platz in der Kirche reserviert, deshalb sitzt er beim Requiem auf der hintersten Bank, mitten unter der Dorfbevölkerung. Vor zwölf Jahren haben sie sich zum letzten Mal gesehen, *el padre Cela* und *el hijo Cela*, bei der Taufe der einzigen Enkelin. Niemand weint. Nur die Tochter der Witwe vergießt ein paar Tränen; sie könnte die Urenkelin des Giganten sein.

Ganz Spanien nimmt Anteil. Die Liveübertragung lässt keine Minute aus, und die Schlagzeilen wiederholen am nächsten Morgen genüsslich die Abschiedsworte der Witwe am Grab: »Era el mejor amante del mundo.« Die Liebe und der Tod. Die Passion des Alten und der Blondine. In den Bars verhaltene Empörung: »Der beste Liebhaber der Welt! Also bitte! Am offenen Grab!« Tage später das Mozart-Requiem in Madrid. Der Sohn fehlt, ebenso seine Mutter, die Enkelin und drei von fünf Geschwistern. Sonst ist alles versammelt, was Rang und Namen hat. Der König hatte gleich nach dem Tod die Madrider Klinik aufgesucht und bedeutende Worte gesprochen.

Die neuesten Nachrichten: Dem Sohn wurde aus dem beachtlichen Erbe nur ein einziges Bild zugedacht, ein Werk von Juan Miró, dessen Echtheit umstritten sei und über das Vater und Sohn sich bereits zu Lebzeiten anwaltlich gezankt hätten. Alleinerbin: die Witwe, knapp vierzig Jahre jünger als der

Riese. Die zierliche Person, die ihre Kleider in Kindergeschäften kauft, wirkt inzwischen erschöpft ob des Medienrummels, ungenierte Interviewfragen in Richtung Erbschleicherei inbegriffen.

Nach der Testamentseröffnung lässt der Sohn verlauten, er habe bereits zu Lebzeiten des Vaters genug geerbt, *el sangre y la educación*. Also immer noch: *la limpieza de sangre!* Sie will es nicht glauben. Jakobsland.

Die Anwälte des Sohnes haben kaum eine Chance, mehr zu erstreiten. Das Testament ist einwandfrei und wurde schon vor zehn Jahren notariell niedergelegt; selbst der Pflichtteil wurde zu Lebzeiten am Berechtigten vorbeigeschleust. Die Witwe wird weiterhin in langwierige Interviews verwickelt, gespickt mit unverblümten Fragen. Aber es gibt auch andere Stimmen. Ganz andere!

## Liebe, Tod und Teufel

Der feinsinnige Kommentartor einer großen Tageszeitung schürft tiefer: Es sei nicht arg weit her gewesen mit der Idylle zu zweit im entlegenen Landhaus. *El Nobel* habe recht grobe Töne angeschlagen, seine Gespielin habe es mit einem wahren Hausteufel zu tun gehabt, der sie auf Trab hielt und völlig vereinnahmte. Im Übrigen habe der Gatte geschrieben »wie ein Stier« und kaum einen andern Gesprächsstoff gehabt als seine Arbeit. Es ließe sich die Ansicht vertreten, *la rubia*, die Blondine, habe mit noch nicht dreißig Jahren, ihren *principe azúl*, gefunden und dieser Traumprinz habe sich, nachdem sie sich ihm verschrieben hatte, als finsteres Ungeheuer entpuppt, als *ogro marengo*, als gieriger Menschenfresser, der die Liebste mit Haut und Haar verschlungen und sich einverleibt habe. Mehr noch: Das Biest habe die Schöne gnadenlos benützt und verwandelt, als Speerspitze gegen den Tod, verdammt, ihn zu überleben, als Teil von ihm, gemäß der Vorstellung von Pablo Neruda: »Te forcé como un arma para sobrevivirme.« Ich zwang dich wie eine Waffe, mich zu überleben.

Woher nimmt das Ungeheuer seine Macht? Woher die Gier zu unterwerfen, über den Tod hinaus? Woher die Lust zu verschlingen? Vom Traum der Schönen, von ihrer Hingabe, von ihrer Hilflosigkeit?

Wie viele Giganten noch? Wie viele Hochmütige? Wie viele Grobiane? Wie viele Liebhaber, die nicht lieben, sondern verschlingen? Und: Wie viele Zwerginnen noch, wie viele Unterworfene, Schwache und Geschmähte?

Wo sind sie, die Desdemonas dieser Welt, die Namenlosen nach Friederike Brion, Margaretha, Camille Claudel und Dora Maar? Wann werden sie reden? Und wann werden sie sich wehren, statt still zu sterben?

Die Señora die mit *el Gigante* jahrzehntelang verheiratet war, urteilt gnädiger als die Öffentlichkeit. Obwohl sie und der Sohn eiskalt verlassen wurden, nachdem die schweren Anfangsjahre durchgestanden waren, und obwohl sie unter Druck der Annullierung ihrer Ehe zustimmen musste, damit Camillo José Cela ein zweites Mal kirchlich heiraten konnte. Trotz alledem ist die alte Dame milde gestimmt. Von Journalisten befragt, ob sie dem einstigen Gatten verzeihe, antwortet die Achtzigjährige ruhig und überzeugend: »Es gibt nichts zu verzeihen.« Jakobsland.

Vielleicht findet man eines Tages ein Bündel Briefe des verstoßenen Sohnes, der trotzdem zum Begräbnis kam und seinen Vater zu Grabe trug. Oder man entdeckt Briefe der verlassenen Ehefrau, die den Grobian weiter liebte. Oder das Tagebuch von *la rubia* taucht auf, in dem sie ihre Einsamkeit an der Seite des Tyrannen beklagt.


Querido Josito!
Wer kann schon heute wissen, ob meine Zwiesprache mit Dir eines fernen Tages nicht nur für Dich, sondern auch für Deine Halbgeschwister hilfreich sein wird, wenn es darum geht, die Mauer, die das Urteil zwischen euch errichtet haben mag, zu überwinden und ihren Schatten aufzuhellen, weil hinter den Missetaten die Herzen derer sichtbar wurden, die sie begangen haben, die Herzen und ihre Qual. Noch heute sehe ich sie vor mir, die ungleichen Geschwister, denen bereits im Alter von fünf und drei Jahren anzusehen war, wie sehr beide jeweils einem ihrer Eltern glichen. Es schien mir, soweit ich dies in den Stunden des Abschieds zu beurteilen in der Lage war, als deute auch das Wesen der Kinder auf die nämliche Verteilung der Ähnlichkeiten hin: Aus den feurigen Augen von Carlos schien der Hochmut Don Gayosos hervorzublitzen, auf dem Sprung, alles zu begehren, und bereit, es sich zu nehmen oder zu erkämpfen, während die sanften Augen der kleinen Dolores Tiefe und Reichtum der Gefühle widerspiegelten, die Margaretha eigen sind, und deren sicheres Urteil.

Wenn in meiner Einsamkeit die Erinnerungen sich in lebendige Bilder verwandeln, so ist es häufig jenes feine, dunkle Mädchen, von dem ich den Blick nicht lassen kann. Schon damals hatte sie jene zarte Wehmut der Seele, mit der bisweilen ein Kind geboren zu werden scheint, die uns, wenn wir ihnen begegnen, vermuten lassen, sie wüssten mehr, als sie sagen, verstünden mehr, als sie erklären können, fühlten tiefer, als sie es selbst zu fassen vermögen, und in deren Gegenwart einen das Gefühl beschleicht, ein Eindringling zu sein. Möge der Himmel euch davor beschützt haben, dass die Freveltaten der Eltern euch auch untereinander entzweiten! Mögen Neid oder anfänglicher Hass überwunden sein und kein Gift in euren Herzen gegärt haben, das nicht im Laufe der Zeit besiegt worden wäre. Wenn es schon unvermeidlich war, euer äußeres Leben zu entzweien, so mögen doch wenigstens eure Gefühle davor bewahrt geblieben sein.

Ach, wenn ich doch die geringste Ahnung hätte, wie ihr euch befindet und was aus euch geworden ist. In den ersten Jahren der Verbannung habe ich mich noch bemüht, Nachrichten aus der Heimat zu erhalten. Wenn beispielsweise Waren aus Galizien hier eintrafen und in spanischen Geschäften feilgeboten wurden, habe ich nachgefragt, ob Landsleute auf den Handelsschiffen mitgereist seien. Anfangs habe ich auch beim Erzbischof gelegentlich anfragen lassen, ob vielleicht ein Geistlicher aus der Stadt des Apostels eingetroffen sei. Alles vergeblich! Ein einziges Mal habe ich aus Sanct Jago Nachricht bekommen, und zwar von einem Händler, der Silberwaren aus dem Mutterland einführte und der hier seinen Sohn besuchen wollte, der als einfacher Mönch aus Valdediós nach Manila gekommen war und es zum Abt eines Klosters von Intramuros gebracht hatte.

Der Landsmann kannte das Schicksal der unglücklichen Majoratsfamilie, wusste davon zu berichten, dass die Amme vor ein paar Jahren gestorben sei und einer der Brüder Don Josephs sich ein Haus in der Rua da Trinidade gebaut habe. Es sei ein bescheidenes Haus, betonte er. Von Margarethas Verbleib und Ergehen und dem ihrer Kinder hatte er keine Kenntnis. Selbstredend wusste er auch über ein paar meiner früheren Klosterbrüder zu berichten, und er kannte auch meine Geschichte. Als ich mich jedoch zu erkennen gab, wurde er sichtlich unfreundlicher, gab kaum noch Auskunft, und als ich vom Tod einiger Ordensbrüder erfahren hatte, mochte ich ohnehin keine weiteren Fragen mehr stellen.

Es ist Zeit, mein Sohn, zurückzukehren zur Geschichte Deiner Familie. Lass uns das letzte Stück des schweren Weges miteinander gehen, der die beiden Verurteilten zunächst nach Pontevedra und von dort nach Cádiz führte. Wie Du an Ursprung und Ziel der Reise erkennen kannst, habe ich den größten Teil meines Lebens hinter Mauern verbracht, seien es Klostermauern oder Stadtmauern, und, wie Du jetzt erfahren wirst, sollten auch noch Gefängnismauern dazukommen. Mein Lebtag bin ich also ein Mauerweiler gewesen, sei es durch Berufung oder Schicksal. Inzwischen ist es eine meiner Lieblingsbeschäftigungen, mir auszumalen, welche Paradiese dieser Welt ich nie gesehen und welches wunderbare Leben darin ich versäumt haben mag. Doch dann erinnre ich mich an jene fernen Tage von Xan Xordo und gebe mich zufrieden.

José, gib mir Deine Hand, wir wollen jetzt den Weg nach Pontevedra miteinander zurücklegen! Am Tag nach dem Nachtmahl haben mich meine Wächter im Morgengrauen vom Kloster Bonaval zur Puerta do Camino gebracht und hinüber zur Algalia. Der Sturm der Nacht hatte sich gelegt, feiner Frühnebel lag auf den Wiesen und den Dächern der Stadt. Auf der Plazuela hatte sich bereits eine militärische Abordnung eingefunden, hoch zu Ross, zwei Soldaten und ein Offizier. Sie warteten geduldig, bis die Zurüstungen für die Reise abgeschlossen und die letzten Angelegenheiten des Abschieds geregelt waren. In Haltung und Ausdruck war ihnen der Respekt vor dem Stand des Verurteilten und ein gewisses Unbehagen an ihrem Auftrag anzumerken.

Gayoso hatte zwei Pferde satteln lassen, letztes Privileg des Majoratsherrn: hoch zu Ross in die Sklaverei. Während ein Hausdiener den Pferden die Wasserkübel vorhielt, verschwand ich mit Gayosos Zustimmung im Haus, um Margaretha ein letztes Lebewohl zu sagen. Auf der Treppe kam mir die Amme entgegen, über

Nacht um Jahre gealtert. Sie winkte ab, schüttelte heftig mit dem Kopf, während sie sich mit der Schürze die Tränen abwischte und mir einen Brief entgegenstreckte. Die Señora wünsche niemanden zu empfangen, und habe ausdrücklich auch mich genannt. Ich verbeugte mich tief vor dem menschlichsten Menschen, den ich jemals gekannt habe. Fast hatte es den Anschein, als kniete ich auf den Stufen vor ihr nieder. Während ich mich aufrichtete, zeichnete sie mir mit ihrem rissigen Daumen ein Kreuz auf die Stirn. Das war mein Reisesegen und mein Abschied von der Algalia.

Der Offizier ließ die Gefangenen aufsitzen und verlas seine Order, die darin bestand, uns in die Hauptstadt Pontevedra in der Provinz gleichen Namens zu bringen und den dortigen Behörden zu übergeben. Dann brachen wir auf und ritten hintereinander durch die langsam erwachende Stadt. Das Klappern der Hufe hallte in den Gassen und ließ so manche Schlafmütze hinter den Fenstern erscheinen. Als wir die Plaza del Campo überquerten, fingen am Brunnen die schwatzenden Mägde plötzlich an zu tuscheln und zu kichern, und sie schauten uns neugierig nach, bis wir in der Rua do Preguntario verschwanden, wo eine Milchfrau die Näpfe füllte, die ihr aus Fenstern und Türen entgegengestreckt wurden. Weiter stadtabwärts hörte man bereits das Geschrei der Händler vom Fischmarkt, die lautstark ihre Waren anpriesen, und von San Payo drang das Chorgebet der Benedictinas herüber. In der Rua da Caldeirería eilte ein Priester mit wehender Soutane, dem Allerheiligsten und einem Messdiener zu einem Sterbenden, die Soldaten salutierten, Gayoso bekreuzigte sich und murmelte etwas Unverständliches. Ein paar Häuser weiter brüllten sich zwei wild gestikulierende Männer aus gegenüberliegenden Fenstern derart wütend an, dass man sicher sein konnte, sie würden demnächst ihre Wohnung verlassen und den Rest ihres Streits mit den Fäusten austragen. Als sie den Geistlichen erblickten, bekreuzigten sie sich hastig, zogen ihre Köpfe zurück und schlossen die Fenster.

Das Leben begann wie jeden Tag. Die Menschen nahmen ihre Arbeit auf, schauten uns nach und ahnten nicht, was wir vor und hinter uns hatten. Während wir durch die Puerta Faxeira ritten, am

Haus des Scharfrichters vorbei, drangen die ersten Sonnenstrahlen durch den Dunst, und es schien, als würde es ein schöner Tag werden. Nachdem wir die Stadt verlassen hatten, gab der Offizier Anweisung, einer der Soldaten solle sich an die Spitze der kleinen Formation begeben, gefolgt von Don Joseph, danach solle ich aufschließen, hinter mir der Offizier. Den Abschluss bildete der zweite Soldat, der etwas zurückblieb, weil sein Pferd lahmte.

Da ich hinter Gayoso reiten musste, war Gelegenheit, ihn zu beobachten, und das tat ich auch. Der stolze Mayoradzgo verließ erhobenen Hauptes und ohne sich umzudrehen seine Stadt und seine Heimat, mit schweigsamem Stolz gewappnet wie mit einer Rüstung. Auf seine Art ist er auch ein Ritter von der traurigen Gestalt, dachte ich, und er ist auf dem Weg zur Galeere, um für seine unbeugsame Haltung und unbeirrbare Vorstellung vom alten Spanien, seinem Spanien, zu büßen, sowie deren Verwirklichung, gegen alle Gesetze und gegen jede Menschlichkeit.

Auf dem Campo da Estrela schaute ich noch einmal zurück, und im selben Augenblick überfluteten die unterdrückten Gefühle alle mühsam errichteten Schranken. Der Strom der Tränen riss die Gefühlsgedanken in Stücke, von denen ich ein paar für Dich zusammensuchen will: Ich verlass dich nun, wie du da liegst im Morgenglanz ... du goldene Stadt, du mein verregnetes Jerusalem ... Ich zieh aus deinen Mauern, aus der Zuflucht deiner Kirchen ... dem Schatten der Soppartales. Sie haben mich verstoßen, meiner Kleider beraubt und in weltliche Lumpen gesteckt. Warum gaben sie mir kein Maultier? Warum steht kein geiferndes Volk am Wegesrand, mich zu beschimpfen?

Am Campo Susana begannen die Schmiede zu hämmern, und ohrenbetäubender Lärm gab den Takt für Fragen, die gegen meine Schläfen pochten: Weshalb schaut er sich nicht um? Nicht ein einziges Mal? Noch immer im Recht, der Ritter der *limpieza de sangre*? Woher nimmt er die Kraft, aufrecht einherzureiten, indes er Weib und Kinder zurücklässt? Weshalb hänge ich kraftlos im Sattel, tränenüberströmt, mit schleifendem Zügel, obgleich ich einzig das Kloster verlasse und mein Los das leichtere ist?

Wir trabten gemächlich dahin, am Flusslauf entlang, zwischen goldgelben Ginstersträuchern. Verschwommene Bilder drangen durch die halb geöffneten Lider, und ich sah, wie die verschlafene Welt vom neuen Tag geweckt wurde, wie die Morgensonne die Landschaft erwärmte, die Spuren der Sturmnacht trocknete und die Luft milder werden ließ. Die Erde begann zu atmen, die Singvögel schwatzten, und in den Gehöften machten sich die Menschen an ihr Tagwerk. Gegen Mittag hatten wir bereits ein gutes Stück des Weges zurückgelegt, und unsere Bewacher hießen uns absteigen für eine Rast der Reiter und um die Pferde im Fluss tränken. Doch mir war nicht nach einer Stärkung zumute und ich begab mich abseits, um meinen schlaffen Leib auf dem leidlich angewärmten Erdreich auszustrecken, in einem Wiesenstück voll weißer und gelber Blumen. Über mir sah ich frischgrüne Zweige und darüber das luftige Spiel der Wolken vor einem hellblauen Himmel.

Doch ermattet schloss ich die Augen ob all der Leichtigkeit und Lebensfreude, die mich umgab. Was kann dem Elenden das Blühen helfen, der sanfte Frühlingswind und ein heiterer Himmel? Mich hat alles nur an sein Gegenteil erinnert. Wie an Ostern die Trauer zu Jubel wird, so verwandelte sich mir umgekehrt das ganze Hosianna der Natur in ein stummes Klagelied. In meinem Innern tobte der Abschiedsschmerz und mischte sich mit den Flammen der Scham. Der Schatten des Kreuzes legte sich auf den Frühling, der sanfte Wind wurde zu Grabeshauch, Margarethas Abschiedsbrief brannte auf meinem Herzen, und ich hätte leicht mein Leben gegeben für eine einzige Stunde in ihren Armen.

Doch der stumme Ritt ging weiter. Hier und da ein Findling im Gemüt, ein Bild aus Kindertagen, wie wir am kleinen Fischerhafen spielten und auf den Vater warteten, ihm zu helfen, den Fang zu bergen. Dazwischen ein Stoßseufzer: Errette mich vor meinen Feinden … Schweig nicht zu meinen Tränen … Höre mich, ich schreie zu Dir aus der Tiefe. In den ersten Wegstunden habe ich noch so manche Szene wahrgenommen, die der Strom des erwachenden Lebens an mir vorbeispülte, doch später starrte ich nur noch auf die Vorderbeine des Pferdes und das Stück Erde, das es mit dem nächsten Schritt betreten würde.

Gegen Abend kamen wir in der Provinzhauptstadt an, die sich ebenfalls in bunter Lebendigkeit zeigte, als wir einritten, grau vor Staub, Trübsal und Müdigkeit. Vor der Kommandantur angelangt, stieg der Offizier ab und hieß uns warten. Als er mit einigen Amtspersonen zurückkam, erklärte er, sein Auftrag sei hiermit erledigt, Gefangene und Papiere seien übergeben. Nunmehr sei nicht mehr die Provinz La Coruña, sondern die Provinz Pontevedra für die Durchführung des Transports zuständig. Er selbst werde alsbald mit seinen Soldaten das Nachtquartier beziehen, morgen zeitig aufbrechen und davor die Pferde abholen.

Der in ganz Galizien bekannte Namen Gayoso y Pardo sollte sich bereits in der nächsten Stunde als äußerst hilfreich erweisen. Zunächst bot der Bürgermeister dem Majoratsherrn eine spezielle Arrestzelle an, die er, wegen ständiger Überfüllung des Kerkers und der dortigen Missstände, außerhalb des Gefängnisses vorhalte. Don Joseph schlug jedoch eine andere Lösung vor: Eine entfernt verwandte Majoratsfamilie sei hier ortsansässig, an deren Bereitschaft, uns zu beherbergen kein Zweifel bestünde. Wie das in derlei Fällen üblich sei, werde er selbstredend eine angemessene Summe als Sicherheit hinterlegen.

Ohne Zögern gingen der Bürgermeister und der Polizeivorsteher auf den Vorschlag ein. Den beiden Staatsdienern war eine gewisse Erleichterung anzumerken, die an die Stelle der Peinlichkeit trat, mit der sie bisher ihre Amtspflichten gegenüber einer so hochgestellten Persönlichkeit ausgeführt hatten. Vier Soldaten begleiteten uns zur Plaza da Lena, wo Gayoso vor einem Pazo, weit prunkvoller und größer als sein eigener, anhalten ließ. Er stieg ab und ging zielsicher auf das Anwesen zu. Nach wenigen Worten mit dem Majordomus wurde er eingelassen und als er wieder unter dem Portal erschien, gab er mit einer Handbewegung zu verstehen, dass wir uns einquartieren konnten.

Unser Aufenthalt im Hause des entfernten Vetters war ein langer, üppiger Abschied, bei dem wir großzügig bewirtet und mit beispielhafter Aufmerksamkeit bedient wurden, währenddessen wir feudal untergebracht und von freimütig eingestandenem Mitgefühl umgeben waren. Am Morgen nach unserer Ankunft eröffnete uns der Hausherr, die beiden Brüder Gayoso seien in der Stadt eingetroffen und hätten um eine Unterredung mit Don Joseph ersucht. Er habe sie zum Abendessen gebeten. Gayoso kommentierte die Nachricht mit keinem Wort.

Das gemeinsame Nachtmahl verlief zunächst ohne Besonderheiten. Als der Gastgeber jedoch das Wort an die beiden Brüder richtete und sie aufforderte, dem Verurteilten ihre ihm bereits bekannten Vorschläge zu unterbreiten, legten diese ohne Umschweife dar, dass alles für eine Flucht nach Portugal vorbereitet sei. Dort könne Joseph selbst entscheiden, ob er sich niederlassen oder in ein anderes Land begeben wolle. Einzige Bedingung für seine Befreiung: Ein Drittel der jährlichen Einkünfte aus Pacht und Renten sei an sie, die gesetzlich vom Erbe Ausgeschlossenen, zu bezahlen. Die beiden trugen ihren Vorschlag ruhig und, meinem Eindruck nach, ohne die alte Missgunst vor. Sie waren offensichtlich überzeugt, ihr ältester Bruder werde dem Plan umgehend zustimmen. Der alte Hass schien begraben, und sie legten Wert darauf, zu betonen, der Grundbesitz bleibe von dieser Vereinbarung unangetastet, und die Zahlungen erstreckten sich nur auf ihre eigene Lebenszeit, nicht auf die ihrer Nachkommen. Am Ende ihrer Rede legten sie einen säuberlich aufgesetzten Kontrakt vor, von dem sie betonten, er sei von einem namhaften Notar aufgesetzt worden, und forderten den Majoratsherrn auf, ihn genau zu studieren.

Als der Angesprochene das Schriftstück unberührt liegen ließ und schweigend vor sich hinsah, fingen die Brüder an, wie um das Angebot zu bestärken, ihr Entsetzen über die Unmenschlichkeit des Urteils kundzutun, dessen übertriebene Härte sich hinlänglich aus dem Unterschied zum Urteil des geistlichen Gerichts zu Sanct Jago ablesen lasse. Dieser Meinung pflichtete auch der besorgte Gastgeber bei, der Don Joseph ebenfalls seine Unterstützung für die bevorstehende Flucht zusagte. Noch immer saß der Majoratsherr still und aufrecht an der Tafel, abwesend in eine Richtung starrend, als höre er Miguel und Fernando überhaupt nicht zu. In dieser unerwarteten Verlegenheit warf der Vetter ein, die Zeit dränge und man werde am besten noch heute aufbrechen, im Schutze der Nacht.

Als keiner mehr sprach, nahm Gayoso einen Schluck Wein und antwortete nach einer weiteren Pause deutlich vernehmbar, aber leiser, als er sonst zu sprechen pflegte, indem er fast wörtlich das Folgende sagte: »Lieber Miguel, lieber Fernando. Habt Dank für euer Mitgefühl und eure Sorge, ein Zeugnis, dass die Stimme des Blutes stärker ist als der alte Hass. Ihr habt unverzüglich gehandelt, und euer Vorschlag erscheint mir angemessen, angesichts gewisser Härten des Majoratsrechts. Auch die Hilfsbereitschaft des Vetters weiß ich zu schätzen.«

Wieder nahm Gayoso einen Schluck Wein, dann sprach er weiter, indem er abwechselnd seinen Brüdern und dem Vetter beschwörend in die Augen sah: »Es kommt für Don Joseph Gayoso y Pardo nicht in Betracht, sich seiner Strafe zu entziehen. Das Urteil ist himmelschreiend. Kein Mensch kann es verstehen oder billigen. Doch es wurde vom höchsten Gericht der Heiligen Kirche verhängt, und deshalb ist es für mich unumstößlich.«

Wieder schwieg er eine Weile, und wieder wanderte sein durchdringender Blick von einem zum andern. Dann fuhr er fort: »Wo, por Dios, würde das Vaterland enden, wenn die höchsten Autoritäten, die der Kirche und des Königs, angezweifelt würden und man den liberalen Ideen immer mehr Einfluss gewährte? Ich habe mein Leben nicht in den Schlachten gegen die Gottlosen riskiert, um hernach selbst vor den heiligsten Instanzen Spaniens zu desertieren. Die Sacra Romana Rota hat ein Urteil gefällt, der König hat es unterzeichnet, und der Ehrenmann Don Joseph Gayoso y Pardo wird es respektieren.« Als er geendet hatte, ging er auf seine Brüder zu, umarmte sie schweigend und verließ den Raum.

Anderntags kamen bereits in aller Frühe die Boten des Ayuntamiento und meldeten, dass alle polizeilichen Vorbereitungen abgeschlossen seien und wir unverzüglich in Marín auf ein Schiff gebracht würden. Für den kurzen Ritt zum Hafen überließ uns der Gastgeber zwei Pferde.

Nachdem die Gendarmen uns abgeholt hatten, ritten wir über die

Plaza Herrería. Vor der runden Capilla de la Peregrina bat Gayoso um die Gunst, absteigen zu dürfen, um Einkehr zu halten und Abschied von der Jungfrau im Pilgerkleid und von seinem Galizien zu nehmen. Unsere Begleiter stellten mir frei, ihm zu folgen. Als Gayoso sein kurzes Gebet vor der Madonna mit Jakobshut und Pilgerstab geendet hatte, raunte er mir zu, er habe der Amme vor seiner Abreise einen Batzen Geld ausgehändigt mit der Maßgabe, sie möge in San Benito einen Messefundus für ihn anlegen. Die Summe werde für sein Leben ausreichen, selbst wenn er hundert Jahre alt werde. Danach schwieg Don Joseph bis zu unserer Einschiffung im Hafen von Marín.

Unmittelbar nach der Ankunft in Cádiz wurde uns bewusst, dass wir Galizien verlassen hatten. Wer Gayoso war, stand nur noch in den Papieren. Kein Mensch kümmerte sich um Stand und Ansehen des hochwohlgeborenen Sträflings. Gleich nach der Landung wurden uns Ketten angelegt, und wir wurden in die nasskalten Kasematten des Festungswalles verbracht, der die Stadt umgibt. Der meterdicke Mauergürtel ist mit Schießscharten übersät, fällt zum Meer hin steil ab und schien uneinnehmbar zu sein. Man sagte uns, der Schutzwall sei nach der Niederlage von Trafalgar größtenteils neu errichtet und an vielen Stellen ausgebaut worden. So wolle man die gebrandschanzte Stadt, die wie ein riesiger Schinken in den Ozean ragt, vor weiteren Überfällen und Belagerungen schützen.

Am nächsten Morgen wurden wir dem örtlichen Polizeipräsidenten vorgeführt. Ein freundlicher Mensch mittleren Alters empfing uns. In halb geöffneter Uniformjacke und vergnüglicher Stimmung saß er hinter einem mächtigen Schreibtisch und war gerade in die Lektüre der Urteile vertieft, als wir eintraten. Er ließ unsere Ketten entfernen und ordnete an, es dabei zu belassen, bei den Gefangenen bestünde keine Fluchtgefahr. Nachdem er uns mit wohlwollender Geste aufgefordert hatte, in zwei ledernen Clubsesseln Platz zu nehmen, holte er, eingenebelt vom Rauch einer dicken Havanna-Zigarre, zu einem wortreichen Vortrag über die verhängten Strafen aus: Was mich beträfe, so hielte er Verbannung und Aberkennung der geistlichen Rechte für eine angemessene Buße, eher milde, seiner Einschätzung nach, wenn man bedenke, dass der Ort des Vergehens eine Hochburg geistlicher Macht und kirchlicher Strenge sei. Mit jovialem Lächeln fügte er hinzu, er gehe davon aus, dass ich gewiss verstehen werde, mir mit dem Bestechungsgeld in den Kolonien ein angenehmes Leben einzurichten.

Dann fuhr er mit empörter Stimme fort: Was jedoch das Urteil Don Gayoso betreffend angehe, so sei es seiner Meinung nach geradezu ungeheuerlich! Es sei offensichtlich, dass die Sacra Romana Rota mit dieser drakonischen Strafe ein Exempel statuieren wolle gegen den unter der Decke weiter schwelenden Liberalismus und die gefürchtete Freigeisterei. Man wolle dem Volk zeigen, dass die Ehe eine unerschütterliche Bastion sei und bleiben müsse, an deren Endgültigkeit kein liberaler Gedanke nagen dürfe! Mit solchen Maßnahmen wolle der Klerus dem König bei der Zementierung des *Ancien Régime* in die Hände arbeiten, denn was der Kirche helfe, sei der Monarchie zumindest nützlich. Selbstredend auch umgekehrt.

Ob er diese Einschätzung teile, erkundigte er sich beim Betroffenen. Gayoso schwieg. Ob er nicht doch noch ein Gnadengesuch einreichen wolle, war die nächste Frage, die aus dem Tabakqualm hervordrang. »Nein«, antwortete der Verurteilte.

»Gleichviel, man muss die Entscheidung ja nicht übers Knie brechen«, schloss der freundliche Mensch seine Rede. Er schien außerhalb des damaligen Spanien zu leben und übersah in seiner entspannten Attitüde die ablehnende Haltung dessen, dem beizustehen er sich bemühte. Unbeeindruckt sprach er weiter: Er werde uns von der Baluarte de San Roque in das Castillo de San Sebastián verlegen lassen. Wir sollten darin eine gewisse Gnadenfrist sehen, denn das Castillo sei kein Gefängnis, vielmehr ein weitaus angenehmerer Ort, eine kleine, im Meer gelegene Militärbasis. Derweil werde er für meine Überfahrt ein geeignetes Handelsschiff suchen lassen. Man könne nämlich keinen Kapitän zwingen, einen Verbannten mit an Bord und auf die weite Reise zu nehmen, denn er müsse die Verantwortung für den Transport übernehmen und dafür auch geeignet sein.

Dann wandte er sich wieder an Gayoso und sagte, er räume ihm eine gewisse Spanne von Tagen ein, um nochmals über ein Gnadengesuch bei seiner Majestät nachzudenken und sich von der stolzen Sichtweise eines Granden zu trennen, die ihn zwar ehre, die aber nunmehr seiner Rettung ganz offenkundig im Wege stünde. Hier sei man in der Stadt der Cortes, des stolzen, wenn auch leider im Handstreich aufgelösten Parlaments. Doch die Ideale einer gewählten Volksvertretung lebten in Cádiz weiter, jetzt zwar im Verborgenen, in den Köpfen der Caditanos, den Salons vornehmer Señoras und in den Hinterzimmern bestimmter Lokale während erlesener *tertulias*; doch eines Tages würde die Stunde schlagen, in der sie wieder in die Politik zurückkehrten. Der Tag werde kommen, an dem es auf dem Boden des Vaterlandes keine Majorate mehr geben werde und auch keine unumschränkte Macht des Königs. Und an diesem Tag werde das stolze Spanien keineswegs untergehen, sondern befreit aufatmen!

Als uns die Wachen abführten, schimpfte Gayoso halblaut vor sich hin: »Unerhört! Ganz unglaublich das! Von einem leibhaftigen Polizeipräsidenten! Man müsste ihn anzeigen! Ein Skandal das! Man muss sich an die eigene Ehre klammern, um sich vor der Ehrlosigkeit eines Vertreters seiner allerhöchsten Majestät zu retten.«

Mein Sohn, Du kannst Dir kaum vorstellen, an welch wunderbaren Ort wir alsbald gebracht wurden, einen Ort, dessen Anblick mich bereits aus der Ferne freudig bewegte. Das Castillo San Sebastián liegt außerhalb der Stadtmauern, draußen im Ozean, und ist über eine schmale Landzunge zu erreichen. Die malerische Festung erhebt sich aus den Meereswogen, auf denen sie zu schwimmen scheint. Ihren Namen mochte sie allenfalls ihrer Wehrhaftigkeit wegen bekommen haben, denn ihre Harmonie und Schönheit stehen im Widerspruch zu jeder militärischen Bezeichnung.

Ebenso wenig kannst Du Dir vorstellen, wie oft und gerne ich mich an jene milden Tage erinnere, die wir dort noch verbringen durften, sie erscheinen mir heute wie ein sonnendurchflutetes Abschiedsgeschenk der Heimat. Tagsüber spazierte ich so manche Stunde auf dem Gelände der vormaligen Einsiedelei umher, setzte mich auf einen Felsvorsprung und schaute hinüber auf die südliche Stadt, die wie ein riesiges Schiff aus Alabaster im Meer lag, unter einem stets tiefblauen Himmel. Nachts hörte ich das Rauschen des Ozeans, dessen Wellen sich an der Felseninsel aufbäumten, wie wilde Tiere in einem Käfig, ehe sie sich daran brachen. Und wenn ich das Donnern des Meeres hörte, unerbittlich Tag und Nacht, fasste mich ein Grauen, es nun bald überqueren zu müssen und diesem Tosen aus der Tiefe nicht mehr entrinnen zu können.

Von der kleinen Insel, auf der das Castillo erbaut wurde, gibt es keine Fluchtmöglichkeit, was der Grund dafür gewesen sein mag, dass wir nicht wie Sträflinge gehalten wurden, sondern es in unserem Belieben stand, uns auf dem Eiland frei zu bewegen. Die Gespräche mit den Soldaten, die uns wie ihresgleichen behandelten, zeigten mir, wie recht der Polizeipräfekt hatte: Hier herrschte tatsächlich ein freierer Geist als im nebelgrauen Land des Apostels. Ein Grund dafür mag auch der Hafen sein, wo Schiffe aus der ganzen Welt ankern und wo nicht nur Waren, sondern offenbar auch Gedanken und Ideen anzukommen scheinen, die unter den Bewohnern ihre Wirkung tun. Mit einem der Soldaten habe ich sogar Freundschaft geschlossen. Er hieß Pepe und hatte vor, vielleicht eines Tages nach Manila nachzukommen. Während der Gelbfieberepidemie von 1819 hatte er Weib und Kind verloren, und deshalb hielt ihn nichts mehr in Cádiz. Damals hatte er sich vorgenommen, sein Glück irgendwo im riesigen Kolonialreich der Spanier zu versuchen. Leider habe ich nie wieder etwas von ihm gehört.

Nach ungefähr einer Woche erschien der Polizeipräsident mit ein paar Gendarmen persönlich auf der Festung. Er begrüßte uns wie alte Bekannte und unterbreitete Gayoso einen ausgeklügelten Vorschlag: Man könne die Angelegenheit durchaus so regeln, dass allen Standpunkten und Interessen Rechnung getragen werde. Wenn Gayoso der Meinung sei, der König könne ihn aus Gründen der Opportunität nicht begnadigen, so möge er zumindest um eine Umwandlung der Galeerenstrafe in eine Gefängnisstrafe ersuchen, um wenigstens sein Leben vor dem langsamen Tod auf der Galeere retten. Er selbst wäre bereit, eine solche Petition mit dem ganzen Gewicht seines Amtes zu unterstützen und sei überzeugt, dass sie Aussicht auf Erfolg habe, weil keine Seite das Gesicht dabei verlöre. Schließlich habe die Verkündung und augenscheinliche Vollstreckung des Urteils bei der Bevölkerung von Sanct Jago bereits ausreichend Respekt vor den Geboten verbreitet und genug Angst vor drakonischen Strafen bei deren Übertretung. Damit sei ihr Zweck erfüllt, zumal von einer Umwandlung der Strafe und deren Vollzug in Cádiz kein Mensch im fernen Galizien etwas erführe. Der Majorazgo möge doch an seine Gemahlin denken und an seine Nachkommen und wenigstens sein Leben retten. Nach Verbüßung der Haftstrafe, die gewiss wegen guter Führung verkürzt würde, könne er dann wohlbehalten heimkehren. Seine Schlussworte waren: »Die Galeere ist die Hölle auf Erden, Don Gayoso, und die hohen Herren, die das Urteil gefällt haben, in ihren weichen Sesseln in Madrid, sie sollten, por Dios, die Strafe des letzten Gerichts fürchten ob ihrer Bedenkenlosigkeit, einen bis dahin unbescholtenen Granden in den Tod zu schicken. Bedenkt doch auch das so viel mildere Urteil des geistlichen Gerichts zu Sanct Jago.«

Als er geendet hatte, nahm Gayoso Haltung ein und forderte die umstehenden Soldaten auf, es ihm gleichzutun, er habe eine offizielle Erklärung vor dem amtlichen Vertreter des Königs abzugeben. Dann begann er mit erhobener Stimme zu sprechen: »Senõr! Auch ich habe die Zeit genutzt, um nachzudenken! Ich werde bei meiner Entscheidung bleiben und werde Euch in dieser Stunde die Gründe für meinen Entschluss verkünden.« Man hörte an seinem Tonfall, dass sich die innere Einstellung des Majorazgos verändert hatte. Wo vormals grobschlächtiger Hochmut herauszuhören war, schien jetzt ein leidgeprüfter Stolz mitzuschwingen. Erhobenen Hauptes ging er noch einen Schritt auf den untersetzten Präfekten zu, baute sich, die Hände an der Hosennaht, in seiner beeindruckenden Gestalt vor ihm auf und verkündete mit brennenden Augen und bebender Stimme: »Estimado Senõr! Wahrlich, es sind meine Kinder, an die ich denke. Niemals habe ich an jemanden mehr gedacht, und niemals wird mir etwas wichtiger sein in diesem Leben und heiliger als eben sie! Und das ist der Grund, weshalb ich niemals um Gnade winseln werde, Señor, vor Euch nicht und auch nicht vor Ihro allerhöchsten Majestät. Es gibt höhere Güter als das Leben, Señor! Versucht, darüber nachzudenken. Habe die Ehre, Señor!« Dann salutierte Gayoso, machte eine militärische Kehrtwendung und ließ den verdutzten Menschenfreund stehen.

Der Polizeipräsident stand betroffen da, schüttelte ungläubig den Kopf, und als er seine Sprache wiedergefunden hatte, sagte er, ohne den geringsten Spott und mit dem Ausdruck größten Mitleids: »Es ist nicht zu fassen, einfach nicht zu fassen. Ihr werdet das bitter büßen. Ihr werdet sterben für Eure Prinzipien. Mit dem Leben werdet Ihr Euren Stolz bezahlen, Don Gayoso. Gott steh Euch bei!« Damit wandte er sich zum Gehen. Man hörte ihn noch vor sich hin sprechen: »Nicht zu fassen; unbegreiflich, der Letzte seiner Gattung ... eine Donquijoterie das alles ... Nicht zu fassen.« Am nächsten Tag wurde Don Joseph abgeholt.

Ehe ich fortfahre, will ich Dir kurz mitteilen, dass die Abschrift der Briefe fortgeschritten ist. Gelegentlich überlege ich, ob ich sie mit einer Überschrift versehen sollte, damit Du später gewisse Stellen, die Du vielleicht wieder lesen möchtest, leichter finden könntest. Doch vorderhand will ich zum Ende kommen, später können dann noch immer derlei Ergänzungen eingefügt werden. Meine ermüdete Seele hat keine Wünsche mehr und keine Ziele, und es fehlte mir auch an der Kraft, sie zu verwirklichen. Gleichviel, die Briefe möchte ich noch vollenden, sie sind mein Vermächtnis an Dich und, wenn Du es für richtig hältst, auch an Deine Geschwister – und wer weiß, ich wage es kaum niederzuschreiben, vielleicht auch für Deine Mutter.

José, es kam der Tag, an dem mir Pepe eine Blechkiste brachte. Mit traurigen Augen stand er vor mir und sagte: »Da, die ist für dich! Für die Überfahrt. Sie schließt gut. So bleiben deine Bücher und Papiere trocken.« Es war sein Abschiedsgeschenk, am nächsten Tag wurde auch ich zum Hafen gebracht. Dort angekommen, spielte sich ein unvergleichliches Schauspiel ab. Im *puerto* von

Cádiz, wo sich die Seewege aus aller Welt kreuzen, herrschte ein grandioses Durcheinander! Schiffe wurden gelöscht und beladen, Kisten und Säcke geschleppt, Männer brüllten und riefen einander Worte in fremden Sprachen zu, Mütter mit Kindern warteten am Quai, Auswanderer lehnten auf geschnürten Bündeln; geschäftiges Treiben mischte sich mit Armut und der Gier nach Reichtum und Abenteuer, so wie sich die Gerüche von exotischen Gewürzen und Früchten, von Schweiß und Fisch mit dem fauligen Geruch des Brackwassers im Hafenbecken vermengten. Hier brodelte das volle, laute Leben der Menschen mit Geschrei und Lachen – und mit den Umarmungen und Tränen des Abschieds.

Zielsicher wurde ich auf ein stattliches Schiff gebracht. Der Kapitän, ein stämmiger Mann mittleren Alters, begrüßte mich, ohne eine Miene zu verziehen, dafür mit einem schmerzenden Händedruck. Ein Schiffsjunge wurde angewiesen, mir meine Kajüte zu zeigen. Am nächsten Morgen liefen wir aus. Die Überfahrt dauerte viele Monate, von Mai bis November, doch ich erinnere mich kaum noch an die Zeit. Die Tage und Wochen auf dem Meer glichen sich und flossen ineinander. Nachdem das Schiff die Heimat verlassen hatte, verfiel ich zeitweilig in eine Art Delirium, befördert durch so manchen Becher Branntwein, den ich mit dem Kapitän in hellen Mondnächten unter den schlagenden Segeln leerte.

Gewiss, ich könnte Dir schildern, wie wir oft tagelang im schönsten Passatwind dahinglitten, begleitet von Scharen von Seevögeln; wie wir, in eine Flaute geraten, manchmal überhaupt keine Fahrt mehr hatten und ganze Tage die Segel schlaff herunterhingen; wie während der Stürme die See über das Heck brach und wir steuerlos, gleich einem Stück Holz, auf dem tosenden Meer trieben, das seine Wut mit lautem Gebrüll an uns auszutoben schien, zwischen berghohen Wogen, die uns zu verschlingen drohten; oder wie ich manche Woche krank und zitternd in meiner Kajüte lag, ohne Essen, ohne Schlaf, in schlotternder Angst um mein Leben.

So manche Nacht stand ich auch an der Reling, losgelöst vom Treiben der Welt, und konnte mich nicht sattsehen am grenzenlos wogenden, ewigen Meer, beschienen vom Mond, sodass es überall leuchtete und blitzte. Gelegentlich wurde mir auch ein wenig feierlich zumute, wenn hinter dem Schiff ein breiter Silberstreif auf dem Wasser lag, der den Blick weit zurückführte in die Heimat, wo irgendwo im Mondschein die Algalia lag, während ich unaufhaltsam fortzog in die Dunkelheit hinein und ins Ungewisse. Und ich könnte Dir erzählen, wie ich mir nach vielen Wochen unter grauen Wolken und zwischen dunklen Wellen nicht mehr vorstellen konnte, es könne irgendwo Küsten geben und festes Land, Gärten mit Blumen, Bäumen und spielenden Kindern; oder wie wir im strömenden Regen das Salz aus den Kleidern wuschen, wie wir gesungen haben miteinander und gegrölt, wie wir uns die schönsten Fische geangelt haben und wie wir ab und zu einen Schiffsjungen aus den Wellen zogen, der sich zu weit hinausgebeugt hatte.

Ich könnte Dir die Kapverdischen Inseln beschreiben, wo wir uns in San Antonio mit Proviant eindeckten und vom Hafen aus der glühenden Sonne zusahen, wenn sie abends ins Meer tauchte; oder das Kap der guten Hoffnung, das wir in sicherer Entfernung umsegelten, den Indischen Ozean und die Sundastraße. Von Palmenküsten, fremdartigen Menschen könnte ich erzählen, von fernen Häfen, in denen wir anlegten, um Proviant zu besorgen und Waren zu entladen. Kein Tag war wie der andere auf dieser endlosen Überfahrt, und doch waren sie alle gleich, weil ich ohne Boden unter den Füßen war, meistens dösend und umnebelt in meiner Koje lag, oftmals krank und elend wie ein Hund, das Schlagen der Segel in den Ohren und meine ausweglose Lage im Sinn. Java, Sumatra, Singapur, was sollte das alles? Ich war verstoßen worden und befand mich auf einer Fahrt ohne Heimkehr, und ich wollte von allem, worauf sich die Besatzung freute, am liebsten nichts hören und sehen.

Einzig der Kapitän hat während dieser langen Reise einen nachhaltigen Eindruck auf mich gemacht. Er war ein kundiger Held im Sturm und ein durchtriebener Schurke beim Schachern um Preise in den Häfen. Und er war ein fürsorglicher Schiffsarzt und ein standhafter Geistlicher, der sonntags an Deck eine Andacht hielt, bei der keiner fehlen durfte, und der ein Gebet und den Segen sprach, ehe ein Verstorbener in sein kühles Grab gesenkt wurde. Er war ein erfahrener Steuermann und erstaunlicher Wahrsager, was das Wetter betraf, und er ließ sich niemals beirren. Paolo beherrschte sein Schiff bis in den letzten Winkel, obwohl man ihn kaum zu Gesicht bekam und er ein rechter Einzelgänger war. Meuterei gab es nicht unter den Matrosen, kaum einen Widerspruch gegen seine oft strengen Anordnungen und Strafen. Er wurde respektiert, war leidlich beliebt und eigentlich nicht gefürchtet. Wenn die Vorräte zu Ende gingen, fing er als erster an zu hungern, und wenn ein Seemann schwer krank war, konnte es sein, dass er bei ihm wachte wie eine Mutter.

Einmal, als das Essen wieder knapp wurde, schlug ihm der Schiffskoch vor, er solle seine Katze über Bord werfen, sie schreie nur den ganzen Tag, und das Futter könne man sich sparen. Der Kapitän antwortete, die Katze bekäme zunächst einmal den Vogel des Kochs und dann nur noch von seiner eigenen Ration zu fressen. Ein andermal, an einem windstillen Abend, als ich ruhig in meiner Ecke lag, holte er mich zu sich an Deck. Ein heller Mond schien die ganze Nacht, das Schiff glitt ruhig über eine grünlich glitzernde See, in deren Tiefe es überall funkelte. Wir konnten uns nicht sattsehen an diesem Schauspiel des Lichts auf dem Wasser und haben uns still betrunken. Von da an haben wir so manches Mal zusammen gebechert und geredet, ob das Meer nun grün war oder schwarz, ob wir unter dem unendlichen Sternenhimmel saßen oder in tiefschwarzer Finsternis.

Wir schmiedeten auch ein Komplott, mein Sohn, der Kapitän und ich, eines, das er mir vorschlug und das mir vielleicht das Leben gerettet hat. Eines Abends, als nach tagelangem Sturm wieder Ruhe eingetreten war und ich mit Paolo an Deck dem Sonnenuntergang zusah, der das Wasser mit allen Schattierungen übergoss, vom hellsten Gelb bis zu grünlichem Tiefblau, nahm er plötzlich die Pfeife aus dem Mund, schaute mir in die Augen und sagte mit gewichtigem Ton, es sei klüger, der Mannschaft nichts davon zu sagen, dass ein Priester an Bord sei, obendrein noch ein ungehorsamer gegen Gott, denn sonst könnte ich leicht für jedes Unwetter verantwortlich gemacht werden. Die Geschichte von Jonas sei mir ja wohl bekannt, und unter abergläubischen Seeleuten gelte ein Geistlicher noch immer als Unglücksbringer und Sündenbock für Seenot und ein tosendes Meer. Im ersten Moment dachte ich, es wäre vielleicht ohnehin das Beste, wenn mich die Mannschaft beim nächsten Sturm über Bord würfe, um das Meer zu beruhigen. Aber da ich keinen Walfisch zu erwarten hatte, in dessen Bauch ich mich hätte retten können, erschien mir mein kleines Leben doch wertvoller, als ich gedacht hätte, oder wenigstens der Tod in den Wellen nicht sonderlich verlockend. Und so hielten wir meinen geistlichen Stand und mein Schicksal geheim.

Es war mir nicht klar, was Paolo über mich dachte. Obwohl ich ihm zu verstehen gab, wie viel er mir bedeute, konnte ich nicht herausfinden, ob er mich leiden mochte oder gar geringschätze ob meines Vergehens. Er gehörte zu den Starken dieser Welt, zu den Gayosos, und die Starken verachten die Schwachen und unterwerfen sie. Und wenn sie Kleinere neben sich dulden, dann um die eigene Größe zu demonstrieren. Dennoch unterhielt sich Paolo gern mit mir, vermutlich, weil er meine Gelehrsamkeit schätzte. Er interessierte sich für die Geschichte Spaniens, besonders für die Reconquista und die katholischen Könige, Isabella und Ferdinand, und erkundigte sich nach dem Sinn bestimmter Kirchengebote und Verbote, von denen er die meisten aufgrund seines Berufes nicht einhalten konnte. Jetzt, wo wir uns wieder begegnet sind, sprechen wir nicht mehr viel. Wir sind müde geworden und wortkarg. Und es ist mir inzwischen auch gleichgültig, was der Kapitän von mir hielt, damals bei der Überfahrt. Wenn ich so an seinem Krankenbett sitze, nehme ich zuweilen seine Hand in die meine und wir lächeln.

Morgen werde ich Paolo besuchen. Unterdessen befindet er sich leidlich. Er gedenkt, die Seefahrt aufzugeben, um sich in seinem andalusischen Heimatdorf zur Ruhe zu setzen. Mein Sohn, jetzt endlich, nach so viel Jahren, zeigt sich mir tatsächlich eine Möglichkeit zu fliehen, und jetzt fehlt mir alles, was ich für diese Flucht bräuchte: die Courage, Paolo zu fragen, die List, alles heimlich vorzubereiten, der Mut für die Überfahrt und die Stärke, mich in der Heimat zu verstecken für den Rest meiner Erdentage. Auch kann ich mir mitnichten vorstellen, wie Du mir begegnetest, und ich fürchte das Schlimmste. Wahrscheinlich werde ich Paolo die Briefe mitgeben, und ich werde sie gebündelt in jene alte Blechkiste legen, die Pepe mir damals geschenkt hat.

Die Schildkröte scheint sich wohlzufühlen, sie hat sich inzwischen selbst einen Platz ausgesucht, an dem sie ihre Tage verdöst. Es ist das am längsten von der Sonne beschienene Stück des Fußbodens. Vielleicht sollte ich ihr einen Namen geben oder anfangen, mit ihr zu sprechen, so wie mit dem Vogel. Doch welchen Namen soll man einem Tier geben, das fast hundert Jahre alt wird? Ich werde ein anderes Mal darüber nachdenken, heute ist es zu spät, und ich bin zu müde.

José, wir sind nun am Ende der Wanderschaft durch jenes ferne Dezenium angekommen, in dem sich das Drama der Gayosos auf der Bühne dieser Welt abgespielt hat. Weniges ist noch anzufügen.

Sobald ich die Kraft dazu verspüre, werde ich Dir einen Abschiedsbrief schreiben.

Sei gegrüßt und gesegnet von
Deinem<br>Vater

Manila, an vielen Tagen des Januar 1847

# Abschied

Raus!

Gestern wurde in Santiago die Sardine begraben und mit ihr der Karneval, wie schon damals in Xan Xordo. *Entierro de la sardina* nennt sich der Spuk, Galizisch *quemada del meco*. Goya hat diesen Aschermittwochstrubel gemalt, bei dem Riesenpuppen und Masken durch die Straßen wanken, begleitet von Pauken und Trompeten. Still steht sie auf dem Toural-Platz mitten im Gewühle, verhöhnt von grinsenden Ungeheuern und Hexen. Und still hat auch sie etwas begraben, die Hoffnung, hier ein wenig dazuzugehören, nach diesen langen Winterwochen, nach all den Jahren der Vertrautheit mit der Stadt und mit den Gayosos.

Letztes Hochamt in der Kathedrale, letzter Besuch in las Animas, Abschied von Rodolfo und den Bibliothekaren. Im Eilschritt über den Platz der Lebenden und der Toten, der Quintana de vivos y muertos, früher Friedhof, heute Klosterhof, Stammplatz der Einsamkeit mit hohen Gefängnismauern, zugiger Abschiebeplatz für Pilger. Mystisch und düster der Pantheon der Entsagung, in dessen kaltem Schoß fromme Frauen sich vergraben, lebend für Gott, der Welt gestorben.

Sie beginnt zu laufen. Noch einmal in »ihr« Viertel hinüber. Sie will nicht hören, was die Quintana ihr nachruft, die Hände als Trichter vor dem Schlund. Sowieso klar, man will sie verjagen. Doch schon schallt es von der Klostermauer herunter: »Haut ab. Fort mit euch. Fuera! Geht hin, wo ihr hergekommen seid!« Der Regen peitscht, es dröhnt über die schwarz glänzende Quintana: »Raus! Verschwindet, ihr Pilgerscharen, ihr gehört nicht dazu, Wilderer in unseren Kirchen, Schmarotzer unsrer Frömmigkeit, Bettler um unser Geheimnis!«

Sie rennt über den zugigen Platz. »Nur die Toten dürfen bleiben«, erschallt es hinter den Gittern des Querhauses, »und wir, die heiligen Frauen, die wir heimlich zuschauen, wenn sie tanzen, nachts auf den Gräbern in weißen Laken. Jawohl, auch wir haben geheime Wonnen, nicht so gewöhnlich wie die euren! Die Gerippe erscheinen, wenn sie leergefegt ist, unsre Quintana, wenn ihr fort seid aus unsern Mauern. Dann drehen sie sich im Nebel, wiegen sich im Wind, schmiegen sich aneinander, während wir gierig zuschauen und leise den Takt tippen an Gitterstäben. Und wir erbeben in unsern Zellen und seufzen, wenn sie sich umarmen im Mondlicht, mit einer Lust, die ihr nicht kennt, ihr Gefangenen des Fleisches. Und sie grinsen, wenn sie hochschauen zu uns, aus schwarzen Augenhöhlen, und winken, eh sie vergehn. Dann legen wir uns nieder in unsern Moderzellen und stöhnen mit dem Liebsten, der treulos war und von dem wir noch immer träumen.«

Der Wind bläst ihr ins Gesicht, die Stimmen vereinen sich: »Du hast mich beschworen aus dem Grab, mit Deinem Zauberwillen ...«

Weiter, bloß noch weg hier!

»Stört nicht unsern Totentanz, und stört sie nicht, die weiße Lust der Jungfrauen, ihr Fremdlinge!« Es will nicht enden: »Unsre Gräber gehören uns.«

»Ich trinke deine Seele aus, die Toten sind unersättlich«, pocht es hinter der Stirn.

Die Quintana brüllt weiter: »Verschwindet, ihr Eindringlinge, es gibt eine Zeit des Kommens und eine Zeit des Gehens. Ya es la hora!«

Verstanden: Die Stunde hat geschlagen. Vergeblich alles Klagen: »Hört zu, von weither bin ich gekommen. Himmelsbläue war mir versprochen.«

Umsonst. Nichts zu machen: »Begnügt euch mit der Kathedrale! Die Stadt gehört uns! Wir müssen unser Innerstes schützen, vor dem Untergang in der Fremdenflut: Catedral abierta, Santiago cerrada.«

»Ich habe euer Geheimnis entdeckt. Ich gebe es zurück, wenn ihr mich aufnehmt.«

»Was verschlossen ist, bleibt verschlossen. Selber schuld! Das ist das Los derer, die an Türen rütteln, hinter denen sie nichts zu suchen haben, an verbotenen Türen, hinter denen Sirenengesang ertönt.«

»Bin ich nicht etwas Besonderes? Kann man mich nicht besser behandeln? Hab ich mich nicht genug bemüht? War ich nicht bescheiden genug? War ich nicht unauffällig genug? Wenigstens mich hätte man einlassen können. Ich bin keine Fremde! Auch ich bin aus dem Jakobsland!«

»Ausrede! Hau ab! Fuera!«

Sie packt. Verdammtes Regenloch. Morgen fahr ich weg, in aller Herrgottsfrühe. Und ich werde gehen, ohne mich umzudrehen, und nie mehr wiederkommen. Und doch bleiben für immer.

Der Regen hat die Fackel gelöscht ...

Mein lieber Sohn!

Der Tag ist gekommen, an dem unser Weg durch die Vergangenheit enden wird und ich ein letztes Mal zur Feder greife. Mittlerweile bin ich an ein weiteres Ende gekommen: an das der körperlichen Kräfte. Zwar habe ich Dir schon im letzten Brief erzählt, dass es mit meiner Gesundheit nicht zum Besten steht, aber inzwischen hat mich auch der Leiter des Hospitals, Doctor García, beiseitegenommen, um mir zu sagen, es sei ihm nicht entgangen, wie schwer mein Dienst mir falle, und er habe mit seiner Exzellenz dem Erzbischof vereinbart, mich davon zu entbinden, sobald ich darum ersuche.

Obschon hinter die Briefe bald ein Schlusspunkt gesetzt wird, werden meine inneren Gespräche mit Dir weitergehen. Ganz verebben werden sie erst zusammen mit meinem kleinen, einsamen Leben. Über meine Briefe wirst Du das letzte Urteil fällen, ob es mir gelungen ist, aus den Bruchstücken der Erinnerung ein Mosaik zu legen, das Dir helfen kann, die Strafe für die Schuld Deiner Eltern zu tragen. Über meine Erdentage mag der richten, der größer ist als mein eigenes, mich selbst verdammendes Herz.

Das Alter hat keine Pläne mehr, auch dann nicht, wenn die vormaligen Ziele verfehlt wurden. Es ist zu spät für neue Versuche, sie noch erreichen zu wollen. Was gewöhnlich in späten Jahren bleibt, ist der Trost, den ein ehrenwert verbrachtes Leben beschert, das Ansehen, die Liebe der Menschen und ihre Fürsorge, wenn sie gebraucht wird. Mein Leben war nicht ehrenwert, und so zeigt es die bittersten Unterschiede zu dieser Regel. Es gibt keine Ernte, ich habe nicht für meine Ehre und mein Ansehen gesorgt, sondern beides für immer untergraben. Ich habe meinen Platz verloren in der Heimat und unter den Menschen, denn ich habe Grenzen überschritten, die heilig sind. Aber ich werde trotz der Schmach nicht selbst das Wort aussprechen: Vergebens! Denn ich habe gebüßt, meine Schuld erkannt und bereut, die Schuld der Lüge und Scheinheiligkeit. Die Schuld der Liebe hingegen, wofern es eine Sünde gewesen sein sollte, bin ich heute unfähig zu erkennen, obgleich es eine Zeit gab, in der sie mir als der größere Frevel erschien. Im Gegenteil, es ist eben jene menschliche Liebe, auf der sich meine Hoffnung auf Erbarmen gründet. So hat doch am Ende meiner Gefangenschaft ein neuer Geist Einzug gehalten und der Mut, das aufgezwungene Denken zu korrigieren.

Lieber José, es war tröstlich, die Jugendjahre noch einmal zu durchstreifen, und weil ich gemächlich gegangen bin, habe ich bisweilen mehr gesehen als damals. Manches habe ich ergründet, das meiste bleibt Geheimnis. Auch hat die Distanz der Jahre den Blick verändert und das Urteil. Es war eine Wohltat, diese Veränderungen zu erleben, und bei meinen Aufzeichnungen erfüllte mich eine stille Vorfreude, dass auch Du eines Tages diese Wege gehen würdest, die einzigen, die wir jemals zusammen gegangen sind, wenn auch ohne das Glück der Gleichzeitigkeit.

Und noch ein Trost ist den Briefen entstiegen wie Blütenduft am Frühlingsmorgen, der mich insgeheim erfüllt hat und beseligt. Die Liebe ist wiedergekehrt in meinen Träumen. Noch einmal hat sie sich umgeschaut nach mir, in schimmerndem Gewand und mit wehendem Haar, und sie hat aus der Ferne die Hand ausgestreckt und mir zugelächelt. Und manchmal hat sie sich über mich gebeugt, meine Stirn gekühlt, und ihr Blick sagte: Komm her zu mir, mein vertrauter Gesell, der Platz an meiner Seite ist noch immer der Deine, und ich werde mich zu dir legen voll Verlangen. Manches Mal war die Traumgestalt so fühlbar nahe und lebenswarm, dass ich glaubte, die Umarmungen der Jugend hätten sich wiederholt. Nach solchen Nächten ging ich traumwandelnd durch den Tag. Gott, der mir gnädig diese Trugbilder geschickt hat, möge sich meiner erbarmen und den Schatten Margarethas an mein Lager führen, wenn es dunkel wird, damit sie mir die Augen schließe mit sanfter Hand.

Jetzt, wo ich Deiner Mutter gedenke und der Fülle ihrer Liebeskraft, will ich Dir am Ende unserer Reise noch den Abschiedsbrief zur Kenntnis bringen, den sie in der Nacht vor unserem Abtransport geschrieben hat und der mir am Morgen von der Amme übergeben wurde, wie ich es im letzten Brief geschildert habe.

Sanct Jago, im April anno 1826

Jeronimo, ein letztes Mal!

Es ist nach Mitternacht. Draußen tobt ein Frühjahrssturm, der Regen peitscht ans Fenster. Die Natur hat eine Sintflut entfesselt, scheint den Aufruhr der Gefühle zu begleiten und mich darin beflügeln zu wollen, ihnen freien Lauf zu lassen, dies eine Mal noch, eh Du gehst, eh sie euch abholen werden im Morgengrauen und wegbringen aus der Stadt, aus dem Land und dem Erdteil.

All Deine Fluchten fallen mir ein, all Dein Schweigen und Deine ganze Unerbittlichkeit. Längst hast Du mich verlassen und bist von mir gegangen vor langer Zeit. Darum wird es in der Frühe keinen Abschied geben, und ich werde nicht vor die Tür treten, Dich zu umarmen, obschon wir uns nicht wiedersehen werden auf dieser Welt. Ich werde Dir auch nicht heimlich winken oder Dir nachschauen mit verschleiertem Blick. Längst habe auch ich mich abgewendet von Dir, so wie Du geworden bist.

Geh! Du kannst jetzt gehen. Ich habe mir die Schlange vom Herzen gerissen, die ich ein Leben lang genährt habe, die mir den Busen eingeschnürt, den Blick auf meine Kinder getrübt und die schönsten Stunden des Lebens vergiftet hat mit Sehnsucht und vergeblichem Hoffen. Alt bin ich geworden und schwer von Wissen und Leid. Es ist nicht viel übrig, was ich Dir noch zu sagen habe, aber es ist unumgänglich, dass ich es sage.

Morgen, auf Deinem Ritt zum Meer, sollst Du nicht meinen Schatten suchen, kauernd am Wegesrand oder an Dich geschmiegt, unsichtbar im Sattel des Verbannten. Nein, hoch auf der Klippe werde ich euer harren, und ich werde mich nicht hinabstürzen in die tosende Flut, sondern euch verfolgen mit kaltem Blick und euch nachschauen, wenn der Wind die Segel füllt und euch entführt, bis euer Schiff hinabgleitet, weit draußen am Horizont, in das Land der Schmach, in das Land der geflohenen Väter und treulosen Geliebten.

Verlassen und allein lasst ihr mich zurück, allein mit der Schmach, mit der Arbeit und den Sorgen um eure Kinder, allein mit vergeblicher Liebe. Und ihr schweigt dazu, ihr Helden des Gewissens und der harten Konsequenz, die ihr euch lautlos davonstehlt und verschwindet, ohne euch zu rechtfertigen! Ihr Ungeheuer, die ihr meinen Leib geteilt habt unter euch und das Los warft über mein Schicksal, und die ihr mein Herz ausgesetzt habt in der Wüste, ausgeliefert den Hyänen der Einsamkeit.

Nichts konnte euch abhalten, euch von mir abzuwenden und mich zu verraten, nicht dass ihr schuldig geworden seid an mir, nicht dass ich eure Kinder geboren habe und nicht einmal, dass auch ihr mich geliebt habt vor langer Zeit. Und es hat mir nichts geholfen, dass ich euch geliebt habe, beide, ohne Falsch, jeden zu seiner Zeit, zuerst den Mann, dann den Jüngling; zuerst die Glut, dann die Hingabe; zuerst die Verführung, dann die Unschuld; zuerst das Leben, dann den Traum.

Und heute verlasst ihr mich, ihr Grobiane, ihr Diebe meiner Ehre und Zerstörer meines Friedens. Öffentlich habt ihr die Mutter eurer Kinder zur Dirne gemacht und zur Ehebrecherin, obgleich ihr selbst es wart, die ihr mich an den Schandpfahl gefesselt habt. Ihr wagt es, mich zu verlassen und in eure Strafen zu flüchten, um euch reinzuwaschen vor Gott und den Menschen, statt zu bleiben, statt euch zu verbergen, um mir beizustehen, statt mich weiter zu lieben und zu trösten, die ich zurückbleibe, freigesprochen und doch an den Pranger gestellt.

Ihr Betrüger! Das war nicht ausgemacht. Damit wäre ich nicht einverstanden gewesen. Ihr habt mir etwas anderes versprochen, und ihr habt mir euer Ehrenwort darauf gegeben und den Schwur der Liebe. Nicht dass ich gefordert hätte, ihr solltet schwören, aber ich habe mir gemerkt, dass ihr es getan habt. Und jetzt macht ihr euch aus dem Staub, ohne es mir zu erklären, ohne mich um Verzeihung zu bitten, ohne euch umzuschauen, ohne euch zu schämen.

Wie sanft ihr doch gewesen seid in jenen Tagen, als ihr den Honig meines Herzens gesogen und die Früchte meines Leibes geerntet habt. Bis nach dunkler Selbstzerfleischung, heimlich und fern von mir betrieben, ihr darauf gekommen seid, einen Verrat zu entdecken, ein jeder den seinen, und geflohen seid aus meiner Nähe, als trüge ich daran die Schuld. Und dann habt ihr es mich büßen lassen, Ihr Ritter der Klarheit des Gedankens, dass ich euch zu Willen war und euch geliebt habe. Und ihr habt das Kind der Liebe zum

Bastard gemacht und die Kinder der Treue zu Waisen. Habt ihr wenigstens geweint, bevor ihr das getan habt? Habt ihr danach geweint? Hat je ein Mensch euch weinen sehen?

Hohngelächter sollte ich entfachen über euch und euch verfluchen oder töten gar. Doch eure Taten sind zu traurig für Spott und zu schwer für Rache. Die Hände im Schoß, sitze ich da, die Betrogene, und frage mich, wer euch das Recht gab, über mich zu verfügen, und wer euch gelehrt hat, euch selbst zu genügen, und wer mich verdammt hat, die Duldende zu sein und die Verlassene, die nichts zerstört hat, die Ehe nicht und nicht die Liebe, und der doch beides genommen ward.

Ich werde es euch nachrufen über das Weltmeer, dass es keine Rückkehr gibt für euch in die Unschuld und dass ihr vergeblich büßt, weil ich euch nicht verziehen habe und nie verzeihen werde, dass ihr die Mutter eurer Kinder zerstört habt, da ihr sie in Verzweiflung stürztet. Ja, ich weiß, was ihr mir entgegnen würdet, ich habe es tausendfach vernommen! Aber ich lasse es nicht gelten, dass ihr euch verschanzt hinter dem Richterspruch, den ihr selbst heraufbeschworen habt, beide!

Jeronimo, wärest Du damals geflohen mit Deinem Sohn und seiner Mutter, damals, als ich meinen Stolz vergessen und Dich angefleht habe. Hätten wir zum rechten Zeitpunkt die Stadt verlassen, hätte Joseph die Familie nicht zerschlagen brauchen in seiner Verblendung und seinem Größenwahn. Hättest Du begriffen, dass die Liebe über allem steht und alles andere in Lüge verwandelt, dass Du Deine Kutte hättest herunterreißen müssen, um uns alle zu retten, uns und die Wahrheit! Hättest Du getan, was Du geschworen hast! Wärest Du ein Mann gewesen und kein heuchlerischer Mönch! Hättest Du verstanden, dass wir Mann und Frau sind, füreinander bestimmt, ohne unser Zutun, ohne unsre Mitwirkung, ohne unsre Entscheidung.

Von nun an habt ihr eure Kinder zu einem Leben verdammt, auf das sich die Schatten der Väter legen werden, und zu einem Weg, auf dem die Schande der Mutter glimmt, wohin sie auch treten. Sie werden sich nicht retten können vor dem Fluch, der über sie gekommen ist durch die Sünden der Eltern, und sie werden unglücklicher sein als andere Kinder und mehr leiden.

Doch trotz des Aufschreis meiner Seele will ich Dich nicht ohne Trost entlassen, Jeronimo. Wenn Du in der Morgenfrühe zum letzten Mal mein Haus verlässt, sollst Du wissen, dass es damit nicht zu Ende sein wird mit Dir und mir. Tief im Herzen werde ich einen Teil von Dir bewahren, Dein bessres Ich, das mich geliebt hat und das ich geliebt habe in einem Maße, das mir mein Leid als Preis für ein Glück erscheinen lässt, welches reiner und strahlender eines Menschen Brust kaum jemals erfüllt haben mag.

Eines Tages werde ich vielleicht vergessen können, dass Du zum Verräter geworden bist an mir und an Deiner eigenen Seele, und eines Tages wirst Du vielleicht wieder der sein, der Du warst an unserem ersten Morgen, lange bevor Du Dir hast einreden lassen, dass die Liebe zu einem Weibe Deine Seele beflecke und die Liebe zu Gott behindere. Weißt Du noch, wie sehr wir fühlten, dass das eine durch das andere beflügelt wird? Und vielleicht wirst Du in späteren Jahren in die Zeit zurückfinden, in der alles gut war zwischen uns, lange bevor sich auf hartem Chorgestühl in Deinem Innern die Arme der Liebe in glitschige Schlingpflanzen verwandelten, die Dich tückisch umrankten und sich gierig nach Dir ausstreckten, um Dich hinabzuziehen in den Schlund ewiger Verdammnis; lange bevor Du unsere Liebe unter den Geißelhieben der Selbstkasteiung zur Fleischeslust herabgewürdigt und den Beschwörungen Deiner Beichtväter geglaubt hast. Und lange bevor Du mich schließlich auf dem Altar Deiner Gelübde geopfert und dem Vergessen preisgegeben hast.

Doch Du wirst nicht der Einzige sein, der im Morgengrauen das Haus verlassen und dennoch darin zurückbleiben wird. Auch mein Gatte wird in mir bleiben, weil auch er ein Teil von mir geworden ist, wenn auch der schmerzlich unerfüllte. Sein Verrat ist mir gleichwohl lieber als der Deine, Jeronimo, und er ist mir verständlicher, weil er nicht auf Scheinheiligkeit gründet, weil er nicht von den Einflüsterungen falscher Mönche und Pfaffen geleitet wurde oder den Ängsten einer zaghaften Seele, die sich zu verlieren glaubte. Die Selbstanzeige Gayosos ist stolz und trotzig, ihre Wurzeln sind irdisch und tief. Dein Entschluss hingegen ist bigott, herbeigezerrt aus Nebelwolken weltflüchtiger Gelübde. Der Abschied von Joseph wird ohne

Tränen sein, ein Händedruck, still und ohne Geheimnis, aber mit dem Nachgeschmack des harten Brotes, das wir geteilt haben voll guten Willens, es dennoch zu genießen, und des bitteren Weines, den wir getrunken haben aus einem Kelch.

Ich werde eure Einsamkeit nicht teilen, denn ihr habt mich verstoßen aus euren Zelten, und so habe ich leise den Riegel vorgeschoben in meinem Haus, den des Traumes, wie ihr hättet sein können. In kahlen Mauern werde ich Klagelieder summen, und ich werde die Gräber gießen in den Herzen der Kinder, die Gräber der Väter, die Gräber der Zuversicht, des Vertrauens und der Liebe, damit, wer weiß, vielleicht eines fernen Tages neues Leben aus ihnen hervortreibe, und ich werde euch nicht verfluchen, weil auch ich schuldig geworden bin.

Meine Schwachheit war die Quelle des Untergangs. Ohne sie hättet ihr eure Freveltaten nicht begehen können. Die verbotene Liebe ist zur Strafe geworden für meine Nachkommen. Das ist der trostlose und tiefe Schmerz, der bleiben wird und den ich werde tragen müssen für immer. Statt mich zu befreien aus der Fessel sinnloser Pflichterfüllung und vergeblichen Sehnens, habe ich gewartet und gehofft, bis es zu spät war, bis dieses unerfüllte Leben in ein noch größeres Unglück mündete wie ein dunkler Strom in ein noch schwärzeres Meer. Und weil ich euch Macht über mich gegeben habe, statt mich zu widersetzen, bin ich euer Opfer geworden und zum Dieb am Glück meiner Kinder. Und, was noch schlimmer ist, ich habe zugelassen, dass ihr mich in Trauer stürzt, statt mich vor euch in Sicherheit zu bringen, eh ihr mir Wunden beibringen konntet, die niemals heilen werden.

So lebt denn wohl, wir haben uns geliebt. In der Morgenfrühe werde ich in den Garten huschen und diesen Schatz vergraben, und ich werde ihn hervorholen aus der Erde mit bloßen Händen, wenn der Abend sich senken und die Sonne untergehen wird, und ich werde ihn mitnehmen über den Fluss.

Da ihr mir nichts erklären konntet, ihr Toren, weil ihr nur vorgebt, die Dinge zu verstehen, werde ich mich allein aufmachen und nach einer Antwort suchen, die zu trösten vermag. Vielleicht werde ich sie finden auf einsamen Pfaden hoch über den Klippen oder in den Büchern meiner Jugend, die ich aus dem Hause meines Vaters hergebracht habe und in denen sich die Spuren seines Suchens finden in seiner Handschrift.

Doch es wird lange dauern mit den Antworten, und vielleicht werde ich bis dahin die Fragen versenkt haben in der Tiefe des Meeres und mit dem späten Fund nichts mehr anzufangen wissen. Dann werde ich ihn hinunterwerfen von den Klippen der Todesküste und werde fortfahren, die alten Gebote vor mich hinzumurmeln, einer Gebetsmühle gleich, und die Kinder werden es hören, wenn sie vorbeikommen, und sie werden weitergehen, ohne mich zu trösten, weil auch sie nicht getröstet wurden; und sie werden ihren Weg fortsetzen, ohne mich zu verstehen, wie auch ich sie nicht verstanden habe zur rechten Zeit.

Ya es la hora! Ich werde jetzt gehen. Noch einmal sage ich Deinen Namen, leise, damit Du es nicht hören kannst.

Aus der Ferne höre ich Deine Stimme, Deinen Widerspruch, Deine Rechtfertigung, das ganze Geschwätz, dass Du erpresst worden seist, dass Du das Gesetz erfüllen wolltest, unter dem Du angetreten bist, dass der Gehorsam gegen Gott größer sei als die Täuschungen menschlicher Liebe und dass auch ich endlich begreifen möge, der Weg der Entsagung sei gottgewollt und auf der Erfüllung menschlicher Begierden ruhe kein Segen ...

Und ich höre den alten, feigen, selbstsüchtigen Schwur, Du trügest mich im Herzen immerdar.

Lass gut sein. Du störst.
      Margaretha

Mein Sohn!
Diesem leidenschaftlichen Brief Deiner Mutter habe ich nichts hinzuzufügen und nichts entgegenzusetzen, nichts als das Bekenntnis, dass ihre Liebe mich überfordert hat und ich mich meiner vormaligen Kleingeisterei schäme. Und ich klage mich an, doch es ist zu spät für alles.

José, komm her, lass uns noch einen Spaziergang machen, einen *paseo* durch Sanct Jago an einem Sommerabend. Du könntest mich an der Klosterpforte von Valdediós abholen, und wir könnten hinübergehen zum Obradorio-Platz, vorbei an der Kathedrale im Schein der Abendsonne, und wir schlenderten an Fonseca vorbei, wo aus dem Innenhof die Studentenlieder der Tuna erklängen, und wir gingen durch die Gassen, damit ich sehen könnte, was sich verändert hat.
Dann verließen wir Intramuros dort, wo einst die Puerta Faxeira stand, die wie alle übrigen Stadttore inzwischen zerstört sein soll. Stimmt es, dass nur noch die Puerta do Mazarlos erhalten ist? Und wir gingen durch blühende Gärten und hochstehende Felder hinüber nach San Lorenzo und setzten uns nieder unter den uralten Bäumen im hinteren Teil des Gartens, auf einer Bank vor der Mauer, wo man den Bach rauschen hört, der draußen vorbeifließt. Hier ruhten wir aus und würden den ganzen Abend bleiben. Und hier würde ich wagen, Dir das zu sagen, was ich noch auf dem Herzen habe, und davor würde ich Dich bitten, mir auch das noch zu verzeihen.

Seit ich vor zwei Jahren begonnen habe, Dir zu schreiben, trage ich einen Gedanken mit mir herum, und seit dieser Zeit habe ich ihn mir auch verboten. Doch jetzt, da sich eine Möglichkeit gezeigt hat, die Briefe sicher über das Weltmeer zu bringen, werde ich ihn aussprechen, und sei es nur, damit er mich nicht weiter quält.

So höre denn, mein Sohn. Könnte es nicht sein, dass ich eines Tages einen Brief von Dir erhalte, in dem ich lesen darf, Du hättest mir verziehen? Und könnte es nicht sein, dass wir einander doch noch in die Arme schließen dürfen auf dieser Welt? Ich werde nicht darauf hoffen, das verspreche ich Dir, aber davon träumen werde ich.

So lebe denn wohl, José, und gedenke mein.

Ich schließe Dich in die Arme und für immer in mein Herz.

Sei ein letztes Mal gesegnet von Deinem Vater

Manila, im Februar anno 1847

*Aus bröckelnden Mauern gefloh'n
ans Ufer, ins schwankende Boot.
Kinderlachen verhallt,
die Blaue Blume verblüht ...*

*Im weinfarbenen Meer
zerfließt Abendsonne.*